열세
번째
사도

열세 번째 사도

초판 1쇄 인쇄 · 2023년 4월 24일
초판 1쇄 발행 · 2023년 5월 2일

지은이 · 김영현
펴낸이 · 한봉숙
펴낸곳 · 푸른사상사

주간 · 맹문재 | 편집 · 지순이 | 교정 · 김수란, 노현정 | 마케팅 · 한정규
등록 · 1999년 7월 8일 제2-2876호
주소 · 경기도 파주시 회동길 337-16 푸른사상사
대표전화 · 031) 955-9111(2) | 팩시밀리 · 031) 955-9114
이메일 · prun21c@hanmail.net
홈페이지 · http://www.prun21c.com

ISBN 979-11-308-2029-3   03810
값 25,000원

배신자 가룻 유다에 관한 또 하나의 다른 이야기

45
푸른사상
소설선

열세 번째 사도

김영현

장편소설

푸른사상
PRUNSASANG

대학 시절, 이화여자대학교 강당에서 공연 중인 뮤지컬 〈지저스 크라이스트 슈퍼스타(Jesus Christ Superstar)〉를 보러 갔다. 누군가 약속을 펑크내는 바람에 공짜로 생긴 표였다. 잔디밭에선 그날 막달라 마리아 역을 맡은 윤복희 씨가 극 중에 나오는 유명한 독창곡 〈I don't know how to love him〉을 연습하고 있었다. 이 노래는 이상하게 나의 마음을 끌었는데, 극 중에서는 막달라 마리아뿐만 아니라 예수를 팔아먹은 가롯 유다도 같은 노래를 부르고 있었다. 〈지저스 크라이스트 슈퍼스타〉 원작은 당시 브로드웨이에서 선풍적인 인기를 끌고 있었는데, 특히 성경에서 예수를 팔아먹은 자로 나오는 가롯 유다의 인간적 고뇌와 슬픔이 중심 주제로 담겨 있어 꽤 혁명적이었다는 평을 받는 작품이었다.

긴 공연 도중 잠시 쉬는 시간에 복도에서 만난 서양인 노교수에게 '이것은 신성 모독이 아닌가?' 하고 물었는데, 그는 '천만에…….' 하고 짧게 대답했다. 그리고 내 양복에 달린 배지를 보고 무슨 과냐고 물었다. 나는 '철학과'라고 대답했다. 그는 고개를 한 번 끄덕이더니 맨앞에 있는 자기 자리로 가서 보라고 했다. 나는 사양했지만 그는 자기는 이미 한 번 이상 본 것이라 상관없다며 끝내 자리를 양보했다.

그 후, 가롯 유다라는 이름은 헬렌 레디(Helen Reddy)의 〈I don't know how to love him〉의 슬픈 노래와 함께 내 영혼에 깊이 새겨졌다. 그는 과연 신과도 같은 스승 예수와, 함께 동고동락하던 베드로와 다른 동료들을 배신하였을까? 만일 배신하였다면 그 이유는 무엇일까? 우선 성경에 나와 있는 대로 은 삼십에 그를 팔아넘겼다면 그건 도저히 이해할 수 없는 것 아닌가? 은 삼십은 요즘으로 치자면 고작 황소 한 마리 값에 지나지 않는다고 한다. 고작 황소 한마리 값에 3년 동안 모시며 따랐던 스승, 어쩌면 그의 말대로 하나님의 아들일지도 모르는 존재를 팔아넘긴다는 게 상식적으로라도 이해가 되지 않았다. 더구나 그는 열심당원으로 당시 예수 추종자들의 살림을 맡아보는 회계였다. 그만한 돈은 언제든지 빼돌릴 수 있는 위치에 있었다는 말이다. 설사 그가 성경 기록대로 악령에 홀려 그랬다고 해도, 그의 곁에는 언제나 악령 따위는 쉽게 물리칠 수 있는 위대한 스승, 예수가 있지 않았는가.

그렇다면 죽음과 부활이라는 거대한 예수 드라마에서 가롯 유다는 과연 어떤 역을 맡고 있었던 것일까? 그는 과연 서양의 모든 역사, 교회와 신학과 문학이 묘사하고 있는 것처럼 사탄이나 악령일까? 우리가 알고 있는 가롯 유다는 정말 그의 참모습일까? 거기엔 어떤 숨겨진 진실 같은 게 없을까?

이런 오랜 질문은 그 후에도 지속되었다. 그러다가 우연히 『유다복음』이라는 것을 읽게 되었다. 『유다복음』은 1976년 이집트의 한 골동품 시장에서 발견되어 2006년 내셔널 지오그래픽에 의해 일부 복원되어 세상에 알려진 기독교의 오래된 저작이다. 첫머리에 '예수님이 유월절을 기념하시기 3일 전부터 가롯 유다와 나눈 1주일간의 은밀한 이야기'로 시작되는 이 복음서에는, 유다가 다른 사도들에 비해 훨씬 우위에 있고, 예수의 열두 제자 중 예수가 육신을 벗어야 부활할 수 있음을 유일하게 인식한 수제자로 그려지고 있다. 더구나 예수는 직접, '너는 열세 번째가 될 것이며 다른 모든 세대들에 의해 저주를 받을 것이다.'고 말씀하셨다고 기록되어 있다.

이러한 글을 읽고 나서 나의 작가적 상상력은 그의 생애와 그의 있음 직한 후대의 삶에 미치지 않을 수가 없었다. 유대민족의 독립을 위해 열심당으로 활동했던 젊은 시절, 그리고 예수와의 극적인 만남과 예수 사후의 활동 등…….

나는 어쩌면 가룟 유다야말로 로마화되어가던 기독교와 다른 길, 즉 초기 예수의 가르침을 온전히 보존한 채 역사의 뒤로 사라져간 인물이 아닐까 하는 생각이 들었다. 그가 열심당이었다는 기록은 어디에나 있다. 당시 이스라엘은 로마의 식민지로서 가혹한 지배를 받고 있었고, 이에 저항하는 운동은 열심당을 중심으로 끊임없이 벌어지고 있었다. 로마에 저항하는 정치범을 잔혹하게 죽이는 형벌인 십자가는 예루살렘으로 들어가는 길목에 늘어서 있었다. 가룟 유다가 열심당이었다는 것은 그가 당면한 현실적인 문제에 있어 매우 강한 의식을 가지고 있었고, 이런 문제에 대해 성경의 다른 기록자들과는 의견이 다를 수 있다는 생각이 들었다.

분명히 그에게는 기록된 역사와 다른 이야기가 있을 것이란 확신이 들었다. 나는 유다에 관련된 많은 이야기들을 찾았지만 그에게는 장구한 서방 기독교의 역사 속에서 오직 '배신자', '사탄'이라는 낙인 외에는 어떤 흔적도 찾을 수가 없었다.

그리고 그 기독교는 2천 년이 넘는 세월 동안 세계를 지배하는 힘으로 자리 잡았다. 대항해 시대, 식민지 건설 시대를 통과하여 백인이 지배하는 세상이 되면서 기독교는 더 이상 초기의 핍박받는, 가난한 자들의 종교가 아니라, 황금 면류관을 쓴 권력자, 부자, 지배자의 종교가 되어 다른 종교를 핍박하고 증오하는 종교로 변하고 만 것이다. 지금 세상에서 벌어지고 있는 각종의 종교전쟁 속에는 이러한 기독교의 배타성과 편견이 광범위하게 자리 잡고 있는 것이다.

이것은 물론 성경에 나오는 예수의 가르침과도 거리가 먼 것이다. 오늘날 타락할 대로 타락한 교회를 보며 나는 어쩌면 예수 정신과 가르침이 은밀히, 또 다른 방법으로 전해지고 있지 않을까 하는 생각이 들었다.

그것이 바로 예수가 십자가에 못 박혀 죽는 날 밤. 동방을 향해 떠나간 가롯 유다의 이야기가 탄생하게 된 배경이다.

그리고 나의 문학적 상상력 속에서 그가 동방의 어느 수도원에서 남긴 『유다계시록』을 둘러싼 이야기가 이 작품의 줄거리이다. 예수님이 말씀하셨다. "오라, 내가 너에게 이제까지 아무도 본 적이 없는 비밀의 세계에 대하여 가르쳐주겠다. 왜냐하면 크고 끝없는 세계가 존재하기 때문이다. 그 세계는 눈에 보이지 않는 위대한 영이 계시는 곳으로 그 크기는 천사의 세대들도 보지 못하였다. 천사의 눈으로도 보지 못하고 그 어떠한 사람의 생각으로도 이해할 수 없었고 그 어떠한 이름으로도 불러진 적이 없다."(『유다복음』) 나는 그때 그가 본 것을 기록한 문건이 있을 거라고 생각하고 『유다계시록』이란 이름을 붙였다. 이 작품은 그러니까 아직 세상에 알려진 바가 없는 책 『유다계시록』을 둘러싼 추리 소설이다,

기독교는 조선 말기 대원군 시대, 그리고 일제 강점기 때에 개신교가 들어오기 훨씬 이전에 이미 실크로드를 타고 동방 깊숙이 들어온 것으로 알려졌다. 예를 들면 당나라 현종 때 세워진 것으로 알려진 '대진경교유행중국비(大秦景教流行中國碑)'에는 당시 신도가 20만이 넘었고, 예수의 가르침을 전하는 사제들도 여럿 있었다는 기록이 나온다. 아마 콘스탄티누스의 기독교 국교화 이후 이단으로 몰린 네스토리우스파일 거란 짐작이 가지만, 예수의 가르침이 그의 사후, 동방으로 널리 전해졌음을 짐작하게 해주는 증거라고 할 수 있을 것이다.

사실 기독교는 우리가 알고 있는 것보다 훨씬 많은 갈래들이 있다. 러시아를 여행해본 사람이라면 로마 가톨릭 못지않은 동방교회가 이미 오래전부터 있었고, 톨스토이나 도스토옙스키 같은 대문호를 낳은 기독교적 전통이 굳게 자리 잡고 있었음을 알 수 있을 것이다. 심지어는 어떤 전승에 의하면 사도 도마 같은 이는 예수 사후, 인도로 가서 그곳에서 활동하다가 순교했다고 한다.

그러니까 사도였던 가룟 유다 역시 예수의 죽음 이후, 새로운 '하나님의 나라'를 꿈꾸며 동방으로 향해 갔을 거라는 추측도 가능하다. 콘스탄티누스 이후 이단으로 탄압받았던 영지주의자들이 그를 '성자'라고 불렀다는 사실에서도 그 흔적을 발견할 수 있다.

그러니까 『열세 번째 사도』는 신구약을 통해 가장 난해한 인물이자 수천 년 기독교 역사에서 배신자로 낙인 찍혔던 한 인간에 대한 문학적 신원(伸冤)이자, 로마의 권력 아래로 들어간 서방 기독교에 대한 현대적 대안 모색이다.

내 귀에는 아직도 〈I don't know how to love him〉을 부르던 유다의 목소리가 생생하게 들려오는 듯하다.

예수께서 말씀하셨다. '너희는 서로 다투려고 하지 마라. 너희 각자가 자신의 별을 가지고 있다.'(『유다복음』)

2023년 3월, 양평 우거에서
김영현

차례

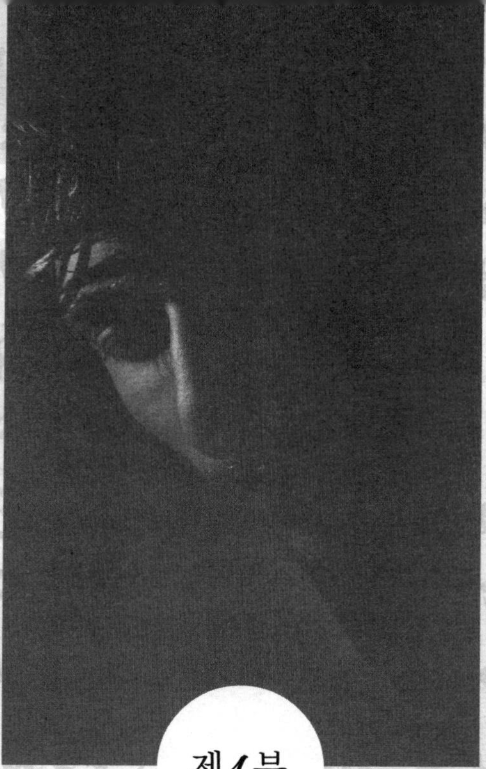

제1부

가장 길었던 하루

서기 30년 4월 7일 금요일.

로마제국의 지배하에 있던 식민지 예루살렘.

그날은 인류 역사상, 아니 천지창조 이래 가장 길고 긴 날 중의 하루였다. 스스로 신의 아들, 하느님의 아들이라 자처하던 변방 갈릴리 지방 나자렛 출신의 예수라는 자와 로마제국의 통치에 반기를 들고 은밀히 활동하던 열혈당원, 그리고 알려지지 않은 한 사내의 사형 집행이 있었던 날이기 때문이다.

당시 사형을 선고받은 정치범은 모두 십자가형에 처해졌던 관례에 따라 그들 역시 십자가형에 처해졌다. 못에 박힌 채 서서히 죽게 하는 십자가형은 당하는 자에게는 끔찍한 고통을, 그것을 지켜보는 군중들에게는 공포감을 불러일으키게 하는 효과가 있었다.

로마제국은 정복지에서 이방의 종교를 어느 정도 허용하는 대신 제국에 반대하는 움직임에 대해서는 철저하고 잔인하게 탄압을 가했다. 심지어는 지나가는 로마 군인에게 돌멩이를 던지거나 욕을 한 노인네나 어린아이들도 정치범으로 몰아 십자가에 못 박히게 하는 일도 있었다. 예루살렘으로 가는 길가 언덕에는 언제나 그런 십자가형을 당한 사람들이 전신주처럼 늘어서 있곤 했다.

그날 십자가형에 처해질 갈릴리 지방 나자렛 출신의 예수라고 불리던 사내와 강도라고 기록되어 있는 또 다른 두 사내, 역시 명목상 정치범으로 낙인이 찍혀 있었다.

예수는 자신이 속해 있던 유대교의 장로와 대제사장으로부터 '신의 아들'이라는 신성 모독의 혐의로 총독에게 고발이 되었지만, 공식적인 죄명은 '이스라엘의 왕'이라고 말한 것 때문이었다. 이스라엘 왕은 로마의 황제가 임명하는 것이지 아무나 자기 멋대로 그렇게 말해서는 안 되는 것이었다. 처음엔 유대인들의 종교적 갈등에 휘말리고 싶지 않아, 사형 선고를 망설이던 로마 총독 빌라도가 꾀를 내어 예수에게 '네가 이스라엘의 왕이냐?'고 물었을 때, 그는 그렇다고 말했다.

그것으로 모든 것은 끝났다.

반역죄가 성립된 것이었다. 남은 것은 집행뿐이었다. 곧 유대인들의 축제인 유월절이 시작될 것이기 때문에 사형 집행은 서둘러 하지 않으면 안 되었다.

바로 그날이었다.

예루살렘 전체가 피비린내와 광기에 찬 아우성으로 뒤덮였다. 사람들은 이 세 사내가 십자가에 못 박히는 광경을 지켜보기 위해 골고다라는 언덕으로 몰려들었다. 이어 살을 찢는 고통과 비명, 광기에 젖은 비웃음과 종말론적 절규가 교차하는 길고 긴 하루가 지나갔다.

어떤 기록에 의하면 그날 땅은 지진으로 흔들렸고, 하늘엔 무시무시한 폭풍우가 몰아쳤다고 했다.

그날 밤.

성문을 빠져나가는 검은 그림자 하나.

두건으로 머리를 감싸고 옷깃으로 입까지 가리고 있어, 얼굴을 알아볼 순

없었지만 작고 마른 체구의 중년 사내라는 건 금방 알 수 있었다. 먼 여행을 떠나는 사람처럼, 사내의 한쪽 어깨엔 허름한 양가죽 배낭 같은 것이 메어져 있었고, 한 손에는 긴 나무 지팡이가 들려 있었다.

폭풍우라도 밀려오는 것처럼 넓은 하늘엔 검은 구름이 천군만마처럼 몰려가고 있었다. 그 사이로 창백한 달이 잠깐잠깐 얼굴을 보였다가 사라지곤 했다.

두건으로 가린 사내의 얼굴을 그런 달빛이 흑백사진처럼 언뜻언뜻 인화해 주고 있었다. 달빛에 비친 사내의 낯빛은 창백했고, 깡마른 볼과 턱은 함부로 자란 잡초처럼 굽슬굽슬한 수염이 덮고 있었다.

서둘러 발걸음을 옮기는 사내의 움푹 들어간 눈은 붉게 충혈되어 있었다. 그 눈은 이 세상의 사람이 아닌 것처럼 깊은 슬픔과 절망, 비탄에 젖어 있었다.

그런 눈으로 사내는 잠시 걸음을 멈추고 뒤를 한 번 돌아보았다. 시선 끝 잿빛 하늘을 배경으로 높은 예루살렘 성곽 실루엣이 보였다. 골고다라고 불리던 언덕 위로 환영처럼 희미하게 십자가 같은 게 보이는 것 같았다. 어쩌면 이제 영영 다시 보지 못할 풍경인지도 몰랐다.

그러나 사내는 그리 오래 멈추어 서 있지는 않았다. 뒤에서 누군가 금세라도 추격해 올 것 같은 느낌이 들었기 때문이다.

아니, 어쩌면 벌써 추격조를 짰을지도 모른다. 멀리서 희미하게 사람 소리와 말 울음소리가 들려오는 것도 같았다.

다시 한번 두건을 깊게 눌러 쓴 사내는 지팡이를 단단히 고쳐 쥔 다음, 몸을 돌려 발걸음을 재빨리 움직이기 시작했다. 길은 어둠을 뚫고 숲이 우거진 언덕을 지나 동쪽으로 길게 이어져 있었다.

동방으로 가는 길.

인적 없는 길 위엔 음침한 달빛만 비칠 뿐. 얼마 지나지 않아 그의 그림자 역시 어둠 속으로 빨려 들어가듯 흔적 없이 사라지고 말았다.

1

2천 년 후 서울, 살인 사건

"뭐냐? 살인 사건?"

K신문사 사회부 팀장 김민석. 코로 흘러내린 뿔테 안경을 이마 위로 치켜 올리면서 말했다.

"언제? 누가?"

입력된 것처럼 자동적으로 나오는 육하원칙이다.

"머시라? 서울대 윤기철 교수……? 종교학과……?"

그는 깜짝 놀란 표정으로 이마 위에 올려놓았던 뿔테 안경을 다시 똑바로 고쳐 썼다. 그리고 걸리는 대로 볼펜을 잡고 책상 위에 놓인 메모지에다 갈겨 쓰기 시작했다.

"다시 말해봐. 언제? 어디서?"

그러고는 응, 응, 거리면서 전화기 저쪽에서 날아오는 말을 따라 하며 메모 지에다 황급히 받아 적었다.

"어제…… 그니까 8일, 저녁 8시경이란 말이지. 서울대 캠퍼스 인문관 자기 연구실…… 알았어! 넌 거기 가만히 있어. 니 고참 마 기자 보낼 테니까, 먼저 아는 내용부터 기사 써서 보내. 알았지?"

전화를 끊는 그의 얼굴에선 여전히 흥분이 가라앉지 않고 있었다.

'야, 이거 보통 사건이 아닌데…… 서울대 교수가 다른 곳도 아닌 캠퍼스 내 자기 연구실에서 참혹한 시체로 발견되었다?'

직감적으로 생각해도 보통 큰 사건이 아니었다. 반백의 곱슬머리 그의 이마 복판에 팔자주름이 깊게 패었다. 잠시 그렇게 멍한 표정으로 서 있던 그가 정신을 차린 듯 냅다 소리를 질렀다.

"여 봐! 마 기자. 마동탁 이 새끼. 또 어딜 갔어? 유나 씨, 마 차장 어디 갔는지 몰라?"

하긴 기사 마감이 끝난 사회부 책상에는 이 시간 붙어 있는 사람이라곤 수습인 이유나 하나뿐이었다.

"차장님 아까 사우나 간다고 나가셨는데요."

"이런…… 밤낮 그놈의 술 때문에. 개똥도 약에 쓰려면 없다고 하더니. 츳."

김민석은 혀를 한 번 차고 나서 유나를 향해 명령이라도 하듯 말했다.

"일단 메시지라도 하나 띄워둬. 받는 즉시 사무실로…… 아니, 아니, 관악경찰서로 바로 날아가라고 해! 종철이 거기서 혼자 똥 싸고 있다고. 초짜배기 강종철이 말이야. 엉?"

"예."

유나는 괜히 터져 나오는 웃음을 억지로 삼키며 조그맣게 대답했다. 혼자서 똥 싸고 있다…… 후후. 어쩜 이 상황에서 딱 맞는 말인지도 모른다.

종철과 유나는 입사 동기였다. 기자 초짜배기들은 무조건 처음에 일선 경찰서로 출입시키며 뺑뺑이를 돌리는 게 오랜 전통이었다.

메시지를 띄운 지 얼마 안 되어 마동탁에게서 전화가 왔다.

"이봐, 마 차장. 지금 어디냐?"

뻔히 알면서 일단 확인차 건성으로 묻고, 상대방도 대충 건성으로 대답하는

눈치다,

"근데 말이야. 들었지? 그래, 그래. 서울대 윤기철 교수가 죽었어. 자기 연구실에서. 응. 응. 수십 군데 찔렸다더라. 어떤 놈인지. 응. 응. 머시라? 마 기자가 윤 교수 잘 알아?"

김민석의 눈이 번쩍 뜨였다.

"문화부 있을 때 종교 담당하면서 자주 만났다구? 그렇지. 세월호 사건 때 구원파 교주, 유병언이라고 있었지. 맞어. 그 양반도 의문의 죽음을 맞았었지. 그때 자문을 받았다구? 하긴 윤 교수라면 우리나라 종교 문제에서는 최고 권위자니까. 잘됐군."

곱슬머리 김민석이 고개를 끄덕이며 흡족한 듯한 미소를 지었다.

"대학 시절 그 양반 강의도 들은 적이 있다구? 그렇지. 마 차장도 거기 캠퍼스 출신이지. 아항, 암튼 잘 됐군. 빨리 관악경찰서로 가봐. 거기 강종철이 혼자 끙끙거리고 있을 테니까."

한참 전화한 끝에 마동탁을 보내놓고 나니 조금 안심이 되었다. 그래도 망자와 평소 조금 안면이 있었다니 보다 깊이 있는 기사가 나올 가능성이 있었다. 그런 큰 사건에는 도처 언론에서 난다 긴다 하는 기자들이 똥파리처럼 꼬여들게 마련이었다. 문제는 누가 더 빨리, 더 정확한 맥락을 짚어 특종을 따내느냐에 달렸다. 그러자면 취재원과 최대한 가까이 접근할 수 있어야 한다. 그럴 경우 쥐꼬리만 한 안면이라도 도움이 된다.

얼마 후.

관악경찰서 구내식당.

"어, 마 선배. 오래간만이네요!"

동탁이 김 팀장의 전화를 받고 급히 관악서로 달려와 막 식당 안으로 들어서려는데 누군가 뒤쫓아오며 반갑게 인사를 한다.

"어라, 이게 누구냐?"

R일보 문화부 박설희 기자다. 동탁이 종교 담당을 맡고 있을 때 같은 종교 담당이라 자주 얼굴을 보던 사이였다.

"예뻐졌네."

"크크. 그런 말 성희롱에 들어간다는 것 아시죠?"

인사 삼아 그냥 던져본 말에 박설희는 그리 나쁘진 않다는 표정으로 낄낄거리며 받았다. 어디를 싸돌아다니다 왔는지 길고 풍성한 말총머리에서 바람 냄새가 났다.

"좋은 기삿거리 생겼음 귀띔 좀 해줘. 혼자 특종 때릴 생각 하지 말고."

동탁이 여전히 농담조로 말했다.

"선배님야말로 좋은 정보 있음 좀 나눠줘요. 베테랑이시니까."

"베테랑은 무슨……."

동탁이 싱거운 미소를 날렸다.

"그나저나 윤 교수가 그렇게 죽었다니 보통 사건은 아니죠?"

"글쎄 말이야. 사람 일이란 게 내일을 알 수 없다더니…… 어떤 흉악한 자가 그런 짓을."

동탁이 말끝을 흐리며 얼굴을 찌푸렸다.

"그러게 말이에요. 이크! 이따 봐요. 나중에 밥이나 한번 사줘요."

"오크~!"

박설희가 핸드폰을 보더니 뭐가 바쁜지 서둘러 인사를 하고는 종종걸음으로 사라졌다.

사회부 기자만 뜬 게 아니라 문화부 기자들까지 난리다. 하긴 대한민국 종교학계의 거물, 서울대 윤기철 교수가 자기 연구실에서 참혹한 시체로 발견되었으니 보통 일이 아닐 터였다.

'누구 짓일까? 범인은 잡혔나? 학교에서 일어난 일이라니 사건은 의외로 단순할 수도 있어.'

그런 생각을 두서없이 하며 동탁은 구내식당 구석진 자리 하나를 잡고 앉았다. 조금 있다가 종철이 상기된 표정으로 들어왔다. 그렇지 않아도 쌍꺼풀 진 커다란 눈이 더 커 보였다.

"마 차장님!"

"얀마. 밖에선 그냥 선배님이라고 불러. 주차장도 아니고 그놈의 차장 소린 듣기 싫으니까."

동탁이 면박조로 말했다.

"헤헤. 알았어요."

종철이 자리에 앉자 동탁은 대뜸 거두절미 생각나는 대로 심문하듯이 물었다.

"나왔어?"

"예?"

"용의자 말이야."

"헤. ……그게."

"흥. 아직 모른다는 말이군."

"아뇨. 나오긴 했는데, 잘 맞지가 않아서."

종철이 애매한 표정을 지으며 얼버무렸다.

"나오긴 했는데 잘 맞지가 않다? 흠. 처음엔 다 그래. 딱 부러지게 나오면 재미가 없지. 누구냐?"

동탁은 후배에게 훈련을 시킨다는 생각으로 군더더기 없이 본론으로 들어갔다.

"네팔 유학생인데……."

"네팔 유학생? 네팔로 간 유학생이냐, 네팔에서 온 유학생이냐?"

"네팔에서 온 네팔 국적 친구예요."

"그래?"

동탁은 다소 뜻밖이라는 듯이 눈을 치켜뜨며 종철 쪽을 쳐다보았다.

"그날 윤 교수 연구실로 들어가는 복도 시시티브이를 분석했더니 그 시간에 들락거린 사람 중에 그 친구가 가장 유력한 용의자로 지목되었어요."

"다른 사람은?"

"다들 대학원생들인데, 대부분 여학생들이고, 뭐 그럴 이유도 없고."

"음. 그 네팔 친구는?"

"윤 교수 밑에서 배우던 종교학과 대학원생인데 이번 학기가 마지막이라고 하더군요."

"근데, 그가 왜?"

모든 살인 사건의 발단은 돈 아니면 여자라는 말이 생각났다. 하지만 늙은 교수와 외국인 남자 대학원생 사이에 돈이나 여자 문제일 리는 없고……

"학점이라도?"

"아뇨. 하잔은, 참 그 네팔 친구 이름이 하잔이에요. 하잔은 학교생활에 충실한 모범생이었대요. 학점도 우수하고. 국가 장학생으로 와서 자기 나라 종교인 라마교와 다른 종교의 관계를 연구하는 프로젝트를 진행하고 있었다고 해요. 윤 교수 밑에서 박사과정으로."

"라마교?"

웬 뚱딴지 같은 라마교? 동탁은 도무지 이해가 가지 않는다는 표정으로 종철을 쳐다보았다.

"다른 건 없어?"

"뭐…… 딱히."

종철이 취재 수첩을 뒤적이며 모호한 표정으로 말했다.

머저리 같은 새끼. 하루 종일 쫓아다닌 게 겨우 한다는 소리가. 담당 형사의 똥구멍을 파서라도 눈에 확 띄는 무언가를 찾아냈어야지.

동탁은 은근히 부아가 솟아나는 걸 참았다. 이런 엄청난 사건 뒤에는 분명히 무언가 엄청난 숨은 그림 같은 게 감추어져 있게 마련이었다. 그런 걸 찾아내는 게 기자였다. 그래서 형사 위에 기자라는 말도 있지 않은가. 하긴 초짜배기 종철에게 그런 걸 기대하긴 무리였는지 모른다.

아무튼 원한 관계나 더 극악한 동기가 없다면 그런 잔인한 짓을 저지를 이유가 없을 것이었다.

'무언가가 있을 것도 같은데…….'

동탁은 어떤 예감 같은 게 머릿속으로 안개처럼 뭉글뭉글 피어나는 걸 느꼈다.

'복잡하게 보이는 사건은 단순하게, 단순하게 보이는 사건은 복잡하게 생각하라.'

곱슬머리 김민석 팀장이 평소에 버릇처럼 하던 말이었다. 오랫동안 사건 사고 기자로 뛰면서 얻은, 형사보다 더 충실한 그만의 원칙이고, 지혜였을 것이다.

그렇다면 지금은 단순하게 생각해야 할 때일까, 아니면 복잡하게 생각해봐야 할 때일까? 동탁이 잠깐 혼자 생각에 잠겨 있는데 종철이 이어서 말했다.

"근데 이 일이 벌어지기 며칠 전에 하잔과 윤 교수가 무언가로 언쟁을 벌이며 심하게 다투는 것을 본 사람이 있었대요."

"뭐? 언쟁? 심하게 다퉈?"

동탁은 정신이 번쩍 든 눈으로 종철을 쳐다보았다.

"예. 무슨 책 때문인가. 하잔이 윤 교수에게 책을 돌려달라고 강하게 말을 했고, 윤 교수는 모른다고 하면서……."

종철의 말이 채 끝나기도 전에 동탁은 그만 피식, 웃고 말았다.

'이 친구야. 이 한심한……! 그런 게 이런 사건이랑 무슨 상관이람? 대학원생과 교수가 책을 가지고 실랑이하는 건 너무나 소소한 일이 아닌가. 이건 살인 사건이야, 살인 사건이라구!'

동탁은 그렇게 종코라도 주고 싶었지만 참았다. 초짜배기 시절엔 누구나 그렇게 헛다리 짚어가며 배우기 마련이었다.

"그래. 하잔은 찾았어?"

"지금 경찰이 쫓고 있는데 이미 신림동 자취방에서 사라지고 없답니다."

"음."

도망을 쳤단 말이지. 그럼 이야기가 달라진다. 도망갈 정도면 도망가야 할 사연이 있으니까 도망을 가지 않았겠나, 하는 추론이 가능하다. 그렇다면 정말 하잔, 그가 윤 교수를 죽인 범인이란 말인가? 동탁의 머릿속이 바쁘게 돌아갔다.

"가족 관계는 어떻게 돼?"

동탁은 다시 침착한 표정으로 돌아와 군더더기 없는 어투로 말했다.

"부인과는 몇 해 전 사별하고, 딸 하나 있는데 딸은 지금 미국 오클라호마주립대 대학원에 다니고 있답니다. 28세고."

"자기 아빠가 죽었다니까 놀라서 달려오겠군."

"예. 연락이 닿아 지금 비행기를 타고 오고 있는 중이랍니다."

춧. 동탁은 가볍게 혀를 차며 눈살을 찌푸렸다.

"안됐군."

"근데 마 차장님. 아니, 선배님."

그때 종철이 갑자기 목소리를 낮추며 속삭이듯이 말했다.

"근데, 윤 교수랑 내연의 관계였던 여자가 있었대요. 이건 내가 알아본 건데……."

종철이 제법 심각한 표정으로 말했다.

"뭐? 내연 관계의 여자?"

동탁이 갑자기 정신이 번쩍 들기라도 한 사람처럼 종철을 똑바로 쳐다보았다.

"예. 같은 대학 음대 교순데…… 오십 대 초반이고, 남편도 있지만."

'야, 인마. 그런 중요한 걸 이제 이야기해주면 어떡해!'

생각 같아선 꿀밤이라도 한 방 먹여주고 싶었지만 참았다.

"남편이 누군데?"

대신 동탁은 추궁이라도 하듯 빠른 목소리로 물었다. 서울대 음대 교수 정도면 남편이 상당한 지위의 사람일 가능성이 높았다. 동탁은 자기도 모르게 바싹 긴장된 눈으로 종철의 대답을 기다렸다.

"이름은 차동석. 육사 출신으로 대령까지 달았구요. 근데 군납 업체랑 관련되어 무슨 뇌물 사건으로 강제 전역을 당한 후, 건설업을 한답시고 돌아다니다가 그마저도 다 날리고, 지금은 특별한 일 없이 여기저기 떠돌아다니나 봐요. 마누라랑 별거 상태이고, 따라서 집에는 들어오지 않고…… 알코올중독으로 입원한 적도 있답니다."

종철은 보고라도 하듯 이것저것 떠오르는 대로 빠르게 주절거렸다.

"가만. 가만."

동탁은 빠르게 흘러나오는 종철의 말을 가볍게 제지하며 중얼거리듯이 말했다.

'육사 대령 출신……? 무슨 군납 뇌물 사건 후 전역……? 건설업을 하다가 폭망……? 알코올중독으로 입원……?'

동탁은 종철의 입에서 흘러나오는 단어를 음미라도 하듯 천천히 혼자 입속에서 되뇌어보았다.

모두가 간단치가 않은 말이었다. 비록 별거 중이라지만 윤 교수가 그런 자의 아내와 내연 관계였다니. 더구나 같은 대학의 음대 교수라니. 무언가 심한 냄새가 났다.

"정확해?"

동탁이 확인이라도 하듯 되물었다.

"당근이죠. 경찰도 대략은 알고 있는 눈치였지만 내연 관계에 있던 음대 교수, 참, 이름이 허영이라고 해요, 허영 교수. 암튼 그 여교수의 입장을 생각하여 아직 공개적으로 용의선상에 올리지는 않고 있답니다."

"허영?"

"예. 외자로 허. 영."

'흠…… 이건 뭐냐.'

동탁은 팔짱을 끼고 잠시 골똘히 생각에 잠겼다. 이거야말로 살인 사건의 정석이 아닌가. 내연의 남녀 관계. 파탄한 남편과 새로운 남자. 같은 대학의 교수…… 뜻밖에 간단한 사건일 수도 있겠다는 생각이 문득 동탁의 머리를 스쳤다.

"현장엔 가봤나?"

"예. 엉망이죠, 뭐. 책상 뒤에 피투성이가 되어 쓰러져 있었고, 책은 사방에 흩어져 있고, 흘러내린 피가 흥건히 강을 이루고 있더라구요. 경찰청 지능범죄수사팀 홍 경감도 고개를 저을 정도였으니까."

"……칼?"

동탁이 은근히 넘겨짚으면서 말했다.

"예. 칼. 날카로운 단도 같은 것에 찔렸나 봐요. 열세 군데나."

"단도에 열세 군데씩이나······?"

그 장면을 상상해보고는 동탁은 얼굴을 찡그렸다.

그러곤 시계를 보고 자리에서 일어났다.

"난 팀장님께 보고하러 잠시 신문사에 들어갔다 올 테니까, 강 기자 혼자 좀 지키고 있어. 수사과 형사들 움직임 잘 보고······. 새로운 소식 들어오면 연락해!"

"넵."

종철이 그제야 풀려난 듯 커다랗게 신병처럼 소리를 질렀다.

'녀석. 초짜배기 아니랄까 봐.'

동탁은 경찰서를 나와 바쁘게 걸음을 옮겼다.

내연 관계의 음대 교수. 별거 중인 남편. 대령 출신에 파산한 상태의 남자······.

걸어가는 동안 동탁의 머릿속에 용의자로 떠올라 있다는 네팔 대학원생보다 그들 남녀 사이의 관계에 더욱 부쩍 호기심이 당기는 것은 어쩔 수가 없었다.

2

미나

신문사로 돌아오니 곱슬머리 김민석 팀장이 목이 빠지게 기다리고 있었다.

"어떻게 됐어?"

"어떻게 되긴요."

동탁이 일부러 심드렁한 표정으로 대답했다.

"범인은 잡혔대?"

"아직요. 용의선상에 오른 놈은 있는데…… 경찰들도 이번엔 똥 좀 빠지게 생겼어요."

"치정? 영감이 누굴 건드렸나? 돈은 아닐 테고."

김 팀장이 입술을 비틀며 히죽거리듯이 말했다.

"모르겠어요. 그런 냄새가 풍기지 않는 것도 아니지만."

동탁은 애매모호하게 대답하며 말끝을 흐렸다.

죽은 윤 교수랑 허영 교수 간의 내연 관계 이야기를 미리 꺼내고 싶지는 않았다. 아직 분명하지도 않은 일일 뿐만 아니라 공연히 그의 호기심을 자극해 주고 싶지는 않았기 때문이다.

"흠. 암튼 수고했어. 강종철이 기사 보내오면 마 차장이 손질해서 올려."

뿔테 안경을 고쳐 쓰며 그가 말했다.

"예."

김 팀장과 대화를 마친 동탁은 이유나 쪽을 돌아보며 말했다.

"유나 씨, 바빠요? 저기 문화부랑 자료실 가서 윤기철 교수 관련 파일 좀 찾아달라고 해요. 뭐든 있는 대로."

"예."

"과거 기사 나온 거랑 학술지 발표한 논문, 저서, 관련 학회 활동 사항 등 단서가 될 수 있는 사항은 다 뽑아달라고 해요."

"예."

유나가 일어나 가고 나자 그제야 동탁은 컴퓨터를 켜고 인터넷을 뒤져 '서울대 종교학과 윤기철 교수'라고 쳐보았다. 윤기철이란 이름이 수두룩하게 나오는데 그 속에서 딱 그가 잡혔다.

반백의 훤한 이마, 가는 은테 안경을 쓴 둥글고 오동통한 얼굴. 끝이 뭉툭한 코와 늙은이 특유의 의심 많은 눈. 무언가 못마땅해 보이는 입가의 주름.

학창 시절 보았던 모습 그대로였다. 옆구리에 책을 잔뜩 끼고 구부정한 모습으로 자하연 연못을 지나 인문대가 있는 건물로 올라가던 그의 뒷모습이 생생하게 떠올랐다.

동탁도 한 과목 청강생으로 잠시 그의 강의를 들은 적이 있었는데, 사실을 말하자면 별로 흥미가 없어 서너 차례 듣다가 그만두었다. 그런 그가 끔찍하게 살해된 모습으로 발견되었다니 믿을 수가 없었다.

사진 밑에 짧은 이력이 붙어 있었다.

윤기철. 1958년생. 서울대 종교학과 교수. 비교종교학. 종교사학자.

'종교사학자……?'

동탁은 다시 '종교사학자'라는 단어를 입력했다.

종교사학자. 종교를 신학적이나 신앙적 대상이 아닌 철저한 역사적 고증에 의해, 역사적인 사실을 밝히는 학문에 종사하는 사람을 지칭함.

'음.'

동탁은 알 듯 말 듯 혼자 눈을 가늘게 뜨고 컴퓨터 화면을 쳐다보았다.

'치정 관계가 아니라면…… 혹시 종교 문제 때문은 아닐까?'

예전에도 이런 비슷한 사건이 일어난 적이 있었다. 1970년대와 80년대 주로 활동했던 탁명환이란 국제종교문제연구소 소장 피살 사건이 그랬다. 그는 기독교 계통이나 불교 계통이나 가리지 않고 사이비종교나 이단종교를 파헤치는 전문가로 이름을 떨쳤는데, 1994년 골목길을 걸어가다가 결국 누군가에 의해 비참한 죽음을 당하고 말았던 것이다.

무지와 열정이 만나면 종교적 광신이 된다. 무지와 열정은 일란성 쌍둥이다. 요즘은 그런 무지와 열정이 지배하는 세상이다. 그렇다면 윤 교수의 죽음 역시 그런 무슨 종교적 광신과 관련이 있는 건 아닐까. 잔인한 수법으로 보자면 그런 쪽의 가능성도 배제할 수가 없을 테니까.

'아닐 거야.'

그러나 동탁은 곧 고개를 저어버렸다. 종교적인 문제라면 사라진 용의자 하잔이라는 네팔 친구가 가장 유력한데 그가 그럴 것 같지는 않았다.

그가 만일 범인이라면 그가 믿는 라마교가 그런 위험한 종교라는 말인데 동탁이 아는 한 라마교는 그런 광신과는 별로 관련이 없는, 눈 덮인 히말라야 아래 은둔과 묵상을 중시하는 종교였다. 더구나 이 멀고 먼 한국 땅에서 그런 종교 문제로 유학생 신분인 그가 그렇게 잔혹한 살인을 저지를 것 같다는 생각은 들지 않았다. 그럴 이유가 없었다. 그런데 범인이 아니라면 그는 왜 사건이 나자마자 자취를 감추었을까?

라마교라니까 혹시 달라이 라마가 있는 티베트 망명정부와 관련이 있는 건 아닐까? 중국과 오랜 갈등을 빚어온 정치적인 문제라면, 혹시 국제 테러?

혼자 생각하고 동탁은 혼자 웃었다. 자기가 생각해도 너무 나간 것 같았다. 차라리 허영 교수 남편인 차 대령이란 자가 무언가의 대가로 청부 살인에 하잔을 이용했다고 하는 편이 더 현실에 가까울 수 있었다. 질투에 눈이 먼 인간이라면 충분히 그럴 수도 있을 테니까.

동탁은 물끄러미 컴퓨터 화면을 쳐다보며 한동안 제멋대로 이런저런 상상에 빠져들었다.

며칠 후.

비가 내리고 있었다.

늦가을의 축축한 대기에선 바싹 마른 낙엽 태우는 냄새가 났다. 부검이 끝난 윤 교수의 시신은 가족에게 인계되었고, 병원에서 간단한 장례 절차를 마친 다음 화장터로 옮겨졌다.

동탁은 종철을 데리고 화장터로 갔다.

고인에 대해 약간의 애도하는 마음과 함께 혹시나 기삿거리라도 찾을 수 있을까, 하는 일말의 기대 때문이었다. 가늘게 가을비가 내리는 벽제 화장터는 그날따라 별로 붐비지도 않았고 한산하기까지 했다. 시체를 태우는 푸른 연기가 잿빛 하늘에 맴돌고 있는 것 같았다.

여기저기 우산을 쓴 사람들이 서성이고 있는 게 보였다. 위에서 기사 닦달을 쳐댔지만 며칠이 가도 사건은 오리무중, 답보 중이었다. 이런저런 추측성 기사만 무성했다.

"마 차장님, 저 여자가 윤 교수 딸인가 봐요."

'짜식, 차장이라고 하지 말래두.'

속으로 그러면서 동탁의 시선은 자기도 모르게 종철이 가리키는 방향을 쫓아갔다.

화장터 밖 현관 쪽 처마 밑 벤치에 검은 한복 차림의 여자가 앉아 있었다. 누렇게 바랜 잎새가 다 떨어진 등나무 밑이었다. 검은 치마, 검은 저고리 위에 흰색과 검정색이 적당히 섞인 가벼운 체크무늬 숄 같은 걸 걸치고 있었다.

작고 동그란 어깨 위로 길게 묶은 머리. 호리호리한 몸매에 적당한 체구. 하얗고 갸름한 얼굴. 멀리서 봐도 20대 후반이나 30대 초반의 매력적인 여자라는 것을 금세 알 수 있었다. 그녀는 친척으로 보이는 아주머니 둘과 중절모를 쓴 노인 하나에 에워싸여 이야기를 나누고 있는 중이었다.

그리고 나머지는 윤 교수가 재직하던 대학 동료들과 학부생, 대학원생들이었다. 그들은 모두 한결같이 침통한 표정으로 삼삼오오 여기저기 흩어져서 이야기를 나누고 있거나 담배를 피우고 있었다.

"그리고 저어기 흰색 트렌치코트 입은 여자, 노란 우산 들고 초록색 빵모자 쓴 여자, 저 사람이 음대 허영 교수예요. 여긴 안 나타날 줄 알았는데……."

종철이 뜻밖이라는 표정으로 가리키는 쪽을 보니 흰색 트렌치코트에 까만 실크 목도리를 한 보통 키의, 얼굴이 희고 조금 통통한 50대 초반으로 보이는 여자가 서 있었다. 흰색 트렌치코트와 초록색 털실 모자가 썩 잘 어울리는, 한눈에도 세련된 중년 부인이었다.

그녀는 흐린 날씨에도 불구하고 연한 갈색 톤의 커다란 선글라스를 끼고 사람들과 좀 떨어진 곳에 혼자 서 있었는데 그 모습이 조금 우울하고 외롭게 보였다.

윤 교수와 내연 관계였던 사람이라 생각하니 동탁은 왠지 야릇한 호기심이 일어났다. 어쩌면 이 일은 그녀에게도 자신의 명예에 치명적인 요소가 될 수가 있을 것이었다. 별거 중이라지만 아직 엄연히 남편이 있는 서울대 음대 교수가 같은 대학의 홀애비 교수랑 그렇고 그런 관계라는 게 알려지면 결코 그녀에게 유리할 것이 없었기 때문이다.

그런 그녀가 화장터에까지 나타났다는 것은 보통 용기가 아니었을 것이다. 그녀는 아무에게서도 주목을 받지 못했고, 그녀 역시 누구와도 이야기할 마음이 없는 사람처럼 조금 떨어진 곳에서 낯선 모습으로 혼자 서성이고 있었다.

어쩌면 그녀로서는 가장 가까운 사람을 떠나보냈을지도 모른다. 그리고 어쩌면 그녀의 내면엔 이곳에 모여 있는 그 누구보다도 깊은 슬픔이 출렁이고 있을지도 모른다. 그렇지만 누구에게도 그런 마음을 함부로 드러내놓고 표현할 수가 없는 처지였을 것이다. 심지어는 윤 교수의 딸에게조차도……

"저어기 머리가 희끗하고 얼굴색이 붉은 뚱보. 저 사람은 서울경찰청 지능범죄수사팀 홍세범 경감이구요."

다시 종철이 현관 반대편 기둥 근처 큰 향나무 아래에 서 있는 중년의 사내를 눈짓으로 가리키며 말했다. 눈 주위가 약간 시꺼먼 얼핏 중국 판다곰같이 생긴 사내다.

'홍세범 경감……?'

홍세범 경감이라면 서울 경찰청 소속의 베테랑 형사로 동탁과도 일찍이 안면이 있는 사이였다. 그는 주로 지능적인 범죄 전문 수사관으로 정평이 나 있었다. 그가 떴다는 것은 이번 사건에 대한 윗분들의 심각한 관심을 보여주는 것이나 다름없었다. 그의 주변에 형사로 보이는 건장한 체구의 사내들 몇 명이 서성거리고 있었다. 아마 그들 역시 무슨 정보나 얻을까 하고 출동한 것이리라.

"그런데 허영 교수 남편, 차아무개 대령 말이야. 그자의 행적은 좀 알아냈나?"

동탁이 생각난 듯이 말했다.

"아뇨. 어디 노숙자들 틈에서 봤다는 제보도 있었지만 아직은."

고 있는 이야기였다.

"응. 근데 생각하면 이상할 것도 없어. 어차피 남편 차 대령이란 자와는 이미 별거 중이었고, 이혼까지 요구하고 있던 중이었다니까."

"이혼?"

동탁은 금세 초문이라는 듯 설희 쪽을 쳐다보았다.

"응. 근데 차 대령이란 자가 위자료로 거액을 요구했나 봐."

"츳. 결국 돈 이야기구먼."

동탁은 씁쓰레한 표정을 지었다. 이미 들어서 알고 있던 내용이었다.

"응. 근데 그 차 대령이란 자, 그런 주제에 글쎄 강남 모 교회에 얼마전 헌금으로 오백만 원씩이나 했대."

"오백?"

"응."

그건 처음 듣는 이야기였다. 오백만 원이면 노숙자나 다름없는 그에게는 엄청 큰 돈이었을 텐데, 그 돈을 헌금으로? 잘 믿어지지 않는 이야기였다. 역시 박설희는 종교 담당이라 그쪽으로 아는 정보가 많았다.

"그러면서 거기 교회 원로 장로에게 말했다는 거야. 이건 나의 죗값입니다, 하고."

"죗값?"

"응. 그게 뭔 말이겠어? 뭔가 수상하잖아?"

"흠. 죗값이라……."

듣고 보니 의미 없지는 않은 말이었다. 죗값이라면 무언가를 저지른 것에 대해 속죄를 한다는 뜻이 아닌가. 그렇다면 그 무언가란 무엇일까. 동탁이 잠시 생각에 잠긴 채 말이 없자 설희가 계속해서 말했다.

"암튼 윤 교수랑 허영 교수는 늦게 만난 게 서러울 만큼 서로 사이가 좋았나

봐. 죽기 얼마 전에도 같이 국립극장에 영국 오페라단의 〈나비 부인〉을 보러도 같이 갔고."

"〈나비 부인〉……?"

"응. 허영 교수 전공이 성악이고 오페라 가수이기도 했대요. 〈카르멘〉 같은 무대에서 프리마돈나 역할도 여러 번 하고. 그쪽에선 알아주는 대단한 실력자인가 봐."

"흠. 둘이 어울리는군. 최고 권위의 종교학자와 프리마돈나…… 둘 다 서울대 교수. 군인 출신인 남편 차 대령이란 자가 질투 날 만도 했겠어."

동탁이 괜히 헛웃음을 날렸다.

"부러워?"

"응. 부럽다, 부러워. 넌 안 부러워?"

"난 형이 있잖아?"

설희가 공연히 능청을 떨었다.

"이키! 무슨 소릴……?"

"후후후."

둘은 소리 내어 웃었다.

농담 속에 진담이 있다고 듣기에 과히 나쁘지는 않았다. 그렇다고 설희가 막상 사귀자고 달려들면 그땐 별로 자신이 없을 것 같았다. 독신주의자는 아니었지만 그렇다고 결혼을 할 생각은 아직 손톱만큼도 없었다. 아마 그건 그녀도 마찬가지일 터였다.

"근데 아무래도 그것만은 아닌 것 같아. 아무리 그래도 차 대령이란 자가 윤 교수를 그렇게 잔인하게 죽일 이유는 없거든. 안 그래, 형?"

설희가 다시 진지한 표정으로 돌아와서 말했다.

"글쎄 말이야."

려 문을 열었는데 순간 나를 확 낚아채려 하더라구요. 깜짝 놀라서 얼른 뿌리치고 문을 다시 닫았죠. 한숨도 못 잤어요."

미나 역시 여전히 앞을 보며 짧고 간결한 어조로 상황을 말해주었다.

납치? 왜?

혹시 윤 교수를 죽인 자와 무슨 관련이라도 있는 걸까?

동탁은 미나와 나란히 걸어가며 빠르게 머리를 굴려보았다. 그러나 얼른 감이 잡히지 않았다. 설사 윤 교수의 살해범이라 해도 윤미나를 납치해야 할 마땅한 이유 같은 건 떠오르지 않았기 때문이다.

그런데 그때, 미나의 발걸음이 그 자리에 딱 멈춰 섰다. 그러곤 빠르고 낮은 목소리로 말했다.

"그자예요!"

"엉?"

동탁은 미나의 시선이 가리키는 쪽을 쳐다보았다. 사람들 속에 묻혀 이쪽으로 오고 있는 사내. 키 큰 외국인이라 금세 눈에 띄었다. 그런 데다 그는 유대인처럼 검은 중절모를 쓰고 창백하도록 흰 얼굴에 붉은 수염을 무성하게 기르고 있었다. 무릎 아래까지 오는 긴 검은색 망토 허리엔 진홍색 실로 꼰 허리띠를 두르고 있었다. 한눈에도 영화에서나 봄 직한 서양 수도원의 수사 같은 모습이었다.

그는 전혀 서두르거나 멈추는 일이 없이 대범한 동작으로 동탁과 미나가 걸어가던 반대 방향에서 이쪽을 똑바로 노려보며 걸어오고 있었다. 인파 사이로 사내의 눈과 동탁의 눈이 마주쳤다. 솟아오른 광대뼈. 턱을 덮고 있는 무성한 붉은 수염. 회색빛이 감도는 깊고 푸른 눈. 동탁은 언젠가 동물원에서 본 늑대의 눈을 연상했다. 날카로운 흰 이빨을 숨긴 채 먹이를 향해 조심스럽게 다가가는 늑대의 눈.

순간, 동탁은 자기도 모르게 싸늘한 공포가 등줄기를 타고 지나가는 걸 느꼈다. 이유야 어떻든 일단 피하고 봐야 할 것 같았다.

"미나 씨, 이쪽으로!"

동탁은 황급히 미나의 손을 잡고 몸을 돌려 반대편 쪽으로 빠르게 뛰기 시작했다. 흘낏 돌아보니 붉은 수염 역시 사람들을 헤치며 빠르게 다가오고 있는 중이었다. 별로 서두르는 기색이 없었지만 발걸음이 몹시 가볍고 빠르다는 것을 느낄 수가 있었다. 명동의 거미줄처럼 복잡한 대낮의 거리에서 느닷없는 추격전이 벌어졌다.

"이쪽으로!"

영문을 모르는 사람들은 놀라서 비켜주었다. 아마 장난을 치거나 영화라도 찍는가 생각할지 몰랐다. 사람들 사이로, 사람들의 물결을 헤치며 뛰는 일이 쉽지는 않았다.

그러나 간신히 사람들을 헤치고 명동을 빠져나온 두 사람은 길 건너 남산이 있는 후암동 쪽으로 방향을 잡고 뛰었다. 그쪽으로 해서 서울역 쪽으로 달아날 생각이었다. 미나는 동탁의 뒤를 바싹 따라왔다. 그러나 미나는 자꾸 뒤로 처지곤 했다.

"마 기자님, 잠깐만요."

숨이 턱에 닿은 목소리로 미나가 헥헥거리며 말했다.

"조금만 더 가요. 놈이 따라 붙을 수 있으니까."

동탁 역시 어느새 숨이 차고 이마에 땀이 맺혔다. 마치 낮도깨비에게라도 홀린 기분이 들었다.

'뭐냐. 대체.'

저 뒤쫓아오는 붉은 수염의 백인 사내는 도대체 누굴까? 복색으로 보니 수도원의 수사 같은 차림인데. 그가 왜 지금 이곳 서울에 난데없이 나타났을까?

그것도 대낮에.

그리고 그는 또 왜 지금 윤미나를 납치하려 하고 있을까?

어느새 이마에 땀이 송글송글 맺혀 흘러내렸다. 매캐한 대기가 폐부 깊숙이 파고들었다. 돌아보니 미나 역시 얼굴이 발갛게 되어 헥헥거리며 따라오고 있었다.

얼마쯤 뛰었을까.

남산 쪽 언덕길 주택가.

좁은 골목길이 이리저리 나 있었고, 전봇대와 전선줄들이 사방으로 어지럽게 널려 있었다. 낮게 깔린 회색빛 하늘에서 금세 무언가라도 떨어질 것 같았다.

그때 마침, 근처에 임시 차단벽으로 사방이 둘러싸인, 철거 중인 건물이 눈에 들어왔다. 예전에 초등학교 교사로 사용되었던 폐교 건물터 같았다. 문틈으로 보니 철거되고 남은 건축 자재, 폐타이어, 쓰레기 더미 등이 여기저기 쌓여 있었다. 그 사이로 벌겋게 황토를 드러낸 제법 넓은 공터가 보였다. 동탁은 잠시 숨도 돌릴 겸 잘 됐다는 생각에 얼른 미나를 데리고 그 안으로 들어갔다.

그러나 다음 순간, 아차, 동탁은 길을 잘못 들어왔다는 생각이 불현듯 머리를 스쳤다. 사방이 막혀 있어 그놈이 쫓아올 경우 자칫하면 도망갈 구멍이 없는, 독 안에 갇힌 쥐 꼴이 되기 십상이었기 때문이다.

그러나 돌아 나갈 길은 없었다. 통로라고는 오직 방금 그들이 들어왔던 반쯤 열린 커다란 철문밖에 없었기 때문이다. 어쩔 수 없이 동탁은 모든 것을 운명에 맡기고 미나와 함께 폐자재들이 높다랗게 쌓여 있는 그늘 뒤로 몸을 숨겼다.

미나는 동탁의 등짝 가까이에 얼굴을 바싹 붙이고 앉았다. 미나의 뜨거운 숨결이 등 뒤에 느껴졌다. 동탁은 갑자기 그녀가 불쌍하다는 생각이 들었다. 그녀로서는 생의 가장 어려운 순간, 또다시 이런 위기를 맞고 있는 건지 몰랐다. 그러자 그녀와 이제 겨우 두 번째 만난 사이였지만 어쩐지 오랫동안 알고 지냈던 것처럼 느껴졌다.

그러나 그런 생각도 잠깐.

아니나 다를까, 잠시 후 검은 수사복 차림 붉은 수염의 사내가 문 사이로 들어와 공사장 안으로 천천히 모습을 드러냈다.

검은 중절모. 솟아오른 광대뼈. 회색과 푸른빛이 감도는 차가운 눈동자. 굳게 다문 얇은 입술. 무성한 붉은 수염. 밀랍으로 빚어놓은 것처럼 기묘하리만큼 희고 창백한 얼굴.

폐자재 쓰레기 더미 뒤에 숨긴 채 동탁과 미나는 이 신비롭고 기묘하기까지 한 낯선 사내의 움직임을 일거수일투족 뚫어져라 지켜보고 있었다. 어느새 동탁은 손을 뻗어 근처에 있던 작은 쇠파이프 하나를 꼭 잡았다. 여차하면 놈의 대가리라도 한 대 후려갈기고 미나와 함께 달아날 작정이었다.

그런 기색을 아는지 모르는지 붉은 수염의 사내는 서두르지 않고 한 걸음 한 걸음 그들이 숨어 있는 곳을 향해 다가오고 있었다. 가까이 다가올수록 쇠파이프를 쥔 동탁의 손아귀에 힘이 들어갔다. 동탁의 등 뒤에 턱을 붙이고 숨어 있던 미나의 숨소리가 더욱 거칠고 뜨겁게 느껴졌다. 심장소리가 또렷하게 들리는 것 같았다.

곧 그들이 마주칠 정도의 거리. 동탁은 숨이 딱 멈춰지는 것 같았다. 누군가가 심장을 손으로 꽉 움켜쥐는 듯한 느낌이 들었다.

그때였다!

붉은 수염과 그들 사이에 그림자 하나가 소리 없이 훌쩍 끼어들었다. 몸놀림이 어찌나 가벼웠는지 마치 고양이 한 마리가 휙, 하고 나타난 느낌이었다.

갑자기 나타난 그림자는 동탁과 미나를 등지고, 붉은 수염의 사내를 향해 두 다리를 약간 벌린 채, 마치 그의 길을 가로막듯이 섰다.

동탁은 놀란 눈으로 그의 뒷모습을 지켜보았다. 얼굴은 볼 수 없었지만 회색 털실 모자 아래로 빡빡 깎은 뒷머리는 선명하게 보였다. 호리호리한 몸매에 중키의 사내였다. 수사복 차림의 붉은 수염과 달리 그는 헐렁한 감색 점퍼 차림에 낡은 청바지를 입고 있었다.

순간, 동탁의 머릿속으로 자기도 모르게 이름 하나가 번개처럼 지나갔다.

'하잔?'

설마하니 하잔이 이런 데를 어떻게 알고……? 더구나 그는 윤 교수의 살해범으로 경찰에 쫓기고 있는 중이 아닌가. 그가 만일 하잔이라면 그가 여기에 왜……?

도무지 이해할 수 없는 상황이었다. 그런데 지금 행동으로 봐선 그는 동탁이나 미나를 해칠 생각이 아니라 도리어 분명 그들을 붉은 수염의 수사로부터 보호해주려고 하는 것 같았다.

이 돌연한 낯선 존재의 출현에 동탁뿐만 아니라 붉은 수염 역시 적지 않게 놀란 것 같았다. 제자리에 못 박힌 듯 우뚝 발걸음을 멈춰선 그는 갑자기 나타난 사내를 차가운 눈으로 뚫어지게 노려보았다. 둘 사이에 활줄을 당겨놓은 것처럼 팽팽한 긴장감이 돌았다. 나뭇잎 떨어지는 소리, 작은 숨소리조차 들릴 정도였다.

이윽고 붉은 수염의 얼굴에 싸늘한 미소 같은 게 물결처럼 번져나갔다. 그와 함께 수염투성이 입꼬리가 가볍게 말려 올라가는 느낌이었다.

"라가."

그때, 그의 입에서 짧고 둔탁한 한마디가 씹어뱉듯이 흘러나왔다. 육중하고 음습한 그 소리는 마치 땅속 깊은 지옥에서 흘러나오기라도 한 것처럼 으스스하게 들렸다.

'라가……?'

동탁은 뜻밖에 그 단어를 기억했다. 언젠가 윤 교수의 수업 시간에 우연히 들은 적이 있는 단어였다. '라가'라는 단어는 원래 '저주받은 자', 혹은 '유황불에 던져질 자', 혹은 '사탄 악마의 자식'이라는 뜻의 히브리 말이라고 했다. 윤 교수의 말에 의하면 성경에 나오는 말 중에서 가장 험악한 저주의 말이라고도 했다.

그런데 바로 그때, 그곳에서, 그의 입에서 아직 누구에게서 한 번도 들어보지 못했던 그런 무시무시한 말이 흘러나왔던 것이다. 그와 동시에 붉은 수염의 눈동자엔 말할 수 없는 증오심과 복수심 같은 게 불꽃처럼 무섭게 타올랐다. 마치 오랫동안 찾아다니던 불구대천의 원수라도 만난 듯한 눈빛이었다.

"라가!"

다시 한번 저주에 찬 말을 힘차게 뱉어내자마자 사내는 몸을 솟구쳐 곧장 회색 털실 모자의 남자를 향해 달려들었다. 마치 검은 독수리 한 마리가 날개를 움츠리고 최대한의 속도로 먹잇감을 향해 내리꽂히는 것 같은 느낌이었다. 어느새 그의 오른손에는 번쩍이는 날카로운 것이 들려 있었다.

'단도닷!'

동탁은 자기도 모르게 속으로 소리를 질렀다.

그렇다면……? 그러나 그런 생각을 미처 할 틈도 없이 사내의 단도는 곧장 새로 나타난 남자의 가슴을 향해 날아갔다. 금세라도 남자의 가슴을 꿰뚫고 피를 뿜어댈 것 같은 절박한 순간이었다.

"아앗!"

미나가 낮게 비명을 질렀다.

그러나 그때까지도 새로 나타난 사내는 그 자리에 못 박힌 듯이 서서 꼼짝도 하지 않고 있었다. 숨소리조차 들리지 않았다. 그러고는 단도의 끝이 거의 그의 몸 가까이 다가왔을 때에야 비로소 가볍게 몸을 틀었다. 그러곤 한쪽 다리를 뒤로 빼서 단단히 땅을 지지하고 서서 윗몸을 허리께로 낮추어 빙글 한 바퀴 돌았다. 마치 춤이라도 추는 것 같았다. 그러자 그를 향했던 단도는 목표를 잃고 허공을 찌르고는 멈추었다.

과녁을 맞추지 못한 붉은 수염의 백인 사내는 비틀거리며 다시 자세를 잡았다. 첫 공격이 실패로 돌아가자 사내는 적지 않게 당황한 표정을 지었다. 오랜 세월 익힌 단도술이 이렇게 간단하게 헛질을 하게 되리라고는 꿈에도 생각하지 못했다는 표정이었다.

"라가!"

사내의 입에서 다시 아까와 같은 저주의 말이 흘러나왔다.

그러곤 다음 순간, 두 번째의 공격을 감행하였다. 이번에는 정확히 새로 나타난 사내의 목을 향했다. 지난번보다 훨씬 잔혹하고 재빠른 동작이었다. 그러나 이번에도 새로 나타난 사내는 전혀 서두르지 않고 태극권이라도 하듯 몸을 한 번 비틀어 단도를 피하고는 두 손을 쭉 뻗어 검은 망토 사내의 가슴을 가볍게 밀어버렸다. 중심을 잃은 붉은 수염이 뒤로 몇 걸음 비틀거리며 밀려나 겨우 자세를 잡았다.

너무나 빠른 동작이었다.

당혹감이 붉은 수염의 얼굴 전체를 스쳤다. 어느새 그의 얼굴은 땀으로 젖어 있었다. 예상치 못했던 훼방꾼의 출현에 그는 적지 않게 놀란 모양이었다. 더구나 이토록 동양 무술에 고강한 자가 나타나리라고는 꿈에도 생각지 못했다는 표정이었다. 놀라움이 사라지고 나자 그의 얼굴은 잔인하게 일그러졌다. 지금까지 보았던 모습과는 판이하게 야수와 같은 기운이 배어나왔다. 회색빛 눈은 붉게 충혈되었고, 길죽한 그의 코에서는 거친 숨결이 느껴졌다.

그는 중절모를 옆으로 벗어던지고 망토까지 벗어버리고는 다시 천천히 공격 자세를 잡았다. 황금빛 머리가 마구 헝클어져 내렸다. 그는 헝클어진 머리카락을 한 손으로 쓸어 다듬었다.

아주 침착한 모습이었다. 숨을 가다듬은 그가 이제 세 번째 공격을 시도할 참이었다. 그의 입가에 싸늘한 미소가 떠올랐다.

순간, 동탁은 정신이 번쩍 들었다. 이렇게 넋을 놓고 그들 둘의 결투를 보고 있을 겨를이 없었다.

"미나 씨."

동탁은 조용히 미나의 손을 꼭 잡았다. 그러고는 그녀의 손목을 끌고 허리를 잔뜩 숙인 채 그들의 눈에 띄지 않게 폐자재 더미 뒤를 지나, 살금살금 아까 들어왔던 문을 통과해 재빨리 밖을 향해 걸어나왔다.

다행히 그들 둘은 서로에게 극도로 긴장해 있는 탓인지 동탁과 미나의 탈출을 눈치채지 못하고 있었다. 그때까지도 그들 두 사내는 상대방의 빈틈을 노리듯 미동도 하지 않고 깎아놓은 돌처럼 서 있었다.

철문을 빠져나온 두 사람은 곧장 어둠이 깔리기 시작하는 골목길을 쏜살같이 달려 내려가기 시작했다. 금세라도 그들이 목표를 바꾸어 뒤쫓아 올 것 같은 기분이 들었다. 무서운 공포심이 온몸을 휩싸고 지나갔다.

잿빛 하늘에서 무언가 차가운 것이 떨어지고 있었다.

6

마포

큰길로 나오자 택시부터 잡았다.

"아저씨! 마포 신수동! 우체국 뒤……!"

동탁은 다급하게 소리쳤다. 말이 떨어지자마자 택시는 기다렸다는 듯이 움직이기 시작했다.

"우리…… 어디로 가나요?"

차가 달리기 시작하자 그제야 미나가 동탁의 옆얼굴을 불안하게 쳐다보며 조금 떨리는 목소리로 말했다. 사실 그녀로서도 오늘 동탁을 처음 본 것이나 다름없는 사이였다. 어제 화장터에서 만난 것이 전부였기 때문이다.

"집. 제 오피스텔이요. 일단 거긴 안전할 거예요."

택시 기사가 알아차리지 못할 정도로 낮고 빠른 목소리로 동탁이 말했다. 달리 선택의 여지가 없었다. 본의는 아니겠지만 동탁 자신의 목숨까지도 어떻게 될지 모르는 상황이었다.

미나는 더 이상 아무 말도 없었다. 동탁은 핸드폰을 꺼내 우선 급한 김에 떠오르는 대로 강종철에게 메시지를 날렸다. 이런 상황에서 그래도 가장 믿을 수 있고 만만한 사람은 강종철뿐이었다.

▸ 강 기자. 마포 우리 집으로 와라. 빨리. 급!

그러자 조금 있다가,

▸ 왜요? 무슨 일?

하고 문자가 날아왔다.

▸ 지금 윤미나와 같이 있어. 위험한 자에게 쫓기는 중. 더 이상 묻지 마!

동탁이 약간 짜증 난 표정으로 메시지를 날렸다.

▸ ㅇㅋ~! 바로 날아가겠슴다.

'윤미나'라는 문자가 뜨자 종철이 화들짝 답장을 보내왔다.

택시는 곧 남대문을 지나 서울역 뒤로 돌아 아현동 쪽 고가도로로 접어 들었다. 그제야 동탁은 숨을 크게 한 번 들이쉰 다음 미나 쪽을 바라보며 참고 있었던 질문을 쏟아내었다.

"그들은 누구죠? 그들은 왜 미나 씨를 쫓고 있는 거죠?"

택시 기사가 알아채지 못할 정도로 여전히 낮은 목소리였지만 동탁의 목소리엔 약간 화가 배어 있었다. 마치 방금 전에 일어난 일들이 모두 그녀에게 책임이 있기라도 한 것처럼.

그러나 그녀는 아직 두려움에서 벗어나지 못한 불안한 표정으로 멍하니 차창 밖만 내다보고 있을 뿐이었다.

"이봐요. 미나 씨. 나도 죽을 뻔했다구요! 대체 왜 이런 일이 벌어지고 있는

지 아는 대로 말 좀 해봐요."

"……몰라요. 저도."

그녀의 얼굴 위로 얼핏 불안스럽고 곤혹스러운 그림자가 스쳐 지나갔다. 동탁은 순간 그녀가 무언가를 감추고 있다는 느낌이 들었다. 무언가 말 못 할 비밀 같은 것.

동탁은 더 이상 묻지 않고 택시 시트 등받이에 깊이 몸을 묻었다. 원인을 알 수 없는 한줄기 불안감과 함께 자기도 모르게 영화 속 같은 흥미진진한 상황 속으로 빠져들어 가고 있는 듯한 가벼운 흥분마저 들었다.

도대체 그들은 누구인가? 신비롭고 기괴한 모습의 수사. 그리고 갑자기 나타난 허름한 차림새의 사내. 한눈에도 그들 둘 다 무협영화에서나 나옴 직한 무술 실력을 지닌 고수들 같았는데. 그들이 왜……?

동탁은 아직도 방금 전 눈 앞에서 벌어졌던 장면들이 도무지 현실 같지가 않았다. 그때 종철에게서 문자가 날아왔다.

> ▸ 차장님! 자동차로 이동 중. 경찰에 알릴까요?
> ▸ 아니. 그냥 와. 지금은 안전.
> ▸ 알았어요!

원칙대로 하자면 경찰에 알리는 것이 우선이겠지만 어쩐지 아직 그러고 싶은 마음이 들지 않았다. 그것은 동탁뿐만 아니라 미나 역시 마찬가지였는지 그런 위급한 상황임에도 불구하고 경찰 이야기는 아예 꺼내지도 않고 있었다.

그녀가 꺼내지 않는 이상 동탁이 먼저 할 이유가 없었다.

생각하면 자기는 어디까지나 제3자일 뿐이다. 팩트를 찾아 기사를 쓰면 그것으로 끝이다. 사건 속으로 들어가 사건의 주인공까지 될 필요까지는 없었다. 어디까지나 냉정함을 잃으면 안 된다. 기자란 제3자답게 우연인 것처럼 벌어지는 일들 속에서 필연성을 찾아내는 것. 그것뿐이다.

사실 지금 바로 곁에 앉아 있는 미나만 해도 어제 화장터에서 잠깐 본 이후, 오늘이 처음이나 다름없는 사이였다. 그녀가 어떤 사람인지, 왜 쫓기고 있는지, 죽은 자기 아버지 윤 교수와 과거 어떤 일이 있었는지, 전혀 모르고 있지 않은가. 조금 전 느닷없이 그들 앞에 나타났던 사내들만큼이나 그녀의 존재 역시 아직 신비에 싸여 있는 것이나 다름없었다.

그러자 동탁은 어쩐지 조금 전의 흥분이 가라앉고 다소 냉정해진 기분이 들었다.

얼마 후, 택시는 신수동 우체국 뒤에 멈추었다. 동탁의 원룸 오피스텔은 우체국 뒤 언덕길로 조금 올라간 곳에 있었다. 한강이 내려다보이는 복잡하고 좁은 골목들이 거미줄처럼 펼쳐진 곳이었다.

어두운 강 위로 강 건너편 영등포의 불빛이 화려하게 수놓아져 있었다. 다리 위로 마악 전철이 불뱀처럼 긴 자취를 남기며 지나갔다. 습한 바람이 메케한 냄새를 풍기며 불어왔다. 이런 곳이면 아무리 날고 기는 자라 해도 추적이 거의 불가능하리란 생각이 들었다.

"강종철 기자 아시죠? 지난번 화장터에서 인사했던 우리 신문사 사회부 젊은 친구. 그 친구도 온댔으니까, 같이 대책을 이야기해보죠. 호텔로 다시 갈 수는 없잖아요? 위험하기도 하고."

어둑어둑한 골목길로 올라가며 동탁이 그녀를 안심시키기라도 하는 것처럼 말했다. 아무리 위험한 상황을 같이 벗어났다곤 하나 아직은 낯선 사내를 따라 그의 오피스텔로 가는 게 부담스러울 수도 있을 거라는 생각이 들었기 때문이다.

그녀는 조금 불안한 표정을 지었지만 순순히 동탁을 따라 몇 걸음 뒤에서 따라왔다. 어쩌면 그녀로서도 지금 달리 선택의 여지가 없었는지도 몰랐다.

　잠시 뒤.

　신수동 동아 오피스텔 3층. 미나는 걸음을 멈추고 잠시 현관문 앞에서 어색한 모습으로 서 있었다.

　"지저분해요. 들어와요."

　먼저 안으로 들어간 동탁이 아침에 두고 온대로 어수선한 방을 대충 치우면서 두서없이 말했다.

　"어서요."

　동탁이 약간 채근하듯이 말했다. 그제야 미나는 신발을 벗고 안으로 들어왔다. 동탁은 침대 발치에 있는 일인용 소파를 눈짓으로 가리키며 말했다.

　"아무 데나 앉으세요. 잠시 앉아서 숨 좀 돌리세요. 배고프죠? 우리 강 기자 오면 피자나 시켜 먹어요. 나갈 것 없이."

　동탁은 그녀의 긴장을 풀어주기라도 하는 것처럼 조금 전의 위험했던 일을 다 잊은 듯한 투로 두서없이 말하고는,

　"커피 드실래요?"

하고 물었다.

　그제야 소파에 앉으며 미나가 가볍게 고개를 끄덕였다.

　보라색 물방울 무늬의 스카프를 풀어 소파 등받이에 걸어두었다. 회색 반코트 속에 연한 초록빛 스웨터를 받쳐 입고 있었다. 하얀 목에 걸린 은빛 목걸이가 유난히 눈에 띄었다.

　긴 굽슬머리가 어깨까지 찰랑이며 내려왔다.

　동탁이 혼자 살던 공간에 이렇게 세련된 낯선 여자를 들여놓기는 처음이었다. 어쩐지 자기 살림살이 속을 다 드러내 보이는 듯 어색한 느낌마저 들었다.

"미국엔 언제 가셨나요?"

포트에 생수병 물을 붓고 코드를 꽂으며 동탁은 짐짓 그런 어색한 감정을 감추려는 듯 명랑한 어조로 말했다.

"고등학교 때요."

"아, 일찍 갔군요. 그럼 국내엔 친구들도 많이 없겠네요."

침대 끝에 엉덩이를 붙이고 마주 앉으며 동탁이 말했다.

"예."

"출국일은 언젠가요? 언제 다시 출국할 예정인가요?"

"일주일쯤 뒤……."

미나가 자기 입술을 가볍게 씹으며 자신 없는 투로 대답했다.

"일주일 뒤라. 근데 미나 씨. 죄송한 질문이지만 아버님, 그러니까 윤 교수님에게 사귀고 있는 여자친구가 있었다는 건 알고 있었나요? 그날 화장터에도 왔던데. 음대 교수라고. 초록색 빵모자를 쓴 여자."

그녀는 가볍게 고개를 끄덕였다.

"그 사람, 지금은 같이 살지 않지만 남편 되는 사람이 누군지는 아나요? 대령 출신이라던데. 알코올중독자이고."

그녀는 가볍게 미간을 찌푸리며 고개를 저었다.

"음. 혹시 아버님 사건이랑 그 사람이랑은 어떤 연관이 없을까요? 추측되는 것이라도."

심문이라도 하는 듯한 동탁의 연이은 질문에 그녀는 모르겠다는 듯이 얼굴을 가볍게 찡그리며 아까처럼 가만히 고개만 저을 뿐이었다. 피곤한 기색이 얼굴에 떠올랐다.

아까 느꼈던 연민의 감정 같은 게 다시 동탁의 가슴 안쪽 어딘가에서 슬그머니 올라왔다. 동탁은 그녀에게서 눈을 돌려 창밖 쪽을 쳐다보며 말했다.

"그런데 이 사건은 이해되지 않는 부분이 한두 가지가 아니에요."

포트의 물이 끓고 있었다.

"경찰에서 가장 유력한 용의자로 지목하고 있는 하잔이라는 네팔 유학생과 또 다른 용의자, 죄송하지만 미나 씨 아버지의 여자친구 되시는 음대 교수의 남편이라는 사람. 대령 출신이라고 하더군요. 그런데 이상한 것은 지금까지 그 둘 사이엔 전혀 공통점이라고는 없다는 거죠."

커피잔에 커피를 타며 동탁이 말했다.

"그런 데다 아까 미나 씨랑 나를 쫓아왔던 붉은 수염, 검은 망토를 걸친 수사 차림의 남자 말이에요. 단도를 휘두르는 걸 봐서 보통 위험한 인간이 아닌 것 같던데……. 그는 도대체 누굴까요? 그리고 그를 막아선 채 우리를 보호해 준 것처럼 보였던 허름한 청바지 차림새의 그 남자는요?"

동탁은 김이 모락모락 나는 커피잔을 미나에게 건네주며 말했다. 잠시 침묵이 흘렀다. 사실 그녀에게서 무슨 답이 나올거라 기대는 하지 않았다. 어쩌면 그 질문들은 동탁 자신에게 던지는 것이나 다름없었다.

커피를 홀짝거리며 미나는 아무런 대답도 없었다. 혼자 무슨 생각에 잠긴 것 같았다. 하얀 이마 아래 까만 눈썹이 유난히 눈에 띄었다. 동탁은 앞에 앉아 있는 그런 미나의 존재를 잊은 채 커피를 홀짝거리며 자기도 역시 혼자 깊은 생각에 잠겼다.

"아마 책 때문일 거예요."

그때 미나가 작은 목소리로 말했다.

들릴까 말까 한 작은 소리였다. 동탁은 혹시 자기가 잘못 들었나 하고 고개를 들고 미나 쪽을 보았다. 그녀는 고개를 숙인 채 커피잔을 만지작거리며 입술만 잘근잘근 씹고 있었다.

"책?"

동탁은 확인이라도 하듯 되물었다.

"예. 아주 오래된 책."

미나는 가볍게 고개를 끄덕이며 아까보다는 조금 큰소리로 말했다. 그러고 나서 약간 주저하는 눈빛이더니 이윽고 마치 큰 결심이라도 한 듯 덧붙였다.

"그리고…… 아주 위험한 책."

그러고는 가볍게 한숨을 한 번 쉬더니 다시 입을 닫아버렸다.

'아주 오래되고, 아주 위험한 책……?'

동탁은 그녀의 음미하듯 말을 다시 한번 되뇌어보았다. 이건 무슨 수수께끼 같은 말인가. 윤 교수가 죽고, 의문의 사내 둘이 나타나 이 소동을 벌이고 있는 것이 모두 한 권의 책 때문일 거라니! 그녀가 지금 자기를 놀리려고 하는 것은 아닐까.

하지만 지금은 그런 분위기도 아닐 뿐만 아니라 그녀의 표정으로 봐서 엉뚱한 농담을 하고 있는 것 같지는 않았다. 그러고 보니 며칠 전 관악경찰서 식당에서 종철이 했던 말이 떠올랐다. 그땐 무심코 들어 넘겼는데 그때 그도 책 이야기를 했었지. 뭐라 했더라…… 동탁은 그때 종철이 했던 말을 곰곰이 기억 속에서 되짚어보았다.

맞아.

하잔과 윤 교수가 책 때문에 심하게 다투었다고 했지. 그때 하잔이 돌려달라고 했다던 그 책. 그게 바로 지금 미나가 말하는 아주 오래되고, 아주 위험하다는 그 책이 아닐까.

동탁의 머릿속이 어지럽게 돌아갔다. 무언가 실마리가 잡힐 것 같기도 하고, 아닌 것 같기도 했다. 동탁은 미적지근하게 식은 커피를 몇 번 건성으로 홀짝거리며 마셨다. 그러고는,

"그게 어떤 책인지 미나 씨는 알고 있나요?"

하고 조심스럽게 물었다.

"아뇨. 사실 전 본 적도 없어요."

"예? 본 적도 없다구요. 그럼 어떻게……?"

동탁이 눈을 동그랗게 뜨고 미나를 쳐다보았다.

"아버지께 들었어요."

"윤 교수님이?"

"예."

미나는 동탁을 쳐다보며 말했다.

"십 년 전엔가 아버지가 학술대회 참가차 네팔에 갔었는데 그때 우연히 그곳 고물상에서 발견하셨대요."

"네팔에 있는 고물상에서?"

"예. 양피지 두루마리로 된 책인데 오랜 세월에 바스라질 듯한 상태였지만 해독을 해본 결과 2천 년 가까이 된 책이라고 했어요."

"2천 년?"

동탁은 자기도 모르게 입이 딱 벌어졌다.

"예."

"양피지에 쓰인 두루마리 책이라면…… 혹시 기독교 성서와 관련이 있는 건가요?"

동탁이 나름 넘겨짚으면서 말했다.

윤 교수의 종교학 강의 시간에 어떤 양치기 소년에 의해 사막의 버려진 동굴에서 2천 년이 지난 성서의 양피지 문서가 발견되어 세상을 온통 발칵 뒤집어놓았다는 말을 들은 적이 있었기 때문이다. 사해문서라고 했던가.

1956년경 이스라엘 사해 서쪽 둑에 있는 쿰란이라는 언덕 동굴에서 우연히 양치기 소년에 의해 아주 오래된 문서들이 발견되었다. 잃어버린 양을 찾아들어갔던 동굴 속에 오래된 항아리들이 있었고, 그 항아리 속에 파피루스와 양피지에 쓰인 오래된 두루마리들이 들어 있었다는 것이다.

그 문서 속에는 구약성서의 「이사야」를 비롯하여, 「어둠의 아들들과 빛의 아들들의 전쟁」 같은 지금의 성서에는 없는 기독교와 관련된 내용의 책들이 숱하게 들어 있었다고 했다.

윤 교수가 강의 시간 슬라이드로 보여주었던 항아리에 담겨 있었던 그 문서들 역시 양피지 두루마리로 되어 있었고, 오랜 세월에 말라 바스라질 듯 짙은 갈색으로 바래 있었다.

"맞아요. 기독교 성서와 관련이 있는 책이라고 했어요. 예수의 열두 제자 중 한 사람이 쓴 거라고……."

"예수의 열두 제자?"

동탁은 놀란 눈으로 미나를 쳐다보았다. 예수의 열두 제자라면 12사도를 말하는 것이 아닌가. 그중의 하나라니!

동탁의 머릿속으로 얼핏 가룟 유다가 떠올랐다.

얼마 전 설희가 전해준 윤 교수의 논문 때문이었는지 몰랐다. 성경에 '차라리 태어나지 말았으면 좋았을 자'라고 묘사된 자. 영원히 지옥의 유황불에 던져져 고통을 받을 자. 오랫동안 서구의 역사 속에서 사탄의 자식이라고 불리던 자. 그러나 윤 교수의 논문 「가룟 유다에 관한 또 하나의 다른 이야기」 속에서는 전혀 다른 인물로 묘사되어 있던 그 사람, 배신자 가룟 유다였다. 설마?

"열두 제자 중의 하나라면 혹시 유다가 아닌가요? 가룟 유다……?"

동탁은 미나를 빤히 쳐다보며 떠보듯이 말했다.

"모르겠어요."

미나는 그런 그를 외면하며 작은 목소리로 자신 없게 대답했다.

"혹시 미나 씨도 아버님이 가룟 유다에 대해 쓰신 논문, 알고 있나요?"

그녀는 대답 대신 가볍게 고개만 끄덕였다. 그녀의 얼굴에 곤혹스러운 빛이 스쳐 갔다.

"그러면 윤 교수님이 가룟 유다에 대해 성경이니 교회에서 말하던 것과 전혀 다른 주장을 하고 계셨다는 것도……?"

미나는 다시 고개를 끄덕였다.

"만일 윤 교수님이 말씀하신 그 책이 가룟 유다와 관련된 것이라면?"

그러나 미나는 고개를 가로저었다.

"난 그렇게 생각하지 않아요. 아버지의 죽음과 그건 별개일 거예요. 분명히 다른 이유가 있었을 거라 믿어요."

"다른 이유라……."

동탁은 눈살을 찌푸리며 형사처럼 혼자 중얼거렸다.

그러나 미나가 말하는 '아주 오래되고 위험한 책'과 며칠 전 읽었던 윤 교수의 논문 「가룟 유다에 관한 또 하나의 다른 이야기」가 겹쳐 떠오르는 것은 어쩔 수가 없었다. 보기에 따라서 매우 위험한 내용을 담고 있었기 때문이다.

동탁은 물끄러미 미나를 바라보며 지난번 읽다 만 윤 교수 논문 속의 유다를 떠올렸다.

로마군들에 의해 가족들이 몰살당한 이후, 유다는 이웃집 아저씨의 손에 끌려 간신히 피신하여 달아났다고 했다. 그러곤 어떤 마을 성전의 하인이 되어 온갖 잡일들을 하면서, 우연히 동정심 많은 늙은 랍비를 만났다고 했다.

어린 유다는 동정심 많은 그 늙은 랍비로부터 글자를 배우는 한편 바빌론의 포로가 되어 살았던 노예살이와 용맹했던 모가비 혁명 등 유대인 선조들의 수난과 항쟁의 역사를 배웠다. 그러고는 점점 과묵하고도 열정적인 청년으로 성장해가고 있었다. 가슴 깊이 지울 수 없는 복수심과 증오심을 숨긴 채…….

7   차라리 태어나지 않았으면 좋았을 자에 관한 기록 2

[당시 유대 땅의 정국은 혼란스럽기 짝이 없었다. 로마에 붙어 출세를 꿈꾸는 자, 헤롯 왕을 따르는 헤롯당, 모세의 율법에만 매달리는 율법주의 바리새파, 그리스화되고 친로마화되어 귀족인 양 거들먹거리는 사두개파 등등 수많은 무리들이 저마다 권력 암투를 벌이고 있었고, 민중들은 희망을 잃은 채 살아가고 있었다.

살인적인 세금과 노동, 만성적인 빈곤과 영양실조로 백성들은 신음하고 있었고, 절망적인 상황 속에서 '귀신 들린 자들', 곧 정신병자나 미친 사람들이 속출하고 있었다.

그런 암울한 현실 속에서 종말론은 기세를 떨쳤고 자칭 메시아, 구세주, 선지자를 자처하는 자들이 수도 없이 나타났다. 스스로 부활한 이사야라고 하는 자도 있었고, 엘리야라고 주장하는 자도 있었다. 자기를 모세의 현신이라고 하는 자도 있었고, 유대를 해방시켜줄 돌아온 다윗 왕이라고도 하는 자도 있었다. 유대 광야는 그런 자들의 탄생처이자, 피난처였고, 소굴이었다. 그리고 그들 각자에게는 크고 작은 따르는 무리들이 있어 집단을 이루고 있었다.

그들 중에 세례 요한이라는 자가 있었다. 세례 요한은 그들 중에 가장 널리 알려진 인물로 그를 따르던 사람들은 그가 분명 예언자이거나 선지자일 거라고 믿었다. 그는 경건하고 금욕적인 생활을 하며, 절망에 빠진 사람들에게 새로운 메시지를 전하였다. 낙타 가죽으로 된 해진 옷을 입고, 메뚜기와 석청으로 끼니를 때우며, 그는 곧 다가올 새 세상을 소리높여 외쳤다.

"회개하라. 천국이 가까웠다!"

그보다 더 확실한 메시지는 없었다. 그의 목소리는 힘이 있었고, 두려움이 없었다. 그는 세상의 모든 권력과 권위를 부정하였다. 헤롯당과 바리새인들을 우습게 보았고, 지배계급인 서기관들과 로마 압제자들에 대해서도 전혀 거리낌이 없었다.

그런 그에게 언젠가부터 '광야에서 외치는 자'라는 별명이 붙어 다녔다. 로마 총독이나, 그들의 앞잡이 헤롯 왕가, 그리고 거기에 빌붙어 사는 사두개파와 바리새인 등 유대교의 지배층은 그런 그를 눈엣가시처럼 여겼다.

그들은 그를 죽일 기회를 호시탐탐 기다리고 있었다.

……

그러나 그는 아랑곳하지 않았다. 그는 요단강에서 세례를 베풀었고, 거듭남을 일깨워주었다. 세례 요한 이전에는 누구도 그런 세례를 베풀어준 사람은 없었다. 청년들을 비롯한 많은 사람들이 그를 따랐다.

유다 역시 세례 요한이야말로 그들의 선조인 모세나 다윗이 그랬던 것처럼, 로마 식민지로부터 유대를 독립시켜줄 진정한 해방자, 어쩌면 메시아일지 모른다는 생각이 들었다. 이미 비밀스런 저항단체인 '열심당'에 가입했던 청년 유다는 마침내 광야로 그 사람, 세례 요한을 찾아가 자신이 가야 할 길을 묻기로 했다. 그가 스물다섯 되었을 무렵이었다.

유다를 처음 본 세례 요한은 이 아름답고 건장한 청년에게서 복수에 불타는 눈빛과 함께 무언지 모를 비범함을 느꼈다. 한편 그의 몸에선 불길한 예언의 냄새가 느껴지기도 했다. 그는 유다가 자기가 데리고 있기엔 너무 어려운 청년이라고 생각했다.

"유다야, 너는 예수라는 분을 찾아가라. 너에게는 그분이, 그분에겐 네가 필요할 것이다. 나는 그의 신들메를 풀기도 감당치 못할 분이시니라."

세례 요한은 그를 자기 대신 이제 마악 새로 등장한 인물인 예수를 찾아가 만나보라고 권했다. 그리고 어쩌면 그들 두 사람은 자기가 모르는 운명적인 관계로 맺어져 있을지도 모른다는 생각이 들었다. 비록 자신이 물로 세례를 베풀기는 했지만 자기에 비하면 이제 마악 등장한 예수는 하늘과 같이 거룩한 존재였다. 세례 요한은 그것을 알고 있었다.

그리하여 유다는 세례 요한의 추천을 받고 예수를 찾아가, 그의 제자가 되었다. 그때 예수의 나이 갓 서른, 유다는 스물여섯 무렵이었다.

......

세례 요한의 소개로 찾아온 유다를 본 예수는 단번에 이 남달라 보이는 젊은이를 제자로 받아들였다. 그는 어부나 세리 출신의 다른 제자들과는 달랐다.

비록 젊은 나이였지만 온갖 세파를 겪어낸 늙은이처럼 깊은 고뇌가 그의 푸른 눈동자에 배어 있었다. 마치 지중해에서 마악 건져 올린 물고기처럼 그의 몸에서는 기품 있는 건강한 힘이 넘치고 있었고, 출렁이는 곱슬머리는 고뇌에 찬 그의 이마를 담쟁이처럼 덮고 있었다.

그런 데다 그는 다른 어부나 세리 출신의 제자들과는 달리 글을 읽고 쓸 줄 알았고, 유대의 역사에 대해서도 해박한 지식을 가지고 있었다. 그리고 무엇보다 예수는 그의 가슴 안쪽 깊숙이 자리 잡고 있는 분노의 불꽃도 보았다.

그것은 매우 위험한 불꽃이었다. 그것은 어느 시점엔가 엄청난 힘으로 폭발할 준비가 되어 있는, 억눌려 있는 복수심이었다. 로마의 압제자들, 그들의 앞잡이 헤롯 왕의 무리들, 대제사장과 사두개인과 바리새인과 서기관들을 향한……. 아마 그들에 대한 피맺힌 복수심일 것이었다. 열세 살 때 겪었던 아버지 시몬, 어머니, 형 요나단과 동생 사무엘의 죽음. 누나 미리암마저 헛간에 끌고 가 집단으로 강간한 후 불태워 죽여버린 자들에 대한 지울 수 없는 기억들. 한시도 잊을 수 없는 그자들에 대한 증오와 복수심이 그의 세포 구석구석까지 화인처럼 박혀 있었을 것이다.

예수는 그의 몸에서 그런 위험한 기운을 느꼈다.

열심당원인 그는 언제나 예리한 단도를 품고 다녔다. 그 칼끝이 언제 누구에게 번득일지 아무도 알 수 없었다. 그는 말수가 적었지만 영리하였고, 글을 알았으며, 사태를 전체적으로 이해하는 능력을 가지고 있었다. 그는 가슴 깊이 자기 민족을 해방시켜주고, 자기의 복수를 실행해줄 위대한 지도자, 곧 메시아를 고대하고 있었다. 열심당도 그래서 들어간 것이었다. 그런 그에게 다른 제자들, 심지어는 베드로조차 두려워하며 함부로 말을 걸지 않았다. 그는 무리에 섞이지 않았고, 늘 혼자였다.

예수는 정직한 그에게 돈과 회계를 맡겼다. 그것은 떠돌이 생활을 해야했던 그들에게 매우 중요한 직책이었다. 유다는 진심으로 스승을 위하여, 그리고 동료들을 위해 충실하게 그 임무를 다하였다. 때로는 스승과 의견 차이가 있을 때도 있었지만 그래도 예수께서 새로운 세상의 메시아가 될 진정한 '하느님의 아들'이라고 굳게 믿었기 때문이다.

……

그러나 예수는 세례 요한처럼 세례를 베풀지도 않았고, 그처럼 광야에서 큰 소리로 외치지도 않았다. 대신 길거리에서, 공개된 장소에서, 언덕이나 호숫가에서 조용조용 설교를 행하였고, 죄수나, 세리, 창녀와 같이 낮고 외면받은 자들과도 언제나 같은 자리에 앉아서 이야기를 나누었다. 그의 말씀은 바위 깊은 곳에서 흘러나온 샘물처럼 듣는 이의 가슴을 적셨다.

"마음이 가난한 자여 복이 있나니, 천국이 너희들 것이다. 애통하는 자여 복이 있나니, 너희가 위로를 받을 것이다. 온유한 자여 복이 있나니, 너희가 장차 이 땅의 주인이 될 것이다. 의에 주리고 목마른 자여 복이 있나니, 너희가 배부를 것이다."

먼지 앉은 언덕에 앉아 그를 따르는 대중들을 향해 한없이 자애롭게 말씀을 하는 그의 목소리에서는, 그러나 누구도 침범하지 못할 권위 같은 게 느껴졌다.

그는 부자나 가난한 자, 건강한 자나 병든 자, 배운 자나 그렇지 못한 자나 다 포용하고 받아들였다. 병든 자들을 찾아가 어디에서나 병을 고쳐주었고, 귀신 들린 자들을 찾아가 귀신을 쫓아주었고, 창녀나 세리나 죄수조차 가리지 않았다. 그는 언제나 먼지 앉은 신발을 끌며 자기를 원하는 곳이면 어디든지 찾아갔다.

그의 목소리는 대체로 조용했지만 때로는 강하게 사람들을 질책하고 가슴을 회초리로 후려치는 듯한 말을 하기도 했다.

"독사의 자식들아! 너희는 악하니 어떻게 선한 말을 할 수 있느냐? 이는 마음에 가득한 것을 입으로 말하기 때문이다."

"화 있을진저, 너희 겉꾸미는 자들과 서기관들과 바리새인들아! 너희는 회칠한 무덤 같으니, 그 안에 죽은 사람의 뼈와 모든 더러운 것이 가득하구나."

말만 그렇게 한 것이 아니었다. 때로는 성전에 올라가 성전에서 장사를 하는 무리들을 쫓아내기도 했다. 그런 행동은 당시 지배계급인 바리새인과 사제들의 분노를 자아냈다. 그들 눈에는 세례 요한뿐만 아니라 예수 역시 위험한 눈엣가시처럼 여겨졌다. 어쩌면 더 위험한 존재가 될 수 있음을 본능으로 느끼고 있었는지도 모른다.

그러나 예수는 증오로는 세상을 이길 수가 없다고 했다. 정복자 로마에 대해서도 마찬가지였다. 강력한 정복자 로마와 대항하는 길은 따로 있다고 가르쳤다.

"가이사 것은 가이사에게 주어버려라. 그리고 하느님의 것은 하느님에게 온전히 바쳐라. 너희는 먼저 그의 나라와 의를 구하라."

유다는 그 말을 이해할 수가 없었다. 그것은 침략자이자 지배자인 로마군을 용인하라는 말 같았기 때문이다.

그리고 그는 또 말씀하셨다.

"원수를 사랑하라. 네 오른뺨을 때리거든 왼뺨도 내어주어라. 네 옷을 달라거든 겉옷까지 벗어줘버려라."

그 말도 유다를 실망시켰고, 절망에 빠지게 만들었다. 복수심으로 불타는 그에게 그 말은 그것을 포기하라고 하는 것이나 다름없었기 때문이다. 유다는 슬픈 얼굴로 고개를 지었다.

'거룩하신 스승님이시여. 원수를 사랑하라니요? 저는 도저히, 그렇게 할 수가 없습니다. 어떻게 악마와 같은 그들을 용서할 수 있단 말입니까?

유다의 가슴속에는 오로지 복수와 불타는 증오심뿐이었다. 그리고 그것은 자기 개인의 복수를 위해서일 뿐만 아니라 식민지 땅에서 고통스럽게 살아가는 자기 민족의 해방을 위한 일이기도 하다고 생각했다. 해방전쟁이야말로 피할 수 없는 자기 시대의 사명이라고 생각했다. 어릴 적 스승이었던 늙은 랍비의 말이 떠올랐다.

'강력한 힘만이 강력한 힘을 막아낼 수 있다!'

일찍이 자기 조상인 아브라함도 그랬고, 모세도 그랬고, 다윗도 그랬다. 그 누구도 스스로 일어서지 못하는 자를 도와주지 않는다. 바빌론에 노예로 끌려갔던 조상들의 이야기는 아직도 그들에게 깊은 상처처럼 전해 내려오고 있었다. 선지자 예레미아의 슬픈 노래는 아직도 그의 머릿속에 떠돌고 있었다. 강력한 힘. 유다는 아직껏 한시도 그 말을 잊어본 적이 없었다. 그의 품속 깊은 곳에는 언제나 날카로운 단도가 숨겨져 있었다.

그러나 예수는 장차 힘과 힘이 부딪혀 벌어질 피비린내 나는 미래를 이미 예견하고 있었는지 몰랐다. 자기의 죽음 이후 얼마 되지 않은 미래, 앞으로 예루살렘과 마사다 고원에서 벌어질 유대인들과 로마군의 마지막 피의 항전과 끔찍한 죽음들. 개미 새끼 하나 살아서 남아 있지 못할 대참사와 끝내 벌어질 유대 왕국의 완전한 멸망을 예견하고 있었는지 몰랐다.

그것은 피할 수 없는 그들 민족의 운명이었다.

어쩌면 예수는 제자들에게 그것을 넘어가는 길을 가르쳐주고 싶었는지 모른다. 어차피 멸망을 피할 수 없는 운명이라면 그것을 너머 영원한 생명의 길에 이르는 법을 가르쳐주고 싶었는지 모른다.

그는 엄숙한 목소리로 말씀하셨다.

"나는 길이요, 진리요, 생명이다."

……

하지만 유다는 자기의 스승인 예수께서 현실 속에서 모세와 같은 기적을 일으키고 다윗 같은 강력한 왕이 되어주기를 바랐다.

진정한 구세주라면 현실의 힘 있는 왕이 되어 길을 잃고, 희망을 잃어버린 채 온갖 억압의 굴레에서 신음하는 자기 민족을 구원해주실 그런 분이 되어주실 거라고 믿었다. 그리고 그런 분을 위해서라면 언제든지 자신의 목숨 따위는 기꺼이 바칠 준비가 되어 있었다.

그렇게 유월절이 가까웠고, 마침내 예수께서 예루살렘으로 제자들과 함께 나귀를 타고 입성하던 날. 제자들과 마지막 만찬을 할 무렵, 예수께서는 이중의 누군가가 배신자가 되어 자기를 배신할 거라는 무서운 예언을 했다.

제자들은 저마다 자기는 아니라고, 도대체 누가 그런 엄청난 일을 저지를 거냐고 난리가 났다. 예수께서는 빵을 포도주에 찍어 장차 자기를 배신할 그 누군가에게 주었지만, 그것을 눈여겨 마음에 새긴 사람은 아무도 없었다. 더구나 '그 누군가'가 예수께서 그토록 아끼시던 제자 가룟 유다일 거라고는 상상할 수조차 없었다.

　……

　그날 밤. 예수께서는 조용히 유다를 불러 말했다.

　다음은 『유다복음』에 기록되어 있는 내용이다. 『유다복음』은 지금까지 알려지지 않은 복음서인데, 1978년 이집트의 나일강변 고대의 무덤으로 쓰였던 동굴에서 이집트 농부의 손에 우연히 발견되었다. 2천 년 동안 사라져버렸던 복음서. 방사선 탄소 연대 측정 결과 성경에 담긴 다른 네 복음서와 거의 같은 시기에 쓰여진 이 문서는 고대 이집트 언어인 콥트어로 적혀 있었는데 그것은 아직 발견되지 않은 헬라어 문서를 번역한 것으로 알려졌다. 그런데 이 복음서에는 지금까지 기독교의 다른 복음서에서는 볼 수 없었던 놀라운 내용들이 담겨 있었다.

　거기에 기록된 바에 따르면, 『유다복음』은 유월절 축제가 시작되기 3일 전부터 1주일 동안, '유다와 예수가 함께 나눈 비밀스럽고 새로운 이야기'의 기록이다. 말하자면 예수께서 십자가에 못 박히기 전 불과 10여 일 이내에 벌어졌던 이야기의 기록이다. 예수를 팔아먹은 배신자 유다와 예수가 나눈 비밀스러운 이야기라니!

　과연 그것은 무엇일까? 나, 윤기철은 지금부터 오해를 피하기 위해 『유다복음』에 나오는 내용 일부를, 2006년 4월 6일 『내셔널 지오그래피(National Geography)』에서 고대문자 전문 학자들에 의해 복원되어 발표한 그대로, 한 글자도 틀리지 않고 인용할 생각이다.

이 글의 의미에 대해서는 각자가 판단해주길 바란다. 그리고 내 말이 조금이라도 의심스러운 독자라면 지금 당장이라도 인터넷에서 '유다복음'이란 항목을 찾아 검색해보기 바란다.

유다복음

유월절 축제가 시작되기 3일 전부터 1주일 동안 유다와 예수가 함께 나눈 비밀스럽고 새로운 이야기

예수께서 제자들에게 물으셨다.

"너희들 중 그 어느 누구라도 사람들 중에서 완전한 사람이라고 내세울 수 있는 사람이 있거든 데리고 와서 내 앞에 세워보아라."

그러자 제자들이 모두 말했다.

"우리는 그럴 능력이 있습니다."

그러나 (말은 그렇게 했지만) 가롯 유다를 제외한 그들의 영혼들은 감히 예수 앞에 바로 서 있을 수조차 없었다. 오직 유다만이 그분의 앞에 서 있을 수는 있었지만, 눈으로는 바로 볼 수 없어 얼굴을 돌리고는 말했다.

"저는 당신이 누구시며 어디로부터 오셨는지 압니다. 당신은 영원의 왕국인 바벨로에서 오셨습니다. 그러나 저는 당신을 보내신 분의 이름을 언급할 만한 자격조차 없습니다."

예수께서는 지고한 그 무엇인가가 유다에게 영향을 미치고 있다는 것을 아시고 유다에게 말씀하셨다.

"다른 사람들과 멀리 떨어져 있어라. 그러면 내가 너에게 하늘나라의 비밀들을 이야기해주리라. 너는 하늘나라에 충분히 도달할 수 있겠지만, 중대한 밀약으로 인해 슬픔을 맛보게 될 것이다. 왜냐하면 열두 명의 제자들이 그들이 (그렇다고 믿고 있는) 신과 함께 완전함에 다시 도달할 수 있도록 하기

위하여 다른 누군가가 너의 자리를 대신해야 하기 때문이다."

유다가 스승인 예수께 말씀드렸다.

"스승님은 언제 그런 일들에 대해 제게 말씀해주시겠습니까? 그리고 언제 이 시대의 사람들을 위해 빛이 밝아오는 그 위대한 날이 오겠습니까?"

하지만 유다가 이렇게 말씀드리는 순간, 예수께서는 유다를 남겨두고 가버리셨다.　　　　　　　　　　　　　　　　　　　　　　(『유다복음』 1장)

그리고 또 말씀하셨다.

"너는 열세 번째가 될 것이며 다른 모든 세대들에 의해 저주를 받을 것이다. 그리하여 너는 그들 위에서 그들 모두를 다스리게 될 것이다. 세상의 마지막 날에 그들은 네가 거룩한 세대에게로 높이 들어 올려진 것에 대해 불경한 말을 하게 될 것이다."　　　　　　　　　　　　　(『유다복음』 3장)

…그러고는 그런 무서운 운명을 지니고 태어난 유다를 측은히 여기시며 말씀하셨다.

"내게로 오라, 내가 너에게 그 어느 누구도 아직 본 적이 없는 위대한 비밀에 대하여 가르치리라. 그것은 존재하는 심원하고 무한한 세계이며, 그 무한한 세계의 넓이는 아직 어떤 천사의 눈도, 어떤 사려 깊은 사람도, 알지 못하는 곳으로 아직 이름조차 없는 곳일지니."

　　　　　　　　　　　　　　　　　　　　　　(『유다복음』 3장)

그 어느 누구도 아직 본 적이 없는 위대한 비밀. 아직 어떤 천사의 눈도, 어떤 사려 깊은 사람도 알지 못하는 곳, 아직 이름조차 없는 곳이라니.

예수께서는 덧붙여서 이렇게 말씀하셨을 것이다.

"유다야, 나는 왕이 되기 위해 예루살렘으로 온 것이 아니다. 오히려 죽기 위해서다.”

이 말을 들은 유다는 너무 놀랐을 것이다. 그것은 전혀 꿈에도 상상하지 않았을 충격적인 말이었기 때문이다. 그들 제자들 중 누구도 자기들 스승이 이제 곧 죽게 될 운명이라고는 생각조차 할 수 없었기 때문이다.

죽기 위해 예루살렘으로 왔다니! 어떻게 그런 일이……!

호산나를 외치는 사람들에 둘러싸여 왕자처럼 당당히 나귀 등에 올라 예루살렘으로 입성한 것이 바로 어저께인데. 이제 곧 이스라엘의 왕 됨을 선언할 거라고 굳게 믿고 있었는데. 유다는 무언가 강한 것에 한 대 맞은 듯 얼이 빠진 표정으로 스승을 쳐다보았다. 그러나 예수께서는 유다의 그런 표정을 아랑곳하지 않고 더더욱 충격적인 부탁을 그에게 했다.

놀라지 말고 자기를 대제사장의 무리들에게 팔아넘겨달라고. 그리고 그것은 이미 오래전에 예정되어 있었던 일이라고.

유다는 너무 놀란 나머지 그 자리에 털썩 주저앉고 말았을 것이다. 그러고는 고통스러운 얼굴로 고개를 지었을 것이다.

어떻게 자기에게 그런 가혹한 일을!

농담이라도 어디 그런 농담이 가당키나 했겠는가.

그러나 스승 예수의 표정은 더없이 진지했고, 더없이 엄숙했다. 그 역시 유다에게 그런 엄청난 사명을 맡기는 것이 괴로웠을 것이다. 그러나 다른 제자들 중에 그런 엄청난 일을 감당할 사람은 아무도 없었다. 오직 천성이 강하고, 가슴 깊이 복수의 불길이 타오르는 유다만이 할 수 있는 일이었다.

유다는 마지막 기적을 믿었다. 이 비범하고 거룩하신 스승에겐 분명 자기들이 모르는 계획이 있을 거라고 생각했다. 어쩌면 이 위대한 스승께서 십자가 앞에서 마지막으로 극적인, 놀라운 기적을 행할지도 모른다는 믿음을 가졌을지도 모른다.

그런 다음, 예수께서는 유다를 산 위로 데려가 이 세상의 처음과 마지막에 대해 일찍이 천사들도 보지 못했던 은밀한 비밀들을 모두 보여주셨다. 그것은 존재하는 심원하고 무한한 세계이며, 그 무한한 세계의 넓이는 아직 어떤 천사의 눈도, 어떤 사려 깊은 사람도 알지 못하는 곳으로, 아직 이름조차 없는 곳이었다.

　　그리고 나서 예수께서 말씀하셨다.

　　"유다야, 머지않아 이곳에 종말이 올 것이다. 마사다에서 피가 강을 이룰 것이며 고통에 찬 비명 소리가 하늘에 닿을 것이다. 성전은 무너지고, 집들도 돌멩이 위에 돌멩이 하나 없이 허물어질 것이며, 이 민족은 뿔뿔이 사방으로 흩어질 것이다. 기약 없이 수천 년간 정처 없는 방랑자가 될 것이다."

　　그리고 슬픈 눈으로 유다를 보며 마지막 유언처럼 덧붙이셨다.

　　"이 일이 모두 끝나면 너는 동방으로 가거라. 동방 끝까지 가서 내 말을 전하고, 나의 나라를 세우거라. 하나님의 나라를 만들어라."

　　그것으로 그들 사이의 대화는 끝났다. 그 후 예수에게 벌어진 이야기는「마태복음」에 자세히 기록되어 있는 대로이다.]

　　동탁은 논문을 덮고 한동안 멍하니 천장을 바라보았다.

　　참으로 믿기 어렵고 황당하기까지 한 이야기였다. 그것은 동탁이 알고 있는 기존 성경의 내용과는 완전히 다른 것이었기 때문이다.

　　「마태복음」이나 다른 복음서에 등장하는 유다는 오로지 자신의 탐욕 때문에 황소 한 마리의 값에 지나지 않는 은전 삼십을 받고 자기 스승 예수를 무리들에게 팔아넘긴 자요, 끝내 그나마 남아 있던 일말의 죄책감 때문에 괴로워하다 목을 매어 피를 토하고 죽은, 형편없는 인간, 저주받은 자였다. 조금이라도 교회 근처에 가본 사람이라면 누구나 그렇게 알고 있었다.

그런데 그런 가룟 유다가 유월절 며칠 전 예수와 단둘이 은밀한 밀약을 나누었고, 예수께서 자기가 십자가형을 당한 후, 동방으로 가라고 했다니. 그리고 그곳에 자기의 말씀을 전하고, 그의 나라를 만들라고 했다니.

윤 교수의 논문은 지금까지 알려진 상식으로는 도무지 이해할 수 없는 의문과 비밀에 싸여 있었다. 그리고 그것은 어떤 알 수 없는 힘으로 어느 틈엔가 동탁을 깊고 깊은 비밀의 수렁 속으로 끌어들이고 있었다.

8

아주 오래되고 위험한 책

"그렇다면 미나 씨가 말하는 '그 책'이 2천 년 전 다른 복음서와 거의 같은 시기에 쓰여진 책이라는 말이군요."

생각에서 깨어난 동탁이 고개를 갸우뚱하며 말했다.

"맞아요."

"흠."

동탁은 팔짱을 낀 채 한 손으로 턱을 만지며 생각했다.

2천 년이 된 책…… 매우 오래되고, 매우 위험한 책……크리스털 해골을 찾아가는 해리슨 포드의 〈인디아나 존스〉에나 나옴 직한 이야기가 아닌가. 예수의 열두 사도 중 한 명이 쓴 책이라니, 어쩌면 인디아나 존스의 그 크리스털 해골보다 더 비현실적인 이야기일지도 모른다.

그러나 그것은 어디까지나 윤미나의 이야기였고, 윤미나는 자기 아버지에게서 들었다는 이야기였다. 자기 눈으로 직접 확인해보기 전에는 믿을 수가 없는 내용이었다.

"어때요, 마 기자님. 저랑 함께 그 책을 찾아보는 건요?"

미나의 말에 동탁은 문득 다시 정신이 돌아왔다.

"근데 그 책은 그럼, 지금 어디에 있을까요? 윤 교수님 연구실? 아님, 미나 씨에게?"

동탁은 농담 삼아 떠보기라도 하듯 물었다.

"음, 물론 둘 다 아니에요."

미나는 동탁의 말을 가볍게 막았다.

"나도 가지고 있지 않지만 그렇게 중요한 책을 아버지가 자기 연구실에 두고 다닐 리가 없죠. 상식적으로라도."

"그럼 짐작 가는 바라도……?"

동탁은 다소 냉정해진 목소리로 말했다.

미나는 대답 대신 식어버린 커피를 홀짝거리며 몇 모금 마시고 나서 다시 입을 열었다.

"제 짐작이지만…… 이건 어디까지나 제 짐작이지만, 그 여자, 음대 교수 말이에요. 허영 교수에게 있을지 몰라요."

"허영 교수에게?"

"예. 사실 두 분은 허영 교수가 그 차 대령이란 사람과 이혼을 하고 나면 결혼까지 할 생각이었어요. 어쩌면 아버지에겐 그녀가 나보다도 더 가까운 사이였을지도 모르죠. 모든 것을 털어놓을 수 있는."

동탁은 알 듯 말 듯 가볍게 고개를 끄덕였다.

듣고 보니 일리가 없지 않다는 생각이 들었다. 결혼까지 생각할 정도의 사이였다면 충분히 그럴 수도 있는 이야기였다. 그러나 그런 책이 있다손 치더라도 윤 교수의 죽음에 관한 의문이 모두 풀리는 것은 아니었다.

믿을 수 없는 이야기였지만 미나의 말대로 그런 중요하고 위험하고, 값으로 따질 수가 없는 책이 만에 하나라도 있다고 치자. 그렇다고 하잔이라는 네팔 유학생과 아까 나타났던 수사 차림의 붉은 수염의 정체가 풀리는 것은 아니었다.

그들은 과연 윤 교수의 죽음과 어떤 관계가 있을까? 그런 데다 외국인인 그들이 왜 지금, 하필이면 백주 대낮, 대한민국 서울에 갑자기 나타나 영화의 한 장면 같은 활극을 벌인단 말인가? 값비싼 오래된 책을 노린 국제적인 범죄 조직이라도 된단 말인가? 아니면 다른 종교적인 문제라도 있다는 말인가?

그러자 아까 그 수사가 하잔을 향해 차갑게 내뱉은 말, '라가'가 떠올랐다. 저주와 증오에 가득 찬 말 '라가'. '저주 받은 자', 혹은 '유황불에 던져질 자', 혹은 '사탄 악마의 자식'이라는 뜻의 히브리어, '라가'. 그것은 서구 기독교에서 오랫동안 예수를 팔아넘긴 배신자 가룟 유다에게 붙여주었던 말이었다. '사탄의 자식'이자, 사탄 그 자체로 기록된 가룟 유다의 모습은 2천 년 동안 서유럽 역사를 관통해오던 이미지였다. 그들은 모든 예술작품, 문학 미술 음악의 모든 장르에 예수를 팔아넘긴 이 악마 같은 사내의 모습을 그려넣었다.

유대가 로마에 멸망당한 후 유럽 기독교 사회에서 유대인들이 떠돌이 생활을 하며 내내 멸시를 당하고 학살을 당한 것도 그들이 바로 가룟 유다와 같은 피를 가진 유대인이라는 이유 때문이었다. 십자군 원정 때 그들이 지나가는 길 인근 유대인 마을이 처참하게 당했던 것도 다른 종교가 아닌 십자가를 앞세운 기독교 십자군들에 의한 것이었다.

그들은 예수를 모시는 기독교 사회에서도 이방인일 뿐이었다. 가룟 유다에 대해 가장 악의적으로 기록된 책은 뭐니뭐니 해도 단테의『신곡』일 것이다. 서양 세계에서 고전 중의 고전이자, 명작 중의 명작으로 통하는 이 책에서 단테는 가룟 유다를 지옥의 가장 깊은 곳에 처넣어버렸다.

동탁은 예전 학창 시절 수업 시간에 과제물 중의 하나로 단테의『신곡』을 읽은 적이 있었다. 매우 어렵고 지루한 내용이어서 그다지 기억에 남는 것은 없었지만 지옥편 맨 앞부분, 단테가 죽은 로마 시대 시인 베르길리우스를 따라 지옥으로 들어갈 때 지옥문 입구에 쓰여져 있었다는 유명한 문구, '이곳에 들어오는 자는 모든 희망을 버려라'라는 구절은 기억이 났다. 그런데 희망을 버리면 더 이상 지옥은 지옥이 아닐 거라는, 지옥이 지옥이려면 오히려 헛된 희망을 가지고 살아가야 하는 곳이어야 하지 않을까, 라는 엉뚱한 생각을 했던 기억도 났다.

단테는 『신곡』에서 모두 죄의 무게에 따라 총 아홉 층으로 된 지옥이 있다고 말한다. 첫 번째 지옥은 지옥이라기보다는 지옥의 변두리, '림보'라고 불리는 곳으로, 그리스의 위대한 철학자 소크라테스를 비롯해 플라톤, 아리스토텔레스 등이 있는 곳이다. 그들의 죄는 단 한 가지, 예수 그리스도를 알지 못했다는 것뿐이다. 철저히 기독교적인 방식이고 기독교적인 기준이다. 단테가 동양의 성인들을 알았다면 아마 공자나, 노자나, 석가모니 부처까지 여기다 집어넣어 놓았을지 모른다.

두 번째 지옥은 '애욕의 지옥'이다. 그곳엔 클레오파트라, 단테 시대 치정극의 주인공인 파울로와 프란체스카가 있다. 말하자면 욕정에 끌려 불륜을 저지른 인간들이다. 아마 요즘 거의 모든 남녀들이 들어가기에 딱 좋은 지옥일 것이다.

세 번째는 자신의 호의호식을 위해 백성들을 괴롭혔던 탐욕스러운 자들이 갇혀 있는 '탐욕의 지옥'이다. 그곳에선 머리가 셋 달린 그리스 신화의 개 케르베로스에게 늘 물어뜯긴다.

네 번째 지옥은 '낭비와 인색의 지옥'이다. 단테는 낭비벽이 심했던 인간, 인색하게 굴었던 인간들을 모두 이 지옥에 들어오게 했다. 그들은 끝없이 반대 방향에서 마주 무거운 바위를 밀어 올리지 않으면 안 된다.

다섯 번째 지옥은 항상 분노했던 사람이 가는 '분노의 지옥'이다. 그래도 단테의 지옥 중에서 가장 설득력이 있는 지옥이다. 불교에서도 탐진치 3악(惡)

중에서 분노를 가장 무거운 죄로 삼지 않았던가.

　여섯 번째 지옥은 '이단들의 지옥'인데 놀랍게도 이 지옥엔 교황과 추기경도 들어가 있다. 아마 원래 기독교 정신을 망각하고 지배층이 되어 배를 불리고 있던 당시 가톨릭 지도자들에 대한 멸시와 풍자라고 할 수도 있을 것이다.

　일곱 번째 지옥은 폭력을 휘두른 자들이 가는 '폭력 지옥'이다. 타인에게나 신에게나, 심지어는 자기 자신에게 폭력을 행사한 자들은 모두 여기에 해당된다. 요즘으로 치면 폭력범, 명예 훼손자, 신성 모독자, 자해 공갈단 등이 여기게 해당될 것이다.

　여덟 번째 지옥은 온갖 사기꾼, 도둑, 연금술사 등이 들어가 있는 '사기와 위조의 지옥'이다. 말하자면 폭력 외의 모든 경제사범들은 다 여기에 해당된다고 보면 된다. 그들이 어떻게 폭력범보다 더 무거운 죄수라고 할 수 있을는지는 모르겠지만 어쨌든 단테는 그렇게 분류를 해놓았다.

　그리고 그곳에는 또한 이슬람 교도들이 기겁을 하고 분노할 일이겠지만, 이슬람교의 창시자인 마호메트와 그의 후계자 이맘 알리가 들어가 있다. 마귀가 그들을 산 채로 칼로 마구마구 잘라대고 있다.

　그리고 마지막 지옥이다. 지옥 중의 지옥. 지옥의 가장 깊은, 아래쪽에 놓인 지옥. 그곳엔 누가 갇혀 있을까?

　'배신의 지옥'이라는 이름이 붙어 있는 이 지옥에는 이름 그대로 서양 역사상 가장 악명 높은 세 사람의 배신자가 들어가 있다. 한 사람은 카이사르를 배신하고 단도로 찔러 죽이는 암살에 참가했던 브루투스, 또 한 사람은 그와 공모했던 카시우스, 그리고 나머지 한 사람이 바로 가룟 유다이다. 단테는 아마 가룟 유다를 이 지옥 중의 지옥에 집어넣기 위해 다른 두 사람은 조연으로 출연시켰는지도 모른다. 그리고 그 지옥은 지독한 고통이 따르는 곳으로, 악마 중의 악마이며 하느님을 배신했던 타락한 천사 루시퍼로 하여금 그들을 사정

없이 물어뜯게 만들었다. 유황불도 활활 타고 있을 것이었다.

지금 생각하면 너무나 유치하고 기독교적 독선과 무지, 편견으로 가득 차 있는 작품이다. 그럼에도 불구하고 단테의 『신곡』은 지금도 서양인들의 머릿속에서 최고의 고전으로 자리 잡고 있다. 그리고 가룟 유다는 그 속에서 여전히 '라가', 곧 저주받은 배신자, 차라리 태어나지 말았으면 좋았을 자, 사탄의 자식으로 치부되고 있다.

그런데 뜻밖에도 그날 그 붉은 수염의 수도사의 입에서도 바로 그 말, '라가'라는 말이 튀어나왔던 것이다. 그는 그것은 그냥 단지 수사로만 쓴 것이었을까. 아니면 씹어 뱉듯 던진 그 말 속에 무슨 깊은 뜻이 담겨 있었던 것일까. 그리고 네팔인 하잔이라는 사람은 왜 갑자기 그때 그곳에 나타나 그들을 지켜주었던 것일까. 그들 둘 사이의 관계는 무엇일까.

잠시 침묵이 흘렀다. 먼저 침묵을 깬 쪽은 미나였다. 미나는 주저하듯이 어렵게 입을 뗐다.

"마 기자님, 혹시 시간 되시면 며칠 후 저랑, 누굴 좀 찾아가 봐주지 않겠어요?"

주제와 상관없는 말이었다.

그 말을 하는 미나의 눈동자에 잠깐 불안스러운 그림자가 일렁이며 스쳐갔다. 그게 지금 그들이 이야기하고 있던 '매우 오래되고, 위험한 책'이나 가룟 유다와 무슨 상관이라도 있단 말인가. 동탁은 잠시 의아한 표정을 지었다.

"사실."

미나는 주저하듯 천천히 입을 열었다.

"아버지 친구분 중에 문 장로라는 분이 있어요. 아버지가 자기에게 무슨 일이 일어나면 꼭 찾아가보라고 하신."

"문 장로?"

동탁이 미나를 쳐다보며 물었다.

"예전에 신학대학 교수였는데 이단으로 몰려 종교재판을 받고 학교에서 쫓겨난 분이라고 해요. 지금은 의정부 쪽 어디 산 계곡에 천막교회를 지어놓고 은둔 생활을 하고 계시다고."

"은둔 생활?"

문 장로. 전혀 새로운 인물의 등장이었다.

"예. 사실 저도 어릴 때 몇 번 본 적이 있지만, 그 후 한 번도 본 적이 없어 지금은 얼굴조차 기억이 나지 않는 분이에요."

"……?"

"아버지가 살아 계실 때 이럴 경우를 대비해 자기에게 무슨 일이 생기면 꼭 찾아가보라고 말해줬어요. 그리고 그분의 거처를 내비게이션 지도로 찍어 보내주셨어요. 주소도 없는 산 아래 어디 계곡에 사신다고. 어쩌면 그분에게서 아버지에 대해 많은 이야기를 들을 수 있을지도 몰라요. 그리고 어쩌면 그 책에 대해서도요."

그녀는 동탁을 똑바로 쳐다보며 애원이라도 하듯 말했다.

"혼자 찾아가기엔 아무래도 자신이 없어서…… 어려운 부탁인 줄은 알지만."

죽은 윤 교수와 가장 친한 친구, 전직 신학대학 교수, 종교재판, 파면과 파문, 천막교회…….

뜻밖의 말들이었다. 어쩐지 그의 존재 역시 차 대령만큼이나 복잡하고 신비로운 느낌을 주었다. 윤 교수가 자기에게 무슨 일이 생기면 꼭 찾아가보라고 한 인물이라니, 어쩌면 미나 말대로 그가 이 복잡한 퍼즐을 풀어줄 힌트를 가지고 있을지도 모른다는 생각이 문득 들었다.

"근데 문 장로, 그 문 교수라는 분은 이름이 뭐죠?"

잠시 생각에 잠겨 있던 동탁이 이윽고 물었다.

"문정식. 문정식 장로님."

비밀스런 이름을 알려주듯 미나는 작은 목소리로 말했다.

문정식 장로……? 그런데 윤 교수가 자기에게 무슨 일이 일어나면 찾아가 보라고 했다구? 그렇다면 윤 교수 그는 이미 자기에게 무슨 일이 일어날지도 모른다는 예감을 가지고 있었다는 말이 아닌가. 어쩌면 비극적인 최후를 맞이하게 될지도 모른다는 예감…….

지금은 그 모든 것이 안개 속에 갇혀 있는 거나 다름없었다. 아무튼 윤 교수와 관련된 그런 사람이 있다면 반드시 만나봐야 할 것 같았다. 전직 신학대학 교수였다니 더욱 호기심이 일었다.

동탁은 알았다는 듯 말없이 고개를 끄덕였다.

그때 현관 벨이 울렸다. 강종철이 왔다는 표시였다.

"어, 안녕하세요!"

방으로 들어온 종철은 먼저 동탁의 어깨 너머로 미나를 발견하고는 활기 넘치는 목소리로 인사를 했다.

"안녕하세요."

미나 역시 가볍게 목례를 하며 받았다. 두 번째 만났지만 그들 역시 오래전부터 알던 사이처럼 자연스러웠다.

"빨리 왔네?"

동탁이 짐짓 심드렁한 표정으로 말했다.

"마 차장님 전화 받자마자 빛의 속도로 달려왔죠. 헤헤."

그제야 종철은 동탁을 향해 겸연쩍은 미소를 날렸다. 안으로 들어온 종철은 미나와 동탁 두 사람을 번갈아 보며 무슨 일이냐는 표정을 지었다. 하긴 그로서는 이해가 잘 가지 않을 상황이었을 것이다.

"앉어. 천천히 말해줄게."

동탁이 컴퓨터 책상 앞에 놓인 의자를 턱으로 가리키며 핸드폰부터 열었다.

"저녁 안 먹었지? 피자 시켜 먹을까?"

"좋으실 대로. 이왕이면 치맥도 좀 시켜주시구요. 헤헤."

그제야 종철은 입고 있던 점퍼를 벗어 의자 뒤에 걸어두고 미나 앞에 놓인 빈 의자에 먼지가 나게 털썩 앉았다.

"여보세요. 여기 동아오피스텔 305호. 피자 한 판이랑 치킨 한 마리, 그리고 캔맥주 카스로. 예, 예."

그동안 동탁이 주문을 하고 있었다.

종철은 들어올 때부터 두 사람의 얼굴에서 심상치 않은 기색을 느꼈지만 섣불리 말을 꺼내기도 뭣하여 먼저 동탁이 말을 꺼내길 기다리며 얌전히 앉아 있었다. 마음 같아선 '뭔 일이 있었어요?' 하고 당장이라도 묻고 싶었지만 참고 있던 중이었다.

"잘 왔어. 자칫하면 오늘 초상 날 뻔했어. 미나 씨랑 나."

전화를 끊은 동탁이 커피를 타서 종철에게 건네주며 말했다.

"예? 죽을 뻔했다구요?"

종철이 뭔 소리냐, 하는 표정으로 동탁을 쳐다보았다.

"응. 이상한 인간들이 갑자기 둘이나 나타났어."

"이상한 인간들이라뇨?"

궁금증을 참지 못한 종철이 농담하냐는 투로 말했다.

"저어기 말이야. 강 기자. 근데 윤 교수의 살해범으로 지목된 하잔이라는 네 팔 친구. 혹시 인상착의 같은 것 나온 거 있나?"

동탁이 대답 대신 말했다.

"그냥…… 키는 보통이구 체구는 마른 편이고 빡빡머리에 늘 낡은 청바지를 입고 다닌다는 정도? 사십 대 초반인데, 사진으로 봤을 땐 약간 가무잡잡하고 눈매가 가늘고…… 입술은 검은빛에 약간 두터운 편. 중국 배우 홍금보 젊었을 때랑 조금 닮았달까. 그렇게 뚱뚱하지는 않지만."

"빡빡머리? 낡은 청바지?"

동탁이 무언가 확인이라도 하듯 종철의 말을 끊었다.

"응. 왜요?"

"응, 그게 말이야."

동탁은 조금 뜸을 들인 다음,

"사실 오늘 그놈을 만났어."

하고 말했다.

"하잔을?"

종철이 놀란 눈으로 쳐다보았다,

"응. 아직 확실치는 않아. 그렇지만 어쩐지 그 친구일 것 같은 예감이 들어."

동탁이 종철을 피해 시선을 아래로 던진 채 말했다.

"언제? 어디서요?"

종철 역시 기자다웠다. 금세 육하원칙대로 물어왔다.

"여기로 오기 전, 아까 카톡 날릴 무렵, 그러니까 불과 몇 시간 전이었지."

동탁은 바둑 복기를 하듯 천천히 기억을 더듬으며 지금까지 있었던 일을 모두 이야기해주었다.

'단도를 든 수사.'

종철은 혼자 무언가 골똘히 생각에 잠긴 사람처럼 아무런 말도 없이 앉아 있었다. 잠시 무거운 침묵이 방 안에 흘렀다.

그때 마침 주문했던 피자가 도착하였다. 세 사람은 그제야 심한 허기를 느꼈다. 다들 아직 저녁을 먹지 못하고 있었던 참이었다.

피자와 치맥을 먹는 동안 세 사람은 별 말이 없었다. 각기 저마다 자기 생각에 빠져 있는 사람들 같았다.

동탁은 조금 전 미나가 했던 문 장로라는 사람을 떠올렸다.

'아버지의 오랜 친구분인데, 예전에 신학대학 교수였어요. 그런데 어떤 일로 이단으로 몰려 종교재판을 받고 학교에서 쫓겨난 분이라고 해요. 지금은 의정부 쪽 어디 산 계곡에 천막교회를 지어놓고 추종하는 신자들과 함께 은둔 생활을 하고 계시다고.'

문 장로라는 그 사람, 그는 누구일까? 미나가 전해준 단편적인 이야기만으로도 어쩐지 많은 이야기를 품고 있는 것 같았는데. 혹시나 이 사건의 열쇠 같은 걸 쥐고 있는 인물은 아닐까?

그리고 아까 낮에 벌어진 일과 종철이 오기 조금 전 미나가 꺼내었던 책 이야기, '오래되고 위험한 책'에 대해서도 생각했다. 과연 그런 책이 실제로 있을까? 2천 년이나 된 책, 예수의 제자 중의 한 사람이 남긴 기록이라니? 만일 그 제자란 사람이 만일 윤 교수의 논문에 등장하는 가룟 유다라면? 그리고 그게 실재하는 책이라면, 과연 어떤 내용을 담고 있는 책일까?

동탁은 마치 함부로 흩어놓은 퍼즐 조각들을 보고 있는 듯한 기분이 들었다. 그러나 그 퍼즐 조각들은 너무나 제각기 다른 모양을 하고 있어 과연 하나의 그림으로 만들어질 수 있을지 의문이 들 정도였다. 무엇보다 그 퍼즐 속에 등장하는 인물 하나하나가 결코 예사로운 존재들이 아닐 거라는 예감이 들었다. 허영 교수의 남편 차 대령만 해도 그랬다. 파산한 채 떠돌이 노숙자 생활을 하고 있다지만 그는 여전히 이 사건의 중요한 용의자였고, 유력한 용의자였다. 살인의 동기로 치자면 그가 최우선되는 가장 강력한 이유를 가지고 있었다. 아직 만나보지는 못했지만 그가 어떤 인물인지도 궁금했다.

9

수도사 그레고리

    피자와 치맥으로 대충 저녁을 때우고 난 동탁과 종철은 미나를 혼자 오피스텔에 남겨두고 자리에서 일어났다. 그녀와 함께 움직이기에는 아직 위험이 많은 데다 이 시간에 함께 딱히 어디로 갈 수 있는 곳도 없었기 때문이다.

    "불편하겠지만 당분간 이곳에서 머무르세요. 열쇠는 저기 있구요."

    동탁은 현관 신발장 쪽을 가리키며 말했다. 그러고는

    "오토락 비밀번호는 이거예요."

하고 핸드폰을 그녀의 얼굴 가까이 보여주며 말했다. 현관문에는 열쇠와 오토락이 함께 달려 있었다.

    "여긴 아무도 안 오니까 국내에 있는 동안만이라도 편하게 지내세요. 난 근처 친구 집으로 가면 되니까."

    동탁은 그녀를 안심시켜주기라도 하듯, 마치 오래 알고 지낸 사이처럼 편하게 아무렇게나 주절거렸다. 그녀는 여전히 불안한 표정이었지만 알았다는 듯 고개를 가볍게 끄덕였다.

    "고마워요."

    "고맙긴요."

미나와 헤어진 동탁은 종철을 데리고 큰길 쪽으로 내려왔다.

얼마 후. 마포 주꾸미 집.

"마 차장님, 근데 미나 씨 괜찮을까요?"

윤미나를 동탁의 원룸에다 남겨두고 나온 두 사람은 소주나 한잔 할 생각으로 주꾸미 집에 마주 앉았다.

대충 피자와 치맥으로 저녁을 때우긴 했지만 어쩐지 허한 마음을 소주 한잔으로라도 달래야 할 것 같았기 때문이다. 그리고 둘 다 아직 꺼내지 않았던 감추어둔 이야기도 남아 있을 것 같았다.

"거긴 당분간 안전할 거야. 아무에게도 알리지 않았으니까. 그나저나 그 붉은 수염의 백인 수사는 왜 미나 씨를 납치하려고 했을까? 단도까지 가지고 다니는 걸 보면 보통 인간은 아닌 듯하던데."

소주잔을 입에다 털어놓으며 동탁이 혼잣말처럼 뇌까렸다.

그러자 종철은 잠시 생각에 잠긴 눈치더니 주변을 살펴보면서 작은 목소리로 말했다.

"그 붉은 수염의 백인 수사라는 남자…… 아무래도 그레고리라는 이름의 그 자인 것 같은데요."

"그레고리?"

뜻밖에 종철의 입에서 낯선 이름이 흘러나오자 동탁은 술잔을 입으로 가져가다 말고 눈을 가늘게 치켜뜨고 종철을 쳐다보았다.

"예. 사실은 그날 윤 교수 연구실로 들어가는 복도 시시티브이에 찍힌 또 하나의 낯선 사람이 있었는데……."

"……?"

"어수선한 데다 가디건 모자를 뒤집어쓰고 있어 잘 알아보지 못했는데 나중에 경찰 영상분석팀에서 찾아냈대요."

"그래?"

'인간아, 그걸 지금 말하면 어쩌냐.'

동탁은 약간 뜨악한 표정으로 종철의 다음 말을 기다렸다.

"루마니아 국적의 수도사, 그레고리라고 한 달 전쯤 입국한 기록이 있대요."

"루마니아? 발칸반도에 있는?"

"예. 동유럽 발칸반도 쪽 산과 계곡이 많은 나라죠. 골짜기마다 오래된 수도원도 많고."

"그러면 그 붉은 수염의 수사도?"

"예. 경찰 정보에 의하면 그는 루마니아 산악 지역에 있는 '성 안드레아'라는 이름의 수도원 수사일 거라고 해요."

"성 안드레아 수도원?"

"예. 동방교회 소속의, 일명 검은 수도원이라고 불리기도 한다는군요."

종철은 마치 큰 비밀을 털어놓는 사람처럼 말했다.

"동방교회? 검은 수도원……?"

"예. 나도 더 이상 자세한 건 몰라요. 그가 왜 그곳에서 이곳 대한민국에 나타났는지, 그가 또 왜, 어떻게, 윤 교수 살인 사건에 얽히게 된 것인지는 여전히 오리무중이랍니다."

종철은 또박또박 보고라도 하듯이 말했다.

그러고는 소주잔을 입에 털어넣으며,

"암튼 그 그레고리라는 붉은 수염의 수사. 그가 새로운 용의자로 수사선상에 오른 것만은 분명해요. 지금 경찰청 홍 경감도 하잔과 함께 그를 찾기에 혈안이 되어 있구요."

하고 마무리를 지었다.

"음."

종철의 말을 들으며 동탁은 무언가 생각에 잠긴 표정으로 주꾸미를 건성으로 씹고 있었다.

'루마니아의 깊은 산속에 숨겨진 오래된 수도원. 동방교회 소속의 검은 수도원. 성 안드레아 수도원이라 했나?'

뜻밖에도 윤 교수가 죽으며 마지막으로 남겼다는 메모에 나왔다는 단어, '동방교회'가 또 나왔다. 예로부터 동방이라면 로마인들의 기준으로 콘스탄티노플, 지금의 터키 이스탄불 동쪽 지방을 지칭한다는 것은 알고 있었지만 '동방교회'라는 것이 실제로 있는지는 몰랐었다.

"어이 강 기자, 종철이. 근데 동방교회라니, 동방교회에 대해 좀 들은 적이 있나?"

"글쎄요. 나도 잘 모르지만 기독교라는 게 지금 우리가 알고 있는 게 전부는 아닌가 봐요. 우리가 알고 있는 건 로마 가톨릭이라고 유럽 쪽으로 넘어간 것이고, 그 외에도 러시아나 그리스 쪽에 정교회라는 게 있다는 말을 들은 것 같은데. 러시아만 해도 기독교 전통이 깊은 나라잖아요? 톨스토이나 도스토옙스키 소설 같은 데 보면…… 그걸 말하는 게 아닐까요? 아니면 더 오래된 무언가가 있는지는 모르지만."

"음. 아까 말했던 그 그레고리라는 수도사가 동방교회 소속의 수도사라 했지? 그렇다면 이번 윤 교수 살인 사건과 동방교회가 무슨 연관이 있다는 말이잖아? 윤 교수가 마지막으로 남긴 메모에도 동방교회의 수호자라는 말이 있고."

"너무 어렵군요. 너무 멀리 간 것 같기도 하고."

"하긴."

동탁은 소주를 털어넣고 입맛을 다셨다.

명동에서 미나와 자기를 따라왔던 그 붉은 수염이 동방교회 소속의 수도사라면 그 속엔 아직 알려지지 않은 무언가 숨은 그림이 있을 것 같은 느낌이 들었다. 어떻게 그 멀고 먼 발칸반도, 루마니아의 외진 수도원의 수도사가 이곳에 나타났단 말인가. 그런 데다 세속과는 담 쌓고 깊은 수도원에서 평생 살며 도를 닦고 살았을 수도사가 어떻게 백주 대낮에 단도를 휘두르며 사람을 해칠 일을 할 수 있단 말인가? 그리고 그것은 윤 교수가 남긴 논문 속의 사도 가롯 유다와 어떤 맥락이 닿아 있을 수 있단 말인가? 동방교회 수도원과 윤 교수의 메모 '동방교회의 수호자'는 또 무엇인가? 그들은 과연 같은 통속일까, 아니면 다른 것일까?

동탁의 머리가 복잡하게 돌아갔다.

"근데 강 기자, 지난번 관악경찰서 식당에서 윤 교수가 살해되기 전, 하잔이랑 책 때문에 심하게 다투었다고 한 적이 있지?"

"예? 아, 그랬죠. 근데 그건 왜요?"

종철은 갑자기 그 이야기는 왜 꺼내느냐는 표정으로 동탁을 쳐다보았다.

"근데 말이야, 오늘 미나 씨한테 이상한 이야기를 하나 들었어. 책 이야기를 말이야."

동탁은 입맛을 한 번 다시고 나서 천천히 입을 열었다.

"책 이야기?"

"응. 그녀의 표현대로 하자면 아주 오래되고 위험한 책, 그러니까 2천 년이 다 되어가는 책이 하나 있다는군."

"예? 2천 년?"

예상대로 종철이 눈이 동그랗게 되어 되물었다.

"응."

동탁은 소주잔에 입술을 갖다 대며 가볍게 고개를 끄덕였다.

"미나 씨의 말에 의하면 윤 교수는, 그 책을 십여 년 전 네팔의 어느 골동품 상에서 발견했다고 했어. 그런데 하잔이 네팔에서 온 티베트 라마승 유학생이라고 했지?"

"예. 그랬죠."

"그러니까…… 어쩌면 윤 교수의 죽음이랑 아직 알려지지 않은 그 책이랑 무슨 연관이 있을지도 모른다는 생각이 들어."

"그게 어떤 책인데요?"

"내용은 아무도 몰라. 그저 미나 씨의 말에 의하면 그 책이 예수의 제자 중의 한 사람이 남긴 거라는 거야."

"예수의 제자? 십이 사도?"

예상대로 종철은 어이없다는 표정을 지었다.

"응, 아마도."

"그런 책이 어떻게 네팔에?"

종철이 헛웃음을 짓듯 되물었다.

"나도 모르지. 그리고 아직 그녀 말을 곧이곧대로 믿을 바는 아니야. 어디까지나 그녀의 말일 뿐이니까. 그녀 역시 자기 아버지 윤 교수에게서 들은 이야기라고 하는데, 사람의 기억이란 게 한계가 있잖아. 그리고 무엇보다 그녀나 다른 그 누구도 아직 그 책을 실제로 본 적이 없어. 그러니까 결론적으로 말하자면 존재 자체가 의심스러운 책이지."

동탁은 종철이 혹시나 선입견을 가지지나 않을까 염려하는 마음에 토를 달았다. 자기 역시 아직 확신을 가질 처지가 아니었기 때문이다.

"하여간 이번 사건은 뭔가 복잡한 느낌이 들어. 단순한 치정 관계 살인 사건이 아닌."

동탁은 얼굴을 찌푸리며 고개를 저었다.

"근데, 차 대령 소식은 좀 들었어?"

그제야 갑자기 생각난 듯 동탁이 물었다.

"하잔이나 차 대령은 여전히 오리무중입니다."

"허 교수에게도 연락이 없구?"

"예."

동탁은 잠시 혼자 골똘히 생각에 잠겼다. 그러다가 문득 가방에서 무언가를 꺼내 종철에게 주며 말했다.

"그리고 강 기자도 이거 한 번 읽어봐."

"뭐죠?"

두꺼운 복사지 뭉치였다.

"응. 윤 교수가 죽기 전에 쓴 논문이라는데, R일보 박설희 기자가 주더라. 한번 읽어보라면서. 혹시나 이번 사건을 풀 힌트가 되어줄지도 모른다고."

종철이 표지에 박힌 글자를 읽으며 혼자 중얼거렸다.

"가룟 유다에 관한 또 하나의 다른 이야기……? 가룟 유다? 예수를 배신하였다는 그자 말인가요?"

동탁은 대답 대신 가볍게 고개를 끄덕였다.

"응."

"또 하나의 다른 이야기……."

종철은 혼잣말처럼 중얼거렸다.

"응. 나도 아직 다 읽어보진 못했지만, 지금까지 알려진 내용과는 많이 달라. 윤 교수의 주장에 따르면 그는 예수가 가장 신뢰하던 충직한 사도였고, 예수가 십자가에 못 박혀 죽던 날, 그는 스승과의 은밀한 약속에 따라 예루살렘 성을 빠져나와 동방으로 달아났다는구먼."

"동방으로? 가룟 유다가?"

"응. 그게 동방 어딘지는 몰라. 암튼 아까 성 안드레아 수도원에서 왔다는 그레고리란 수사 이야기를 들으며 혹시 동방교회와 무슨 연관이 있을지도 모른다는 생각이 문득 들었어."

동탁이 말했다.

"암튼 윤 교수의 논문이 기존에 우리가 알고 있던 것과는 아주 다른 내용인 것은 틀림없어. 발표된 건지 아닌지는 모르지만 기존 서방 중심의 교회들이 알면 발칵 뒤집어질 내용들이야. 윤 교수가 숨겨놓았다는 아주 오래되었다는 책도 그렇고."

'가롯 유다에 관한 또 하나의 다른 이야기……'

종철은 얼굴을 잔뜩 찌푸리고 복사지를 넘기며 혼잣말처럼 중얼거렸다. 동탁은 그가 윤 교수의 논문을 훑어볼 동안 잠자코 기다리고 있었다.

10 차라리 태어나지 않았으면 좋았을 자에 관한 기록 3

["유다야, 이 모든 일이 끝나면 너는 동방으로 가거라. 동방 끝까지 가서 내 말을 전하고, 나의 나라를 세우거라. 하나님의 나라를 만들어라."

예수께서 마지막으로 유다에게 말씀하셨다.]

지난번 읽었던 윤 교수의 논문은 그곳에서 다시 시작되고 있었다.

['이 모든 일'이란 곧 자신의 죽음을 뜻한다는 것을 유다는 직감적으로 알았다. 그것은 십자가에 못 박히심을 뜻했다. 그리고 그것은 자기가 거부할 수 없는, 아니 인간의 힘으로 되돌릴 수 없는 어떤 거룩한 운명을 암시하고 있음을 어렴풋하게 느꼈다.

그 모든 일, 그러니까 그날 십자가의 죽음을 전후해서 벌어진 일은 대략「마태복음」에 기록된 내용과 일치한다. 「마태복음」에는 그날을 전후하여 벌어졌던 일을 긴박하고 상세하게 기록하고 있다. 나는 그 기록의 진실성에 대해서는 조금도 의심하지 않는다. 그때의 상황이 소설보다 더 자세하게 기록되어 있기 때문이다. 지금부터 그것을 살펴보자.

「마태복음」 26장에 기록된 내용이다.

예수께서 이 말씀을 다 마치시고 제자들에게 이르시되, 너희가 아는 바와 같이 이틀이 지나면 유월절이라 인자가 십자가에 못 박히기 위하여 팔리리라 하시더라.

그때에 대제사장들과 백성의 장로들이 가야바라 하는 대제사장의 관정에 모여 예수를 흉계로 잡아 죽이려고 의논하되, 말하기를 민란이 날까 하노니, 명절에는 하지 말자 하더라.

예수께서 베다니 나병 환자 시몬의 집에 계실 때에 한 여자가 매우 귀한 향유 한 옥합을 가지고 나아와서 식사하시는 예수의 머리에 부으니 제자들이 보고 분개하여 이르되, 무슨 의도로 이것을 허비하느냐. 이것을 비싼 값에 팔아 가난한 자들에게 줄 수 있었겠도다 하거늘,

예수께서 아시고 그들에게 이르시되 너희가 어찌하여 이 여자를 괴롭게 하느냐. 그가 내게 좋은 일을 하였느니라. 가난한 자들은 항상 너희와 함께 있거니와 나는 항상 함께 있지 아니하리라. 이 여자가 내 몸에 이 향유를 부은 것은 내 장례를 위하여 함이니라.

내가 진실로 너희에게 이르노니, 온 천하에 어디서든지 이 복음이 전파되는 곳에서는 이 여자가 행한 일로 인하여 그녀를 기억하리라 하시니라.

(「마태복음」 26장 1절~13절)

그때에 열둘 중의 하나인 가룟 유다라 하는 자가 대제사장들에게 가서 말하되, 내가 예수를 너희에게 넘겨주리니 얼마나 주려느냐 하니 그들이 은 삼십을 달아주거늘, 그가 그때부터 예수를 넘겨줄 기회를 찾더라.

(「마태복음」 26장 14절)

무교절의 첫날에 제자들이 예수께 나아와서 이르되 유월절 음식 잡수실 것을 우리가 어디서 준비하기를 원하시나이까.

이르시되, 성 안 아무개에게 가서 이르되 선생님 말씀이 내 때가 가까이 왔으니 내 제자들과 함께 유월절을 네 집에서 지키겠다, 하시더라 하라. 하시니, 제자들이 예수께서 시키신 대로 하여 유월절을 준비하였더라.

「마태복음」 26장 17절~19절)

저물 때에 예수께서 열두 제자와 함께 앉으셨더니 그들이 먹을 때에 이르시되, 내가 진실로 너희에게 이르노니 너희 중의 한 사람이 나를 팔리라 하시니 그들이 몹시 근심하여 각각 여짜오되, 주여 나는 아니지요?

대답하여 이르시되, 나와 함께 그릇에 손을 넣는 그가 나를 팔리라. 인자는 자기에 대하여 기록된 대로 가거니와 인자를 파는 그 사람에게는 화가 있으리로다. 그 사람은 차라리 태어나지 아니하였더라면 제게 좋을 뻔하였느니라.

예수를 파는 유다가 대답하여 이르되, 랍비여 나는 아니지요? 대답하시되 네가 말하였도다, 하시니라.

그들이 먹을 때에 예수께서 떡을 가지사 축복하시고 떼어 제자들에게 주시며 이르시되, 받아서 먹으라. 이것은 내 몸이니라 하시고, 또 잔을 가지사 감사 기도하시고 그들에게 주시며 이르시되, 너희가 다 이것을 마시라. 이것은 죄 사함을 얻게 하려고 많은 사람을 위하여 흘리는 바 나의 피, 곧 언약의 피니라.

그러나 너희에게 이르노니 내가 포도나무에서 난 것을 이제부터 내 아버지의 나라에서 새것으로 너희와 함께 마시는 날까지 마시지 아니하리라, 하시니라. 이에 그들이 찬미하고 감람산으로 나아가니라.

「마태복음」 26장 20절~30절)

그때에 예수께서 제자들에게 이르시되, 오늘 밤에 너희가 다 나를 버리리라. 기록된 바 내가 목자를 치리니 양의 떼가 흩어지리라 하였느니라.

그러나 내가 살아난 후에 너희보다 먼저 갈릴리로 가리라. 베드로가 대답하여 이르되, 모두 주를 버릴지라도 나는 결코 버리지 않겠나이다. 예수께서 이르시되 내가 진실로 네게 이르노니 오늘 밤 닭 울기 전에 네가 세 번 나를 부인하리라.

베드로가 이르되 내가 주와 함께 죽을지언정 주를 부인하지 않겠나이다 하고 모든 제자도 그와 같이 말하니라. (「마태복음」 26장 31절~35절)

그리고 이어서 이렇게 기록되어 있다.

이에 예수께서 제자들과 함께 겟세마네라 하는 곳에 이르러 제자들에게 이르시되 내가 저기 가서 기도할 동안에 너희는 여기 앉아 있으라 하시고, 베드로와 세베대의 두 아들을 데리고 가실새 고민하고 슬퍼하사 이에 말씀하시되, 내 마음이 매우 고민하여 죽게 되었으니 너희는 여기 머물러 나와 함께 깨어 있으라 하시고,

조금 나아가사 얼굴을 땅에 대시고 엎드려 기도하여 이르시되, 내 아버지여 만일 할 만하시거든 이 잔을 내게서 지나가게 하옵소서. 그러나 나의 원대로 마시옵고 아버지의 원대로 하옵소서 하시고, 제자들에게 오사 그 자는 것을 보시고 베드로에게 말씀하시되, 너희가 나와 함께 한 시간도 이렇게 깨어 있을 수 없더냐. 시험에 들지 않게 깨어 기도하라. 마음에는 원이로되 육신이 약하도다 하시고,

다시 두 번째 나아가 기도하여 이르시되, 내 아버지여 만일 내가 마시지 않고는 이 잔이 내게서 지나갈 수 없거든 아버지의 원대로 되기를 원하나이다 하시고, 다시 오사 보신즉 그들이 자니 이는 그들의 눈이 피곤함일러라. (「마태복음」 26장 36절~43절)

또 그들을 두시고 나아가 세 번째 같은 말씀으로 기도하신 후, 이에 제자들에게 오사 이르시되 이제는 자고 쉬라.

보라. 때가 가까이 왔으니 인자가 죄인의 손에 팔리느니라.

일어나라. 함께 가자. 보라. 나를 파는 자가 가까이 왔느니라.

(「마태복음」 26장 44절~46절)

말씀하실 때에 열둘 중의 하나인 유다가 왔는데, 대제사장들과 백성의 장로들에게서 파송된 큰 무리가 칼과 몽치를 가지고 그와 함께하였더라. 예수를 파는 유다가 그들에게 군호를 짜 이르되 내가 입 맞추는 자가 그이니 그를 잡으라 한지라, 곧 예수께 나아와 랍비여 안녕하시옵니까 하고 입을 맞추니, 예수께서 이르시되 친구여 네가 무엇을 하려고 왔는지 행하라 하신대, 이에 그들이 나아와 예수께 손을 대어 잡는지라, 예수와 함께 있던 자 중의 하나가 손을 펴 칼을 빼어 대제사장의 종을 쳐 그 귀를 떨어뜨리니, 이에 예수께서 이르시되 네 칼을 도로 칼집에 꽂으라. 칼을 가지는 자는 다 칼로 망하느니라.

(「마태복음」 26장 47절~53절)

때에 예수께서 무리에게 말씀하시되, 너희가 강도를 잡는 것 같이 칼과 몽치를 가지고 나를 잡으러 나왔느냐. 내가 날마다 성전에 앉아 가르쳤으되 너희가 나를 잡지 아니하였도다. 그러나 이렇게 된 것은 다 선지자들의 글을 이루려 함이니라 하시더라. 이에 제자들이 다 예수를 버리고 도망하니라.

(「마태복음」 26장 55절~56절)

그리고 또 이어서 이렇게 기록되어 있다.

예수를 잡은 자들이 그를 끌고 대제사장 가야바에게로 가니 거기 서기관과 장로들이 모여 있더라. 베드로가 멀찍이 예수를 따라 대제사장의 집 뜰에까지 가서 그 결말을 보려고 안에 들어가 하인들과 함께 앉아 있더라.

대제사장들과 온 공회가 예수를 죽이려고 그를 칠 거짓 증거를 찾으매, 거짓 증인이 많이 왔으나 얻지 못하더니 후에 두 사람이 와서 이르되, 이 사람의 말이 내가 하나님의 성전을 헐고 사흘 동안에 지을 수 있다 하더라 하니, 대제사장이 일어서서 예수께 묻되, 아무 대답도 없느냐. 이 사람들이 너를 치는 증거가 어떠하냐 하되,

예수께서 침묵하시거늘 대제사장이 이르되, 내가 너로 살아 계신 하나님께 맹세하게 하노니, 네가 하나님의 아들 그리스도인지 우리에게 말하라. 예수께서 이르시되 네가 말하였느니라. 그러나 내가 너희에게 이르노니 이후에 인자가 권능의 우편에 앉아 있는 것과 하늘 구름을 타고 오는 것을 너희가 보리라 하시니, 이에 대제사장이 자기 옷을 찢으며 이르되, 그가 신성모독 하는 말을 하였으니 어찌 더 증인을 요구하리요.

보라. 너희가 지금 이 신성모독 하는 말을 들었도다. 너희 생각은 어떠하냐. 대답하여 이르되, 그는 사형에 해당하니라 하고 이에 예수의 얼굴에 침을 뱉으며 주먹으로 치고 어떤 사람은 손바닥으로 때리며 이르되, 그리스도야 우리에게 선지자 노릇을 하라 너를 친 자가 누구냐 하더라.

「마태복음」 26장 57절~68절

베드로가 바깥 뜰에 앉았더니 한 여종이 나아와 이르되 너도 갈릴리 사람 예수와 함께 있었도다 하거늘, 베드로가 모든 사람 앞에서 부인하여 이르되 나는 네가 무슨 말을 하는지 도무지 알지 못하겠노라 하며 앞문까지 나아가니, 다른 여종이 그를 보고 거기 있는 사람들에게 말하되 이 사람은 나자렛 예수와 함께 있었도다 하매, 베드로가 맹세하고 또 부인하여 이르되, 나는 그 사람을 알지 못하노라 하더라.

조금 후에 곁에 섰던 사람들이 나아와 베드로에게 이르되 너도 진실로 그 도당이라 네 말소리가 너를 표명한다 하거늘 베드로가 저주하며 맹세하여 이르되 나는 그 사람을 알지 못하노라 하니, 곧 닭이 울더라. 이에 베드로가 예수의 말씀에 닭 울기 전에 네가 세 번 나를 부인하리라 하심이 생각나서 밖에 나가서 심히 통곡하니라. 「마태복음」26장 69절~75절)

한편 대제사장의 무리들에게 끌려간 예수께서는 재판을 받고 유대인들의 산헤드린 의회에서 십자가형을 선고받았는데, 헤롯 왕 치하의 산헤드린 의회에서는 사형을 집행할 권한이 없어, 로마 총독인 본디오 빌라도에게 데려갔다.

그러나 빌라도는 유대인들간의 골치 아픈 종교적 다툼에 대해서는 일체 관여하고 싶지 않았고, 오로지 로마에 대항하여 소란을 피운 자만 재판에 회부하고 싶어했다. 그가 하나님의 아들이라고 주장하건 말건 상관이 없었다.

그건 저희들 일이었다. 그에게 중요한 것은 로마제국에 반대하는 정치적인 선동이나 행동이었다. 그러나 예수에게는 그런 혐의를 찾기가 힘들었다. 그래서 몇 번이나 손을 떼고 싶었지만 대제사장을 비롯한 유대 지도자와 그들을 추종하는 군중들이 예수를 죽여줄 것을 강하게 요구하였다. 그렇지 않으면 소요라도 일으킬 것 같았다. 마침내 빌라도는 그를 죽일 만한 그럴듯한 혐의를 생각해내었다.

"네가 유대인의 왕이냐?"
그때 예수께서 말씀하셨다.
"네 말이 옳도다." 「마태복음」27장)

그것으로 모든 것은 끝났다. 그것은 곧 로마가 임명한 식민지 유대 왕을 부정하는 반역죄에 해당하는 것이었다. 말하자면 정치범으로 십자가형에 처해도 좋다는 뜻이었다.

> 예수께서 대제사장의 무리들에게 끌려가고 나자, 유다는 양심의 가책을 느껴 자신이 한 행동을 뒤늦게 후회하였다.
> 그리하여 대제사장들에게 가서 은 삼십을 돌려주면서, "내가 죄없는 사람을 팔아넘겨 죽게 만든 죄를 범하였다."고 하였다. 이에 대제사장들은 "그게 우리들과 무슨 상관이냐? 그것은 네 일이다."고 말하였다.
>
> (「마태복음」 27장)

「마태복음」에 따르면, 가룟 유다는 그 은을 성전 안에다 내던지고 나와서 목을 매달아 자살하였고, 대제사장들은 그 은을 주워다 나그네들을 위한 묘지용 토지를 샀다. 그래서 후세 사람들은 그곳을 '피 밭'이라 불렀다고 한다. 은 삼십은 대략 지금의 황소 한 마리 값에 해당하는 금액이다.

이상이 대체로 「마태복음」을 비롯한 성경에 기록된 대로이다. 예수의 체포와 재판까지의 매우 긴박했던 상황이 이보다 더 구체적이고 상세하게 기록될 수는 없을 것이다. 그러니까 이것은 그날 전후 실제로 벌어졌던 일이라고 믿어 의심치 못할 것이다.

그러나 사도 가룟 유다에 관한 기록은 대부분이 가짜다. 「마태복음」을 비롯한 성경의 기록자들은 예수와 유다 사이에 이루어진 은밀한 약속과 대화에 대해서는 알지 못하고 있었음이 분명하다. 그들은 그 부분에 대해 무지했을 것이다.

겨우 황소 한 마리 값인 은 삼십에 가장 가까웠던 제자인 유다가 자기의 스승을 팔아치웠다? 누가 봐도 허황한 꾸민 이야기다. 더구나 가룟 유다는 그들 모두의 재정을 담당하는 회계의 위치에 있었고, 그만한 돈은 언제든지 **빼낼** 수도 있었을 것이다. 그런 그가 돈 때문에 스승을 팔아치웠다는 게 이해가 되는가. 더구나 그의 가슴속엔 로마인들과 지배자들에게 불타는 복수심으로 들끓는 사람이었다. 어린 시절 그의 마을이 불타고, 가족이 모두 목숨을 잃는 치떨리는 분노를 경험한 사람이었다. 그런 자가 겨우 황소 한 마리의 값에 어쩌면 새로 올 세상의 메시아가 될지도 모르는 자기 스승을 팔아치웠다는 게 과연 이해가 되는가.

그 속엔 기록되지 않은, 아니 기록되지 못했던, 숨겨진 이야기가 있지 않을까? 과연 그는 「마태복음」에 기록된 대로 목을 매고 죽었을까? '모든 일'이 끝나고 너는 동방으로 가라고 한 예수의 마지막 당부는 어떻게 되었을까?

사도 유다에 대한 그 이후의 공식적인 기록은 더 이상 남아 있지 않다. 나, 윤기철이 이 논문을 쓴 이유는 사도 가룟 유다에 관한 바로 그 후의 이야기를 전하고 싶었기 때문이다.

이 숨겨진 이야기에 대해서는 최근에 발견되었던, 『유다복음』에서 나는 작은 빛을 찾을 수 있었다. 동방으로 떠난 사도 가룟 유다의 이야기는 이렇게 시작된다.]

11

동방으로 간 유다

동탁은 침을 한 번 꿀꺽 삼킨 후 계속해서 읽어나갔다.

[예수께서 십자가에 매달려 처형되시던 그날 밤. 사도 유다는 거룩하신 스승께서 하신 말씀에 따라 스승이 가르쳐준 대로 몰래 예루살렘 성문을 빠져나왔다. 그의 어깨에는 양가죽으로 만든 작은 배낭이 메어져 있었고, 한 손에는 긴 지팡이가 들려 있었다. 그의 얼굴은 절망과 공포로 질려 있었고, 눈은 슬픔과 비탄에 젖어 붉게 충혈되어 있었다.

그런 일이 벌어지기 전날, 같은 사도였던 베드로는 예수를 좇아 자기 정체를 숨긴 채 대제사장의 집까지 따라갔지만, 나머지 제자들은 예수가 십자가에 못 박히시는 것을 보기도 전 모두 혼이 나간 사람들처럼 뿔뿔이 흩어지고 말았다.

흥분한 군중들이 예수를 추종하던 사람들까지 잡아내어야 한다고 눈이 벌게져서 찾고 있었기 때문이다. 어머니 마리아와 몇몇 여자들만 예수께서 십자가에 매달려 처형되는 장면을 끝까지 지켜보았을 뿐이었다.

예루살렘을 빠져나온 유다는 예수께서 시키신 대로 동방을 향해 기계적으로 발걸음을 옮기고 있었다. 그의 심장은 갈가리 찢겨져 있었고, 영혼은 이미 그의 몸을 떠난 것처럼 보였다. 오래전에 형과 아버지, 어머니가 로마군에 잡혀 죽었을 때처럼…… 누나 미리암이 헛간으로 끌려가 로마군에게 윤간을 당하고 불에 타 죽었을 때처럼……. 더구나 자기가 그토록 믿고 따르던 사랑하는 스승을 그렇게 만든 게 자기라고 생각하면 당장 지옥에라도 뛰어들고픈 심정이었을 것이다.

혼돈.

대혼돈.

그리고 텅 빈 공허. 세상 전체, 아니 우주 전체가 텅 비어버린 것 같은 공허. 절망이라고 부를 수도 없는, 그런 공허.

마치 머릿속이 백지처럼 변해버린 그런 공허밖에 없었다.

그런 혼돈과 공허를 딛고 유다는 정처 없이 기계적으로 발걸음을 옮기고 있었다. 어디로 갈 데도, 오라는 데도 없었다.

……

달빛 아래 동방으로 향한 길은 끝없이 뻗어 있었다. 강을 건너고, 계곡을 지나고, 또 산을 넘고 또 강을 건너고, 또 사막과 산을 넘었다. 고원을 넘어 멀고 먼 유프라테스강도 건넜다. 예루살렘 성문을 빠져나온 유다는 그렇게 동쪽을 향해 정처 없이 걸음을 옮기고 있었다.

뒤늦게 그가 예루살렘을 빠져 달아났다는 사실을 안 다른 제자들은 발칵 뒤집혔다. 그리고 급히 추격조를 만들었다. 그중에서도 야고보가 가장 단호했다. 당장 수하 중에 날쌘 아홉 명에게 명을 내려 그를 쫓게 했다. 분노가 그의 온몸을 에워쌌다. 스승을 배신하고 팔아넘긴 자를 도저히 용서할 수가 없었다. '배신'은 당시 그들 공동체에서 용서할 수 없는 죄악이었다. 세상 끝까지 찾아서라도 이 저주받은 자를 찾아내 예수의 이름으로, 하느님의 이름으로 영원히 지옥불에 던지라고 명령을 내렸다.

야곱뿐만이 아니었다.

피비린내 나는 십자가의 그날, 가장 잔혹하고 가장 길었던 그날 하루 동안, 그동안 예수를 믿고 따르던 사람들, 그들 따라 예루살렘까지 왔던 다른 제자들을 비롯한 갈릴리 지역 출신자들의 좌절과 분노는 상상하기가 어려웠을 것이다. 그동안 함께 풍찬노숙, 형제처럼 함께 밥 먹고, 함께 잠을 잤던 자. 자기들과 함께 최후의 만찬 자리까지도 함께했던 자. 바로 그자가 스승을 배신하고 달아났다니!

절망 속에서 그들은 한없이 끓어오르는 분노를 주체할 수가 없었을 것이다. 이제 남은 건 그자 가롯 유다를 찾아 땅끝까지, 아니, 하늘 끝까지 가서라도 복수하고 응징해야 하는 사명뿐이었다. 스승을 팔아넘긴 악마와 같은 자, 사탄의 자식, 저주받아 지옥불에 던져넣어 마땅한 자, '차라리 태어나지 말았으면 좋았을 자'라고 표현되었던 가롯 유다였다.

그들은 즉시 사도 유다의 뒤를 쫓아 동방으로 향했다.

길고 긴 추격전이 시작되었다. 그들에게는 사도 유다의 흔적을 쫓아 이 세상 어디든지, 그리고 세상의 시간 언제까지나 쫓아가 하나님의 이름으로 처단해야 할 거룩한 임무가 주어졌다. 사람들은 그후 그들을 '최후의 사명자' 혹은 '검은 기사단'이라고 불렀다. 그러나 아직까지 그들의 정체에 대해 정확히 아는 사람은 아무도 없다.

......

그 후, 바람결에 전해 내려오는 전설에 의하면 사도 유다는 로마의 영역인 팔레스타인 땅을 벗어나 파르티아를 지나 몇 날 며칠, 아니 몇 달 몇 년을 걷거나 배를 타고, 마침내 동방의 한 산골짜기, 지금의 발칸반도 어느 산속 버려진 낡은 사원에 이르렀다고 한다. 이전에 불을 숭상하던 조로아스터교도들이 사용했던 사원이었다.

유다는 낡은 사원을 고쳐 그곳에서 혼자 숨어 살았다. 그는 거친 빵과 소금 밖에 먹지 않았고, 금식하는 날도 많았다. 한 벌의 옷만 가지고 있었고, 누구에게서도 아무것도 받지 않았다. 가난하고 상처 받은 이들을 위해 예수 그리스도의 이름으로 기도해주었고, 자기 스승이 그랬던 것처럼 귀신을 쫓고 병자들의 병을 고쳐주었다.

오래지 않아 사람들은 곧 이 비범한 외모의 낯선 사람이 서방에서 온 성자라고 믿게 되었다. 혹은 어쩌면 조로아스터교의 창시자인 차라투스트라가 다시 환생한 것인지도 모른다고 했다.

......

그러나 그는 여전히 복수심을 버리지는 않았다. 자기 부모와 형제를 죽인 로마인들, 그리고 자기 스승 예수를 십자가에 못 박혀 죽게 만든 로마 총독과 대제사장 무리들. 그리고 위선적인 악독한 로마 앞잡이 헤롯 왕 무리들. 바리새인과 사두개인들, 서기관과 관리들……

어떻게 그들을 징벌하지 않고 편히 밥을 먹을 수 있으며 편히 잠을 잘 수가 있겠는가. 죽어도 편히 눈을 감을 수 없을 것이었다. 그의 눈동자 깊은 곳에는 복수와 증오심이 결코 꺼지지 않는 활화산처럼 타고 있었다.

따르는 무리가 생기자 유다는 그곳 군주를 찾아갔다. 그에게 군대를 모아 로마와 싸우도록 설득을 했다. 예루살렘 쪽을 향해 나아가기를 부추겼다. 그렇지 않으면 언젠가 로마가 그들 왕국을 집어삼키려 올 것이라고 말했다.

망설이던 그곳 군주도 마침내 유다에게 군대를 주어 싸움에 나서도록 했다. 유다는 군대를 따라 다시 서쪽으로 나아가 로마군이 점령하고 있던 예루살렘 부근에까지 이르렀다. 두 차례의 대규모 전투가 벌어졌다. 유다는 선봉에 서서 싸웠다. 가족을 몰살하고, 스승인 예수를 십자가에 못 박아 죽인 자들에 대한 천추의 한으로 그는 있는 힘을 다해 전투에 뛰어들었다. 그의 몸은 복수심과 증오로 불꽃처럼 타올랐다.

그러나 상대는 세계 최강의 로마군이었다. 두 차례의 전투에서 강력한 로마군에게 유다군은 참담하게 패배하였고, 사도 유다 역시 큰 부상을 당했다. 피눈물을 뿌리며 퇴각하지 않을 수 없었다.

......

돌아온 그는 군주에게 전쟁에서 패배한 데 사죄를 하고 사원으로 돌아가 다시는 세상에 모습을 드러내지 않았다. 그렇지만 사람들은 여전히 그를 성인이라고 생각했고 존경했다. 그는 예수의 말씀을 전하고, 보이지 않는 하느님과의 영적 소통을 위해 깊은 묵상과 명상을 가르쳤다. 그는 하느님이 우리들 마음속 깊은 곳에 언제나 빛으로 있다고 말했다.

그리고 예수께서 마지막이 가까웠을 무렵 산 위에 데려가 그에게 은밀히 보여주셨던 세상의 처음과 끝에 대한 이야기를 기록하기 시작했다. 예언서이자 계시록이었다. 그것이 바로 2천 년 전에 사라졌던 바로 '그 책'이다.

......

그러던 어느 날, 멀리 고향인 팔레스타인에서 뜻하지 않던 손님이 하나 찾아왔다. 예수의 열두 제자 중의 하나였던 사도 도마였다. 처음에 도마 역시 유다를 찾아 떠났던 유다 추격조, '최후의 사명자'라 불리던 암살단의 일원이었다. 하지만 도마는 그들과 다른 의도를 가지고 있었다.

그는 평소에 제자들 가운데 두 살 위인 유다와 가장 가깝게 지냈다. 도마는 만사에 신중하고 의심이 많았고 다른 사람들의 말을 함부로 믿지 않았다. 그는 언제나 모든 것을 자기 눈으로 확인하고, 자기가 직접 들은 것만 신뢰하였다.

"도마!"

"유다!"

두 사람은 꼭 끌어안은 채 하염없이 눈물을 흘렸다. 스승인 예수와 외모가 많이 닮아 '쌍둥이'라는 뜻의 '도마'라는 별명을 가진 도마를 보면서 유다는 돌아가신 스승의 모습을 떠올렸다.

유다는 도마에게서 비로소 그날 스승 예수께서 십자가에 못 박혀 돌아가신 후의 이야기를 들을 수 있었다. 예수께서 돌아가신 후, 헤롯의 부하들과 대제사장의 무리들은 예수의 제자들과 따르던 사람들을 찾기에 혈안이 되어 있었다. 이 기회에 메시아를 자처하는 무리들의 씨를 말려버릴 셈이었다. 로마군들은 로마군들대로 이들 반역의 무리를 잡아들이기 위해 길거리 골목마다 지키고 있었다.

뿔뿔이 흩어진 제자들은 얼마 후, 피비린내 나는 예루살렘을 빠져나와 다시 고향 갈릴리 마을로 가거나 아예 로마군이 점령하고 있던 이스라엘을 벗어나 해외로 달아났다. 일부는 국제도시 알렉산드리아가 있는 남쪽 이집트 쪽으로 달아났고, 일부는 고대 아시리아가 있는 북쪽, 터키의 동부 고원 지대로 달아났다.

야곱과 도마는 북쪽 터키 쪽으로 망명하여, 지금까지 그곳 '에데사'라는 곳에 머무르고 있었다고 했다. 그곳에 그들은 교회를 지었다. 에데사는 유프라테스강을 사이에 두고 파르티아 왕국과 로마가 맞닿아 있는 국경도시였다.

또 다른 제자인 베드로와 바울은 전도를 위해 터키 남쪽 도시 안디옥을 거쳐 에베소에서 로마를 향해 갔다고 했다. 특히 안디옥은 비단길의 출발점이자 종착지로 로마에서 세 번째로 큰 도시였고, 많은 종교들이 혼재하고 있었다. 바울이 처음 유대인이 아닌 이방인에게 기독교를 전하고 이방인 전도를 위해 할례 의식을 철폐했던 곳도 이곳 안디옥이었다.

"바울이 누군가?"

유다가 도마에게 물었다. 그가 예루살렘을 떠나기 전까지 바울이라는 이름을 가진 사람을 알지 못했기 때문이다. 도마는 유다가 떠난 후, 그 자리에 대신 들어온 사람이며, 원래 이름은 사울이고, 기독교도들을 탄압하던 자였지만 예수의 목소리를 듣고 회심하여 충직한 종이 된 자라고 알려주었다. 유다는 괴로운 표정으로 말없이 고개를 끄덕였다.

도마는 덧붙여 자기는 지금 인도로 가는 길이라고 말해주었다. 꿈에 예수께서 나타나셔서 자기에게 인도 전도의 임무를 맡기셨다는 것이었다. 에데사를 떠나기 전 야곱은 자기에게 혹시 저주받은 자, 유다를 만나면 반드시 죽이라고 했다며 웃었다.

……

도마는 한동안 유다가 살고 있던 사원에 머물렀다. 사람들은 서쪽에서 온 이 이상한 두 사람, 두 성인을 지극한 마음으로 섬겼다. 그리고 그 두 사람을 통해 예수와 십자가의 죽음, 부활의 이야기를 들었다. 그 두 사람의 입에서 나오는 가르침은 일찍이 그들이 한번도 들어보지 못한 것들이었다.

'내일 일을 위하여 염려하지 말라. 내일 일은 내일 염려하면 족하다.'

'공중의 나는 새들을 보라. 심지도 않고 거두지도 않고 창고에 모아들이지도 않지만, 하나님은 그들을 배부르게 하여주신다. 너희는 그것들보다 귀하지 아니한가.'

'구하라, 그러면 받을 것이다. 찾아라, 그러면 얻을 것이다. 두드려라, 그러면 열릴 것이다.'

그것은 모두 스승 예수가 살아 계실 때 해준 말씀들이었다.

그리고 그들은 예수의 이름으로 병자들를 치료해주었고, 예수의 이름으로 악령들을 퇴치해주었다. 일찍이 사도로서의 자격을 부여받은 두 사람은 그

외에도 많은 이적들을 행하였다.

유다는 도마가 자기와 함께 죽을 때까지 그곳에서 같이 살 것을 바랐다. 하지만 도마에게는 이미 다른 사명이 있다고 했다. 그는 그곳을 떠나 더욱 동방으로, 인도로 가겠다고 했다. 그것은 땅끝까지 전도하라는 스승 예수의 명령이기도 했다. 그의 결심이 너무나 확고하여 유다도 말릴 수가 없었다. 두 사람은 이제 지상에서 영원히 다시 만나지 못할 이별을 나누었다. 유다와 헤어진 도마는 배를 타고 인도를 향해 떠났다.

......

그 후, 도마 사도의 이야기는 지금까지 시리아 지방에서 전해져 내려오는 『도마행전』에 자세히 기록되어 있다. 『도마행전』에 기록된 수많은 이야기는 사실 이때 유다와 함께 행한 것들이었다. 로마 가톨릭 교회에서 편집한 소위 정경에는 없는 『도마행전』은 이제 도서관에서 누구나 쉽게 구해볼 수 있으니 이 글을 읽는 독자들도 궁금하면 찾아서 참조하면 될 것이다.

지금 정경으로 사용하는 서방 가톨릭 교회의 「사도행전」이 주로 바울의 서방 전도 여행에 관한 기록이라면, 『도마행전』은 동방교회에 전해 내려오는 사도 도마의 인도 전도 여행에 대한 기록이다.

그러나 어떤 이유에선지 그 속에서도 사도 유다에 대한 기록은 대부분 사라지고 말았다. 그러니까 이 논문은 사라진 가룟 유다에 관한 최초의 기록이 될 것이다. 기록된 역사 뒤에는 언제나 기록되지 않은 역사가 감추어져 있는 법이다.]

윤 교수의 논문은 거기서 끝나 있었다.

그것은 논문이라기보담은 차라리 한 편의 긴 소설 같았다. 과연 어디까지가 진실이고, 어디까지가 윤 교수의 상상에 의해 만들어진 것인지 잘 판단이 서질 않았다.

아무튼 그 논문이 정식 발표되었다면 기성 교회나 신학자들에게 엄청 큰 충격을 가져다주었을 것이었다. 아니면 철저히 무시되었거나 둘 중에 하나였을 것이다.

'차라리 태어나지 않은 것이 좋았을 자'라고 했던 자라고 불렸던 유다의 상상할 수 없는 고통과 슬픔이 그의 논문 속에 고스란히 녹아 있었다. 그리고 어쩌면 그것이 훨씬 가룟 유다의 실제 모습과 가까울지 모른다는 생각이 들었다. 그리고 어쩌면 그런 그의 그런 도발적인 주장이 그의 끔찍한 죽음과도 무슨 연관이 있을지 모르겠다는 생각이 막연히 동탁의 뇌리를 스쳤다.

「가룟 유다에 관한 또 하나의 다른 이야기」

그게 윤 교수가 세상에 남긴 마지막 논문이었다.

12

검은 기사단, 최후의 사명자

핸드폰이 울렸다. R일보 박설희였다.

"형, 아니 마 선배, 저 설희예요."

"딴청은…… 크크. 내가 벌써 우리 박설희 기자님 목소리를 잊었을까봐?"

동탁은 일부러 잔뜩 여유를 부리며 말했다. 그렇지 않아도 머리가 복잡하던 참이었다. 설희를 만나 부담없이 수다라도 좀 떨었으면 싶었다.

"후후. 고마워라. 근데 그사이 뭐 좀 알아낸 거 있남요? 위에서 기사 안 나온다고 난리여서…… 헤."

설희는 아첨 섞인 웃음까지 달았다.

"맨입에?"

"일단 들어봐야죠. 삼겹살을 살지, 오겹살을 살지는 들어본 담에 결정하기로 하고."

"알았어. 퇴근하고 거기로 와. 지난번 갔던 일식집."

"거긴 비싼 덴데…… 크."

설희가 짐짓 엄살을 떨었다.

"내가 전에 말했지? 비싼 거 사주면 비싼 정보가 나오고 싼 거 사주면 싼 정보 나온다고."

"크크크. 알았어. 이따 봐요!"

설희가 커다랗게 소리를 질렀다. 유나의 귀에도 들렸는지 싱긋 미소를 지으며 아는 체를 했다.

"차장님, 데이트 약속? 좋으시겠어요."

"쓸데없는 소리. 데이트는 무슨 얼어죽을 데이트. 바빠 죽겠는데. 이게 다 기사 때문이라고. 기사!"

동탁이 공연히 제 발 저린 놈처럼 큰소리를 쳤다.

"그나저나 유나 씨, 혹시 이 사람 관련 기사나 책 있음 좀 찾아봐줘요."

동탁은 무언가를 쓴 메모지를 유나에게 건네주며 말했다.

"신학대학 교수 문. 정. 식……? 에게, 이게 다예요?"

메모지를 보며 유나는 난감한 표정부터 지었다.

"응."

"어떤 신학대학인지도 모르구요?"

"응. 그냥 신학대학이라고만 알아."

그러고 나서 곧 덧붙였다.

"참. 짤렸대. 신학대학 교수였는데 이단으로 몰려 종교재판을 받고 학교에서 쫓겨난 사람이래."

동탁은 미나가 해줬던 말을 떠올리며 그대로 말했다.

"이단으로…… 종교재판……? 넵. 알겠습니다."

유나는 잠시 혼자 되뇌더니 그제야 무슨 중요한 힌트라도 포착했다는 듯이 자신 있는 목소리로 대답하고는 자료실 쪽으로 사라졌다. 그런 그녀의 뒷모습을 보며 동탁은 자기도 모르게 미소를 지었다. 하긴 인터넷 서핑이라면 귀신같은 세대니까. 잘못 걸리면 신상털이가 딱이겠지만.

그나저나 저녁에 박설희를 만나면 어떤 이야기까지 해줘야 할까. 그동안 일어났던 일들을 시시콜콜 다 털어놓을 수도 없고. 그리고 보면 지난번 설희를 만난 이후 불과 며칠 사이에 참으로 많은 일들이 벌어졌었다. 어떻게 보자면 그 하나하나가 엄청난 내용인지도 모른다.

그레고리라는 붉은 수염의 수사에게 쫓겨 죽을 뻔한 일이나 그때 바람처럼 나타나 그들을 구해주었던 하잔. 그리고 윤 교수 딸 미나. 그녀가 말했던 '매우 오래되고, 매우 위험한 책', 지난번에 설희가 준 윤 교수의 논문 「가룟 유다에 관한 또 하나의 다른 이야기」 등등. 해야 할 이야기가 수십 가지는 되는 것 같았다.

그리고 보니 그날 혼자 오피스텔에 두고 온 미나가 궁금하기도 했고, 걱정도 되었다. 방을 비워준 동탁은 종철의 원룸에서 함께 지냈다. 미나가 서울에 있는 동안 불편하지만 아마 그래야 할 것 같았다.

약간 슬픈 듯한 그녀의 쌍꺼풀 진 눈망울이, 쌍꺼풀 없이 찢어진 몽골풍 설희의 눈과 오버랩되어 눈앞에 그려졌다. 미나에게서 낯선 향수 냄새가 난다면 설희에게선 언제나 생생한 초원의 바람 냄새가 느껴졌다. 하늘의 별처럼 사람마다 다른 개성과 이야기가 있는 법인지도 모른다.

저녁. 신촌역 부근 일식집 다원.

"형, 뭐 좀 알아냈어?"

투명 비닐로 칸막이가 된 자리에 앉자마자 외투도 벗기 전에 다짜고짜 설희가 물었다.

'훗. 급하긴. 성격대로군.'

그러나 동탁은 서두를 거 없다는 표정으로 싱긋 미소부터 지었다.

"그럼. 그럼. 아주 많아. 기다려. 우선 허기부터 좀 채우고."

동탁이 짐짓 여유를 부리며 말했다.

"뭘 먹을까요……? 가만 있자, 우리 박 기자님 덤터기 씌우려면 좀 비싼 걸루 해야 텐데."

"맘대로 하셔. 대신 형, 진짜 화끈한 정보 줘야 해."

설희가 다짐이라도 받듯 말했다.

"알써, 알써. 일단 먹고 나서…… 크크크."

회 한 접시에 초밥과 알탕을 시켰다.

"사케도 한잔 해야지?"

"응. 좋으실 대로."

"근데 지난번 네가 준 논문 말이야. 윤 교수가 쓴, 가룟 유다에 관한 또 하나의 다른 이야기. 그거 재미있더라. 얼마나 사실인지는 잘 모르겠지만."

메뉴판을 옆으로 던져두고 엽차잔을 들며 짐짓 아무렇지도 않은 듯이 동탁이 말했다.

"다 봤어?"

"응. 대충."

동탁이 그녀의 눈을 바라보며 말했다.

"사실 좀 충격적이었어."

"그렇지? 지금까지 우리가 알고 있던 이야기와는 전혀 다르지?"

설희가 반갑다는 듯 맞장구를 쳐주었다.

"응. 소설 같은 이야기라 어디까지 믿어야 할지는 모르겠지만, 암튼 어린 시절 유다의 가족들이 그렇게 비참하게 로마군들 손에 죽었다는 이야기는 좀 슬프더라."

"나도. 사실 지금 나와 있는 성경 속에는 로마 식민지하의 이스라엘 민중들의 비참한 삶에 대한 이야기는 거의 없잖아. 열심당 같은 독립을 꿈꾸었던 사람들의 격렬했던 항쟁에 대한 이야기도 빠져 있고……. 심지어는 가이사 것은 가이사에게 주고, 하느님 것은 하느님에게 주라고 되어 있잖아? 근데 역사책에서 보면 예수 당시 유대인들의 독립 저항 전쟁이 만만치가 않았어. 수많은 전사들이 죽었고, 수많은 사람들이 로마군에게 끌려가 학살을 당했거든. 유대교를 이끌던 랍비 중에는 예수처럼 십자가에 매달려 죽은 사람도 있고, 랍비 아키바처럼 로마로 끌려가 인두불에 지져져서 죽은 사람도 있었대."

설희는 자기가 찾아보았다며, 예수 당시의 상황을 그린 '유대 멸망사'에 대한 이야기를 길게 늘어놓았다.

서기 66년. 그러니까 예수가 십자가에 못 박혀 죽은 지 약 30년 후. 지금의 리비아 수도 트리폴리인 카이사리아에서 그리스인과 유대인 사이에 벌어진 소송에서 승소한 그리스인들이 유대인을 죽이고 승리를 자축하는 일이 벌어졌다. 이 일로 유대인들의 민심이 들끓어대기 시작했다.

바로 그 무렵, 로마 총독 플로루스는 인두세를 내지 않은 유대인에 대한 보복으로 예루살렘 성전에 대해 상당한 액수의 세금을 금화로 강제 집행하려고 했다. 그것은 유대인들에게 성전을 모욕하는 것이나 다름없었다. 이에 격분한 유대인들이 마침내 대규모 봉기를 일으켰다.

성난 예루살렘 유대인들은 로마 수비대를 급습해 병사들을 주살했다. 그동안 식민 통치에 쌓였던 분노가 한꺼번에 폭발했던 것이다, 급파된 시리아 주재 로마 군대마저 성난 유대 저항군들 앞에 패하고 황황히 퇴각해야 했다. 대제국 로마로서는 있을 수가 없는 일이었다.

이에 화가 머리 끝까지 난 로마 황제 네로는 베스파시아누스 장군에게 최정예 3개 군단을 이끌고 가서 유대를 깡그리 없애버리라고 명령했다. 황제의 명을 받은 베스파시아누스는 부대를 이끌고 유대 지방 정벌에 나서 3년째 되던

해인 서기 68년, 유대 지방 대부분을 점령하고 저항군들을 황제의 명령대로 깡그리 말살했다.

그러나 예루살렘만은 쉽게 공략이 되지 않았다. 베스파시아누스는 예루살렘 도성을 포위하고 주민들이 굶주려 항복하기만을 기다렸다. 그러나 예루살렘 성안에서는 열심당원들이 중심이 되어 결사항쟁의 의지를 다지고 있었다. 이들은 화평을 주장하거나 도망치는 사람들을 가차없이 처단하고, 죽을 각오를 다지기 위해 얼마 남지 않은 식량마저 불태우기까지 했다.

세계 최강의 베스파시아누스의 로마 군대도 어쩔 수 없었다. 베스파시아누스는 그 뒤 로마 황제 자리에 올라 로마로 돌아가고, 대신 자기 아들 티투스에게 예루살렘 공략의 일을 맡겼다.

티투스의 로마 군대는 갖은 수단을 다 한 공격 끝에 마침내 성벽을 무너뜨리고 예루살렘성을 함락시킬 수가 있었다. 승리의 혹독한 대가로 티투스는 성전을 불태웠고, 여러 날에 걸쳐 대규모 살육과 파괴, 약탈을 벌였다. 유대 역사가 요세푸스에 의하면 그때 예루살렘 공방전 당시 성안에는 어림잡아 270만 명에 달하는 유대인이 있었는데, 포로로 잡힌 유대인은 9만 7천 명이었고, 공방전 과정에서 사망한 유대인은 무려 110만 명이 되었다고 한다. 그때 전쟁으로 유대 민족이 거의 전멸하다시피 하고 만 것이다. 불타는 연기와 비명 소리가 수개월간 이어졌다.

예루살렘은 더 이상 지상에 존재하지 않게 된 것이다.

"그리고 마지막 남은 사람들은 마사다라는 요새로 가서 최후의 항쟁을 하다가 마지막 한 사람까지 죽었대. 마침내 유대라는 나라는 지상에서 흔적도 없이 사라지고 말았던 거지. 그게 예수께서 돌아가시고 불과 40년도 채 되기 전의 일이었어."

설희가 머리를 뒤로 쓸어넘기며 말했다.

"오우, 우리 박설희 기자님. 공부 많이 하셨는데?"

"놀리는 거야?"

"아니, 진심이야."

"후후, 아무튼 그런 역사에 대해 성경은 이상할 정도로 아무런 말이 없잖아. 만일 그후 로마인들의 입맛에 맞게 편집되지 않았더라면 그런 이야기들이 없을 리 없지. 그러니까 가룟 유다 역시 그런 측면에서 지금 우리가 알고 있는 것과는 달리 많은 부분이 왜곡되었거나 사라지고 말았을지도 모른다는 생각이 들어."

긴 이야기를 마치고 나자 설희는 목이 마른지 물컵을 들어 벌컥벌컥 몇 모금을 마셨다.

"흠."

동탁은 팔짱을 낀 채 한 손으로 턱을 만지며 무언가 골똘히 생각하는 사람처럼 말했다.

"윤 교수의 논문이 유다에 대해 상당히 새로운 이야기를 전해주고 있는 건 분명해. 그리고 그런 그의 생각이 기존 교회 입장에선 충격적이고, 이단적으로까지 들릴 수는 있는 것도."

동탁의 목소리가 조금 심각해졌다.

"근데 그게 윤 교수의 죽음과 무슨 연관이 있을까?"

설희가 눈빛을 반짝이며 물었다.

"모르겠어. 어쨌든 이번 살인 사건에는 아직 우리가 모르고 있는 어떤 복잡한 이야기가 뒤에 숨어 있을지도 모른다는 느낌이 들어. 수천 년간 이어져오는, 어떤 다른 이야기가 말이야."

"수천 년?"

설희가 눈을 동그랗게 뜨고 동탁을 쳐다보았다.

"응.

"사실 유다에 대해서는 옛날에도 많은 이야기들이 있긴 있었어. 초기엔 유다를 성인으로 모시는 기독교의 일파도 있었다고 하고. 예전에 나왔던 〈지저스 크라이스트 슈퍼스타〉라는 영화에서도 노먼 주이슨 감독은 가룟 유다에 관한 새로운 시각을 보였지. 〈지저스 크라이스트 슈퍼스타〉는 예수의 인간적인 고뇌와 그를 배신한 유다, 예수를 연인으로 사랑했던 막달라 마리아 등을 등장시켜 성경을 새롭게 해석해보려고 시도했던 작품이야. 여기에 나오는 노래, 〈I don't know how to love him〉은 공전의 히트를 쳤지. 신의 아들이라는 예수라는 남자를 사랑했던 막달라 마리아와 그를 팔아먹은 유다가 똑같이 이 노래를 불러. 특히 유다가 이 노래를 부르는 장면은 무척 역설적으로 들려. 암튼 신약성경 속에 등장하는 인물, 특히 십이 사도 중 가룟 유다는 가장 난해하고, 복잡한 인물임에는 틀림없어."

동탁의 긴 설명에 설희가 조금 놀랐다는 표정을 지으며 놀리듯이 말했다.

"역시. 우리 마 선배님 대단해! 언제 그런 것까지……?"

"후후. 그쯤은 상식 아닌가."

"〈I don't know how to love him〉……? 나도 한번 들어봐야겠네. 유튜브 치면 나오겠지."

"응."

"암튼 그런 유다가 예수의 십자가 죽음 후 동방으로 갔고, 또 그곳에서 뒤따라온 또 한 사람의 사도, 도마를 만났다?"

"응. 윤 교수의 주장대로 그게 사실이라면 엄청난 사건이지. 지금까지 기존 기독교에서 알고 있던 역사 전체를 뒤집어버릴 수도 있는."

설희는 무언가 생각에 잠긴 듯 잠시 깊은 침묵 속에 빠졌다. 그녀의 가는 눈썹 끝이 이마 위로 살짝 치솟았다. 그런 그녀가 어쩐지 무척 지적으로 느껴졌다. 그런 모습은 미나에게서는 느낄 수 없던 것이었다.

"근데 형. 나, 형한테 중요한 사실 하나 알려줄 게 있어."

조금 있다 설희가 생각난 듯이 말했다.

"뭔데?"

"응. 그게 말이야. 윤 교수가 죽으면서 마지막 메모지에 남겼다는 글자."

"동방교회의 수호자……? 야고보 M……?"

"응. 그런데 그 M자의 뜻을 알아냈어!"

"그래?"

동탁은 설희를 쳐다보았다.

"그게 무슨 의미 있는 것이었어?"

"응. 대단히, 대단히, 중요한 뜻이 담겨 있는 글자야!"

설희는 또박또박 말했다.

다시 그녀의 목소리에서 생생한 초원의 바람 소리가 느껴졌다.

"그으래?"

"응."

입으로 놀라는 척했지만 동탁은 뭐 신통한 게 있을라구, 하는 표정으로 바라보았다. 그러나 설희는 그런 동탁의 반응에 개의치 않고 중요한 비밀을 가르쳐주듯, 계속해서 분명하고 또록또록한 어조로 한 자 한 자 딱딱 끊듯이 말했다.

"마. 데. 테. 스."

"마…… 데…… 테…… 스?"

"응."

"……?"

"M은 마데테스의 첫머리 글자인데, 마데테스란 헬라어로 제자라는 뜻이야."

"제자?"

"응. 그러니까 야고보 M이란 글자는 야고보의 제자, 혹은 야고보의 제자들이란 뜻이지. 예수 당시 이스라엘에서는 헬라어와 히브리어를 썼는데 헬라어가 바로 지금의 그리스어야."

설희는 눈을 반짝이며 마치 학생 앞에서 강의라도 하듯이 빠르게 말했다.

"마치 암호 같긴 한데, 그것을 잘 뜯어보면 형이 지난번 말했던 다빈치 코드 같은 비밀이 숨겨져 있을지도 몰라."

설희의 목소리에서 그녀 특유의 열정이 느껴졌다.

동탁은 그녀의 그런 열정이 부러웠다. 대학을 졸업하자마자 혼자 배낭 매고 지구를 한 바퀴 반이나 돌았다는 그녀 특유의 열정이…… 어쩌면 그게 그녀다운 매력인지도 몰랐다.

"야고보 M. 야고보의 제자들. 그런데 형, 그 야고보가 누굴까?"

그러고 나서 설희는 곧 스스로 답했다.

"지난번에도 이야기했지만 성경에는 수많은 야고보가 있지만, 가장 중요한 인물은 구약에서는 아브라함의 손자이자 이삭의 아들 야곱이지. 천사와 씨름하고 돌베개를 베고 잤다는 그 야곱 말이야. 이스라엘 열두 지파의 아버지이자 지금 유대인들이 자기들의 직계 조상이라고 주장하는 바로 그 야곱 말이야. 영어식으로는 제이콥…… 제임스……. 근데 신약에서는 이 이름을 쓰는 중요한 인물이 두 사람 더 있어."

"두 사람 더?"

"응. 둘 다 예수의 제자였지."

"예수의 제자?"

"응. 십이 사도."

12사도라는 말에 동탁은 약간 긴장된 눈으로 설희 쪽을 쳐다보았다.

"한 사람은 대야고보라고 불리는 사람이고, 다른 한 사람은 소야고보라고 불리는 사람이야."

그녀는 약간 상기된 표정으로 말했다.

"대야고보와 소야고보?"

"응. 신학사전을 찾아보니까 대야고보는, 제베대오라는 사람의 아들로서 「요한복음」과 「요한계시록」을 쓴 사도 요한의 형인데 별칭을 보아네르게스, 즉 천둥의 아들이라 했대. 열두 사도 중에서 최초의 순교자로 헤롯 왕에게 체포되어 참수형을 당했다고 나와 있어."

설희는 메모해 온 것을 꺼내 보면서 말했다.

"천둥의 아들? 엄청 큰 이름이네. 다른 한 명, 소야고보는……?"

동탁이 그제야 호기심이 담긴 눈빛으로 설희를 바라보았다.

"응. 이 사람은 더 신비한 인물이야. 그에 대해서는 여러 가지 설이 있는데 그중의 하나가 예수와 육친의 형제, 즉 어머니 마리아와 같은 배에게서 난 예수의 동생이라는 거야."

"예수의 동생?"

"응. 이것도 일설이긴 한데, 예수에게는 야고보, 요셉, 시몬, 유다라는 남자 형제 넷과 두 명의 여동생이 있었대."

"그으래?"

동탁은 처음 듣는 사람처럼 눈을 크게 뜨고 설희를 쳐다보았다.

"응. 암튼 그중의 하나라고 하는 사람이 작은 야고보인데, 예수가 죽고 나자 사실상의 예루살렘 유대인 기독교 조직의 수장이 되어 남은 제자들을 이끌었대. 바울이나 베드로조차 그의 눈치를 봤어야 할 정도로."

"흠."

동탁은 팔짱을 끼고 잠시 생각에 잠겼다.

"그런데 말이야, 형. 그 소야고보도 로마에 저항했던 열심당원으로도 활약한 적이 있었다고 해."

"열심당원?"

"응. 예수가 살았던 당시 유대는 로마제국의 식민지였잖아. 그래서 유대인들 중에서는 아까 이야기한 대로 자기 민족의 독립을 위해 무력으로 싸웠던 조직이 많았나 봐. 계란으로 바위 치기 같은 식이었겠지만……."

설희의 목소리에 점점 열기가 느껴졌다.

"그중에는 가장 치열했던 조직이 열심당이었고, 티투스의 예루살렘 점령 때나 마사다 고원의 마지막 항전 때도 아까 이야기했지만 최후까지 싸우다 죽은 사람들이 모두 열심당원들이었대. 우리나라로 치자면 일제강점기 때 약산 김원봉 선생이 주도했던 의열단 같은 것이었지. 이봉창 의사나 윤봉길 의사 같은 이들을 배출했던, 일제강점기를 통틀어 가장 치열하게 저항했던 무장 조직 말이야. 그런데 그 소야고보나 예수를 배신했던 유다도 거기에 소속되어 있었대."

"맞아. 윤 교수의 글에도 그렇게 나와 있었지."

"암튼 그 열심당원들은 단도를 지니고 로마인이나 배신자들을 은밀히 암살하는 임무를 지니고 있었는데, 그들을 '시카리오'라고 불렀어."

"시카리오?"

"응. 시카리오."

설희는 약간 들뜬 표정이 되어 말했다.

"단도를 든 암살 조직이란 뜻이지."

"단도를 든 암살 조직?"

동탁은 자기도 모르게 그 말을 속으로 되뇌었다.

"응."

단도라는 말이 나오자 미나와 자기를 뒤쫓아왔던 붉은 수염의 수사가 떠올랐다. 그자 역시 예리한 단도를 휘둘렀고, 죽은 윤 교수도 날카로운 단도에 찔려 죽었다고 했다. 그 옛날 시카리오라고 불리던 암살자들이 그랬던 것처럼.

"그런데 윤 교수 논문에 보면, 유다가 성을 빠져나간 후 뒤늦게 그 사실을 안 야곱을 비롯한 다른 제자들이 급히 추격조를 짜서 그 뒤를 쫓았다는 말이 있잖아? 검은 기사단, 혹은 최후의 사명자라고 불렸다는."

"응."

"근데 그게 야고보 M이란 글자와 무슨 관계가 없을까?"

"2천 년 전 이야긴데……?"

동탁이 말했다. 설희 역시 자기가 생각해도 좀 엉뚱하다는 생각이 들었는지 훗, 하고 가벼운 웃음을 터뜨렸다.

하긴. 2천 년 전의 이야기다. 설마하니 그 야곱이 지금의 이 야고보와 같을 수는 없을 것이다. 아무리 제자의, 제자의, 제자의, 제자라고 해도. 그리고 그런 끔찍한 살인을 저지를 정도라면 무슨 다른 분명한 이유라도 있어야 할 것 같았다.

그리고 설마하니 윤 교수가 그 표적이 될 이유가 없었다. 기껏 그 논문 하나 때문에? 그렇게 추론하기엔 무리가 많았다,

"근데 말이야. 나, 윤미나 만났어."

동탁이 그제야 생각난 듯 말했다.

"윤미나?"

설희가 눈을 동그랗게 뜨고 동탁을 쳐다보았다.

"응. 죽은 윤 교수 딸."

그러고 나서 동탁은 설희에게 윤 교수의 딸 미나를 화장터에서 만난 이야기, 명동의 커피숍, 붉은 수염의 서양 수사 차림의 사내에게 쫓겨 죽을 뻔했던 이야기를 두서없이 들려주었다.

"그런 일이 있었어?"

설희는 놀란 얼굴로 물었다.

"응."

동탁은 고개를 끄덕였다.

"그럼 지금 윤미나는 어디 있어?"

"신수동 우리 집. 오피스텔."

"형네?"

"응. 당분간 그곳에 숨어 있으라고 했어. 난 대신 우리 신문사 강종철이네에 가 있고."

설희는 그제야 그림이 그려진다는 듯 가볍게 고개를 끄덕였다.

"그런데 말야. 그자도 그때 품에서 날카로운 단도를 꺼내 휘둘렀어. 아주 오랫동안 다루어왔던 것처럼 노련한 솜씨로 말이야. 하잔이란 친구가 마침 나타나 구해주지 않았더라면 큰일 날 뻔했어."

"하잔?"

"응. 윤 교수 밑에서 공부하던 대학원생인데 네팔에서 온 라마승이라고 하던데?"

"아, 경찰들이 용의자로 올려놓고 있다는 사람?"

설희도 알고 있다는 듯 가볍게 고개를 끄덕이며 말했다.

"근데 그 사람은 어떻게 그걸 알고 그곳에?"

"글쎄 말이야. 사실 그게 궁금해. 그들 사이에 아직 우리가 모르고 있는, 무슨 복잡한 사연이 있을 것도 같고. 또 윤 교수의 죽음이 뭔가 그것들과 얽혀 있는 것 같기도 하고."

동탁은 얼굴을 찌푸리며 말끝을 흐렸다. 마침 주문한 음식이 나왔다.

"자기두 사케 한잔 할래?"

동탁이 말했다.

"응."

설희가 건성으로 받았다. 아마 그녀 역시 머릿속이 복잡하게 돌아가고 있을 것임이 분명했다.

그나저나 윤 교수가 마지막 써놓았다는 메모 속의 글자 야고보 M의 M이, 제자를 뜻하는 그리스어 마데테스의 첫머리 글자라니. 그러니까 야고보 M은 야고보의 제자들이란 뜻이라는 말이 아닌가. 야고보의 제자들…….

만일 설희의 말대로 그 야고보가 예수의 제자이자 육친의 동생이라는 그 작은 야고보를 뜻하는 것이라면 유다를 쫓아 동방으로 향해 갔다던 그 추격자들을 뜻하는 단어가 아닌가. 일명 '검은 기사단' 혹은 '최후의 사명자'라고 불렸다는.

혹시 그것과 종철이 말했던 그레고리란 수도사가 왔다는 루마니아의 '성 안드레아 수도원'과 무슨 관련이 있는 건 아닐까? 그곳 역시 일명 '검은 수도원'이라고 불리기도 했다고 하지 않았던가?

2천 년의 시간과 동서양으로 펼쳐진 넓은 공간, 그 시간과 공간 속에서 도대체 무슨 일이 벌어졌고, 벌어지고 있는 것일까. 동탁은 회를 한 점 집어 입 안에서 건성으로 씹으며 골똘히 생각에 잠겨 있었다.

"선배, 무슨 생각을 그렇게 해?"

설희가 말했다.

"아냐, 아냐. 조금 복잡한 일이 있어서 그래. 암튼 설희 씨 덕분에 새로운 것을 알게 돼 고마워."

동탁이 꿈에서 깨어난 사람처럼 얼버무렸다. 그녀에게 아직 미나가 말했던 '그 책'이랑 문 장로에 대한 이야기는 남겨두었다. 아직 이야기할 단계가 아니라고 생각했기 때문이다.

"흥. 그나저나 오늘 밥값은 선배가 내야겠는걸."

"하아! 그렇네. 알았어."

동탁은 어색하게 웃으며 말했다.

"암튼 형, 배신 때리기 없기야. 윤 교수 딸, 이름이 미나 씨라고 했지?"

"뭐, 윤미나? 배신? 크크크."

"후후훗."

두 사람은 각기 딴생각을 하며 소리 내어 웃었다.

13

차 대령

"아, 차장님. 그렇지 않아도 기다리고 있었어요."

다음 날 출근을 하자마자 종철이 반가운 얼굴로 말했다.

"왜?"

동탁이 뭔가, 하는 표정으로 종철을 쳐다보았다,

"잠깐, 차장님."

종철이 대답 대신 동탁의 책상 가까이 다가와 허리를 굽히고는 동탁의 책상 메모지에다 무언가를 급히 쓰기 시작했다.

> 오늘 저녁 차 대령 만나기로 약속함. 차장님도 같이 가도 됨. 어떻게 할까요?

"차 대령이랑?"

동탁은 뜻밖이라는 듯이 종철의 얼굴을 쳐다보았다.

종철이 미소를 지으며 가볍게 고개를 끄덕였다.

"근데 이 인간이 최근에 허영 교수에게 이혼을 조건으로 거액의 위자료를 요구했다고 해요."

종철이 동탁의 귀 가까이 입을 대고 작은 소리로 말했다.

"거액의 위자료?"

하고 되물었지만, 설희에게서도 이미 들은 내용이었다.

그런데 종철의 다음 말은 너무 뜻밖이었다.

"예. 그렇지 않음, 윤 교수가 남겨둔 책을 자기에게 달라고 했다고 해요."

"뭐? 윤 교수가 남겨둔 책?"

'가만. 가만.'

그렇다면 차 대령 역시 미나가 말했던 그 '아주 오래되고 위험한 책'의 존재를 알고 있다는 말이 아닌가? 또 그보다 더 중요한 것은, 그 책을 현재 허영 교수가 가지고 있다는 말이 아닌가?

"몇 시?"

동탁이 부쩍 관심을 보이며 말했다.

"저녁 여섯 시. 탑골공원 부근."

동탁은 알겠다는 듯 고개를 끄덕였다. 종철이 손가락으로 오케이를 그려보였다. 그러고는 총총히 자기 자리로 돌아갔다.

'차 대령이 그 책의 존재를 알고 있었다니? 그렇다면 그 책이 실제로 존재한다는 말이 아닌가? 거액의 위자료 대신 그 책을 자기에게 달라 했다구?

무언가 일이 복잡하게 꼬여가는 듯한 느낌이 들었다.

사실 차 대령의 존재는 잠시 동탁의 의식 속에서 사라져가고 있던 참이었다. 그가 아직 중요한 용의자 중의 하나이긴 했지만 그 후 잇달아 드러나고 있는 여러 가지 정황들을 종합해보면 떨어져 나간 필요 없는 퍼즐 조각이나 다름없었기 때문이다. 그런데 느닷없이 그가 다시 '그 책'과 더불어 그들 앞에 중요한 인물로 새로 등장한 느낌이었다.

그는 여전히 풀리지 않는 인물이었고, 윤 교수 살인 사건의 중요한 용의자 중의 하나인 것은 분명했다. 그가 윤 교수를 죽인 직접적인 범인이 아니라 할지라도 죽은 윤 교수와 내연의 관계에 있는 허영 교수의 엄연한 법적인 남편이었고, 그들 사이의 원한 관계나 채무 관계는 아직 하나도 밝혀진 게 없었기 때문이다.

그는 과연 어떤 인물일까? 서울대 음대 허영 교수의 남편. 육사 출신의 퇴역 대령. 그런데 지금은 노숙자들 틈에서 살아가고 있다는 남자. 그가 그 책에 관심을 보이고 있었다니. 그와 허영 교수, 죽은 윤 교수는 어떤 관계일까?

새삼스럽게 그가 어떤 인물인지 궁금해졌다. 어쩌면 그 역시 아직 드러나지 않은, 소설 한 권 분량의 이야기를 가슴에 품고 살아가고 있는, 복잡한 인간형인지도 모른다는 생각이 들었다. 지금까지 나온 이야기만 종합해봐도 그랬다. 결코 만만한 인간은 아닐 거라는 예감이 들었다.

그날, 저녁 6시 무렵.

종로 3가. 동탁은 종철을 따라 지하철에서 내렸다.

코미디언 송해의 이름을 따 '송해 거리'라 명명된 종로 3가 뒤 탑골공원 거리는 온통 노인들 천지였다. 공원 뒤 돌담을 따라 싸구려 음식점과 이발소, 술집, 노점상, 포장마차가 늘어 서 있고, 바둑이나 장기를 두는 사람, 술에 취해 꽥꽥 소리 질러대는 사람, 큰 소리로 노래하는 사람, 한때 잘 나가던 시절이 있었다는 걸 보여주기라도 하듯 멋진 양복 차림에 카이젤 수염을 기른 사람 등등. 그야말로 각종각색의 노인들 천지였다.

그래서 누가 말했던가. 탑골공원에서 종로 4가 종묘까지 이어지는 뒷골목이야말로 '노인들의 해방구'라고. 그리고 또 누군가는 우스갯소리로 이곳을 '인생 패잔병들의 마지막 집합소'라고도 했다.

단돈 2천 원이나 3천 원으로 시래기국밥이나 황태국밥 한 그릇을 맛있게 먹을 수 있고, 그나마도 없으면 무료 급식을 얻어먹을 수도 있고, 3, 4천 원에 말끔하게 이발까지 할 수 있으니 돈 없는 노인들에겐 안식처이자 숨구멍 같은 곳이었다. 무엇보다 같은 연배끼리 막걸릿병을 사이에 두고 끼리끼리 모여 있으면, 인생이 뭐 별건가, 하는 무언지 모를 위로를 얻을 수 있는 곳이기도 했다.

동탁 역시 가끔 우울해지거나 머리가 복잡해질 때면 이곳을 찾을 때가 있었다. 아직 그럴 나이는 아니었지만 이곳에 오면 호주머니가 가벼워도 뭔가 푸짐하게 먹거나 마실 수가 있었고, 용쓰며 살아가는 일상의 삶이 왠지 좀 가벼워 보이는 느낌이 들게 만들어주기도 했기 때문이다.

저녁 종삼 거리는 활기에 넘치고 있었다. 그 길을 따라 종철이 앞서고 동탁은 그와 몇 걸음 떨어진 채 걸어가고 있었다. 조금 안으로 들어가자 탑골공원 돌담을 끼고 좁은 골목이 나타났고, 골목 안으로 들어가자 늘어선 포장마차와 함께 허름한 식당들이 이마를 맞대고 서 있는 게 보였다. 종철은 동탁을 끌고 아무 말도 없이 그 중의 한 식당 쪽을 향해 걸어갔다.

조금 후. 식당 안.
더러운 연기와 역한 음식 냄새가 진하게 밴 공기 속에 늙은이들이 여기저기 테이블을 차지하고 둘러앉아 있었다.
"차장님, 저어기."
그때 종철이 눈길로 한쪽을 가리켰다.
눈길을 따라가니 식당 한쪽 구석에 챙이 좁은, 낡은 감색 가죽 모자를 눌러 쓴, 덩치가 유별나게 큰 노인 하나가 혼자 앉아 소주잔을 기울이고 있는 게 보였다. 물어보지 않아도 그가 차 대령임을 동탁은 첫눈에 알아보았다.

그쪽을 향해 걸어갔다.

"안녕하세요. 차 선생님이시죠? 어제 전화 드렸던 K일보 강종철입니다."

종철은 그 옆으로 다가가 조심스럽게 말을 걸었다.

덩치 큰 노인은 고개를 들어 종철과 종철의 뒤에 머뭇거리며 서 있는 동탁을 노려보듯이 쳐다보았다. 짙은 눈썹 아래 박힌 눈빛이 사나웠다. 첫눈에도 무언지 알 수 없는 의심과 경계심이 담긴 불안한 눈빛이었다.

색이 바랜 감색 가죽 모자 밑으로 반백의 머리카락이 보기 싫게 비죽비죽 흘러나와 있었고, 광대뼈가 불거져 나온 턱과 뺨에도 한동안 깎지 않은 허연 수염이 잡초처럼 마구 자라 헝클어져 있었다.

그러나 경계심을 띤 불안한 눈빛과는 달리 자신이 과거 자존심 높은 군인이었다는 표시라도 내는 것처럼 사각 진 얼굴에 두터운 입술은 한일자로 굳게 닫혀 있었다. 그런 그의 모습은 대체적으로 상처 입은 한 마리 우람한 아메리카 들소와 같은 느낌을 주었다.

그는 먼저 종철을 쳐다본 다음 뒤이어 그의 뒤에 엉거주춤 서 있는 동탁을 의심이 잔뜩 밴 눈빛으로 째려보았다. 어떤 놈인가, 하는 눈빛이었다.

"아, 여긴 우리 차장님이구요. 같이 이번 사건 취재 중이라서……."

종철이 서둘러 변명이라도 하듯 말했다.

"저, 마동탁이라고 합니다."

동탁이 허리를 숙이며 어색하게 인사를 했다.

"앉으슈."

그제야 차 대령은 퉁명스럽게 말했다.

종철과 동탁은 그의 맞은편 칠이 벗겨진 철제 의자에 나란히 앉았다. 그런 그들을 본체만체, 차 대령은 소주잔을 쭉 들이켠 다음, 여전히 불친절하고 비호감적인 어투로 말했다.

"여그…… 순댓국물이 먹을 만하니까 알아서들 시키시우."

종철이 벽에 붙어 있는 메뉴를 보고 순대 한 쟁반과 닭갈비볶음 한 쟁반, 그리고 순댓국을 시켰다.

"여그! 소주도 두 병 더 주시우!"

그러자 차 대령이 물어보지도 않고 주방 쪽을 향해 큰 소리로 말했다. 그런 모습을 동탁은 일거수일투족 빠뜨리지 않고 지켜보고 있었다.

차 대령……!

말로만 들었던 그를 막상 앞에서 만나니 이상한 느낌마저 들었다. 덩치가 아메리카 들소처럼 큰 데다 허연 수염이 마구 자라 턱주가리를 덮고 있는 얼굴, 째려보듯 쳐다보는 눈빛이 왠지 사람을 불편하게 만들었다.

"뭘 알고 싶은 게요?"

술이 나오자 차 대령은 기다리지 않고, 다짜고짜 내어뱉듯이 퉁명스러운 어투로 종철을 향해 물었다.

"아, 예. 하아……. 알고 계시겠지만……. 서울대 윤 교수님 사건 땜에."

종철이 하기 어려운 말을 마지못해 꺼내는 사람처럼 주저주저 더듬거리며 대답했다.

"윤기철? 흥. 그 사람이랑 나랑 무슨 상관이람?"

기다렸다는 듯 차 대령은 냉소부터 쳤다.

"혹시라도 그를 죽인 범인이 내가 아닐까 싶어서? 흥. 미리 말해두지만 나는 그 인간이랑 일면식도 없는 사이요. 그런 인간을 만날 이유도 없고."

그는 선수라도 치듯 단도직입적으로 말했다.

"나는 평생 군인으로 살아왔소. 군인의 생명은 명예지, 명예! 암. 그런 나의 명예를 걸고 말하지만 나는 결코 그를 만난 적도 없고, 그런 인간 따위에 털끝만 한 관심도 없소. 알겠수? 우연히 한 여자를 사이에 두고 있긴 했지만 우리는 완전히 남남인 관계란 말이오. 내가 왜 그런 인간을 어떻게 했겠소? 그리고 말이오, 노련한 군인은 적을 죽여도 한 방이면 끝이오. 딱 한 방. 알겠소? 그렇게 난도질을 하듯 죽이지는 않는단 말이오. 알겠소?"

그들이 오기 전에 벌써 한잔을 걸쳤는지 그는 다소 횡설수설 떠들어대었다. 그러고 나서 목젖이 보이도록 고개를 젖히며 단숨에 또 술잔을 비웠다.

"사실 저희도 차 선생님이, 아니 차 대령님이 윤 교수를 어떻게 했다고 생각지는 않습니다만……."

종철이 입맛을 다시며 조심스럽게 말했다.

"그렇다면, 경찰에다 솔직하게 털어놓고 말하지, 이렇게 숨어다닐 필요가 있습니까?"

그러자 그는 상처받은 사나운 들소처럼 콧김을 뿜어대며 내뱉었다.

"흥. 그건 우리 마누라, 허영이란 그년 때문이지!"

"예? 허영 교수님 때문에요?"

뜻밖의 대답에 종철은 놀란 표정으로 되물었다. 동탁 역시 조금 의아한 눈빛으로 차 대령 쪽을 쳐다보았다. 그러자 차 대령은 주름이 깊게 팬 입가에 경멸에 찬 미소를 떠올리며 씹어뱉기라도 하듯 말했다.

"윤 교수 사건이 아니더라도 허영 그년은 나를, 자기 남편인 이 차아무개를, 기필코 감옥에 처넣고야 말았을 거요. 사기꾼이나 공갈범으로 몰아서 말이오."

그렇게 말하는 그의 눈에 갑자기 분노의 불꽃 같은 게 출렁였다.

"내가 정말 죽이고 싶었던 건, 만일 그럴 기회가 있다면, 허영이란 년이었을 거요. 나를 버리고, 나를 이런 바닥에 내버려두고도, 시침을 떼고 살아가는 배은망덕한 그년 말이오!"

그는 증오에 가득 찬 목소리로 신음하듯이 뱉어내었다.

뜻밖의 말이었다. 동탁은 전혀 예상치 못했던 그의 말에 잠시 정신이 혼란스러워졌다. 그들 부부 사이에 그런 오랜 원한 같은 게 놓여 있었으리라는 꿈에도 생각지 못한 일이었기 때문이다.

"사실 내가 그 여자 허영이를 키웠어. 형편없는 여자를 서울대 음악대학 교수, 잘나가는 그 오페라 프리마돈나로 말이오."

그는 기억을 더듬듯 술잔을 입술에 갖다 대며 말했다.

"사관학교 졸업반 시절, 우리는 미팅에서 만났지. 사관학교 맞은편 불암산 아래 배밭에서 말이오. 그때는 배밭 미팅이 유행이었지. 눈부시게 배꽃이 환하게 핀 봄날이었을 거요. 그녀는 음대 이 학년이었고…… 첫눈에 반했던 나는 그녀랑 결혼을 약속했지. 암. 그녀 역시 나를 좋아했어. 허영기가 가득하고 자기밖에 모르는 여자였지만, 그때는 몰랐지."

그는 추억에 잠긴 것처럼 먼 곳 천장 쪽을 쳐다보았다.

동탁의 머릿속으로 그날 윤 교수의 장례식 화장터에 본 허영 교수의 모습이 떠올랐다. 노란색 우산을 받쳐 들고 하얀 트렌치코트를 입고 있던 중년의 여자. 초록색 빵모자에 까만 실크 목도리를 하고 있던 그녀 얼굴은 지금 잘 기억나지 않았지만 멀리서 봐도 무척 차갑고 세련된 모습이었다는 느낌은 남아 있었다.

"그런데 그 여자는 졸업하자마자 다른 남자를 만나 유학을 가버렸어. 나를 버리고 말이야. 법대 출신의 남자였어. 정말 황당했지. 그러나 그땐 나도 젊었고, 졸업 후 곧 장교로 임관을 해 전방부대로 배치받아 정신없이 지냈지. 전방부대란 늘 바쁘거든. 그런데 차츰 그녀를 잊어갈 무렵, 아니 까맣게 잊어갈 무렵, 뜻밖에, 정말 뜻밖에, 그녀로부터 연락이 왔어."

그의 목소리가 자기도 모르게 잦아들었다.

"사실 나는 아직 그녀를 내 마음속에서 지우지 못하고 있었는데 그녀로부터 전화가 오자 엄청 놀랍기도 했고, 반갑기도 했어. 나는 그녀로부터 그녀랑 같이 유학 갔던 그 법대 출신 친구가 유학을 간 지 얼마 지나지 않아 뜻밖에 교통사고를 당해 죽었다는 것을 알았지. 그녀는 다시 혼자가 되었던 거야. 아무튼 우리는 그 후 다시 만났어. 그리고 아무런 일도 없었던 것처럼 다시 가까워졌지. 그녀는 아직 공부가 끝나지 않았기 때문에 이탈리아로 돌아가야 했지만 그녀의 후원자이자 애인이었던 그 법대 출신이 없으니 난감한 상황이었어. 그녀 자신은 돈도 없었고 집안도 가난했거든. 나 역시 가난했던 장교 시절이었지만 그녀가 유학을 마칠 수 있게 뒷바라지를 자청했지. 봉급을 다 털고 때로는 빚도 얻어가면서 그렇게 그녀가 공부를 마칠 때까지 그녀를 후원했어. 긴 기다림 끝에 마침내 그녀가 유학을 마치고 오자 우리는 결혼을 했고, 그녀는 대학에 자리를 얻었지."

그는 소주잔을 급하게 꺾어 입안으로 털어 넣었다.

"캬아."

그러고 나서 그의 목소리가 갑자기 다시 날카로워졌다.

"근데 말이야, 사람의 마음이란 정말 알 수 없는 것이, 내가 뇌물 사건이라는 말도 되지 않은 어처구니없는 음모에 말려 불명예 제대를 하고 쫓겨난 순간, 그 순간, 모든 것은 돌변하고 말았지. 배신…… 그래, 그런 걸 배신이라고 해야겠지. 그리고 그사이 내가 눈치채지 못하고 있었지만 죽은 그 윤 교수란 놈과 모종의 썸씽이 있었던 거야. 나쁜 년!"

그는 씹어뱉듯이 말했다.

순간 그의 눈에서 불꽃 같은 게 튀어 올랐다.

"그년은 나를 버렸고, 하나뿐인 아들 녀석과 며느리 년까지 꼬셔서 나를 버리게 했어! 가족 모두가, 나를 정신병자처럼 취급했어. 순식간에 나는 망가진 인생 패잔병이 되어버렸던 거야. 인생 패잔병 말이야."

그의 표정이 험악하게 일그러졌다.

어쩌면…… 순간, 증오에 불타는 그의 표정을 보며 동탁은 그가 윤 교수를 죽인 진짜 범인인지도 모르겠다는 생각이 얼핏 들었다.

"혹시 윤 교수님이 죽기 전 차 대령님이 그에게 전화를 건 적은 없었나요?"

그러나 종철이 그의 푸념과 넋두리에 말려들어가지 않겠다는 듯 다소 냉정한 어조로 말머리를 돌렸다.

"전화?"

"예. 경찰에서 차 대령님을 용의선상에 올려놓은 것도 그 전화 때문이라고 하던데요. 돈 관계로 협박을 하셨다고."

종철이 단도직입적으로 말했다.

"돈?"

차 대령은 어이가 없다는 듯이 종철을 쳐다보았다.

"협박?"

그러고는 천장을 향해 헛웃음을 날렸다.

"내가 뭘로 보이나? 내가, 이 차 대령이, 그까짓 돈 몇 푼 때문에 그따위 짓을 할 것 같은가? 그놈들이 나를 얽어넣으려고 하는 개수작들이지!"

그는 약간 흥분한 목소리로 떠들어대었다.

"그러면 차 대령님이 떳떳하게 경찰서에 나타나 아니라고 하지 그랬어요?"

종철이 역시 끈질긴 맛이 있었다. 동탁은 그런 종철이 왠지 믿음직스러웠다.

"왜? 흥. 왜냐구?"

그는 콧방귀를 뀌었다. 그러고는 술을 한 잔 마시고 나서 계속해서 말했다.

"사업에 실패하고 나니까 도처에 악머구리 같은 빚쟁이 놈들만 득실거리더라구. 칼에 맞아 죽을 뻔한 적도 있었어. 그런데 내가 공개적인 장소에 나타났다고 해봐. 내가 무서운 것은 경찰이 아니라 나를 쫓아다니는 그놈들, 돈 대신 받아주겠다고 쫓아다니는 그놈들이야. 아마 허영이도 여러 차례 당했을걸."

"허영 교수도요?"

그는 대답 대신 눈을 내려 깐 채 입을 꾹 다물고 고개를 끄덕였다. 그러고는 다짐이라도 해두듯,

"나…… 경찰에 이야기하지 않을 거지?"

하고 갑자기 약간 풀이 죽은 목소리로 말했다.

"예. 그건 염려 마세요. 약속은 꼭 지켜드립니다. 근데 한 가지만 더 여쭈어볼게요. 그래도 되죠?"

종철의 말에 차 대령은 다시 얌전하게 고개를 끄덕였다.

"혹시 죽은 윤 교수님이 허영 교수에게 남기고 갔다는 책에 대해 좀 아시는 게 있나요?"

"책?"

차 대령이 깜짝 놀란 목소리로 반문했다. 순간 그의 얼굴에 당황스러운 기색이 떠올랐다. 그러고는 급히 술잔을 들며 말했다.

"아니, 몰라! 모른다구."

그는 강하게 손사래를 쳤다. 처음의 군인다운 풍모는 간데없고 갑자기 양아치 같은 표정으로 변했다.

"그게 아주 희귀하고 오래된, 비싼 책이라고 하던데요."

종철이 그런 그를 보며 은근히 넘겨짚어 보듯이 말했다.

"몰라. 이젠 그만 가. 가라구!"

그는 얼굴을 돌린 채 손을 저었다. 화가 난 것 같기도 했고, 무언가 들킨 사람 같기도 했다. 순간 동탁은 속으로 소리를 질렀다.

'그 역시 그 아주 오래되고 위험한 책의 존재에 대해 알고 있었구나! 그렇다

면……?

동탁은 알게 모르게 이맛살을 살짝 찌푸렸다.

'그 역시 그 책과 관련해 윤 교수의 죽음과 어쩌면 모종의 관련이 있을지도 모른다는 이야기가 아닌가. 그가 자기 마누라 허영 교수에 대해 횡설수설했던 것도 어쩌면 관심의 초점을 헷갈리게 하기 위한 수작이었는지도 모른다. 더구나 그 역시 아직 중요한 용의자에서 벗어난 것이 아니지 않은가?

머릿속이 복잡하게 돌아갔다.

동탁은 차 대령 쪽을 쳐다보았다. 그러나 차 대령은 더 이상 이야기하고 싶지 않은지 고개를 돌린 채 혼자 술만 들이켜고 있었다. 동탁은 이제 일어날 시간이 되었다는 것을 알았다. 더 이상 있어봤자 나올 이야기도 없을 것 같았다.

차 대령과 헤어져 음식점을 나오자 거리엔 술 취한 사람이 고래고래 고함을 질러대는 소리와 뽕짝 소리가 뒤섞여서 들려왔다. 어디선가 매캐하고 습한 바람이 불어왔다.

"아무래도 저 인간도 뭔가 수상한 느낌이 드는데요. 안 그래요, 차장님?"

큰길로 빠져나오자 종철이 동탁을 향해 조그만 소리로 말했다.

"글쎄 말이야."

동탁이 기계적으로 발걸음을 옮기며 말했다.

"처음엔 그렇게 생각하지 않았는데, 책 이야기가 나오자마자 급히 손사래를 치고 나오는 품이 뭔가 숨기고 있는 것 같았어요. 분명히 뭔가 숨기고 있다는 느낌이."

"맞어."

"그리고 자기 마누라, 허영 교수랑 그런 숨겨진 이야기가 있다는 것도 처음 알았잖아요. 만일 그게 사실이라면……. 윤 교수뿐만 아니라 자기 마누라까지 죽이고 싶을 만큼 원한을 가졌다는 말인데요."

"응. 근데 문제는 그 한 권의 책이야. 예수 제자 중의 하나가 썼다는 그 한 권의 책. 아무 관련도 없어 보이는 그가 그 책의 존재를 알고 있다는 것만으로도 놀라운 일이지. 도대체 그게 어떤 책이지?"

동탁은 생각에 잠긴 표정으로 혼잣말처럼 중얼거렸다.

어디선가 색소폰 소리가 게으르게 울려 나오고 있었다. 인사동의 밤이 깊어 가고 있었다.

"암튼, 오늘 우리 종철이, 강 기자, 수고했어."

그제야 동탁이 종철의 어깨를 툭, 치며 말했다.

"뭘요. 헤헤. 마 차장님이 더 수고하셨죠."

종철이 괜히 빈웃음을 날렸다. 두 사람은 나란히 어두워진 거리를 향해 무거워진 발걸음을 옮기고 있었다.

14

재회

다음 날. 신문사.

"차장님, 여기."

출근하자마자 유나가 복사지 한 묶음을 가져다 내밀며 말했다.

"엉? 뭐냐?"

"어제 부탁하셨던 거. 벌써 까먹었어요?"

유나가 후훗거리며 놀리듯이 말했다.

"문정식 교수에 대해 알아보라 하셨잖아요."

"아항."

그제야 생각난 듯이 동탁은 겸연쩍게 미소를 지으며 유나를 쳐다보았다. 문정식 교수. 문 장로. 그사이 까맣게 잊어버리고 있었다.

"역시! 유나 씨, 고마워."

"뭘요. 그저껜 재미있었어요?"

"엉? 뭐?"

"R일보 박설희 기자님이랑."

유나가 가볍게 눈을 흘기며 놀리듯 미소를 흘렸다.

재회   163

"아항, 난 뭐라고. 이봐요, 유나 씨, 괜히 넘겨짚지 마요."

동탁은 짐짓 큰소리를 쳤다. 역시 여자들이란 넘겨짚어보는 데는 다들 선수들이라니까. 그런 데에 넘어가면 안 된다. 바보 되기 십상이다.

"풋, 알았어요!"

묘한 웃음을 남기고 유나가 자기 자리로 가고 나자, 동탁은 의자 뒤로 허리를 쭉 한 번 펴서 기지개를 한번 켠 다음 그녀가 갖다준 복사지를 넘겨보았다.

솔로몬신학대학 문정식 교수

이름과 함께 사진이랑, 간단한 약력과 몇 개의 기사가 떠올랐다. 동탁은 먼저 사진을 보았다.

괴짜라고 해서 조금 이상한 모습을 상상하긴 했지만 사진 속의 인물 역시 상상했던 대로 좀 독특하게 느껴졌다. 가분수처럼 커다란 대머리에 큰 붓으로 아무렇게나 툭 찍어놓은 듯한 흰 눈썹. 그 아래 자리 잡은 가느다란 실눈. 보기에 따라 약간 코믹하게 보이기도 한 뭉툭한 코. 인중이 거의 없다시피 합죽이처럼 홀쭉하게 닫힌 입. 그럼에도 불구하고 비록 사진이었지만 쏘아보는 듯한 눈빛이 여간 예사롭게 느껴지지 않았다.

그 아래 간단한 약력이 달려 있었다.

문정식. 1958년생. 독일 뒤빙겐신학대학 신학박사. 솔로몬루터신학대학 신학과 교수. 국제동방 기독교학회 회장. 성 유다 동방교회 장로.

동방 기독교학회…… 성 유다 동방교회…….

동탁의 눈에 그 단어가 가장 먼저 눈에 들어왔다. 이번 사건에서 유난히 자주 등장하는 '동방'이라는 단어였다.

다음 장에는 문 교수에 관한 기사 묶음이 붙어 있었다. 벌써 몇 년이 지난 기사였다. 동탁은 눈을 가늘게 뜨고 계속해서 읽어나갔다.

지난 4월 23일 솔로몬루터신학대학 문정식 교수에 대한 이사회의 최종적인 의결이 있었다. 이사들은 문정식 교수가 발표한 논문 「사도 유다와 동방 기독교의 정통성에 관한 연구」가 기독교 정통 교리에 어긋날 뿐만 아니라, 창설 이래 학교가 지향하고 있는 신학적 이념과도 현저히 동떨어진 주장을 하고 있다고 판단하였다. 그럼에도 불구하고, 문정식 교수가 전혀 별다른 해명이나 반성의 뜻이 보이지 않음에 따라 전원 일치 해임을 결정하였다고 한다.

이와 별도로 학교 재단이 소속된 교단에서도 곧 문 교수에 대한 이단 심판과 파문 여부를 결정할 종교재판국 회의가 열릴 예정이라고 한다.

'사도 유다와 동방 기독교의 정통성에 관한 연구……?'

아니, 문정식 교수도 죽은 윤 교수와 마찬가지로 유다를 사도라고 부르고, 사도로 인정하고 있다는 뜻인가? 윤 교수의 논문 「가롯 유다에 관한 또 하나의 다른 이야기」와 문 교수의 논문 「사도 유다와 동방 기독교의 정통성에 관한 연구」는 그렇다면 같은 맥락에 있는 논문이라는 뜻 아닌가? 그들 외에 지금까지 아무도 가롯 유다를 사도라고 부르는 사람은 없었다. 그렇다면 그 둘은 단지 학자로서의 친구 이상의 같은 생각을 공유하고 있었다는 뜻이 아닌가. 말하자면 신학적인 일체감이나 동지 같은 것 말이다.

어쨌거나 그 두 사람은 '가롯 유다'라는 문제적 인물을 하나의 공통분모로 가지고 있는 건 분명해 보였다.

'그런데 이단 심판과 파문 여부를 결정할 종교재판국? 이건 또 뭔가?'

동탁은 눈을 더욱 가늘게 뜨고 다음 페이지를 넘겼다. 이어 며칠 후의 기사가 붙어 있었다.

지난 28일 금요일, 학교재단 솔로몬루터신학교가 소속된 교단에서는 종교재판국 전원회의가 열렸다. 이 자리에서 신학과 문정식 교수의 논문 「사도 유다와 동방 기독교의 정통성에 관한 연구」에 대한 토론이 장시간 이루어졌고, 문 교수 측의 변론이 있었다.

재판국에서는 최종적으로 문 교수의 논문이나 주장이 교회의 정통 교리를 심각히 훼손하고 있을 뿐만 아니라, 예수 그리스도를 팔아넘긴 가룟 유다를 옹호하고, 정경이 아닌 외경을 토대로 유다의 존재와 인도로 간 도마 이야기와 동방교회의 존재를 인정하는 등 일찍이 이단으로 낙인찍힌 주장을 답습하고 있고, 더구나 성부와 성자와 성령이 하나라는 전통적인 교리인 삼위일체설을 부인하고, 예수님의 신성과 인성을 동시에 인정하는 네스토리우스파의 이원론적 주장을 굽히지 않고, 수차례 회심의 기회를 권고하였지만, 끝내 거절하여 그를 파문하기로 재판관 전원 일치 최종 판결하였다. 이로써 신학과 교수 문정식은 최종적으로 파면되었고, 동시에 파문되었다.

동탁으로서는 반의 반도 이해하기 힘든 말들이었다.

삼위일체에 대해 들어보긴 했지만 그게 신학적으로 그렇게 난리를 칠 만큼 중요한 문제인가도 처음 알았다. 그런 일로 21세기 오늘날, 파문까지 당해야 했다니. 동탁은 잠시 멍한 표정으로 책상 위 칸막이에 붙어 있는 사진들을 쳐다보았다.

'종교재판과 파문……'

중세시대 책에서나 보았을 법한 단어였다. 그런데 그 단어가 다름 아닌 문정식 교수의 기사에서 등장한 것이었다. 그런 게 오늘날에도 있다는 것이 오히려 신기할 정도였다.

동탁이 아는 역사상 가장 유명한 종교재판으로는 '그래도 지구는 돈다'는 말을 남긴 갈릴레오 갈릴레이의 재판이 있었다. 지금은 누구나 다 아는 이야기가 되었지만 당시에는 태양이나 달을 비롯한 모든 천체들이 지구를 중심으로 돌고 있다고 믿었다. 이른바 '천동설'이다. 그것에 반대하거나 다른 이론을 내놓는 자는 모두 이단으로 찍혀 끔찍한 고문을 당하거나 화형에 처해지기도 했다. 다행히 갈릴레이는 그 형을 면하긴 했지만 평생 가택 연금을 당하지 않으면 안 되었다.

신부였던 코페르니쿠스 역시 지동설을 주장한 죄로 질책을 받아 연금 끝에 병으로 죽었고, 심지어 조르다노 브루노 신부 같은 이는 화형을 당해 죽었다. 종종 어리석은 종교적 신념은 이성적인 과학이나 철학과 충돌을 일으키곤 한다. 중세의 기독교 신학은 무지와 광신의 토대 위에 서 있는 거대한 성이었다.

불쌍한 과부나 나이 든 처녀를 마녀로 몰아 불태워 죽이는 어리석고 야만적인 이른바 '마녀사냥'은 일상적으로, 더욱 광범위하게 벌어졌던 가장 참혹했던 종교재판이었다. 누구든지 한 번 마녀로 찍히면 벗어날 길이 없었다. 한때 파리와 같은 대도시의 동서남북 사방에 세워놓은 기둥에서 산 채로 사람을 불태워 죽이는 연기와 냄새가 매일 가시지 않았다고 했다. 수십만 혹은 수백만 명의 처녀와 과부가 억울하게 죽어갔던 그런 무시무시한 종교재판은 기독교가 지배하던 암흑기의 중세 유럽에서 거의 200년이나 이어졌다.

그런데 그런 종교재판으로 문 교수가 교단으로부터 파문을 당했고, 재직하고 있던 신학교에서도 쫓겨났다는 이야기였다. 그렇다면 문정식 교수 역시 죽은 윤 교수 못지않게 중요한 문제적 인물이란 뜻이 된다. 그리고 그 역시 파노

라마처럼 펼쳐진 윤 교수 살인 사건과 보이지 않는 그물로 얽혀 있는지도 모른다. 더구나 두 사람은 동일한 성경 속의 한 인물, '유다 이스카리옷', 즉 가룟유다를 자기 논문의 주제로 삼고 있지 않은가.

복잡한 신학적인 밑그림을 풀기 위해서라도 일단 문 장로, 문 교수를 만나 봐야 할 것 같았다. 그리고 그를 만나기 위해서는 윤미나부터 만나야 했다. 윤 교수가 죽기 전에 자기 딸 미나에게 문 장로의 거처를 내비로 찍어주었다니 그나마 다행이었다. 어쩌면 그녀만이 그의 거처를 알고 있을지 몰랐다.

짧은 시간, 동탁의 머릿속에서 많은 생각들이 지나갔다. 미나를 떠올리자 갑자기 그날 밤 자기 집에다 혼자 두고 왔던 그녀의 안부가 궁금해졌다.

동탁은 미나에게 문자부터 날렸다.

> ▶ 미나 씨. 별일 없나요?

문자를 날린 지 얼마 지나지 않아 답장이 날아왔다.

> ▶ 마 기자님! 그렇지 않아도 연락 드리려고 했어요. 신수동 집에서 나와 지금은 잠실 친척 집에 와 있어요. 시간 되면 전화 주세요.

미나의 답장을 받은 동탁은 복도로 나와 신문사 계단에 쪼그리고 앉아 전화를 걸었다. 잠시 뒤, 그녀가 나왔다. 생각보다 밝은 목소리였다.

"여보세요?"

"예. 저 K신문 마동탁이에요."

"아, 마 기자님! 그렇지 않아도 연락 드리려고 했는데……."

"별일 없었나요?"

동탁은 약간 불안한 목소리로 물었다. 그렇지 않아도 그레고리인가 하는 붉은 수염의 백인 수사에게 쫓겼던 그날 이후의 일이 걱정되던 차였다.

"예. 다행히 지금까진……. 근데 암튼 빨리 만나요! 드릴 말씀도 있구요."

"알았어요. 저도 미나 씨 만나서 알아볼 게 있어요."

"어디서 만날까요?"

"장소랑 시간, 핸드폰에 찍어드릴게요."

"예."

전화를 끊고 나자 동탁은 잠시 생각하다가,

▶ 마포 신수동 우체국 뒤. 우리 집 부근. 이따 저녁 6시 반.

이라고 문자를 날렸다. 그리고 뒤이어,

▶ 조심하세요. 가능하면 택시로 이동하시고.

라고 쳤다.

▶ 오케이!

마치 간첩끼리 접선하는 기분이었다.

미나와의 문자를 끝난 동탁은 신문사 계단을 내려와 길 건너 분식집으로 갔다. 어쩐지 허기가 몰려왔기 때문이다. 라면이라도 한 그릇 먹어야 할 것 같았다.

미나. 긴 굽슬머리에 이마가 유난히 예뻤던 여자. 그러나 눈빛이 왠지 쓸쓸해 보였던 여자. 그 미나를 다시 만난다고 생각하니 동탁은 자기도 모르게 가슴이 조금 설레는 기분이 들었다.

그날, 그레고리라는 붉은 수염의 수사에서 쫓겨 자기의 마포 원룸으로 간 게 벌써 아득한 옛날처럼 여겨졌다. 비록 짧은 시간이었지만 함께 위험한 순간을 넘겼다는 것 때문일까. 아니면 낯선 여자에게 자신의 공간을 선뜻 빌려준 것 때문일까. 동탁은 갑자기 그녀가 오랫동안 알고 지냈던 사이처럼 가깝게 느껴졌다. 곧 김을 날리며 라면이 나왔다.

가늘게 비가 내리고 있었다.

"마 기자님!"

동탁을 발견한 그녀의 얼굴에 반가움과 안도의 미소가 떠올랐다. 밝은 회색 트렌치코트를 입은 미나는, 일회용 투명 비닐우산을 쓰고 우체국 후문 근처 편의점 앞에서 동탁을 기다리고 있었다. 우산을 쓰고 있었지만 어깨까지 내려온 긴 갈색 굽슬머리가 조금 젖어 있었다.

"비 맞았네요. 많이 기다렸어요?"

"아뇨. 저도 방금 왔어요."

"밥 먹을래요?"

"배는 별로 안 고픈데…… 집에 가서 라면이나, 전에처럼 피자나 시켜먹음 안 될까요?"

미나가 말했다.

"좋으실 대로. 저는 괜찮아요."

"그럼. 그렇게 해요."

편의점 안에 들어간 동탁은 라면을 비롯해 마실 것과 과일을 조금 샀다. 미나는 말없이 그의 뒤를 졸졸 따라 다녔다.

미나랑 그렇고 그런 감정을 가질 처지도 아니었고, 또 사실 그럴 관계도 아니었지만, 괜히 박설희에게 미안한 생각이 들었다. 사실 박설희라고 해도 기자 사회의 선후배 이상 아무것도 아니었다. 그런데 도둑이 제 발 저리다고 괜히 자기 혼자 찔렸던 것이다. 비록 농담 삼아 한 말이었겠지만 '나한텐 형이 있잖아' 하고 했던 말도 괜스레 마음에 걸렸다.

아무튼 미나랑 둘이서 그렇게 같이 편의점 쇼핑을 하는 기분이 나쁘지는 않았다. 내친김에 평소 사지도 않았던 빵과 콜라까지 한 병 샀다.

"별일 없었어요?"

쇼핑을 마친 다음, 오피스텔로 들어와 가스레인지에 물 끓일 냄비를 올려놓으며 동탁이 짐짓 걱정스러운 어투로 물었다. 그날 일어났던 일이랑 그리고 리와 하잔이 생각났기 때문이다.

"별일? 응. 후후. 많았어요. 천천히 말해드릴게요."

미나가 의미 있는 미소를 지으며 말했다.

"그나저나 문 장로라는 분, 언제 만나러 갈까요?"

"사실 그 때문이기도 해서 마 기자님을 만나자고 한 거예요."

동탁은 알겠다는 듯 가볍게 고개를 끄덕이고 나서,

"사실 나도 지난번 미나 씨 이야기를 듣고 나서 문 장로, 아니 문 교수님에 대해 좀 알아보긴 했어요."

"그래요? 잘됐네요."

미나가 반가운 듯 눈을 반짝 뜨며 말했다.

"그분도 꽤나 괴팍하신 것 같더군요. 신학대학에서 쫓겨나고 파문까지 당하셨다고."

"맞아요."

"근데 미나 씨 아버지 윤 교수님이랑 문 장로님이 유난히 가룟 유다에 대해 관심이 많았더군요. 아직 문 장로님 논문은 구해보지 못했지만."

동탁은 싱크대에서 그릇을 씻으며 혼잣말처럼 늘어놓았다.

금세 냄비에서 물 끓는 소리가 들렸다.

동탁은 얼른 부엌 쪽으로 달려가서 끓는 물에 라면을 넣었다. 라면이 끓자 동탁이 냄비째로 탁자에 올려놓으며 말했다. 오기 전에 아까 회사 앞 분식집에서 라면을 먹고 왔지만 괜히 다시 허기가 느껴졌다. 냉장고에서 김치도 꺼내었다.

"대충 이렇게 먹어요. 비도 내리고."

"고마워요."

미나가 의자에 다소곳이 앉으며 말했다.

"고맙긴요. 늘 혼자 먹다가 미나 씨랑 같이 먹으니까 왠지 더 맛이 나는 것 같은데요. 후후."

"마 기자님, 여기 혼자 산 지 오래되었나요?"

"한 5년? 신문사 들어가고 나와서부터. 그러고 보니 집 나와서 산 지가 벌써 그렇게 되었네요. 미나 씨도 미국에서 혼자 살아요?"

"아뇨. 기숙사에 프랑스에서 온 친구랑 같이 살아요."

"남자친구?"

동탁이 괜한 호기심이 발동해서 넘겨짚어보았다.

미나가 피식 가볍게 웃음을 날렸다.

"그럼 좋겠지만 틀렸네요. 아직 남자친구 없어요."

괜히 어색해졌다. 동탁은 뜨거운 라면을 후후 불며 급히 입에다 넣었다.

"마 기자님은 여자친구 있어요? 괜찮아요. 있다고 해도. 호호."

"아, 저도 아직…… 신문사란 게 워낙 바빠서요."

동탁은 급히 변명이라도 하듯 말하고는 미나를 따라 어색한 웃음을 날렸다. 여자친구라니까 가장 먼저 떠오르는 사람은 그래도 박설희였다. 머리카락을 팔랑거리며 달려오던 그녀의 모습이 떠올랐다.

그녀의 머리칼에서는 언제나 바람 냄새가 났다. 설희의 적극성에 비해 자기는 너무 소극적이었다는 생각이 들었다. 진 반 농 반 그녀는 언제나 그녀가 주도적이었다. 아마 그녀랑 결혼을 해도 그렇게 될 것 같은 느낌이 들었다. 그날 그녀가 왜 갑자기 그런 말을 꺼내었는지는 아직도 잘 이해가 가진 않았다.

'나한텐 형이 있잖아.'

사랑일까? 후후. 동탁은 혼자 속으로 웃었다. 아마 혼자 김치국을 마시고 있는 건지도 몰랐다. 그 역시 그런 그녀가 싫지만은 않았다.

"포도주 한잔 하실래요? 먹다 넣어둔 게 있는데."

동탁이 잠시 생각할 여유를 얻을 겸 식탁에서 일어나며 말했다.

"좋죠. 나중에 제가 좋은 포도주 한 병 선물해드릴게요."

미나가 기다렸다는 듯이 웃으며 말했다.

동탁이 냉장고에서 포도주를 꺼내고, 오랫동안 쓰지 않았던 유리잔을 내어오는 동안 미나는 젓가락을 놓고 얌전히 기다리고 있었다.

"참, 그리고 나, 허영 교수 만났어요."

그때 미나가 동탁의 등쪽을 향해 말했다.

"예?"

동탁은 자기도 모르게 소리를 지르며 미나 쪽을 돌아보았다. 잘못 들었나 했다.

15

라틴어 성경

"허영 교수를?"

동탁은 자기도 모르게 놀란 얼굴로 돌아보았다.

"예."

"어떻게……?"

"전화가 왔었어요. 마침 저도 아버지 연구실 책이랑 물건 정리를 하고 있었는데, 혼자서 할 엄두가 나질 않았던 차에 그분으로부터 전화가 왔었어요."

"잘 됐군요. 한 번은 만나봐야 할 사이 아닌가요?"

"그렇죠. 막상 만나보니까 좋은 분 같았어요. 자기도 아버지의 죽음이 도저히 믿을 수가 없다고 하시더군요. 눈물을 보이진 않았지만 같이 책과 물건들을 정리하는 모습이 무척 애처로워 보였어요."

동탁은 말없이 고개를 주억거렸다.

그렇겠지. 비록 내연의 관계라고 했지만 사랑하는 사람을 떠나보낸 아픔에 이런저런 경계가 있을 리 만무했다. 그녀로서도 감당하기 어려운 고통을 겪고 있으리란 건 충분히 짐작해볼 수 있는 일이었다.

"그런데 그분이 저에게…… 아버지가 가지고 있던 책을 한 권 주셨어요. 더 이상 자기는 아버지랑 관련된 물건을 가지고 있고 싶지 않다면서."

"예? 허영 교수가 책을?"

책이라는 말에 동탁의 눈이 번쩍 띄었다. 아주 오래되고, 아주 위험하다는 그 책? 그 책 말인가?

하지만 동탁이 그런 지레짐작을 할 거란 걸 이미 알고 있었다는 듯, 미나는 가볍게 고개를 저으며 말했다.

"아뇨. 그 책은…… 그냥 라틴어로 된 성경책이었어요. 가죽으로 장정이 된, 아버지가 오래전부터 가지고 계셨던, 아버지의 손때가 묻어 있는 책이었어요."

"라틴어 성경?"

"예."

미나는 동탁을 쳐다보며 고개를 끄덕였다.

"근데 허영 교수가 저에게 그 책을 전해주시면서, 아버지가 꼭 기억하라며 일러주신 이야기가 있대요."

"무슨……?"

"예. 라틴어 성경책 「요한계시록」편에 지도가 있으니, 만일 자기에게 무슨 일이 일어나면 꼭 그것을 찾아, 내게 전해주라고 했다는 거예요."

"요한계시록? 지도?"

"예. 근데 아무리 찾아봐도 지도 같은 건 없었어요."

그러면서 미나는 등에 매고 왔던 자주색 백팩을 열어 두꺼운 책을 하나 꺼내었다. 검은 가죽으로 장정된 라틴어 성경책이었다. 모서리가 닳은 걸 보니 한눈에도 오래된 것 같았다.

미나는 동탁이 보란 듯이 건네주었다. 묵직했다.

BIBLIA

군데군데 벗겨진 금박 글씨가 검은 바탕에 선명하게 박혀 있었다. 동탁은 라틴어를 전혀 알지 못했지만 그게 영어 단어 BIBLE과 같은 뜻이라는 정도는 금세 알 수 있었다. 그리고 「요한계시록」이 구약과 신약의 맨 마지막 부분에 위치하고 있다는 것쯤은 알고 있었다. 동탁은 잠시 숨을 가다듬고 나서 책장을 넘겨 마지막 부분을 펼쳤다.

Apocalypsis

아포칼립시스…… 틀림없이 '계시록'이거나 '묵시록'으로 번역되는 라틴어일 것이다. 그러나 그곳엔 미나의 말대로 어디 한구석 지도가 있을 만한 곳은 없었다.

"여기다 끼워두셨다면……. 혹시 그사이에 흘려버린 것은 아닐까요?"

책장을 넘기며 동탁이 말했다.

"글쎄요. 저도 모르겠어요. 아무리 찾아봐도……. 여기 두고 갈 테니까 마기자님이 좀 찾아봐주지 않겠어요?"

"예? 제가……?"

"예."

미나는 어쩐지 좀 홀가분하다는 표정으로 말했다.

동탁의 얼굴에 잠시 난감한 기색이 돌았지만, 한편으로 호기심이 생기지 않는 것도 아니었다. 그녀가 자기를 믿고 있다는 사실도 그리 나쁘지는 않았다. 근데 느닷없이 지도라니? 무엇을 찾는 지도라는 말인가? 보물 지도라도 된다는 말인가? 더구나 라틴어에는 까막눈이나 다름없는 자기가 무슨 재주로 그것을 찾아본다는 말인가?

그러나 거절할 상황도 아니었다.

"좋아요. 자신은 없지만."

동탁이 두꺼운 라틴어 성경을 조심스럽게 탁자 한쪽에 놓아두며 말했다. 그러고는 포도주 잔을 들어 미나의 술잔과 가볍게 부딪혔다. 맑은 소리가 기분 좋게 울려 퍼졌다.

"근데 우리가 모르는 것이 참 많은 것 같아요. 그날 우리를 쫓아왔던 서양 남자, 붉은 수염을 기른 수도사 말이에요. 그 사람도 어쩐지 윤 교수님이 말한 동방교회와 관련이 있을지 모른다는 생각이 들었어요. 어쩌면 그 때문에 미나 씨 아버지 윤 교수님도 그런 일을 당하셨는지도 모르구요."

아버지 이야기가 나오자 미나의 얼굴에 슬핏 그림자가 졌다.

"그나저나 문 장로님은 언제 찾아보죠? 어쩌면 우리가 먼저 그분부터 만나 봐야 할 것 같은데요. 물어볼 것도 많고."

동탁이 말머리를 돌렸다. '우리'라는 말에 유난히 악센트가 들어 있었다.

"내일 어때요?"

미나가 조심스럽게 떠보듯이 말했다.

"좋아요."

동탁이 속시원하게 대답했다.

'근데 내일 가려면 천상 여기서 두 사람이 같이 자야 할 텐데······.'

대답은 시원하게 했지만 동탁의 얼굴에 잠시 난감한 기색이 떠올랐다. 그때를 놓치지 않고 미나가 말했다.

"나, 여기서 자고 가도 되죠? 가만히 구석에서."

"저야 괜찮지만······ 워낙 불편하실 것 같은데."

동탁이 괜히 미안해진 얼굴로 말했다.

"괜찮아요. 미국에서 처음 생활할 때 작은 거실을 커튼으로 쪼개서 네 명이 같이 생활해본 적도 있는걸요."

"좋아요. 그럼 편하게 침대를 쓰세요. 나는 저기 소파에서 자도 되니까."

"마 기자님이 침대 쓰세요. 난 작아서 그냥 소파에 묻혀서 자면 되니까요."

"아, 안 돼요. 그럼 내가 더 불편해지니까."

둘은 잠시 그렇게 실랑이를 하다가 결국 미나가 침대를 쓰기로 하고 동탁은 소파에서 자기로 했다.

밤이 깊었다.

작은 원룸에 다 큰 남녀가 함께 잔다는 게 뭔가 어색하긴 했지만 무시하고 먼저 미나가 자리에 들어갔다. 동탁은 소파에 반쯤 묻혀 마시다 만 포도주를 마저 홀짝이고 있었다.

피곤하긴 했지만 왠지 쉽사리 잠이 올 것 같지 않았다. 미나는 자기 말대로 역시 다른 사람들과 어울려 오랫동안 객지살이를 한 사람답게 금세 가늘게 코를 골며 깊은 잠에 빠졌다. 어쩌면 그동안 마음 편하게 자지 못 했을지도 몰랐다.

그녀와 반대로 잠이 오지 않아 한동안 뒤척이던 동탁은 작은 전등을 켜고 탁자 위에 둔, 아까 그녀가 건네준 라틴어 성경을 꺼내어 불빛 아래서 다시 찬찬히 한 번 살펴보았다.

혹시라도 무슨 단서라도 발견할 수 있을까, 하는 기대감과 호기심이 생겼다. 가죽 장정이 된 라틴어 성경에서도 오래된 책 냄새가 났다. 아마도 윤 교수가 애지중지 오랫동안 지니고 있었던 책이었을 것이다.

성경의 뒤편을 펼쳤다.

Apocalypsis

아포칼립시스. 묵시록. 계시록. 바로「요한계시록」이었다.

만년의 사도 요한이 지금의 터키 남부 에베소와 가까운 에게해에 있던 작은 섬 밧모에 유배 가 있을 때 썼다는 책. 지금도 수많은 종말론을 주장하는 교주들과 예언자들을 낳고 있는 책. 상징과 불길한 예언으로 가득 차 있는 책. 저마다 제 입맛에 따라 각종의 해석을 낳고, 사람들을 광신과 혼돈 속으로 빠져들게 만드는 책. 어쩌면 이 세상의 모든 책 중 가장 난해하고, 가장 위험한 내용을 담고 있을지도 모르는 책이었다.

그런데 여기 어디에 지도 같은 게 있단 말인가.

동탁은 건성으로 책장을 넘기고 있었다.

라틴어의 알파벳은 영어와 같았지만 단어들이 모두 생소하여 그저 암호처럼 보일 뿐이었다. 그곳에 무언가 다른 것이 있지는 않았다. 지도라면 분명히 종이에 그려서 끼워 넣어두었을 텐데 그런 것이 눈에 띄지 않을 리가 없지 않은가.

동탁은 기계적으로 책장을 넘기며 혼자 생각에 잠겼다.

언젠가 성경 공부 시간에 사도 요한에 대해 들은 이야기가 생각났다. 사도 요한은 젊은 시절, 성격이 불같았던 사람으로 예수가 십자가에 못 박혀 처형되었을 때도 끝까지 남아 지켜보았던 제자 중의 한 사람이었다. 수많은 고난을 넘기고 사도 중에서도 가장 오래 살았지만 그만큼 그가 지고 가야 했던 짐도 무거웠을 것이다. 그는 사랑이 가장 많았던 제자로 기록되어 있다. 그가 남긴 것으로 알려진 '태초에 말씀이 있었다'로 시작되는「요한복음」은 복음서 중에서도 가장 난해하고, 철학적인 내용으로 알려져 있었다.

그런 사람이라면 가룟 유다와도 분명히 많은 이야기를 나누었을 것이다. 그가 「요한복음」을 썼다면 유다에 대한 다른 기록들도 분명히 많았을 것이다. 그러나 같은 사도였던 가룟 유다에 관한 이야기는 거의 없었다. 아마도 그런 기록들은 후세의 성경 편집자들의 손에 의해 모두 지워져버렸을지도 모른다. 그런 생각을 하며 무심히 책장을 넘기고 있는 동탁의 눈에 언제부턴가 무언가가 눈에 띄기 시작했다.

알파벳 위에 연필로 희미하게 동그라미를 쳐둔 표시.

그런 표시는 유독 'Apocalypsis'에만 있었다.

f...... l...... u...... v......

동탁은 잔뜩 긴장된 눈으로 책장을 넘기며 연필로 표시된 알파벳을 읽어나갔다.

I...... a...... c...... a...... p......

어린 시절 학교 다닐 때 책 속 글자에 한자씩 띄엄띄엄 동그라미를 쳐두고, 동그라미 친 글자만 읽어가면 문장이 되는 놀이를 했던 기억이 났다.

동탁은 자리에서 벌떡 일어나 소리 나지 않게 책상 앞으로 다가가 그 위에 놓인 빈 노트에 라틴어 성경을 넘기며 동그라미 쳐진 알파벳을 적어가기 시작했다.

m...... a...... r...... t...... y...... r
j...... o...... a...... n...... i...... s
s...... c...... i

적막한 방 안에 책장 넘기는 소리만 사락사락 들릴 뿐이었다.

마침내 연필 표시가 없어졌다.

동탁은 볼펜을 놓고, 방금 메모지에 쓴 알파벳을 다시 한번 꼼꼼히 살펴보았다. 그곳에는 내용을 알 수 없는 긴 문자의 행렬이 개미처럼 늘어서 있었다.

cǎputabsumǎquarǔbertemplummartyrjoannistúmǔlus-
nǐgroarcastephanus……

'이게 무엇을 뜻하는 걸까?'

개미처럼 늘어선 알파벳을 난감한 표정으로 뚫어지게 살펴보며 동탁은 야릇한 흥분 같은 것이 느껴졌다. 동탁의 이마 사이에 깊은 고랑이 하나 패였다.

'저 무질서해 보이는 문자들의 나열에 어떤 보이지 않는 규칙이 있는 걸까. 만일 지도와 관련이 있다면 좌표 같은 것은 아닐까. 혹시 미나가 말했던 '아주 오래되고 아주 위험한 책'이 숨겨진 곳을 알려주려고 한 것은 아닐까.'

그런 그의 뒤로 미나의 가는 숨소리가 들렸다.

오랜 객지 생활을 한 그녀만의 몸에 밴 비결인지도 몰랐다. 어디든 누우면 쉽게 잠에 빠지는…….

그러고 보면 겉보기에 화려한 그녀의 몸에서 외로움이 진하게 느껴졌다. 일찍이 엄마를 여의고, 이제 아버지마저 없는 그녀의 돌아누운 등짝을 동탁은 약간은 측은한 감정으로, 또 약간은 이상하게 설레는 마음으로 가만히 바라보았다. 창 너머로 들어온 가로등 불빛이 벽에 비뚤어진 거울처럼 걸려 있었다.

어쨌거나 작은 비밀의 문 하나가 열린 것 같은 느낌이 들었다. 저 개미처럼 나열된 문자들이 바로 윤 교수가 자기 딸에게 전하고 싶었던 어떤 비밀, 어떤 곳으로 안내하는 지도가 암호처럼 숨겨져 있는 건지도 모른다는 생각이 들었다. 그리고 그것은 라틴어를 아는 사람만이 풀 수 있을지도 모른다.

그러자 문득 내일 찾아가보기로 한 문 교수가 떠올랐다. 신학박사라면, 어쩌면 그가 저 문자의 암호를 풀 수 있는 길을 가르쳐줄 수 있을지도 모른다는 생각이 들었다.

동탁은 설레는 마음으로 다시 소파에 깊이 몸을 뉘었다. 어둠 속에서 개미처럼 기어가는 문자들이 한동안 눈앞에 어른거렸다.

f...... l...... u...... v...... a...... c...... a......

그게 무엇을 뜻하는 것일까.

길지도 않은 시간, 지난 며칠간의 일들이 파노라마처럼 스쳐 갔다. 너무나 많은 낯선 일들이 그 짧은 시간 동안에 벌어졌다. 그리고 어두운 자기 방. 그리고 그곳 자기 침대에 잠든, 여전히 낯설다면 낯선 존재인 윤미나.

피곤기가 밀물처럼 밀려왔다. 동탁은 마치 깊은 늪 속에 빠져들듯 어느 틈엔가 잠 속으로 빠져들어갔다.

16

사랑은 마술처럼

다음 날 아침.

화장실 물소리에 눈을 떴을 땐 이미 창문이 환하게 밝아져 있었다. 미나가 자던 침대는 비어 있었고, 단정하게 정리가 되어 있었다. 요란한 물소리로 봐서 머리를 감고 있거나 샤워를 하고 있는 것 같았다. 좁은 소파에 쭈그리고 잔 탓인지 온몸이 찌뿌듯하게 느껴졌다.

동탁은 기지개를 켜고 하품을 하면서 창문 쪽으로 가서 밖을 내다보았다. 골목길을 따라 리어카를 끌고 힘겹게 올라가는 사람이 보였다. 머리가 하얀 노인이다. 그 위로 손수건만 한 초겨울 잿빛 하늘 아래, 비둘기들이 날갯짓을 하며 유유히 날아다니고 있었다.

"어머! 미안해요. 시끄럽게 해서……."

그때 등 뒤에서 소리가 들렸다. 어느새 화장실에서 나온 미나의 목소리였다. 동탁이 돌아보았다. 미나가 수건으로 젖은 머리카락을 닦으며 동탁을 향해 상큼한 미소를 날렸다.

"잘 잤어요? 불편하진 않았어요?"

동탁이 말했다.

"아뇨. 저 땜에 마 기자님이 괜히 고생이네요. 저는 이상하게 친구 집이나 남의 집에 가면 더 잘 자는 습관이 있어서. 후훗. 덕분에 오랜만에 푹 잘 잤어요."

미나가 변명이라도 하듯 유쾌한 목소리로 대답했다.

"다행이네요. 사실 저 혼자 사는 집이라."

"크크크. 홀애비 냄새?"

미나가 웃으며 놀리듯이 말했다.

"걱정 마요. 그래도 내겐 마치 오랜만에 고향 오빠 집에라도 온 것 같은 느낌이 들었어요. 마 기자님한텐 성가신 일이었겠지만……. 아닌가요?"

여전히 입가에 웃음을 달고 미나가 말했다.

"성가시긴요."

좁은 공간이라 미나의 머리카락에서 풍기는 은은한 샴푸 냄새가 어느새 방 안을 가득 떠돌고 있었다.

어떤 시인은 말했다. '사람과 사람 사이에 섬이 있다. 그 섬에 가고 싶다'고. 미나와 자기 사이에도 분명 섬이 있을 것이었다. 그리고 그 섬의 이름은 아직 정해지지 않았다.

그럼에도 불구하고 동탁은 미나의 싱그러운 숨결이 너무나 가까이 온몸으로 느껴졌다. 붉은 수염의 백인 수도사에 쫓겨 폐자재 더미 뒤에 숨어 있을 때, 자기 등 뒤에 붙어 팔딱거리던 그녀의 심장 소리가 들리는 것 같았다.

"미나 씨."

순간, 무언가에 끌리듯이 동탁은 자기도 모르게 미나를 품에 꼭 끌어안았다. 자기가 생각해도 너무나 돌발적인 행동이었다. 그녀는 당황한 듯 약간 움칫하였다. 그러나 곧 작고 가벼운 몸을 참새처럼 동탁의 품에 맡겼다. 풍성한 머리칼이 볼에 닿았다.

설희의 모습이 잔영처럼 떠올랐다. 그녀의 활발하게 떠들어대던 모습, 바람에 날리듯 팔랑거리던 그녀의 머리칼과 보조개가 패는 웃는 모습도 떠올랐다. 잠시 동탁의 머릿속이 혼란스러워졌다.

그러자 미나가 천천히 동탁의 품에서 빠져나와 다시 머리칼을 매만지며 말했다.

"이상하죠? 만난 지 오래되지도 않았는데 마치 오래된 사람처럼 느껴지는 것 말이에요. 마 기자님도 그런가요?"

"그냥 동탁이라고 부르세요. 아님, 동탁 씨나 동탁 형."

"탁이 오빠. 크크. 괜찮네요. 나도 한국에 오빠가 하나쯤 있었음 좋겠다고 생각했는데. 기댈 언덕도 되고. 그럼 둘이 있을 땐 그렇게 부를게요. 탁이 오빠."

"후후. 좀 이상하긴 하지만 괜찮네요."

동탁은 조금 어색하게 따라 웃었다.

"근데 오늘, 언제쯤 가볼 건가요?"

다행히 미나가 화제를 돌리며 물었다.

"문 장로님 말이에요."

"아. 준비되는 대로……. 근데 우리 신문사 강종철 기자랑 차 대령 만난 이야기 해줬던가요?"

"차 대령?"

"허영 교수 남편."

"아, 그 사람. 만났나요?"

"예. 며칠 전 탑골공원 뒤 음식점에서."

동탁은 무언가 골똘히 생각하는 표정으로 말을 이었다.

"근데 생각보다 형편없는 몰골이었어요. 마치 상처 입은 한 마리 아메리카 들소처럼요. 스스로를 주체하지 못하고 콧김을 식식거리는 들소 말이에요. 하여간 그가 자기 아내인 허영 교수를 엄청 증오하고 있다는 것. 그리고 그 역시 윤 교수님이 남기시고 갔다는 그 책에 대해 관심을 가지고 있다는 것은 확인이 되었어요. 자기는 모른다고 잡아뗐지만."

"책?"

"예. 그가 자기 마누라랑 이혼 조건으로 거액의 위자료를 주든가, 아니면 '그 책'을 달라고 했다더군요. 그 책이 뭐겠어요? 그는 분명 그 책의 존재와 가치를 알고 있다는 뜻이 아니겠어요? 그리고 그 책을 자기 마누라 허영 교수가 가지고 있을 거라고 믿는 것 같았어요."

"아."

미나는 가볍게 미간을 찌푸렸다. 그럴 리가 없다는 표정이었다.

"암튼 그 사람도 붉은 수염, 그 서양 수도사 못지않게 위험해 보였으니까 조심하세요."

미나는 무언가 생각을 하는 눈치더니 알겠다는 듯 가볍게 고개를 끄덕였다.

"잠깐요. 나도 금방 씻고 나올 테니까. 참, 그리고 이것 보세요."

동탁이 돌아서서 화장실로 가다 말고 어젯밤 책상 위에 메모해두었던 알파벳이 적힌 노트를 미나에게 보여주었다.

"이게 뭐예요?"

미나가 눈을 동그랗게 뜨고 동탁을 쳐다보았다.

"그게…… 어젯밤에 발견한 건데, 미나 씨 아버지 윤 교수님이 미나 씨에게 준 라틴어 성경책. 미나 씨가 잠든 다음 다시 살펴봤죠. 근데 아포클립시스 부분에 연필로 표시된 알파벳이 우연히 눈에 띄었어요."

"연필로?"

"예. 얼른 보면 잘 알 수 없지만 자세히 보면 분명 몇 개의 알파벳에 표시를 해서 무슨 메시지를 암시하는 게 틀림없다는 생각이 들었어요."

미나는 동탁이 준 메모지를 놀란 눈빛으로 쳐다보았다.

"이게 라틴어 성경 속에? 「요한계시록」편에?"

"예."

그녀는 심각한 표정으로 다시 메모를 살펴보았다. 알 수 없는 알파벳 문자들이 개미처럼 길게 늘어져 있었다.

cǎputabsumǎquarǔbertemplummartyrjoannistúmǔlusnǐgroar-castephanus......

"이게 무슨 뜻이죠?"

미나가 동탁의 얼굴을 쳐다보며 말했다.

"나도 몰라요. 하지만 중요한 메시지가 담겨 있는 건 분명해 보이는데. 혹시 문 장로님을 만나면 알 수 있지 않을까요? 신학 교수였다니까."

미나는 여전히 고개를 숙인 채 말없이 고개를 끄덕였다.

그녀의 머리가 갑자기 복잡해졌다. 조금 전 동탁이 말한 차 대령 이야기만 해도 그랬다. 만일 동탁의 말대로 차 대령이란 자가 그 책의 존재를 알고 찾고 있다면 보통 일이 아닐 것이었다. 아마 그의 아내 허영 교수에게서 어떤 냄새를 맡은 것일지도 모른다.

"문 장로님이 계신 곳. 내비로 찍어두셨다고 했죠?"

그때 동탁이 말했다.

"예, 여기."

미나가 핸드폰으로 무언가를 찾아 동탁에게 내밀었다. 내비게이션 속의 지도를 한동안 살펴본 동탁이 말했다.

"수락산 뒤쪽 어디 계곡 같은데…… 의정부 부근 쪽에서 올라가는군요. 지하철 타기도 어렵고 일단 차를 타고 찾아가 봐야겠어요."

미나는 알겠다는 듯 얌전하게 고개를 끄덕였다.

"할 수 없이 또 우리 강 기자 불러야겠네요. 내 차는 지금 카센터에 들어가 있어서."

동탁은 괜히 변명이라도 하듯이 말했다.

"강 기자?"

"예. 강종철이. 지난번에 만났잖아요."

"아."

미나는 그제야 생각난다는 듯 고개를 끄덕였다.

생각하면 우스웠다. 아무 관계도 아니었을 자기들이 마치 무슨 끈으로 묶어놓은 것처럼 언제부턴가 함께 움직이고 있다는 사실이. 그러나 그녀로서는 지금 동탁이란 존재가 얼마나 믿음직스럽고, 고마웠는지 몰랐다. 만일 그가 우연히 나타나주지 않았더라면 그녀 혼자서는 이런 일들을 할 엄두도 내지 못하고 있었을 것이었다.

"잠깐 기다려봐요."

동탁은 핸드폰으로 전화부터 걸었다. 잠시 신호가 울리더니 누군가가 나왔다.

"어이, 강 기자, 종철이. 나야. 나."

동탁의 목소리가 갑자기 높아졌다.

"어? 차장님, 어디세요?"

"응. 여기 마포. 우리 집 있는 데야. 근데 회사 코란도 있지. 그거 가지고 이리로 좀 와줘."

"왜요? 무슨 일?"

"그냥. 묻지 말고 빨리 와봐. 미나 씨랑 같이 있어. 팀장님한텐 적당히 둘러 대고. 알았지?"

"미나 씨랑?"

미나라는 말에 종철이 정신이 번쩍 들었는지, "알았어요!" 하고 더 이상 묻지 않고 전화를 끊었다.

전화를 끊고 나자 동탁은 '들었죠?' 하는 표정으로 미나를 돌아보았다. 미나는 가볍게 고개를 끄덕였다. 전화를 끊고 나자 동탁은 화장실로 들어가 급히 얼굴만 씻었다.

다시 자리에 돌아 나오니 미나는 조금 전 동탁이 건네준 메모지 속 수수께끼 같은 문자의 행렬을 심각한 표정으로 들여다보고 있었다. 아무리 머리를 굴려도 알 수 없다는 듯 입술을 빼어 물고 고개를 흔들었다. 그런 그녀가 왠지 친근하게 느껴졌다.

"미나 씨, 그럼 강 기자 올 때까지 우리 간단하게 아침 겸 차나 한잔 하실래요? 커피?"

미나가 다시 가볍게 고개를 끄덕였다.

동탁은 싱크대로 가서 커피를 내리는 한편, 계란 프라이와 토스트도 한 조각 구워서 잼과 버터와 함께 쟁반에 받쳐 들고 왔다.

"이걸로 아침? 괜찮겠어요?"

"아, 좋아요. 저도 혼자선 대개 아침은 이렇게 먹어요."

"잘됐네요."

좁은 식탁에 둘이 마주 앉았다. 이렇게 자기 집에서 낯선 여자랑 마주 앉아서 아침을 먹는 건 처음이었다. 조금 전 품에 안겼던 미나의 느낌과 샴푸 냄새가 아직도 어렴풋하게 남아 있었다.

밝은 창문 밑 좁은 탁자에서 그녀와 아침을 먹는 동안 동탁은 언젠가 유럽 여행 갔을 때 이탈리아의 노천 카페에서 아침을 먹었을 때와 비슷한 기분이 느껴졌다. 그에겐 미나가 아직은 낯선 존재였지만, 그리고 그녀에게 자기 역시 낯선 존재일 테지만, 마치 오래된 사이처럼 다정하게 여겨졌다. 그녀는 분명 혼자 사는 이런 노총각의 방에는 썩 어울리는 존재가 아니었다. 그녀의 해사한 모습은 꾀죄죄한 방에 어색하게 들여다 놓은, 철에 맞지 않은 한 다발 백장미 같았다.

창문으로 들어온 아침 햇살은 밝았고, 동탁은 오래간만에 행복한 감정에 젖어 미나와 함께 아침을 먹었다.

17

몽골제국의 장군 수부타이와 책의 여정

그때, 벨소리가 들렸다.

강종철이 왔다는 표시였다.

"어, 안녕하세요!"

원룸으로 들어온 종철은 동탁과 미나를 번갈아 보았다. 그러곤 동탁을 향해 묘한 미소를 날렸다. 표정으로 봐서 머릿속에서 엉뚱한 상상을 하고 있음이 분명했다. 동탁은 그런 그를 향해 미나 몰래 가만히 눈짓으로, '아니니까, 엉뚱한 상상 하지 마.' 하고 은근히 주의를 주었다.

"알았어요. 크크크. 걱정 마요."

종철은 여전히 키득거리며 받았다. 그러곤 미나 쪽을 쳐다보며 말했다.

"미나 씨, 그동안 별일 없었나요? 별일 없으니까 지금 여기 이러고 있겠지만……"

설렁해빠진 농담이었다. 그러나 미나는 그런 설렁한 농담을 받아줄 마음이 없었는지 짐짓 무시하는 표정으로 가볍게 고개만 끄덕였다.

"이봐, 강 기자. 그건 그렇고, 차 가져왔지?"

"예. 골목 끝에다 주차해뒀어요. 팀장님한테도 말씀드렸구요."

"응. 잘했어."

"근데 어딜 가려구요?"

"응. 지난번 이야기했던 문 장로 있잖아. 솔로몬루터신학대학 교수."

"아, 예."

"오늘 미나 씨랑 그분 한번 찾아보려고 해. 약속하고 가는 게 아니니까 헛걸음할 수도 있겠지만……. 자세한 건 가면서 이야기해줄게."

"오케이!"

종철이 알겠다는 듯이 소리를 질렀다.

"미나 씨, 가요."

셋은 곧 동탁의 오피스텔에서 나왔다. 춥지는 않지만 잿빛 하늘에서 무언가 내릴 것 같은 날씨였다. 며칠째 내내 흐린 날씨가 계속되고 있었다.

차에 오르자 동탁이 미나의 핸드폰을 받아 내비게이션 지도를 종철에게 보여주며 말했다.

"여기 지도 보이지. 이리로 가자구."

"이건……?"

"나도 몰라, 거기가 어딘지는. 수락산 어디 골짜기 같은데, 내비 찍고 일단 의정부 쪽으로 가서 한번 찾아보자구."

종철이 난감한 표정으로 잠시 미나의 핸드폰 속 지도를 보더니 더 이상 묻지 않고 차 안 내비게이션으로 같은 장소를 찍었다. 차가 출발했다. 동탁은 종철과 앞에 앉고 미나는 뒷좌석에 앉았다. 차는 곧 마포 강변도로를 벗어나 내부순환도로로 접어들었다.

"근데, 차장님."

차가 순환도로로 올라서자 창문을 약간 내리며 종철이 말했다. 시원한 바람이 머리카락 속을 파고들었다.

"제가 미처 보고를 못 드렸는데 며칠 전 하잔의 여자친구라는 사람으로부터 연락이 왔었어요."

"하잔의 여자친구?"

동탁은 자기도 모르게 종철 쪽을 쳐다보았다.

"예. 윤 교수 밑에서 같이 박사과정을 밟던 중이라고."

"그래?"

종철은 백미러를 흘낏 한번 쳐다보고 나서 계속 말했다.

"그런데 그녀에게서 뜻밖의 이야기를 들었어요. 차장님이 전에 말한 그 책 말이에요. 그 책이 어떤 내용인지는 자기도 잘 모르지만, 오랫동안 몽골의 라마 사원에 보관되어 내려왔던 책이 아닐까 했어요."

"몽골……? 라마 사원……?"

이건 또 무슨 뚱딴지 같은 소린가.

"예. 하잔이 말해줬대요."

종철이 계속해서 말했다.

"칭기즈 칸이 죽고 그의 아들 오고타이가 칸에 오른 직후, 몽골제국은 서쪽으로 유럽 정벌을 하러 떠났죠. 그때 유럽 원정대장으로 수부타이라는 전설적인 장군이 있었대요. 그가 폴란드와 헝가리를 거쳐 로마제국의 심장인 이탈리아 북부에까지 이르렀을 무렵, 오고타이 칸의 갑작스런 죽음 소식을 듣고 돌아오는 길에 발칸반도를 지나게 되었는데, 그때 거기 어느 수도원에서 오랫동안 보관되어오던 낡은 책꾸러미들을 약탈해 몽골로 가져왔다더군요."

수부타이? 동탁은 자기도 모르게 그 이름을 속으로 되뇌었다. 참으로 오래간만에 들어보는 이름이었다.

"예. 당시엔 책이 귀하던 시절이었으니까. 다른 약탈물들과 함께 가져왔겠죠. 그리고 약탈해온 그 책꾸러미는 오랫동안 몽골 지역에 있는 라마 사원에 보관해왔다는군요. 당시 몽골제국은 티베트에서 전파되어온 라마교를 국교로 삼고 있었잖아요. 그런데 그 책꾸러미 속에 동방 기독교에서 은밀히 전해 내려오던 책이 한 권 있었는데, 소문으로는 예수의 제자 중의 한 명이 쓴 책 같다고 하더군요."

"그래?"

동탁은 자기도 모르게 소리를 질렀다. 몽골의 수부타이가 유럽 원정 때 동방의 어떤 수도원에서 가져온 것이라니? 더욱이 예수의 제자 중의 한 명이 쓴 것 같다구? 그렇다면……?

갑자기 미나가 말했던 '그 책'과 겹쳐 떠올랐다.

몽골 유럽 원정대장 수부타이.

실로 오랜만에 들어보는 이름이었다. 동서양의 수많은 국가를 정복하고 멸망시키는 동안 수십 번의 크고 작은 전투를 치르며 단 한 번도 패하지 않았다던 전설적인 인물. 그 이름 하나만으로 유럽과 이슬람의 모든 국가를 공포에 떨게 만들었다던 인물. 거칠 것 없는 잔혹함으로 유럽인들 사이에 '악마의 군대' 혹은 '신이 내린 채찍'이라는 별명으로 불렸던 자. 칭기즈 칸의 말잡이로 출발해 아무도 이루지 못했던 드넓은 동서양 지역을 정복했던 인물, 수부타이……!

동탁은 세계사 시간에 배웠던 칭기즈 칸의 유럽 원정을 떠올렸다.

일찍이 초원의 왕자 칭기즈 칸에게는 '사준사구(四駿四狗)'라고 불리는 여덟 명의 뛰어난 장수가 있었다. 네 마리 준마와 네 마리 충견. 특히 맹장형인 '사구'는 모두 '무쇠 이빨에 끌 주둥이, 송곳 혀를 가지고 있으며 강철 심장에 이슬을 먹고 바람을 타고 다닌다'는 자들이었다. 그중에서도 가장 뛰어난 이가 바로 수부타이였다.

대장장이의 아들로 태어난 수부타이는 어릴 때부터 칭기즈 칸의 마부가 되었고, 그의 휘하에서 어깨 너머로 전술과 용인술을 배웠다. 그는 평생 동안 서른두 개의 크고 작은 나라를 정복하였고, 60번이 넘는 대회전에서 초원의 바람처럼 나타나 수십 배나 되는 적들을 단숨에 궤멸시켰다.

다리가 짧은 작은 말을 타고 나타나 자유자재로 활을 날리는 이 허름한 초원의 군대 앞에 화려한 위용을 자랑하던 동서양의 막강한 군대들은 초개처럼 무너져내렸고, 그들의 도시는 초토화되었다.

그는 동쪽으로는 요나라, 금나라, 북송, 멀리 동쪽 고려까지 멸망시키거나 복속시켰고, 서쪽으로는 서하, 서요까지 무너뜨리고 천산산맥 너머 사마르칸트를 중심으로 한 강력한 신생 이슬람 국가인 호라즘 왕국도 흔적없이 사라지게 만들었다.

그리고 시작된 유럽 원정. 칭기즈 칸이 죽고 그의 아들 오고타이가 칸에 오르자 수부타이는 칭기즈 칸의 장손 바투를 앞세우고, 다시 본격적인 유럽 원정길에 올랐다. 그들은 먼저 유럽으로 가는 길목에 있던 러시아 공국들을 향해 진격했다.

강들이 꽁꽁 얼어붙어 있던 겨울이었다. 한겨울에 유라시아 초원을 횡단하는, 거리만 해도 총 7천 킬로미터. 상상하기조차 어려운 행군이었다. 한겨울에 몽골군을 맞은 러시아 공국들은 차례로 초토화되었고, 블라디미르-수즈달 공국에서는 대공 유리 2세의 목이 잘렸다.

러시아를 쑥대밭으로 만든 몽골 군대는 전열을 정비한 다음 본격적으로 서쪽 유럽 정벌에 나섰다. 유럽의 심장, 신성로마제국이 있는 이탈리아 반도가 그 목표였다. 그런데 거기로 가는 길목에 방패막이처럼 버티고 있는 두 개의 나라, 폴란드와 헝가리가 있었다. 그들 역시 만만치 않은 군사 강국이었다.

몽골군이 온다는 말에 폴란드 왕 헨리크 2세는 독일 오스트리아에서 용병을 끌어모으고, 당시 유럽 최강의 기사단으로 알려진, 검은 십자가를 새긴 '튜튼 기사단'까지 끌어모았다. 그들 역시 용맹함으로 치자면 둘째 가라면 서러울 만큼 용맹한 군대였다.

폴란드 왕 헨리크 2세는 수적으로나 무기로나 몽골군에 대적하기에 충분하다고 믿었다. 그러나 결과는 너무나 처참했다. 바람처럼 나타났다 사라지는 몽골 기병의 전술 앞에 튜튼 기사단을 포함한 모든 군대는 순식간에 전멸을 당했고, 헨리크 2세 자신마저 목이 잘려 창끝에 매달리는 운명을 맞았다. 그 소식이 유럽의 중심으로 전해지자 유럽인들은 경악하지 않을 수 없었다.

"튜튼 기사단까지!"

저승에서 온 군대, 정체를 알 수 없는 악마의 군대라는 소문과 공포심이 삽시간에 그들을 뒤덮었다. 운명의 시간이 다가오고 있었다. 마지막으로 유럽 연합군은 헝가리의 사요강 인근에서 몽골군을 맞아 최후의 전투를 벌일 수밖에 없게 되었다. 그야말로 유럽 전체의 운명이 걸린 전투였다.

교황은 모든 기독교 국가에게 십자군을 요청했고, 신성로마제국 본국에서도 지원군을 파견했다. 셀 수 없는 영주와 기사단, 왕들의 깃발이 헝가리 사요강 인근에 나부꼈다. 그야말로 동서양의 대격돌이었던 셈이다.

처음엔 기세등등한 헝가리 유럽 연합군의 기세 앞에 수부타이의 몽골군이 밀리는 듯했다. 그러나 지형을 이용할 줄 알고, 상대방의 행동과 심리를 꿰뚫고 있던 백전노장 초원의 왕자 수부타이 앞에 그들 역시 마침내 초로와 같이 무너져내렸다. 전쟁터는 삽시간에 대규모 살육장으로 변해버렸다. 아비규환 지옥이 따로 없었다. '울고 싶어도 울어줄 눈이 없다' 는 말도 그때 나온 것이라고 한다.

유럽 연합군이 궤멸하고 나자 그야말로 더 이상 거칠 것이 없었다. 그러나 유럽 원정의 마지막, 로마제국의 심장부인 로마로 들어가기 직전, 오고타이

칸이 죽었다는 소식이 전해졌다. 새로운 칸을 옹립하는 자리에 참석하기 위해 원정군은 급히 말머리를 돌려야 했다. 수부타이의 유럽 원정은 그렇게 미완성인 채 막을 내렸다.

아마 그때 돌아오던 그 길이었을 것이다. 그 원정에서 돌아오는 길에 수부타이는 어느 낡고 오래된 수도원을 지나게 되었고, 그곳에서 바로 '그 책'을 비롯한 기독교의 오랜 책꾸러미들을 약탈해 그들과 함께 동방 몽골 쪽으로 가져왔다는 이야기였다.

그리고 오랜 세월, 몽골의 라마 사원에 보관되어 내려왔다는 이야기였다. 어쩌면 수부타이가 책을 약탈했다는 그 수도원이 붉은 수염의 수도사 그레고리가 왔다는 루마니아의 성 안드레아 수도원일는지도 몰랐다.

종철의 다음 이야기가 이어졌다.

"그러다가 모택동 시절 중국에 문화혁명이라고 있었잖아요?"

"문화혁명? 1960년대 초 중국 대륙을 온통 공포 분위기 속으로 몰아넣었던 바로 그 문화혁명 말인가?"

"예. 그때 모택동은 어린 홍위병들을 앞세워 봉건적인 전통을 타파한다는 명목으로 오래된 사원들을 허물거나 불태웠지요. 그때 그 책꾸러미들이 보관되어 있던 사원도 불타면서 사원에 보관되어 내려오던 오래된 책들도 같이 불태워졌거나 사라졌다고 해요. 그런데 그중 한자가 아닌 낯선 글자로 씌어진 책 한 꾸러미가 라마승 누군가의 품에 안겨 몽골에서 멀리 떨어진 티베트에 있던 라마 사원으로 옮겨졌다고 해요."

"음."

동탁은 자기도 모르게 신음소리를 내었다. 예사롭지 않은 여정이었다.

"거긴 아직 라마교 사원이 남아 있었고, 비교적 안전했으니까요. 지금도 티베트 사람들 대부분이 라마교를 믿고 있지만."

종철은 흥미로운 이야기가 남아 있다는 듯 입맛을 한 번 다시고 나서 이어서 말했다.

"그러나 그 책이 티베트 라마 사원으로 옮겨진 전후 중국군이 티베트를 침공했고, 그런 혼란스러운 상황 속에서 그 책꾸러미가 감쪽같이 사라져버리고 말았다는군요. 그러고 나서 그 후에 그 책을 봤다는 사람은 아무도 없었대요."

"사라졌단 말이지?"

"그렇죠. 그런데 그녀의 추측으로는, 아니, 그녀가 전해준 하잔의 말에 따르자면, 달라이 라마 일행이 티베트를 빠져나와 네팔로 내려올 때 그 책꾸러미를 함께 가져왔을 거라는군요. 지금 달라이 라마 망명정부가 있는 네팔의 사원 부근까지 말이죠."

"그럼 그 책이 달라이 라마에게로?"

"그건 몰라요. 하여간 티베트에서 네팔로 흘러간 것은 틀림없을 것 같다고 해요. 그리고 그 책꾸러미 속에 있던 책 한 권이 어떻게 우연히 고물상의 손으로 흘러 들어가게 되었는데, 그 고물상을 통해 죽은 윤 교수의 손에 들어간 게 아닌가 하는 추측을 하는 거죠."

"음. 그렇다면 윤 교수의 그 책이……?"

동탁의 입에서 깊은 신음 소리 같은 게 흘러나왔다.

그게 사실이라면 멀고 먼 동유럽의 수도원 어딘가에 있던 책이 몽골로, 몽골에서 티베트로, 티베트에서 네팔로, 네팔에서 다시 여기 한국의 윤 교수의 손에 흘러들어왔다는 말이 아닌가. 만일 그렇다면 그 한 권의 책이 거친 여정은 상상하기조차 어려울 만큼 길고 아득하기까지 했다.

도대체 '그 책'은 어떤 책일까? 과연 그런 책이 실재하기는 한 것일까? 동탁의 머릿속으로 그 책 한 권이 지나왔을 여정이 마치 소설처럼 어지럽게 그려졌다.

종철의 말이 계속해서 이어졌다.

"그런데 그 책이 한국에 있다는 걸 들은 달라이 라마는 그 책이 오랫동안 자기네 라마교에서 전해 내려오는 소중한 보물이니 꼭 찾아오라고 밀명을 내렸다고 해요."

"뭐? 라마교의 보물?"

이건 또 무슨 말인가? 자기들이 찾고 있던, 그리고 서양에서 온 수도사나 하잔이나 하다못해 차 대령까지 찾고 있던 '그 책'이, 라마교의 보물이라니!

그렇다면 불교의 한 일파인 라마교와 유다나 도마가 동방에서 전파한 기독교가 모종의 관련이라도 있다는 말인가? 만일 '그 책'이 미나의 말처럼 예수의 열두 사도 중 하나인 가롯 유다가 쓴 것이라면? 도대체 그 먼 옛날 어떤 일이 벌어졌다는 말인가?

동탁은 자기도 모르게 거미줄처럼 복잡한 수수께끼의 늪 속에 빠져들어가는 기분이었다. 만일 그게 일부라도 사실이라면, 동서양과 고대와 현대를 넘나드는 어마어마한 비밀이 그 한 권의 책, 윤 교수가 남기고 갔다는 '그 책'에 숨겨져 있을지도 모른다는 느낌마저 들었다.

그리고 왠지 윤 교수의 죽음이 신비에 싸인 채 장막 뒤로 사라졌다는 '그 책'과 분명 무슨 연관이 있을 거라는 확신이 들었다. 그렇다면 누가, 그를 백주대낮에, 자기 연구실에서, 그렇게 잔인하게 죽여야 했을까? 왜?

"그 하잔의 대학원 여자친구라는 사람, 한번 만나볼 수 있을까?"

이윽고 동탁이 말했다.

"물론이죠. 그렇지 않아도 차장님도 알고 있는 게 좋을 것 같아서 미리 말해뒀어요."

"그래?"

동탁은 잘했다는 표시로 가볍게 고개를 끄덕였다.

돌아보니 미나는 고개를 한쪽으로 비스듬히 기울인 채 자고 있었다. 그동안 차는 순환도로를 빠져나와 시내를 거쳐 산 쪽으로 방향을 틀었다.

수부타이의 유럽 원정, 그리고 그곳 수도원에서 가져왔다는 책꾸러미. 그리고 그 속에 들어 있었다는 책 한 권. 예수의 제자, 곧 열두 사도 중 한 명이 쓴 거라고 추정되는 책. 그리고 티베트 망명정부 수반 달라이 라마. 라마교의 오래된 보물……

그 모든 것들이 차를 타고 가는 동안 내내 동탁의 머릿속에 마치 신기루처럼 떠돌고 있었다.

18

동방교회의 일곱 수호자와 문 장로

차가 덜컹거리며 멈추었다.

산 밑이었다.

차가 들어갈 수 있는 길은 거기까지였다. 더 이상 자동차가 갈 수 없는 지점에 이르자 세 사람은 일단 차에서 내렸다. 종철이 핸드폰을 동탁에게 보여주면서 말했다.

"차장님, 더 이상 길 표시가 없네요. 어떻게 할까요?"

"음."

동탁과 종철은 같이 핸드폰 속 지도를 살펴보았다. 길 없는 산 쪽으로 좌표가 찍혔다. 멀지 않은 그 어딘가에 문 장로가 살고 있다는 뜻이었다. 그때 주변을 유심히 살피고 있던 종철이 무언가를 발견했는지 소리를 질렀다.

"저기 위쪽 같은데요."

종철이 손가락으로 가리키는 쪽을 보니 나무가 우거진 숲 사이로 작은 흙길이 하나 나 있었다.

"가보자."

동탁이 반가운 목소리로 말했다. 미나를 돌아보며 따라오라고 눈짓을 했다. 세 사람은 나란히 줄을 지어 숲 가운데 희미하게 나 있는 좁은 흙길을 따라 올라가기 시작했다. 종철이 핸드폰으로 내비를 켜고 앞장을 섰다. 그 뒤를 미나가 따라가고, 동탁이 맨 뒤에서 올라갔다. 다래 넝쿨이 마구 우거진 길 아닌 길이었다.

좁은 데다 가팔라서 금세 이마와 등짝에 땀이 솟아올랐다. 울퉁불퉁한 돌들이 도처에 깔려 있었다. 길옆으로 계곡물이 소리를 내며 빠르게 흘러가고 있었다.

"여기 맞을까요?"

종철이 뒤돌아보며 의심스럽다는 듯이 내뱉었다.

대답을 기다리는 질문이 아니었다. 대답을 해줄 사람도 없었다. 그냥 윤 교수가 찍어주었다는 표시대로 무작정 가보는 수밖에 없었다. 걸음을 옮기는 동안 동탁의 머릿속에는 조금 전에 차 안에서 종철이 하잔의 대학원 친구라는 사람에게서 들었다는 말이 아직 떠나지 않고 맴돌고 있었다.

몽골의 유럽 원정.

허름한 복장에 볼품없는 작은 말을 타고 바람처럼 지평선 저 너머에서 나타난 몽골군들. 질풍노도처럼 휩쓸고 간 세계 최강의 기마병들. 그때 어느 수도원에 보관되어오던 책꾸러미들이 그들 몽골의 유럽 원정대의 손에 의해 당시 제국의 수도였던 카라코룸으로 옮겨졌고, 그후 그곳 라마교 사원에서 오랫동안 보관되어왔다는 말이었다.

그게 사실이라면 동서고금을 넘나드는, 너무나 장대한 한 편의 드라마 같은 이야기였다. 그리고 또 만일 그게 사실이라면 그 드라마의 중심에는 아직 정체가 알려지지 않은 '그 책'이 있었고, 그 말미에 윤 교수의 죽음이 있었다.

그렇다면 윤 교수의 죽음을 해결하기 위해서는 반드시 '그 책'을 찾지 않으면 안 된다는 말이 된다. 어쩌면 지금 만나러 가는 문 장로에게서 그런 실마리를 얻을 수 있을지도 모른다. 그런 막연한 기대감을 가지고 기계적으로 발을 옮기고 있었다.

"여긴가?"

그때 문득 종철이 걸음을 멈추고 핸드폰을 보며 말했다. 동탁과 미나도 발걸음을 멈추고 종철의 표정을 지켜보았다.

"좀 이상하네요. 이런 산중에 교회가 있다는 게."

종철이 여전히 반신반의하는 투로 말했다.

"기도원 같은 곳일 수도 있지."

동탁 역시 자신 없는 목소리로 받았다.

"차장님, 저어기……!"

그때 종철이 갑자기 소리를 질렀다.

미나와 동탁은 일제히 그가 가리키는 쪽으로 시선을 던졌다.

신기하게도 다래나무 넝쿨 우거진 사이로 가슴 높이의 돌담이 길게 이어져 있는 게 보였다. 그리고 그 돌담 너머로 신기루처럼 환하게 트인 공간이 얼핏 보였다.

세 사람은 그쪽으로 걸어갔다.

이런 산중에 그런 돌담이 있으리라고는 상상하지도 못할 일이었다. 돌담은 매우 튼튼하게 지어져 있었고, 산등성이를 따라 길게 이어져 있었다. 돌담 안으로 둥근 지붕의 하얀 천막 같은 건물이 두어 채 보였다. 내비게이션이 없었다면 절대로 찾지 못할 은밀한 공간이었다.

"여기…… 맞나?"

동탁이 떨떠름한 표정을 지으며 다소 긴장된 목소리로 말했다. 종철이 다시 내비게이션으로 확인해본 다음 엄지손가락을 올렸다. 맞다는 뜻이었다. 세 사람은 가던 길을 계속 올라갔다.

마침내 돌담 입구에 다다랐다.

큰 돌로 양쪽 지주를 해놓은 출입문에는 문짝 대신 기다란 대나무가 하나 가로질러 걸려 있었다. 밖에서 보니 아무도 보이지 않고 꽤 넓은 마당에는 초겨울 햇살만 한가롭게 내려와 있었다.

입구 왼쪽 지주석에 나무로 깎은 팻말이 하나 걸려 있었다. 팻말에는 '성 유다 동방교회'라고 검은 글씨가 새겨져 있었다.

'성 유다 동방교회……?'

동탁은 속으로 그 글씨들을 한 자 한 자 새기듯이 읊조렸다. 문 장로의 인터넷 약력에서 보았던 이름이었다. 왠지 익숙하기도 하고, 무언가 예사롭지 않은 느낌이 들기도 하는 이름이었다.

"계십니까?"

종철이 안을 향해 조심스럽게, 낮은 목소리로 불렀다.

기척이 없었다. 종철이 다시 아까보다 조금 큰 소리로 불렀다.

"계십니까?"

그러자 하얀 천막 같은 건물 한쪽에서 누군가가 나타났다. 아래위로 진회색 개량한복을 입은 사람이었다. 꽁지머리에 주걱처럼 길게 뻗은 턱주가리 끝에 염소 수염을 기른 마흔가량 되어 보이는 사내였다. 몸매는 날씬한 편이었고, 키는 적당한 크기였다.

"누구시오?"

사내는 조금 떨어진 곳에서 잔뜩 긴장된 눈으로 그들을 바라보며 말했다. 낮지만 카랑카랑한 쇳소리였다. 쌍꺼풀 없는 작은 쥐눈이 그리 고와 보이지는 않았다.

"아, 예. 저희는 신문사에서 왔는데요. 문 장로님 좀 만나뵈려고 왔습니다."

종철이 대답했다.

"문 장로님?"

"예. 솔로몬신학대학에 계시던……."

그러자 사내는 아무런 대답 없이 여전히 그들을 경계하는 듯 돌아가며 아래위를 훑어보았다. 하긴 이런 산중에 누가 찾아올 리가 없었으니 긴장하는 것도 당연할지 몰랐다.

"무슨 일이오?"

그가 다시 퉁명스런 어투로 말했다.

"아 예, 이분은 돌아가신 서울대 종교학과 윤기철 교수님 따님인데, 아버님이 돌아가시기 전 문 장로님을 한번 찾아뵈라고."

그러자 사내는 조금 놀란 눈빛으로 미나 쪽을 한번 쳐다보더니 말없이 문을 가로질러 걸어두었던 대나무를 걷어 올려 한쪽으로 치우며 옆으로 비켜섰다. 들어오라는 뜻이었다.

"지금 교주님은 묵상기도 중이시니 잠깐 뜰에서 기다리시오. 저기 의자 보이죠."

그는 마당 한구석에 놓여 있는 나무 테이블 옆 빨간 플라스틱 의자를 눈으로 가리키며 말했다.

교주님? 묵상기도? 갈수록 태산이었다.

교회라고 붙어 있었지만 그냥 동탁이 평소에 알고 있던 교회가 아닌 듯싶었다. 그러고 보니 흰 둥근 천막 건물처럼 보였던 것은 몽골풍의 게르 같은 것으로, 20여 명이 둘러앉을 수 있을 정도 크기의, 쉽게 설치하고 허물 수 있도록 지어진 천막집이었다. 그런 흰색 천막집이 두 채 있었는데 하나는 컸고, 하나는 조금 작았다.

세 사람은 얌전한 아이처럼 사내가 시키는 대로 아무 말 없이 마당 한구석 그가 가리켜준 빨간 플라스틱 의자에 가서 앉았다. 그의 말대로 문 장로의 묵상기도가 끝나길 기다리는 수밖에 없었다.

사내는 어느새 사라지고 보이지 않았다.

돌담으로 이어진 담장 아래 화단엔 말라 시들어진 식물들이 서 있었지만 잔디가 깔린 넓지 않은 마당은 대체적으로 깔끔하게 다듬어져 있었다. 이런 산중에 이런 시설이 있다는 것이 잘 믿어지지가 않았다.

'성 유다 동방교회.'

동탁은 들어오면서 본 입구의 팻말을 다시 떠올렸다. 이번 사건에 그림자처럼 종종 따라 다니고 있던 단어들이었다. 유다란 이름도 그랬고, 동방교회라는 이름도 그랬다. 그런데 조금 전 염소수염의 사내는 문 장로를 분명, '교주님'이라고 불렀다. 무언가 사이비종교 같은 느낌을 주는 말이었다. 만일 그가 사이비종교 교주라면…….

무언가 잘못 찾아온 것이 틀림없었다. 이런 바쁜 중에 그런 인간을 만나서 할 이야기가 어떤 것이 있을지 자기도 잘 알 수가 없었다.

동탁은 얼핏 후회스러운 마음이 들었지만 기왕에 쏟아진 물, 기다려보기로 했다. 전직 신학대학 교수였다니까 윤 교수가 라틴어 성경 속에 표시해둔 문자들에 대해 어떤 힌트라도 얻을 수 있지도 않겠느냐는 막연한 기대감에 스스로 자위해보는 수밖에 없었다.

그때 꽁지머리 개량한복 사내가 다시 나타났다. 그는 세 사람을 향해 자기를 따라오라는 표시로 눈짓을 했다. 그는 동탁 일행을 자기가 방금 나왔던 흰색 천막집과 다른 조금 더 큰 천막집으로 안내했다.

조금 더 큰 천막집 입구에 다다르자 사내는 그들 세 사람더러 들어가 보라는 듯 옆으로 비켜섰다. 종철이 천천히 앞서 들어가고 이어서 미나, 그리고 마지막으로 동탁이 안으로 들어갔다. 안은 생각보다 꽤 넓어 보였다.

두꺼운 멍석 같은 게 깔린 바닥에 나무 테이블 두 개와 철제 의자, 플라스틱

의자 여남은 개가 놓여 있었다. 그리고 한쪽엔 하얀 커튼이 쳐진 곳에 간이침대 하나가 놓여 있었다. 그러나 여기가 단순한 거주 공간이 아니라는 것은 마주 보이는 벽에 걸린 작은 나무 십자가로 알 수 있었다.

십자가 앞에는 설교대 같은 단상이 하나 있었다. 그 외에 가구라고는 없었기 때문에 매우 단출하고 썰렁하게 느껴지는 분위기였다.

천막집 안에는 노인이 한 사람 칠이 벗겨진 나무 책상 앞 소파에 혼자 앉아 있었다. 소파는 오래되어 팔걸이 부분이 틀어져나와 있었다. 그는 책상 앞에서 무언가를 읽고 있다가 그들이 들어가자 그들을 향해 쓰고 있던 돋보기 너머로 시선을 던졌다. 창문으로 만들어놓은 비닐 문으로 들어온 햇빛이 그의 얼굴에 반쯤 그늘을 만들어놓고 있었다.

앞과 윗머리는 없었지만 하얀 뒷머리는 어깨에 닿을 만큼 길게 기르고 있었고, 똑같이 하얀 수염도 목까지 내려와 있었다. 뭉툭한 코 밑의 합죽한 입은 거꾸로 반원을 그리듯 옆으로 길게 닫혀 있었다. 그 역시 흰색 개량한복을 입고 있었다.

체구는 작아서 볼품이 없었지만 작은 그의 몸 어디선가에서 무언지 모를 권위 같은 게 강하게 풍겨 나왔다. 그들을 향해 돌아보는 눈빛이 평온하면서도 비수처럼 날카로웠다.

'성 유다 동방교회 교주.'

동탁은 문득 아까 사내가 한 말이 떠올랐다.

"안녕하세요, 선생님."

미나가 앞으로 나서면서 조심스러운 어조로 말을 걸었다. 노인은 잘 보이지 않는다는 듯 눈살을 찌푸린 채 소리가 나는 쪽으로 시선을 돌렸다.

"저 미나예요. 윤미나. 윤기철 교수 딸……."

미나는 주저하듯이 조금 더듬거리며 말했다.

"뭐?"

그는 약간 놀란 표정을 지으며 돋보기 너머로 미나를 다시 한번 빤히 쳐다보았다. 초점을 맞추느라 그의 미간이 찌푸려졌다. 곧 그의 주름진 얼굴에 차츰 놀라움과 반가움이 번져나갔다.

"미나? 윤미나?"

"예."

그러자 그는 불쑥 손을 내밀어 미나의 손을 잡았다.

"오오, 미나구나. 미나!"

이어 그는 감동에 젖은 목소리로 외쳤다.

"그렇지 않아도 널 기다리고 있었다. 언젠가 날 찾아올 거라고 생각했지. 언젠가는⋯⋯!"

문 장로는 미나의 손을 꼭 잡은 채 여전히 믿어지지 않는다는 표정으로 말했다. 약간 쉰 듯한 갈라진 목소리였다.

"네 엄마랑 똑같이 생겼구나! 네가 어릴 때, 넌 기억도 나지 않겠지만 아직 네 엄마가 살아 계실 땐 너희 집에 자주 가곤 했었지."

동탁과 종철은 그 뒤에 서서 그들의 만남을 가만히 지켜보고 있었다. 그가 그렇게 반갑게 대하는 것을 보자 동탁은 그제야 마음이 좀 놓였다. 문 장로가 돌아보자 미나는 생각난 듯이 그제야 문 장로에게 같이 온 일행들을 소개했다.

"이쪽은 아빠 학교 제자로, 지금 신문사에 근무하는 마동탁 기자님이구요, 저쪽은⋯⋯."

"예. 저는 강종철이라 합니다. 마 선배님이랑 같은 신문사에 다니고 있어요."

미나의 말이 채 끝나기도 전에 종철이 앞으로 한걸음 나서며 꾸벅 절을 하고는 쾌활한 목소리로 자기 소개를 했다. 문 장로는 합죽한 입에 미소를 띠고 차례로 한 번 훑어본 다음, 다들 의자에 앉으라고 눈짓을 보냈다. 그들이 자리에 앉자 문 장로는 다시 미나의 손을 잡으며 말했다.

"아버지 일은 참 안됐다. 정말 안됐어! 아까워. 정말 좋은 분이셨는데. 나랑 오랜 친구이기도 하고……."

그는 탄식이라도 하듯 고개를 저었다.

"그렇지 않아도 아빠가 혹시 자기에게 무슨 일이 생기면 문 교수님을 찾아보라고 하셨어요."

"암. 당연하지. 당연하구말구. 이 일에 대해 이야기해줄 수 있는 사람은 나밖에 없을 테니까."

흘러내린 돋보기를 벗어 책상 위에 두면서 그는 침통한 어조로 말했다. 그러고는 마치 기도라도 하듯 잠시 눈을 감고 입을 다물었다.

천막집 반투명 비닐 창문 너머로 들어온 햇빛이 그의 주름진 얼굴을 비스듬히 비쳐주고 있었다. 하얀 수염, 지그시 감은 두 눈, 굳게 다물어진 한일자의 합죽한 입. 그 모습은 사이비종교의 교주라기보다는 달관한 성자처럼 보였다. 이 세상의 모든 고뇌를 통과해 나온 사람처럼 그의 넓은 이마엔 주름살이 깊게 나 있었다.

천막 밖 계곡을 따라 흐르는 물소리가 선명하게 들려왔다.

그때 마침 아까 그들을 이곳으로 안내해주었던 꽁지머리 사내가 무언가 소반에 담아서 가져왔다. 차를 끓인 주전자와 과일 말린 것 같은 것이 담겨 있는 소반이었다. 그는 그것을 말없이 전해주고는 다시 말없이 돌아서서 나가버렸다.

벙어리처럼 한마디 말도 없었다.

"저 사람은 나와 함께 살고 있는 수련생이야."

그의 뒷모습을 보며 문 장로가 말했다.

"우리 동방교회는 하나님이 영적으로 오직 내 안에 있다고 믿지. 오래전에 사라져버린 영지주의자들처럼 말이야. 영적인 거룩함을 잃어버린 세상의 교회라는 것은 그저 껍데기일 뿐이야. 그곳엔 하나님도 예수님도 없어. 장사꾼들이나 사기꾼들만이 득실거릴 뿐이지. 교회 꼭대기에 십자가를 걸어두고, 황금 치장을 한 요즘 시대의 교회는 모두 타락한 세상의 상징일 뿐이야. 내 속의 하느님, 내 속에 있는 참된 빛을 찾아야지. 저 사람도 이미 높은 수준에 이른 사람이야. 차 마셔요."

문 장로는 혼잣말처럼 길게 중얼거리고는 다시 부드러운 모습으로 돌아와 주전자의 차를 유리잔에 부어주었다. 향긋한 둥굴레차였다.

"미나 아버지 윤기철 교수는 남달리 열정적이셨지."

차를 두어 모금 마신 문 장로는 다시 혼잣말처럼 말했다.

"학문적으로나 인간적으로나 뛰어난 분이셨어. 그는 다른 사람이 볼 줄 모르는 숨겨진 뒷부분을 보는 힘을 가지고 있었지. 대단한 사람이었어. 그는 나와 함께 성 유다 동방교회를 지키는 일곱 명의 장로 중의 하나였어."

'성 유다 동방교회를 지키는 일곱 명의 장로……?'

처음 듣는 말이었다. 동탁은 자기도 모르게 문 장로의 말에 귀를 기울이며 나지막히 혼자 되뇌었다.

"여기에는 신부나 목사 같은 건 없고, 오로지 일곱 명의 장로들이 중심이 되어 대대로 내려오는 신앙을 지키고 있지. 그리고 그 사람들 중에 한 사람씩 돌아가며 교주 역할을 맡게 되어 있어. 윤 교수도 한때는 교주였지. 그들 일곱 장로를 여기에서는 '선생님', 혹은 '수호자'라고 불러. 서방교회의 끝없는 위협에 맞서 예수와 사도 유다의 가르침을 따르고 싸우는 사람들이야."

그는 마치 봉인을 뜯어내듯 비밀스러운 이야기를 조용히, 그러나 거침없이 뱉어내었다. 숨길 게 없다는 듯 어떻게 보자면 당당하기조차 했다. 금기시되었던 사도 유다라는 말도 쉽게 내뱉었다.

'서방교회의 끝없는 위협에 맞서 예수와 사도 유다의 가르침을 따르고 싸우는 사람. 일곱 명의 장로, 수호자……'

동탁은 호기심 어린 눈빛으로 문 장로의 다음 말을 기다렸다. 기대한 것보다 훨씬 중요한 말들이 그의 입에서 쉼없이 흘러나오고 있었다.

"사람들은 흔히 자기 눈에 보이는 것을 진실이라고 믿지만 우리 눈에 보이는 게 전부도 아니고 진실도 아니야. 세상에는 감추어진 진실이 더 많지. 암. 아무도 말할 수 없는 진실 말이야. 윤 교수도 그것을 알고 있었어. 그리고 그것을 그가 교주였을 때 쓴 논문에서 모두 밝혀놓았어. 더 이상 세상에 숨길 것이 없다고 생각했는지 모르지."

"가룟 유다에 관한 또 하나의 다른 이야기 말인가요?"

동탁이 긴장된 표정으로 조심스럽게 되물었다.

"응. 읽어보았겠군. 바로 그 문제의 논문 말일세. 아마도 그는 그것을 쓰기 전에 어디서 무언가 새로운 내용이 담긴 책을 보았는지 몰라. 그것 때문에 죽은 건지도 모르지."

갈라진 목소리가 더욱 침통하게 변했다. 새로운 내용의 책이라는 말에 동탁이 다시 눈을 가늘게 뜨고 문 장로를 쳐다보았다.

"그는 그 논문을 발표한 이후 교주직을 그만두고, 장로의 직책만 맡고 있었어. 그때 시시각각으로 자신에게 다가오는 위협을 느끼고 있었는지 몰라."

거기까지 말한 다음 그는 가볍게 한숨을 지었다.

그러고 나서,

"그 논문은 아마도 사도이신 가룟 유다 님에 대한 세계 유일의 살아 있는 역사적 기록일 거야. 윤 교수의 필생의 작업이기도 했지. 물론 엄청난 박해와 위험을 감수해야 하기도 했지만.”

하고 덧붙였다.

“특히 로마 가톨릭의 전통을 이어온 기존 기독교에서 보자면 놀랄 만한 일
이었지. 암. 예수님을 배신하고 팔아먹은 사람을 성인으로 만들었으니까. 사
탄이나 악마나 다름없던 자를 말이야. ‘차라리 태어나지 않았으면 더 좋았을
자’라고 기록되어 있던 자를 말이야.”

그렇게 말한 다음 그는 합죽한 입을 꼭 다물고 비통한 표정으로 머리를 흔
들었다. 동탁은 긴장된 눈으로 문 장로의 다음 말을 기다렸다. 그때 갑자기 문
장로의 목소리가 높아졌다.

“그러나 정작 예수님을 팔아먹은 자들은 그들 서방으로 갔던 그자들이야!
사도 중의 사도였던 유다 님뿐만 아니라 그놈들은 로마 황제에게 예수 그리
스도의 거룩한 가르침을 팔아먹고, 그분의 거룩한 죽음을, 그분의 십자가를,
로마 황제 앞에 송두리째 갖다 바치고 말았어!”

갑작스런 큰 소리에 동탁뿐만 아니라 종철과 미나 역시 놀란 눈으로 그를
쳐다보았다. 그는 그들의 시선을 외면한 채 침통한 표정으로 잠시 고개를 숙
이고 있었다. 그러나 그가 얼마나 분노와 슬픔에 싸여 있는지 그의 옆모습만
봐도 알 수 있었다. 눈가의 근육이 가늘게 떨리고 있었다. 입가의 긴 주름살이
더욱 깊게 패었다.

깊고 깊은 침묵이 천막 주변을 에워싸고 있었다.

19 콘스탄티누스 황제, 그리고 사라진 책들

바다 밑처럼 깊은 침묵 속에서 문 장로는 한동안 눈을 감고 앉아 있었다. 동탁을 비롯한 세 사람은 그가 다시 눈을 뜰 때까지 기다리고 있었다. 각자 자신의 가슴에서 뛰는 심장 소리까지 들리는 것 같았다.

이윽고 문 장로가 눈을 떴다. 그러곤 모두를 천천히 한 번 둘러보고 나서 말을 이었다.

"만일 윤 교수의 논문을 보았다면, 그 문제의 논문, 가롯 유다에 관한 또 하나의 다른 이야기 말일세, 예수님과 가롯 유다 님이 살았던 당시 식민지 유대 땅이 어떤 상황이었는지 대충 짐작이 갔을 거야. 워낙 저항이 심했던 지역이라 박해도 심했지. 하루가 멀다 않고 도처에서 봉기가 일어났고, 그때마다 수백에서 수천의 사람들이 피의 죽음을 당하곤 했지. 예루살렘으로 들어가는 길목엔 언제나 십자가가 전봇대처럼 서 있었어. 그런 시대였어."

그는 침울한 표정으로 잠시 사이를 두었다가 가볍게 한숨을 한 번 짓고 나서 다시 계속해서 말했다. 그의 목소리에 어느새 힘이 들어가 있었다.

"그러나 로마로 흘러간 성경에서는 그런 역사적인 사실들은 모조리 거세되고 부드럽게 손질이 되었지. 그들의 입맛에 맞게 말이야. 아니, 로마 황제 콘스탄티누스의 입맛에 맞게 말이야. 거기에 장단을 맞춘 알렉산드리아의 주교 키릴로스 같은 놈들이 작당하여 네스토리우스 같은 현자들을 몰아내고 로마의 국교로 야합을 했던 거지. 그게 오늘날 우리가 보고 있는 성경이야. 가룟 유다 님에 대한 악의적인 기록이고."

그의 목소리가 조금 떨리는 것 같았다. 문 장로의 말은 동탁이 지금까지 알고 있던 것과는 정반대였다.

서쪽 로마로 향해 나아갔던 기독교가 네로 황제의 박해 등 수많은 파란곡절을 겪은 끝에 로마 황제 콘스탄티누스 시대에 정식으로 국교로 인정을 받은 것은 사실이었다. 그러나 성경이 그들 로마인들의 입맛, 특히 기독교를 국교화한 콘스탄티누스 황제의 입맛에 맞게 손질되었고, 편집되었다는 말은 처음 듣는 이야기였다.

문 장로가 말했다. 콘스탄티누스가 통일 황제가 되기 전 로마는 동로마와 서로마로 나뉘어져 있었고, 거기엔 각각의 황제와 그 밑에 부황제가 있었다. 네 명의 황제가 있었던 셈이었다. 제국은 갈가리 찢어졌고, 네 명의 황제들 사이에 전쟁이 그칠 날이 없었다.

콘스탄티누스는 그중 나중에 서로마 부황제가 될 플라비우스 발레리우스 콘스탄티우스와 그의 첫 번째 아내인 천한 술집 출신의 헬레나 사이에서 태어났다. 그의 아버지 집안은 3세기 후반의 전형적인 군사 지배계급에 속해 있었다. 그가 태어나고 얼마 후 그의 아버지는 서로마 황제인 막시미아누스 밑에서 부황제로 일하기 위해 서로마로 갔다. 그러나 그곳에서 그는 막시미아누스 황제의 의붓딸과 결혼하기 위해 콘스탄티누스의 어머니 헬레나와 이혼을 했고, 어린 콘스탄티누스는 동로마제국의 니코메디아로 보내져 동로마 황제인 디오클레티아누스의 궁정에서 인질로 어린 시절을 보냈다.

그러나 콘스탄티누스는 자라면서 차츰 군인으로서 탁월한 용기와 지혜를 겸비한 인물로 성장하였다. 그는 탁월한 용기와 권모술수를 지녔고, 누구와도 기꺼이 손을 잡을 줄 알았다. 때로는 거침없는 잔인성을 발휘해 게르만족 부족장들을 잡아 맹수들이 우글거리는 경기장에 집어넣고 뜯어먹게 하기도 했고, 죽은 적의 시체를 강가에 산더미처럼 쌓아두고 썩도록 방치해두기도 했다.

그런 과정을 거쳐 그는 아버지의 뒤를 이어 부황제의 자리에 올랐고, 찢어져 있던 제국을 하나로 통일하기 위해 수많은 크고 작은 전투를 겪었다. 막강했던 경쟁자인 막센티우스를 무찔러 서로마제국의 황제에 오른 콘스탄티누스는 동로마제국의 황제인 리키니우스와 마지막 결전을 치르고 마침내 동서로마를 통괄하는 통일제국의 유일 황제 자리에 올랐다.

그리고 나서 그는 쇠락해가던 이탈리아반도의 서로마 대신 동로마에 있던 비잔티움에 새로운 도시를 건설하여 콘스탄티노플이라 이름하고, 로마제국이 게르만족의 침입으로 멸망하고 난 후에도 천 년을 이어갈 동로마제국의 새로운 중심을 만들었다. 그래서 로마제국의 역사상 처음으로 그에게만 위대한 '대제(大帝)'라는 호칭이 붙게 되었다.

그러나 황제가 되고 난 후에도 잔인한 성격은 버리지 못하고 자신의 큰아들이자 새로운 전쟁영웅으로 등장한 크리스푸스와 크리스푸스의 계모이며 자신의 두 번째 아내인 파우스타가 간통을 했다는 혐의를 덮씌워 크리스푸스는 잔인한 고문 끝에 죽었고, 파우스타는 뜨거운 목욕탕에 집어넣어 삶아 죽였다. 크리스푸스는 끝까지 혐의를 부인했지만 결국 아버지의 손에 죽었다. 그때 그는 불과 스물아홉 청년이었다.

그런 그가 기독교를 국교로 받아들인 것에는 여러 가지 이유가 있었다. 그 중 가장 중요한 한 가지는 분열되어 있던 동서 로마를 통일한 그에게 넓은 제국을 하나로 묶어 세울 정신적 중심이 되어줄 무엇이 필요했다는 점이었다.

그런 데다 로마제국은 대외적으로 게르만족의 침입뿐만 아니라 이미 내부적으로 도덕적으로나 정신적으로 망가져가고 있었다. 오랜 정복전쟁 속에 지친 사람들에게 근친상간, 향락과 방탕, 도둑질과 살인이 일상적으로 횡행하고 있을 때였다.

그리스 신화 속의 신을 모시는 신전들이 도처에 있었지만 더 이상 그것은 사람들을 결속시켜 줄 정신적 힘이 되어주지 못했다. 제우스나 아폴론이나 그들에겐 모두 그저 힘센 벙어리 신일 뿐이었다.

대신 황제 콘스탄티누스의 마음을 끈 것은 유일신이자 전지전능한 능력을 가진 기독교의 신 야훼였다. 원래 유대 히브리인들이 섬기는 신이었던 야훼는 그리스의 신들과 달리 유일하고 전지전능한 신이었다. 그것은 하나의 통일된 국가를 지향하던 황제의 의도와도 꼭 들어맞았다.

그리고 하나님의 아들로 이 세상에 와 핍박을 받고 십자가에 못 박혀 죽었다는 예수와 그의 가르침은 지금까지 로마의 그 누구에게서도 경험해보지 못했던 차원 높은 도덕성과 윤리성을 가지고 있었고, 구원에 대한 희망을 보여주고 있었다.

'원수를 사랑하라!'

그것은 카이사르 이래 군인들이 세운, 군인들의 나라인 로마에서는 결코 들어볼 수 없었던 천둥 같은 소리였다. 그리고 그것은 그리스 신화 속 신들처럼 힘이 지배하던 시대에서 새롭게 도덕적으로 각성하는 소리이기도 했다.

그런 데다 오랜 박해에도 불구하고, 기독교는 동로마를 중심으로 이미 여자들과 평민들 사이에 광범위하게 퍼져 있었다. 그들을 끌어안는 것은 새로운 황제의 지상 과제이기도 했다.

그리하여 황제 콘스탄티누스는 마침내 313년 밀라노 칙령으로 기독교에 대한 박해를 끝내고, 기독교를 사실상의 국교로 공인했다. 압류된 교회의 재산을 돌려주게 하고 이에 대한 국가의 보상도 정했다. 또한 교회의 세금을 면제해주었고, 교회법에 따른 교부들의 권리도 인정해주었다. 그뿐만 아니라 그는 로마 주교에게 황실 재산인 라테라노 궁전을 하사했고, 이곳에 성당이 세워지게 도와주었다.

그러나 같은 기독교라고는 하지만 그 안에는 이미 수많은 갈래들이 있었다. 그들은 각기 자기들이 정통파라고 주장하며 다른 쪽을 이단으로 몰아세웠다. 특히 예수가 신이라고 주장하는 소위 삼위일체설을 주장하는 아타나시우스파와 예수는 신이 아니라 인간이라고 하며 삼위일체설을 부정하는 아리우스파의 논쟁이 치열했다.

철학자가 아닌 콘스탄티누스로서는 이해하기 힘든 논쟁이었지만, 황제로서 그는 이 혼돈을 정리해야 할 필요성을 느꼈다. 서기 325년, 그는 새 수도 비잔티움에서 가까운 니케아라는 곳에 당시 기독교 지도자들을 모두 소집하여 공의회를 열라는 명령을 내렸다.

황제의 명에 따라 니케아로 로마령 내의 난다 긴다는 주교와 학자들은 거의 다 모여들었다. 이때 참석한 주교는 약 300여 명이나 되었다고 한다. 제국 내의 거의 모든 기독교 지도자들이 다 모인 셈이었다.

그런데 놀랍게도 그 자리에 콘스탄티누스 황제가 직접 나타났다. 이전에는 상상할 수도 없던 일이 벌어졌던 것이다. 그리고 더 놀랍게도 그는 모인 기독교 주교와 사제들 앞에서 개막 연설까지 하였다.

공의회에 소집된 주교들 중에는 이전에 벌어졌던 극심했던 박해 때문에 한쪽 눈이 먼 사람도 있었고, 다리를 질질 끌며 나타난 사람도 있었는데 그들의 눈앞에 황제가 직접 나타났으니 경천동지, 아니 천지개벽이라도 일어난 셈이었다.

그들이 얼마나 감격했는지 당시 카이사리아에서 온 주교 에우세비오는 황제가 공의회 개막식에 입장하는 모습을 보고 '하늘에서 하느님의 천사가 내려오는 것 같았다'고 묘사하고 있을 정도였다.

이 공의회에서 긴 토론 끝에 아리우스의 주장을 물리치고, 예수와 성부와 성령이 근본적으로 하나라는, 이른바 '삼위일체설'을 정통 교리로 채택하였다. 당대 최고의 학자였던 아리우스는 공동 합의문인 니케아 신경에 끝내 서명하기를 거부하여 이단자로 몰려 파문되었다. 파문이란 곧 죽음을 의미했다. 그는 이집트의 사막으로 유배를 갔고, 그 끝에서 황혼녘 사막을 바라보며 쓸쓸한 죽음을 맞이하였다.

이 니케아 공의회를 통해 황제 콘스탄티누스는 강력한 정치적 입지를 확보했을 뿐만 아니라, 어수선했던 교회 전체를 하나로 통합하는 데 성공했다. 명실공히 현실정치의 황제일 뿐 아니라 기독교 교회의 최고 수장으로 등극했던 것이다. 정치와 종교가 하나가 되는 순간이었다. 장차 유럽 전체를 다스릴 정교일체의 교황으로 불릴 근거가 마련된 셈이었다.

공의회를 무사히 마친 황제는 소집된 주교들을 몇 주일 더 수도 비잔티움에 머물게 하고 자신의 즉위 20주년 기념 연회에도 초대했다. 앞서 황제를 '하늘에서 하느님의 천사가 내려오는 것 같았다'고 묘사했던 카이사리아의 주교 에우세비오도 이 연회에 참석했는데, 그는 당시의 장면을 이렇게 묘사하고 있다.

그날, 주교들은 한 사람도 빠짐없이 황궁의 연회에 참석했다. 말로 형용할 수 없을 만큼 화려한 연회였다. 황제의 경호관을 비롯한 여러 병사들이 검을 빼어 들고 황궁 입구를 에워싸고 있었다. 성직자들은 그 한가운데로 아무런 두려움 없이 들어갔다.

황궁의 가장 깊숙한 곳에 이르자 황제의 벗들 몇 사람이 앉아 있었고, 다른 사람들은 양측에 배치된 긴 의자에 비스듬히 누워 있었다. 마치 그리스도의 왕국을 미리 본 것처럼 그 장면은 현실이라기보다 꿈과 같았다.

그들은 그렇게 하느님 대신, 거만하게 앉아 있는 로마 황제 앞에 무릎을 꿇고 충성스러운 종이 되었던 것이다.

"그렇게 그들은 예수 그리스도와 기독교를 마치 꿈이라도 꾸는 것처럼, 황홀한 마음으로 로마 황제에게 갖다 바쳤지."
문 장로는 다시 무겁게 입을 열었다.
"말하자면 황제와 그들은 서로의 이해가 맞아떨어졌던 거야. 그리고 나서 그들 야합된 무리들 손에 의해 중국 진시황제 당시의 분서갱유처럼 수많은 문건이나 책들이 불태워졌거나 사라졌고, 삼위일체설을 부인하던 사람들이나 거룩한 영적 가르침을 중시하던 영지주의자들은 모두 이단으로 몰려 사막으로 추방되거나 죽었어."
문 장로의 목소리가 조금 떨리는 것 같았다. 그의 눈은 무언가에 대한 분노로 불꽃이 타는 것처럼 빛나고 있었다.
"가난하고 억압받는 사람들의 편에 서 계시던 예수님의 머리 위엔 어느새 가시 면류관 대신 황금 면류관이 씌워졌고, 갖가지 보석과 비단옷으로 장식되었지. 금으로 입혀진 드높은 황금 성당들이 세워졌고, 그 성당의 높은 자리에는 그들 로마의 귀족들이 차지하고 앉았지. 황제는 교황이 되었고, 공작은 추기경이 되고, 백작은 주교를 겸하게 되었어. 그리고 그 자리는 대대로 세습이 되었지. 모든 설교는 일반 민중들이 알아들을 수 없는 라틴어로 진행되었고, 성경도 라틴어로만 되어 있어 그들 외에는 읽을 수도 없게 만든 거야. 대신 일반 민중들은 그때 만들어진 사도신경을 앵무새처럼 외우게 만들었지. 믿으며, 믿습니다, 하는 식으로 끝나는 그 사도신경 말이야. 지금도 교회나 성당에서 전해오는 지극히 단순하고, 지극히 복종적인 내용의 사도신경이 그때 만들어졌던 거야. 무지한 대중을 하나로 만들기 위해서 말이야."

한마디 한마디 문 장로의 목소리에 힘이 들어가 있었다.

"그리고……."

그는 아직 자기 말이 끝나지 않았다는 표시라도 하듯 신음소리를 내며 무겁게 다음 말을 토해내었다.

"그리고 그때 그들이 저지른 죄악 중의 하나는, 아니 가장 무서운 죄는, 그때 그들의 손에 의해 마태, 마가, 누가, 요한, 네 복음서 외에 다른 것은 철저히 진시황의 분서갱유 때처럼 없애버렸다는 사실이야. 수많은 책들을 말이야. 그때 사라진 책 목록 속에는 틀림없이 가룟 유다 님에 관한 책들도 있었을 거야. 최근에 발견된 『유다복음』 같은 것 말이야. 어쨌든 그때 사라진 책들은 그후 영영 다시 찾을 수 없게 되었는데 수천 년이 지난 오늘날 「도마복음」이나 「유다복음」처럼 극히 일부가 우연히 동굴에서 기적적으로 발견되기도 했지. 극히 일부가 말이야."

그의 얼굴은 더없이 침통하게 변했다. 얼굴은 창백하게 변했고, 입가의 주름살은 더욱 깊게 패였다.

그러고 나서 그는 사이를 두었다가 결론이라도 짓듯 말을 이었다.

"그 후 교회는 로마를 중심으로 한 로마 가톨릭과 비잔티움을 중심으로 한 동방정교회로 나뉘었지만, 그들 둘 다 삼위일체설에 대한 이견만 있을 뿐 내용은 똑같아. 더 이상 그들 속에는 살아 계신 예수 그리스도의 원형은 사라지고 없어. 대신 그들이 만든, 그들의 예수상이 놓였지. 그게 오늘날 우리가 알고 있는 타락한 서방 기독교의 정체야."

그러고 나서 문 장로는 눈을 들어 모두를 돌아보며 천천히 새기듯이 또박또박 말했다.

　"참된 기독교는, 진정한 예수의 가르침은, 오로지 한 사람, 박해를 피해 동방으로 간 사도 가룟 유다에게만 전해졌어. 마치 불교에서 부처의 가르침이 염화시중의 미소 하나로 은밀히 오직 가섭에게 전해졌던 것처럼 말이야. 나머지는 껍데기일 뿐이야. 어둠 속에 한 줄기 빛이 동방으로 흘러왔던 거야."

　마침내 그의 이야기가 끝나고 바다보다 깊은 침묵이 흘렀다. 각기 자기 생각에 잠겨 있는지 숨소리까지 들린 정도였다.

　"그런데 교수님, 아니 장로님."

　그 침묵을 깬 사람은 뜻밖에도 강종철이었다.

　"그런데 동방으로 간 유다는 어떻게 되었나요? 윤 교수님 논문에는 동방 어딘가의 낡고 오래된 사원에서 머물고 있었다는 이야기까지는 나와 있었는데……. 그곳에서 죽었나요?"

　종철이 조심스러운 목소리로 물었다. 아마 그로서는 그게 가장 궁금했던 모양이었다. 사실 동탁도 그 후의 이야기를 듣고 싶었던 참이었다.

　"그건 아무도 몰라. 아무 기록도 없고."

　문 장로는 고개를 숙인 채 깊은 생각에 잠긴 사람처럼 말했다.

　"다만 도마. 사도 도마의 이야기만 남아 있어. 인도로 간 도마 이야기 말이야."

　"인도로……?"

　"응. 그건 역사적으로도 아직 흔적이 남아 있어."

　그러고 나서 잠시 동안 가만히 눈을 감고 앉아 있었다.

　"예수께서 돌아가시고 나서……."

　얼마나 지났을까. 눈을 감고 있던 문 장로가 이윽고 눈을 뜨고 입을 열었다.

20

동방으로 간 빛과 서방으로 간 빛

예수께서 십자가에 못 박혀 죽고 나자 남은 제자들은 뿔뿔이 흩어졌다. 예수 사냥에 앞장섰던 유대인들은 광기에 젖은 눈으로 그를 추종하던 무리를 쫓기에 혈안이 되어 있었고, 식민지 땅에서 일체의 저항도 용인치 않았던 로마군들은 로마군들대로 예수 무리를 불순한 저항 세력으로 단정하고 색출에 나섰기 때문이다.

당시 유대 땅에는 로마제국에 대항하여 일어난 반역의 기운이 점점 짙어져 가고 있었다. 도처에서 로마군과 저항군 사이의 전투가 심상치 않게 벌어지고 있었고, 예수를 따르던 사람뿐만 아니라 많은 유대인들이 압제를 피해 국경을 넘어 유프라테스강이 흐르는 메소포타미아 지역으로 옮겨 갔다.

국경을 넘어 변방으로 달아난 제자들 중 한 무리는 지금의 터키가 있는 소아시아반도 서해안에 위치한 에베소로 향했다. 에게해를 끼고 그리스와 마주한 에베소는 안디옥과 함께 로마로 들어가는 길목이자 당시 동서교역의 중심지로, 거대한 원형극장과 도서관, 시장이 있었고 사람들도 북적거렸다. 도처에 그리스 신들을 모시는 신전들도 많았다. 성모 마리아와 사도 요한은 그곳으로 갔다. 그들은 그곳에서 예수의 가르침과 그의 죽음, 그리고 부활에 관한 이야기를 전했다.

그때 그곳에 혜성처럼 나타난 이가 바로 바울이었다. 그는 살아생전 예수를 만난 적도 없고, 그의 가르침을 직접 들은 적도 없던 사람이었다. 오히려 그는 예수를 따르는 무리를 박해하여 죽이기도 했던 사람이었다. 유대인이었지만 그는 태어날 때부터 아버지 덕에 로마의 시민권을 가지고 있었고, 부유하게 자라 교육도 잘 받은 사람이었다.

그런 그가, 자신의 말에 따르면 다메섹이라는 곳을 향해 가다가 예수의 음성을 듣고, 눈이 멀어 3일 동안 먹고 마시지 않은 경험을 한 후, 마침내 회심을 하게 되었다고 한다. 그때까지 그는 사울이라는 이름을 쓰고 있었지만 이후 그는 바울이라는 이름으로 바꾸었다. 그리고 그는 스스로 사도로 택함을 받았다고 주장했다.

> 우리 구주 하나님과 우리 소망이신 그리스도 예수의 명령에 따라 그리스도 예수의 사도 된 나 바울은……

그리고 그는 말했다.

> 나를 능하게 하신 그리스도 예수 우리 주께 내가 감사함은 나를 충성되이 여겨 내게 직분을 맡기심이니, 내가 전에는 훼방자요, 핍박자요, 포행자였으나 도리어 긍휼을 입은 것은 내가 믿지 아니 할 때에 알지 못하고 행하였음이라.

뛰어난 지혜와 열정을 가지고 있었던 그의 등장은 중심을 잃고 흩어져 있던 예수 추종자들에게 큰 힘이 되었다.

그는 열성적으로 예수의 죽음과 부활에 대해 증거하였고, 교회를 세웠고, 그리스 신을 믿는 이방인들과, 유대인의 전통인 할례의 틀에 갇힌 베드로나 요한 같은 사도들과의 신학적 논쟁도 주저하지 않았다.

그는 생전 예수를 직접 섬겼던 다른 열한 사도와 제자들보다 지식 면에서는 더 뛰어났다. 대부분의 예수 제자들은 어부나 세리 등 중하층 출신인 데다 글자를 깨우치지 못한 사람들도 많았기 때문이다. 더구나 그는 비교적 행동이 자유로운, 여러모로 특권을 가진 로마 시민권자였다.

이렇게 에베소를 중심으로 모인 한 무리의 제자들은 바울과 베드로를 중심으로 그리스를 넘어 서쪽 이탈리아 반도에 있는 로마의 중심부를 향해 전도의 길을 나아갔다.

그리고 한 무리의 제자들은 남쪽 이집트로 향했다.

당시 로마의 속국이었던 이집트 알렉산드리아는 종교적으로나 신학적으로나 비교적 자유로운 국제도시였다. 세계 최대의 도서관이 있던 곳도 그곳 알렉산드리아였다. 그들은 그곳을 중심으로 기독교를 전파하고 이집트 사막의 여러 곳에 교회를 짓고 예수의 생애와 말씀이 담긴 저술을 남겼다. 그들은 로마의 박해뿐만 아니라 그후 정통(Catholic)이라고 주장하는 쪽의 박해도 피해야 했다. 그들은 동굴 깊은 곳에 자신들이 보물처럼 여기는 여러 문서들을 항아리에 담아 숨겨두었다.

1945년, 이집트 나일강 중부 지방에 있는 나그함마디라는 마을 근처 동굴에서 세상을 경악시킬 만한 문서들이 발견되었다. 밀봉된 항아리 속에 담겨있던 문서는 가죽으로 장정된 열두 권의 파피루스 뭉치였다.

여기에는 지금까지 기독교 성경에 없던 『도마복음』을 비롯해 『요한의 비밀 가르침』, 그리고 심지어 플라톤의 저서 『국가』의 번역본까지 있었다. 이 문서

들은 로마의 박해뿐만 아니라 그 후 예수의 영적 가르침을 따르려던 영지주의자들을 이단이라고 규정한 초기 로마 기독교의 대대적인 박해를 피해 이곳으로 온 사람들이 남긴 것들이었다.

그중에서도 특히 『도마복음』은 다른 복음서 같은 설명적인 내용이 없이 오직 예수의 가르침만 적혀 있었다. 그리고 그 내용은 이해할 수 없는 난해한 영적인 언어로 이루어져 있는 것이 많았다.

이를테면,

그리고 그가 말씀하신지라. 누구든지 이 말씀들의 뜻을 깨닫는 자는 죽음을 맛보지 아니하리라.

구하는 자는 찾을 때까지 구함을 그치지 말지어다. 그리고 찾았을 때 그는 고통스러우리라. 고통스러울 때 그는 경이로우리라. 그리하면 그는 모든 것을 다스리게 되리라.

진실로, 나라는 너희 안에 있고, 너희 밖에 있다. 너희가 너희 자신을 알 때, 비로소 너희는 알려질 수 있으리라. 그리하면 너희는 너희가 곧 살아 있는 아버지의 아들이라는 것을 깨닫게 되리라. 그러나 너희가 너희 자신을 알지 못한다면, 너희는 빈곤 속에 살게 되리라. 그리하면 너희 존재는 빈곤 그 자체이니라.

네 눈앞에 있는 것을 먼저 알라. 그리하면 너로부터 감추어져 있는 것이 다 너에게 드러나리라. 감춰진 것은 나타나지 않을 것이 없기 때문이니라.

예수께서 말씀하시니라. 이 하늘은 없어질 것이요 또 그 위의 하늘도 없어질 것이다.

죽은 자는 살지 아니하고 산 자는 죽지 아니하리라. 너희가 죽은 것을 먹던 날 동안 너희는 그것을 살아 있게 했느니라. 너희가 빛 가운데 있을 때 무엇을 했느냐? 너희가 하나였던 그날에 너희는 둘이 되었다. 그런데 너희가 둘이 된 날에는 무엇을 하겠느냐?

나는 이 세상에 불을 던졌노라. 그리고 보라! 나는 그 불이 활활 타오를 때까지 그 불을 지키노라.

등과 같이 이해하기 어려운 말들로 가득 차 있었다.

그러나 『도마복음』이 거기 이집트의 동굴에서 발견되었다고 하여 사도인 도마가 이집트로 갔다는 말은 아니다. 아니, 반대로 그는 가룟 유다와 마찬가지로 동방으로 향해 갔고, 기록에 의하면 인도로 가서, 인도에서 전도를 하다, 인도에서 순교를 했다고 한다.

그리고 또 한 무리의 제자들은 지금의 시리아 동북부 지방에 있는 에데사로 향해 갔다. 당시 로마와 맞서는 파르티아제국과의 경계 지역에 있는 이 도시는 이집트의 알렉산드리아보다는 못했지만, 그래도 국경도시답게 붐비고 비교적 로마로부터 자유로운 지역이었기 때문에 박해를 피해가기엔 알맞은 곳이었다. 예루살렘을 떠난 사도 야고보와 도마가 피신했던 곳도 이곳이었다.

아직 이슬람을 믿는 페르시아의 사산 왕조의 박해가 시작되기 이전, 그들은 이곳을 중심으로 로마로 간 기독교와 맞먹는 교회를 만들어갔다. 나중에 콘스탄티누스 황제에 의해 비잔티움이 콘스탄티노플이라는 이름으로 동로마 제국의 수도가 되자 이들의 후손들은 서로마제국을 대표하는 교황과는 독립적인 교단을 만들고, 콘스탄티노플의 대주교를 총대주교로 한 정교회를 세웠다. 이것이 지금도 러시아와 아르메니아 등 발칸반도의 여러 나라에 걸쳐 내려오고 있는 동방정교회이다.

그러나 그것은 먼 나중의 일이고, 이때 예수의 육친의 동생이자 예수 사후 예루살렘 교회의 실질적 우두머리였던 야고보와 함께 사도 도마도 그곳에 와 있었다. 도마는 외모가 스승인 예수와 꼭 닮았다고 하여 '쌍둥이'라는 뜻의 '도마'라는 별명으로 불리고 있었는데, 그는 매사에 신중하였고 의심이 많은 사람이었다. 자기가 직접 눈으로 보고 체험한 것 외에는 믿지 않으려고 했다. 예수가 부활하여 처음 나타났을 때, 창에 찔린 자국을 만져보고서야 비로소 믿었다는 유명한 일화가 성경 속에도 전해져오고 있을 정도였다.

그러나 그는 에데사에 오래 머물지는 않았다. 무슨 까닭에선지 그는 멀리 미지의 나라 인도로 가야겠다고 했다. 그것이 자신에게 주어진 전도의 사명이라고 했다. 어쩌면 그의 마음속에는 스승인 예수를 배신하고, 그들보다 먼저 동방으로 떠나간 유다를 찾고 싶은 소망이 있었는지도 모른다. 그를 만나 그가 왜 스승을 배신했는지, 그들 스승과 제자 사이에 그들이 모르는 무슨 다른 밀약이라도 있었는지, 알고 싶었을 것이다.

나, 문정식은 그들 두 사람, 유다와 도마가 동방 어딘가에서 정말 실제로 만났을지에 대해서는 알지 못한다. 다만 윤기철 교수의 논문에 의하면 그들 두 사람은 유다가 도망가 숨어 있던 동방의 어느 수도원에서 만나 수년 동안 함께 지냈다고 한다.

그러나 그 후 도마가 인도로 간 것은 여러 가지 기록들에 나와 있다. 뭐니뭐니해도 시리아 지역에서 오랜 세월 전해 내려오는, 고대 시리아어로 쓰인 『도마행전』에 그렇게 기록되어 있다. 현재 서방 기독교의 성경 속에 나오는 「사도행전」이 주로 바울의 행적을 중심으로 씌어져 있다면 『도마행전』은 제목 그대로 사도 도마의 행적을 중심으로 기록되어 있는 책이다. 물론 이 책 내용의 진위에 관련해서 지금도 학자들 사이에 많은 이견과 논쟁이 있다는 것을 나도 알고 있다. 극단적으로는 후대의 누군가가 지어낸 허구라고 주장하는 이도 있다.

그러나 그 후 도마가 인도로 가서 만났다는 왕의 이름이 새겨진 동전도 발견되었고, 인도의 남부 도시인 마드라스에는 도마의 무덤이라고 알려진 성 도마 교회, 도마가 기도했던 동굴, 도마가 잡혔다는 언덕 등이 지금도 전해 내려오고 있다. 전해져오는 이야기에 따르면 그가 마드라스 부근 밀라포르라는 곳에서 순교할 때까지 인도 말라바르 해안을 따라 일곱 교회를 세웠다고 한다. 그리고 지금도 그곳에 '산톰(San Tomas)'이라고 불리는 마을이 있다고 한다. 성(聖) 도마라는 뜻이다.

그 『도마행전』에 의하면, 인도 상인 압반을 따라 인도로 간 도마는 인도의 왕인 군다포루스와 면담하고 그의 왕궁을 짓는 일을 맡았다고 한다. 원래 도마는 스승 예수와 마찬가지로 유능한 목수였기 때문이다. 왕은 도마에게 거액의 돈을 주고 화려한 왕궁을 지어줄 것을 부탁했던 것이다.

그러나 도마는 그 돈을 모두 챙겨서 가까운 도시와 마을을 돌아다니며 가난한 사람과 질병 걸린 사람과 고통받는 사람들에게 모두 나누어주었다.

얼마의 시간이 흐른 후, 왕은 편지를 보내 왕궁의 건축 진행 상황을 보고하도록 명령했다. 도마는 지붕만 남고 거의 다 지었다는 답장을 보냈고, 왕은 더 많은 금을 보내 빨리 완성하라고 독려했다. 그런데 도마는 왕이 보내준 금을 또다시 가난하고 고통받는 사람을 위해 모두 써버렸다.

시간이 흐른 후, 이제는 왕궁을 다 지었을 것이라 생각한 왕은 신하를 시켜 왕궁이 얼마나 잘 지어졌는지를 알아오게 했다. 그러나 도마에게 다녀온 신하는 왕궁은 없고 들판만 있을 뿐이라고 보고했다. 도마가 왕궁을 지을 생각은 안 하고, 주변의 도시와 마을을 돌아다니면서 가난한 사람과 고통받는 사람을 돌보고, 병자를 고치며, 귀신을 쫓는 일만 하고 있다고 했다.

이 말을 들은 왕은 화가 머리 끝까지 나 상인 압반과 도마를 붙잡아 감옥에 가두라고 했다. 그리고 도마가 돈을 어떻게 횡령했는지 철저히 조사토록 지시했다. 분노한 왕은 상인 압반과 도마를 산 채로 껍질을 벗겨서 불에 태워 죽일 결심을 했다.

그런데 그날 밤, 왕의 동생인 가드가 병에 걸려 죽었다. 천사가 왕의 동생 가드의 영혼을 데리고 갈 때 도마가 지은 왕궁을 지나게 되었다. 천사가 가드에게 어디에서 살고 싶냐고 묻자, 가드는 도마가 지은 왕궁이 너무도 아름다운 것에 반해 그 아래층에서 살게 해달라고 말했다. 그러자 천사는 그것은 그의 형인 왕의 궁이며, 왕을 위해 도마가 지은 것이기 때문에 거기서 살 수 없다고 대답했다. 가드는 천사에게 자기 형에게 그 왕궁을 구입할 테니 형에게 다시 보내달라고 간청했다. 그렇게 하여 가드는 죽었다 다시 살아나게 되었다.

가드가 다시 살아났다는 소식을 듣고 찾아온 왕에게 가드는 도마가 지어놓은 왕궁을 자신에게 팔라고 청했다. 왕은 도마가 지은 적도 없는 왕궁을 팔라고 하는 동생을 이해하지 못했다. 그러나 동생 가드는 자신이 죽었을 때 보았던 왕궁을 설명하고 그 왕궁을 자신에게 팔 것을 종용했다. 그제야 자초지종을 알게 된 왕은 도마를 살려주는 대신 동생을 위해서도 왕궁을 하나 더 지어달라고 부탁을 하기로 했다.

이것은 물론 전해 내려오는 설화일 뿐이다.

그러나 사도 도마가 인도에서 많은 선행을 베풀고 스승인 예수의 가르침을 전했다는 것은 사실이다. 그리고 도마 역시 전도를 하다가 다른 사도들처럼 순교의 길을 걸어갔다는 사실도 기록에 나와 있다. 도마를 처형한 사람은 미스데우스라는, 인도의 다른 한 지방을 다스리는 왕이었다. 그는 도마가 예수 그리스도는 자신의 주인이며, 미스데우스 왕의 주인도 되며, 하늘과 땅의 주인이라고 표현하는 데 격분했다고 한다. 그는 도마에게 사형을 명령했다. 그러자 그의 병사들은 도마를 도시 밖으로 끌고 나가 창으로 찔러 죽였다.

　이것이 『도마행전』에 나와 있는 도마의 행적이다.

　"근데 말이지."

　여기까지 이야기한 문 장로는 잠시 쉬었다가 천천히 다시 말을 이었다.

　"근데, 일설에는 인도로 간 그 사람이 사도 도마가 아니라 유다라는 말도 있어."

　"예? 유다가……?"

　동탁이 놀란 얼굴로 문 장로를 쳐다보았다.

　문 장로는 합죽한 입을 다물고 보일락말락 고개를 끄덕였다. 길게 늘인 하얀 뒷머리가 유난히 눈에 부셨다.

　"윤 교수는 도마가 인도로 가는 길에 어디 사원에선가 유다를 만나고 거기서 몇 년간 함께 생활하다가 헤어졌다고 했지만 내 생각으론 둘 다 인도로 함께 갔거나 아니면 도마라는 이름으로 유다가 갔을 거라는 생각이 들어. 당시에는 유다라는 이름도 흔했지만 도마라는 이름도 흔했거든."

　문 장로는 머리를 흔들며 말했다.

　"군다포루스 왕을 만난 사람은 사도 도마였을지 모르지만 또 다른 인도의 왕 미스데우스에게 죽임을 당했던 사람은 사도 유다, 가룟 유다였을지 몰라."

그는 마치 자신에게 확신이라도 시키듯이 말했다.

"동방으로 떠났던 유다가 인도까지?"

동탁은 믿을 수 없다는 표정을 지었다.

"음. 그에겐 약속이 있었지. 동방 끝까지 가서 말씀에 따라 하나님의 나라를 세우라는 스승 예수와의 약속 말이야."

문 장로는 깊이 숨을 한번 들이쉬며 조용히 눈을 감고 말했다.

"그렇다면 가룻 유다를 추격하러 떠났던 사람들은 어떻게 되었나요? '최후의 사명자'라고 불렸던 사람들 말이에요."

종철이 다시 그동안 참고 있었던 질문을 던졌다.

"음. 처음 야고보가 보낸 유다의 추격자들은 이미 죽은 지 오래되었지. 많은 시간이 흘렀으니까. 그리고 사도 유다도 이미 죽었고."

문 장로가 다시 눈을 뜨고 천천히 입을 열었다.

"그러나 이 저주받은 자를 세상 끝까지 찾아가 응징하라는 절대적인 명령은 천 년 동안 변하지 않고 내려왔어. 시간을 넘어서 말이야. 중세 십자군의 동방 원정이 시작되었을 무렵, 원정대를 이끌고 온 인물 중에 사자왕 리처드라는 자가 있었어. 용맹스러운 영국의 왕이었지. 그는 동방에 기독교를 신봉하는 요한이라는 이름의 전설적인 기독교 왕이 있다는 이야기를 들었어. 리처드 왕은 사자를 보내 그에게 도움을 청하기로 했어. 물론 이것은 강력한 이슬람의 공격에 만신창이가 되었던 십자군의 소박한 꿈이었을 뿐이었지만. 실제로 기독교 왕이란 존재는 없고, 대신 동방에는 상상할 수 없을 정도로 강력한 몽골제국이 있었던 거야."

사자왕 리처드라면 원탁의 기사와 함께 영화나 드라마에서 자주 보았던 인물이었다.

"그런데 리처드 왕의 명령에 따라 전설 속의 기독교 왕을 찾아 떠났던 사신들이 더 놀라운 이야기를 전해왔지. 즉 오래전 예수의 죽음과 함께 자살한 것으로 알려졌던 유다가 그곳 동방 사원에서 예수의 가르침을 전하고 있었다는 거야. 그리고 그를 따르던 무리들이 수많은 세월을 건너 지금도 그곳에 존재하고 있다는 것이었어. 황당하고 끔찍한 이야기였지."

문 장로는 모두를 돌아보며 말을 이었다.

"화가 머리 끝까지 난 사자왕 리처드는 기사단을 조직해 유다가 남겨놓은 흔적을 찾아 깨끗이 없애버리라는 명령을 내렸어. 저 저주받은 자를 세상 끝까지 찾아가 응징하라는 천 년 전의 명령이 다시 이어졌던 거야. 명령을 받은 기사단은 즉시 그곳으로 가서 유다의 흔적들을 찾아내기 시작했지. 그리고 대규모 피의 학살이 시작되었어."

문 장로는 깊이 한숨을 한 번 내어쉬었다. 잠시 침묵이 흘렀다.

"그리고 많은 세월이 흘렀어."

이윽고 문 장로가 다시 말했다.

"그동안 유다의 제자들도, 유다의 추적자들도, 모두 망각의 장막 뒤로 사라졌지. 잊혀졌던 거야. 그런데 그때 유다의 추적자들은 유다가 그곳 사원에 머무는 동안 한 권의 책을 남겼다는 것을 알았어. 이 세상의 종말과 새로운 세상에 관한 이야기를 담은 위험하고 무서운 책 말이야."

"한 권의 책?"

세 사람의 입에서 거의 동시에 탄성이 흘러나왔다.

"음. 저주받은 자, 유다가 남겨놓은 책이지. 어쩌면 그것이 사람보다 더 위험한 물건이라고 판단했을지도 몰라. 그리고 그들은 그 책이 몽골 원정대를 따라 초원을 건너 동방의 끝, 몽골제국의 카라코룸까지 갔다는 것을 알았어. 그리고 그들 중의 몇몇은 그 책을 찾아 정처 없이 떠났어. 가슴에 칼을 품고. 아마 지금까지도 그들은 그 책을 찾아 쫓고 있을지 몰라. 야곱의 제자들, 최후의 사명자라 불리던 자들이 바로 그자들이야."

'야곱의 제자……? 야고보 M……?'

동탁은 설희에게 들었던 말을 속으로 가만히 되뇌어보았다. 윤 교수가 죽기전 메모지에 써놓았다는 바로 그 메모 속 글자가 아닌가.

"그들 추격자들은 천 년이 아니라 만 년이라도, 아니 이 세상 끝까지 가서라도, 그 책을 찾아 불태워버려야 한다는 사명감을 가지고 있는 존재들이야. 그것은 변하지 않았어. 그리고 앞으로도 절대 변하지 않을 거야. 아마도 윤 교수의 죽음도 그것과 무관하지는 않을 거야."

문 장로는 고개를 흔들며 혼잣말처럼 깊은 신음을 뱉어내었다. 양미간과 입가의 주름이 깊게 패었다.

동탁의 머릿속으로 붉은 수염의 서양 수도사가 떠올랐다. 그렇다면 그가 바로 '최후의 사명자'라는 말인가. 가슴에 단도를 품고 다닌다는 전설적인 유다 추격자의 후예.

"그 책은 어떤 책인가요? 유다가 남겼다는 그 책……."

이번엔 미나였다. 그녀는 조심스럽게 말하고는 호기심이 가득 찬 불안한 눈빛으로 문 장로를 쳐다보았다.

"유다계시록."

그런 미나 쪽을 흘낏 한 번 눈길을 준 문 장로가 짧게 대답했다. 마치 아무렇게나 던지듯이 한 대답이었다.

"유다계시록?"

세 사람은 거의 동시에 소리를 질렀다. 문 장로는 대답 대신 가볍게 고개를 끄덕였다.

"세상에 가장 많이 알려진 계시록으로는 알다시피 「요한계시록」이 있지. 하지만 그것은 예수께서 직접 보여주셨던 세상은 아니야. 예수께서 직접 눈에 보이는 세상의 너머에 있는 것. 눈에 보이지 않는 나라를 보여주신 것은 오직 사도 유다밖에 없었어. 예수께서 사도 유다에게만 그것을 보여주셨어."

「요한계시록」은 사도 요한이 말년에 에게해의 파트모스섬에 유배되어 있을 때 환상 중에 본 것이었다고 전해지고 있다. 그런데 또 하나의 계시록, 그의 말대로 만일 『유다계시록』이란 게 실재한다면 그 충격은 「요한계시록」과 비교가 되지 않을지도 몰랐다. 만일 윤 교수가 숨겨두었다는 '그 책'이 『유다계시록』이라면……? 그리고 만일 그의 죽음이 그 책과 관련이 된 것이라면……?

동탁의 머릿속이 다시 어지럽게 돌아가기 시작했다. 천막집 안은 다시 깊은 침묵에 싸여 있었다. 계곡의 물 흐르는 소리만 더욱 커다랗게 들릴 뿐이었다.

이미 날이 저물어가고 있었다.

문 장로는 다시 눈을 감은 채 처음 들어올 때 본 모습과 같이 깊은 명상에 잠겨 있었다. 오랜 이야기에 지쳤는지 주름진 얼굴에 피곤한 기색이 역력했다.

그때였다.

누군가가 소리 없이 천막집 안으로 들어왔다. 아까 본 진회색 개량한복 차림의 꽁지머리 사내였다. 사내는 그들을 향해 밖으로 나오라는 뜻으로 조용히 눈짓을 보냈다. 세 사람은 자리에서 일어났다. 그리고 문 장로를 향해 인사라도 해야겠다고 생각했지만 문 장로는 그들이 떠나는 것을 아는지 모르는지 마치 밀랍으로 빚어놓은 것처럼 눈을 감고 가부좌를 튼 채 미동도 하지 않고 있었다.

동탁과 종철, 미나는 그런 그를 향해 가볍게 허리를 굽혀 인사를 하고는 꽁지머리 사내를 따라 천막집을 빠져나왔다. 그때 천막집 울타리 밖에서 무언가 인기척이 나는 것 같았다. 곧이어 누군가가 비닐 창문 아래로 급히 지나가는 소리가 들렸다. 종철이 소리 나는 쪽을 향해 달려가며 낮게 소리쳤다.

"누구요?"

그러나 사방은 조용하였고, 그림자 하나 눈에 띄지 않았다.

"아마 지나가는 등산객일 거요. 가끔 길을 잘못 든 사람들이 근처에서 얼쩡거리기도 하니까. 아니면 고라니 새끼든가. 요즘은 산짐승들이 많이 늘었어요."

종철의 등 뒤를 향해 꽁지머리의 사내가 대수롭지 않은 목소리로 말했다.

"그나저나 장로님에게 인사도 못 드렸네요."

그러나 꽁지머리 사내는 가타부타 아무런 대답 없이 그들을 아까 들어왔던 돌담 대나무 문까지 안내하고는 휙, 다시 돌아서서 들어가버렸다. 그와 헤어진 동탁 일행은 아까 올라왔던 길을 따라 한 줄로 서서 천천히 발걸음을 옮겼다.

『유다계시록』…….

만일 그런 책이 진짜 있다면. 그리고 그런 책이 다시 세상에 나온다면. 그리고 만일 그 책이 우리가 지금까지 모르는 세상의 모든 비밀을 밝혀주는 책이라면. 그것은 축복일까, 저주일까? 산을 내려오는 동안 동탁의 머릿속엔 조금 전 문 장로의 입에서 흘러나왔던 놀라운 말들이 떠나지 않고 있었다.

만일 그 책이 문 장로의 말대로 「요한계시록」 같은 것이라면, 그 혼돈을 정말 감당할 수 있을까? 그것은 판도라의 상자가 아닐까? 그리고 만일, '그 책'이 윤 교수의 죽음이 관련되어 있다면 과연 누가 그런 끔찍한 짓을 벌였을까? 2천 년을 이어져온 유다 추격자, '검은 기사단' 혹은 '최후의 사명자'가 저지른 일이라면 과연 누가 그 '검은 기사단', '최후의 사명자'일까?

그 모든 것은 아직 비밀의 장막 뒤에 가려져 있었다. 그러나 분명한 것은 그 모든 비밀이 드러나기 전까지 아직 누구에게도 '그 책'에 대해 알려주어서는 안 되리라는 것이었다. 더구나 만일 윤 교수가 남겨놓은 라틴어 성경 속 그 암호 같은 문자가, '그 책'이 숨겨져 있는 곳을 알려주는 것이라면 철저히 입을 다물고 있는 편이 옳을지 모른다.

동탁이 아까 문 장로에게 라틴어 성경 속 암호에 대해 말을 꺼내지 않은 것도 그런 이유에서였다. 처음 이곳에 올 때만 해도 문 장로에게 그것을 물어보는 게 최우선 과제였지만 그의 이야기를 들으며 점차 두려운 생각이 들었기 때문이다.

윤 교수가 문 장로에게 생전에 그 비밀을 이야기해주지 않았다면 거기엔 분명히 무슨 밝히지 못할 또 다른 까닭이 있었을 것 같았다. 같은 '성 유다 동방교회의 수호자'라 하지만 말할 수 없는 비밀이. 미나 역시 그것에 대해 말을 꺼내지 않았던 것도 아마 그녀 역시 동탁과 같은 생각을 하고 있었는지 모른다.

그때 동탁의 머릿속으로 문득 설희가 떠올랐다. 그녀라면 이 암호를 풀 어떤 방법을 찾아줄 수 있을지도 모른다는 생각이 들었다. 지난번에도 윤 교수가 남긴 메모지 속의 '야고보 M'의 비밀을 찾아내지 않았던가.

그래. 설희를 만나보자! 그녀라면 어쩌면 작은 실마리라도 마련해줄 수 있을지 모른다. 워낙 세상 구경을 많이 하고, 아는 것도 많은 사람이니까. 더구나 그녀 역시 자신도 모르게 그들과 이미 한배를 타고 있는 것이나 다름없지 않은가. 그런 데다 지금으로선 딱히 의논해볼 만한 사람도 없었다. 미나라고 반대할 이유가 없을 것 같았다.

이윽고 발아래 아까 세워두었던 차가 보였다.

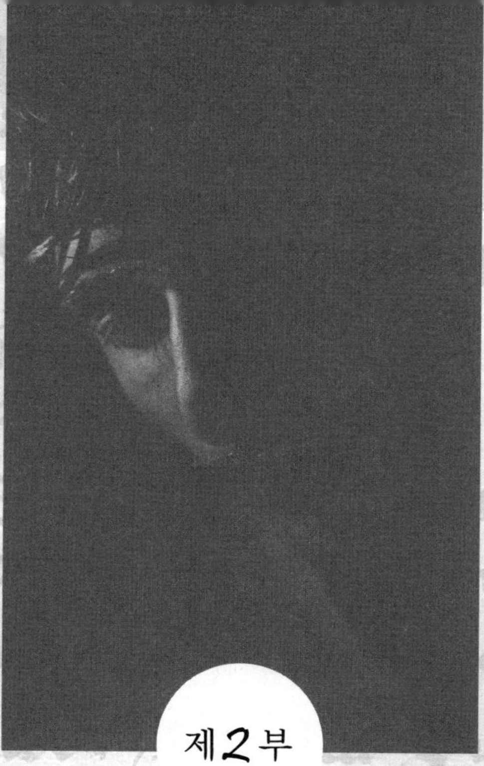

제2부

21

경찰청 지능범죄수사팀장 홍세범

그들이 문 장로에게 갔다오고 나서 얼마 후, 뜻밖에도 경찰청 홍 경감에게서 전화가 왔다.

"K일보죠? 마 기자님?"

"예. 누구신가요?"

"아, 나, 경찰청 지능범죄수사팀 홍 경감이오. 홍세범."

"아! 홍 경감님. 홍 경감님이 웬일로?"

그렇지 않아도 동탁은 어쩐지 그에게서 연락이 올 것 같은 예감이 들었었다. 예전에 경찰서 출입할 때 술자리에서도 한두 번 함께했던 적이 있었다.

지난번 윤 교수 장례식날 화장터에서 멀찌감치 본 이후 처음이었다. 무엇보다 이번 사건에 대해 그의 예민한 후각이 어디로 향해 가고 있는지 궁금했던 차였다.

"나 좀 만납시다. 물어볼 이야기도 좀 있고."

홍 경감은 거두절미 단도직입적으로 말했다.

"그러시죠. 저도 경감님 안부가 궁금했는데."

동탁이 대답했다.

"그럼, 조금 있다 경찰청 부근 지하 카페로 좀 나와주시겠어요? 와서 전화하세요. 금방 나갈 테니까. 오케이?"

군더더기라고는 찾아볼 수 없는 말투다.

"오케이. 곧 나갈게요. 조금 있다 봐요!"

동탁도 지체 없이 대답했다. 두 사람 사이에 군더더기 없이 깔끔한 대화가 오고 가고 나서 전화가 끊어졌다. 동탁은 핸드폰을 물끄러미 바라보며 잠시 생각에 잠겼다.

홍 경감이 전화를? 왜……?

예상은 하고 있었지만 뜻밖이었다. 그가 동탁에게 먼저 전화를 걸었다는 것은 자기에게서 무슨 냄새인가를 맡았다는 뜻이 아닌가. 오랫동안 수사팀에서 일해온 베테랑인 그가 이런 큰 사건에 팔짱을 끼고 있을 리가 없었다. 어쩌면 동탁이 모르고 있는 것도 알고 있을지 몰랐다.

동탁은 그가 무엇을, 얼마나 알고 있는지 갑자기 궁금해졌다.

얼마 후.

경찰청 뒤 지하 카페.

"마 차장, 오래간만이오."

동탁의 전화를 받자마자 홍 경감은 곧장 동탁이 기다리고 있는 지하 카페로 내려왔다. 형사 콜롬보처럼 늘 입고 있던 베이지색의 구겨진 트렌치코트 차림이었다. 동탁은 자리에서 엉거주춤 일어나며 그를 맞았다.

"바쁘셨죠?"

둘 다 입으로만 미소를 띠며 악수를 나누었다. 통통한 몸매에 흰 창이 많은 눈은 꼬리가 아래로 처져 있었고, 대신 입꼬리는 조금 위로 올라간, 어쩐지 중국의 판다를 연상시키는 인상이었다. 그러나 동탁을 바라보는 눈매는 날카로웠다.

"아, 이거, 알고 계시겠지만…… 그나저나 이거 보통 골치 아픈 사건이 아니오."

"서울대 윤 교수 사건 말인가요?"

동탁이 짐짓 시침을 떼고 말했다.

"흠."

그는 대답 대신 가볍게 헛기침을 한 번 하고는 단도직입적으로 본론에 들어갔다.

"아실는지 모르지만 이건 매우 철학적인 사건이오."

"철학적?"

"호오, 그만큼 난해하고 복잡하다는 뜻이오. 그냥 단순한 살인 사건이 아니라."

굳게 다문 그의 입가에 얼핏 미소 같은 게 떠올랐다. 딴에는 농담이라고 하는 말이었을 것이다. 그러곤 동탁을 한번 흘낏 보고는,

"문 장로라는 사람 말이오. 전직 솔로몬신학대학 교수 문정식…… 최근에 만난 적 있죠?"

하고 다짜고짜로 물었다.

"윤 교수 딸 윤미나랑 강종철 기자랑 같이 그를 찾아가서 만났다고 하던데……. 아닌가요?"

홍 경감의 눈길이 날카롭게 동탁의 눈동자에 박혔다.

동탁은 자기도 모르게 움찔하는 기분이 들었다. 괜히 도둑이 제 발 저리다고, 무슨 잘못을 하다가 들킨 것처럼 가슴이 뜨끔하였다. 그런 동탁을 바라보는 홍 경감의 눈길이 여간 차가운 게 아니었다.

"예. 취재차 찾아갔죠. 근데 그건 왜요?"

그러나 동탁 역시 지지 않는 눈빛으로 그를 쏘아보며 되물었다. 이런 상황일수록 밀리면 안 된다는 것을 경험으로 알고 있었기 때문이다.

"아, 딴 게 아니라."

그러자 홍 경감은 약간 누그러진 눈빛으로 트렌치코트 안주머니에서 무언가를 꺼내어 동탁의 앞으로 내밀었다.

"혹시 마 기자, 이자를 만난 적이 있나요?"

사진이었다. 사진 속의 사내는 챙이 달린 운동모를 눈썹 위까지 깊게 쓰고 있었는데 쌍꺼풀이 없는 매눈에 코는 약간 펑퍼짐하고 얼굴은 둥근 편에 약간 가무잡잡한 게 몽골 계통 같았다. 긴 인중 아래의 얇은 입술은 그가 강인한 성격의 소유자라는 표시처럼 굳게 닫혀 있었다.

한눈에도 보통 사내가 아니라는 느낌이 들었다.

동탁은 고개를 가볍게 흔들었다. 모르겠다는 표시였다.

"잘 보세요."

홍 경감이 다시 한번 자세히 보라는 듯 턱을 앞으로 내밀었다.

"……누군가요?"

동탁은 정말 모르겠다는 듯 고개를 흔들었다.

"하잔이오."

"예? 하잔?"

동탁은 자기도 모르게 조그맣게 소리를 지르며 다시 사진 속의 사내를 들여다보았다. 그날 미나랑 쫓기면서 보았지만 워낙 급한 상황인 데다 뒷모습밖에 보지 못한 터라 미처 기억이 나지 않았던 것이다.

아, 하잔……. 하잔이었구나!

하잔이 그렇게 생겼는지는 처음 알았다.

짙은 눈썹 아래 흰 창이 많은 날카로운 매눈. 한일자로 굳게 닫힌 두툼한 입술. 옛날 초원을 누비던 몽골제국의 수부타이 같은 인상이었다. 그날 차 안에서 종철이에게서 들었던 이야기가 생각났다. 몽골의 수부타이가 유럽 원정길에 어느 수도원에서 약탈해서 몽골의 수도 카라코룸의 라마 사원으로 가져갔다는 책꾸러미. 그 속에 묻혀 왔다는 한 권의 책.

그런데 홍 경감이 갑자기 하잔의 사진을 들고 동탁을 만나자고 한 이유는 무엇일까? 동탁은 궁금한 표정으로 홍 경감을 쳐다보았다. 그러나 홍 경감은 판다처럼 눈꼬리가 처진 눈을 밑으로 깐 채 커피를 홀짝거리며 한동안 말이 없었다. 이제야 생각나시나, 하고 되묻고 있는 것 같았다.

설마 하잔을……? 동탁은 빠르게 머리를 굴렸다.

"잡혔나요?"

동탁이 짧게 넘겨짚어서 물었다.

"아니오."

홍 경감 역시 짧고 무거운 목소리로 대답했다.

"그래서 말인데…… 혹시 마 기자, 그자가 지금 어디에 있는지 짐작 가는 바는 없수?"

"잘…… 모르겠는데요."

"음."

홍 경감은 짐작했던 대로라는 듯 더 이상 추궁하지는 않았다. 대신, "이 자가 어디 있는지 꼭 알아내야 돼요." 하고 마치 혼자 다짐이라도 하듯 말했다. 그러고는 곧 덧붙였다.

"그렇지 않으면 윤미나까지 위험해져요."

"예? 미나 씨가?"

동탁은 그제야 정신이 번쩍 든 사람 눈으로 홍 경감 쪽을 쳐다보았다.

"그래요. 그자는 지금 윤미나를 찾기 위해 혈안이 되어 돌아다니고 있어요.

그자는 라마승으로 위장한 테러분자요. 검은 기사단이라고 하는 아주 오래된 암살조직의 일원이죠. 이슬람 과격단체 알카에다처럼 자기들의 종교적 신념에 미친 자들 말이오."

"검은 기사단?"

동탁은 그의 입에서 뜻밖의 말이 튀어나오자 자기도 모르게 나지막히 소리를 질렀다. 검은 기사단이라면 문 장로가 말했던 가룟 유다와 그의 추종자들을 쫓아 죽이라는 명령을 받은 전설 속의 인간들이 아닌가. 예수 사후 야고보가 보낸 자들, 그리고 이후 십자군 원정 당시 사자왕 리처드가 보낸 자들, 그들을 통칭하여 '검은 기사단' 혹은 '최후의 사명자'라 한다고 문 장로가 말해주지 않았던가.

그런데 뜻밖에 홍 경감의 입에서 신비에 싸여 있던 그 이름이 불쑥 튀어나왔던 것이다.

"그럼, 하잔이 검은 기사단⋯⋯?"

"그렇소. 그는 정체를 알 수 없는, 아주 오래된 국제적인 비밀 종교단체인 검은 기사단 소속으로 윤 교수 밑에서 신분을 속인 채 수년 동안 박사과정을 밟고 있었어요. 이유는 알 수 없지만⋯⋯ 그러나 그자가 범인인 것은 분명해요. 윤 교수 방에서 나온 지문도 그렇고."

홍 경감은 자신 있게, 단정이라도 하듯이 말했다.

"지문이⋯⋯?"

동탁의 반문에 홍 경감은 말없이 고개를 주억거렸다.

"윤 교수의 방에서 지문뿐만 아니라 혈흔까지 나왔어요."

"혈흔까지⋯⋯?"

동탁은 의아스러운 눈빛으로 홍 경감을 쳐다보았다. 그러나 그는 잘못 짚고 있는 것 같았다. 아니, 분명히 잘못 짚고 있었다. 동탁은 그에게 그동안 자기들에게 일어났던 일을 조금 귀띔이라도 해줄까, 하다가 그만두고 계속해서 홍 경감이 떠들게 내버려두었다.

동탁과 홍 경감은 분명 정반대로 확신을 하고 있었다. 그리고 분명 속으로 각자 자기 확신이 옳다고 믿고 있는 게 틀림없었다.

"처음엔 난 차 대령, 그자가 범인일 거라고 확신했어요. 윤 교수 내연의 여자 허영 교수의 남편이란 자 말이오, 이런 살인 사건에서는 정석이니까. 하지만 차츰 이건 그런 단순한 사건이 아니라는 걸 알게 되었죠. 파산한 상태의 그가 윤 교수를 협박한 적은 있었지만 그것은 단지 돈 때문이었을 거요. 돈 때문에 연구실까지 찾아가서 살인극을 벌일 이유야 없죠. 그냥 협박 정도라면 모를까. 그때 떠오른 놈이 바로 하잔이었어요. 복잡하고 난해한 퍼즐의 한 조각처럼……. 내가 처음에 철학적인 사건이라고 한 것도 그런 이유에서였소."

그는 자신이 가지고 있던 패를 보여주듯 동탁에게 그동안 일어났던 일을 상세하게 털어놓았다.

"알고 있는지 모르지만 윤 교수와 문 장로는 성 유다 동방교회라는 이상한 교단 소속이었어요. 둘 다 우두머리 격인 일곱 장로 중의 하나였죠."

그는 입을 한 번 비죽하고는 계속해서 말했다.

"일곱 장로?"

동탁은 자기도 모르게 반문을 했다. 이미 문 장로에게서 들은 이야기였지만 그 단어가 홍 경감의 입에서 흘러나오자 너무나 뜻밖이었기 때문이다.

그는 도대체 이 사건에 대해 얼마만큼 알고 있을까. 그리고 그는 과연 지금 자기의 패를 동탁에게 얼마만큼 보여주고 있는 것일까. 며칠 전 자기네들이 문 장로를 찾아가 만난 것도 알고 있지 않았는가. 갑자기 정신이 번쩍 들었다.

경찰의 정보망을 결코 우습게 볼 게 아니란 게 새삼스레 느껴졌다. 동탁은 저절로 등짝이 서늘해지는 기분이 들었다. 그런 동탁의 기분을 아는지 모르는지 잠시 뜸을 들인 후, 홍 경감은 계속해서 말했다.

"그러니까 하잔이란 놈이 이곳으로 유학 와서 윤 교수 밑에서 공부를 한 것은 처음부터 어떤 치밀한 계획에 따른 것이라는 추측이 가능하죠. 해외에 있는 누군가의, 아니면 어떤 과격한 종교조직의 비밀 지령을 받거나 하는……."

그는 확신이라도 하듯이 말했다.

"그렇다면 분명 그는 혼자가 아닐 거요. 몇 놈이 조직적으로 국내에 잠입해 들어와 있는 게 틀림없어요. 목적은 불분명하지만."

하잔이라구? 홍 경감의 짐작대로라면, 그게 어떻게 그레고리가 아니라 하잔이라는 말인가? 동탁이 지금까지 짐작하고 있던 것과는 정반대였다. 번지수가 틀려도 한참 틀렸다는 생각이 들었다.

그러나 홍 경감의 표정은 더없이 진지하였다. 눈꼬리가 처진 눈이 차갑게 번득였다. 그러자 동탁은 어쩌면 잘못 알고 있는 쪽은 홍 경감이 아니라 자기인지도 모른다는 생각이 슬핏 들었다.

설마 하잔이? 그러나 동탁은 이내 고개를 저었다.

그렇다면 그날, 명동에서 백주에 벌어졌던 활극을 설명하기가 어려워진다. 그날, 분명히 붉은 수염의 그레고리 수사가 자기네를 쫓아왔고, 미나와 자기가 폐교의 쓰레기 더미 뒤에 숨었을 때 나타나 그들을 위기에서 구해준 사람이 하잔이었다.

그러니까 만일 암살자, 검은 기사단이 있다면 그건 하잔이 아니라 그레고리여야 했다. 아니, 그레고리가 틀림없었다. 그럼에도 불구하고 홍 경감은 역시 노련한 수사관답게 안개 속에 갇혀 있던 사건의 실체를 어느 정도 파악하고 있음은 분명해 보였다. 그들이 이야기해주지 않으면 도저히 모를 '검은 기사단'이나 '성 유다 동방교회', 그리고 '일곱 명의 장로'라는 말들이 그의 입에서 나오는 순간 느낄 수가 있었다.

그러나 다행인지, 그의 입에서 '그 책'에 대한 이야기는 나오지 않았다. 그가 아직 모를 수도 있었고, 알면서도 동탁에게 패를 감추고 있을 수도 있었다.

어떤 쪽일까……? 동탁은 고개를 숙인 채 침착하게 남은 커피를 마시며 생각했다.

"그러나 그자가 왜, 그런 끔찍한 짓을 저질렀는지는 여전히 미스터리요. 우리가 알 수 없는 어떤 종교적인 신념 때문인 것 같기도 하고, 뭔가 다른 이유가 있을 것도 같은데 말이오. 오랜 증오심이랄까 복수심 같은 거 말이오. 윤 교수가 종교학과 교수였다는 것도 그렇고……. 종교적 신념이란 게 사람을 얼마나 혼돈과 광기에 빠지게 만드는지 마 기자도 알고 있을 거요. 막연한 느낌이지만, 지금 이 사건에 가장 가까이 접근해 있는 사람은 우리 마동탁 기자님 같은데……. 안 그런가요?"

그의 입가에 알 듯 말 듯 엷은 미소가 떠올랐다가 지워졌다. 그는 나중에 밖으로 나가면 피울 요량인지 담배를 꺼내 입에다 물고 피우는 시늉만 내었다.

"글쎄요."

동탁은 그의 매서운 눈길을 피하며 말끝을 흐렸다. 역시 능구렁이 같은 인간이었다. 오랫동안 수사관으로 밴 관록이 그의 온몸에서 느껴졌다. 그는 끝내 자신의 패를 다 보여주지는 않을 것이었다. 조심하지 않으면 안된다.

다행히 홍 경감은 아직 '그 책'의 존재에 대해서는 모르고 있는 것 같았다. '그 책'에 대해서는 일언반구도 없었다. 그리고 가롯 유다에 관한 이야기도 없었다. 어쩌면 그가 알고 있는 것은 수사관의 촉수에 잡힌 사건의 한 면뿐일지도 모른다. 윤 교수나 문 장로의 논문에 나오는 수천 년 된 이야기를, 그가 어떻게 짐작이나 할 수 있겠는가.

그러나 혹시 그가 감추고 있는 패에 동탁 자기처럼 '그 책'이 들어 있는 것은 아닐까, 하는 생각도 들었지만 동탁은 곧 고개를 저었다. 그것은 미나와 동탁, 종철만이 알고 있는 것이었고, 아직 아무것도 밖으로 드러나지 않은, 실체가 없는 이야기였다. 따라서 그가 그것까지 안다는 것은 불가능할 것이었다.

그러니까 지금은 그가 그냥 자기 식대로 사건을 풀어나가게 내버려두는 게 좋을 것 같았다. 하잔을 범인으로 단정하고 뒤쫓고 있다니 오히려 다행인지도 몰랐다. 관심이 그쪽으로 향해 있다면 '그 책'이나 다른 것엔 관심이 덜할 것이 뻔했기 때문이다.

그런데 만에 하나 그의 판단이 옳다면? 그의 말대로 하잔이 윤 교수를 죽인 진짜 범인이라면? 그러나 그럴 리는 없었다. 단도를 든 인간, 그레고리가 있지 않은가. 웬일인지 그는 수도사 그레고리에 대한 이야기는 없었다. 그가 말하지 않은 이상 동탁이 굳이 먼저 꺼낼 필요는 없었다.

"내 예감이 틀리지 않았다면…… 그자는 분명 조만간 윤미나나 마 기자를 찾아올 거요. 조심하시오. 그자가 또 무슨 일을 저지를지 모르니까."

홍 경감은 굳은 표정으로 마무리를 짓듯 말했다.

"암튼 마 기자도 취재 중 우리 경찰이 모르는 새로운 게 나오면 즉시 나에게 연락해주기 바라오. 나도 진행되어가는 이야기를 아무도 모르게 마 기자부터 알려줄 테니까. 오케이?"

그러고 나서 알겠냐는 듯 입가에 야릇한 미소를 지으며 동탁을 쳐다보았다. 거래를 하자는 이야기였다. 오늘 그가 동탁을 만나자고 한 이유가 그제야 분명해졌다.

동탁은 알았다는 표시로 대답 대신 가볍게 고개를 끄덕였다. 비록 서로 엉뚱한 곳을 짚고는 있었지만 나쁘지만은 않을 것 같았다. 어차피 범인을 찾는 일은 그들 경찰의 몫이 아닌가.

이야기가 끝나자 그들은 동시에 자리에서 일어났다.

22

또 하나의 살인 사건

다음 날 새벽.

동탁은 핸드폰 울리는 소리에 잠을 깼다. 기자라는 직업은 언제라도 달려나가야 하는 5분 대기조나 다름없었기에 늘 핸드폰 볼륨은 최대로 해둔 채 자고 있었다. 강종철이었다.

'뭐냐? 새벽부터……'

동탁은 불평하듯 게으르게 폰을 열었다.

"차장님, 놀라지 마세요. 문 장로님이 죽었어요!"

폰을 열자마자 다급한 소리가 쏟아져나왔다.

"뭐? 문 장로님이 죽어?"

이 무슨 아닌 밤중에 도깨비 같은 소린가? 며칠 전까지 멀쩡했던 사람이, 죽다니? 동탁은 아직 잠이 덜 깬 표정으로 무언가에 홀린 사람처럼 핸드폰을 귀에 붙이고 잠시 멍하니 침대 끝에 앉아 있었다.

"넵! 새벽에 의정부경찰서에 나가 있는 아는 신문사 기자로부터 연락이 왔어요. 어젯밤에 누군가가 천막집에 불을 질렀고, 문 장로님은 칼에 찔린 채 불에 타 죽어 있었다고."

"뭐?"

그제야 동탁은 정신이 번쩍 들었다. 칼에 찔린 채 불에 타 죽어? 문 장로가?

그러고 보니 지난번 그곳에서 나올 무렵 누군가 천막집 근처에서 부스럭거리다 급히 달아났던 기억이 불현듯 떠올랐다. 꽁지머리는 산짐승이나 길을 잃은 등산객일 거라고 했지만 왠지 그때도 꺼림칙했던 기억이 났다.

'그놈 짓일 거야!'

동탁은 자기도 모르게 속으로 외쳤다. 가슴이 철렁 내려앉는 기분이었다.

"차장님, 저 지금 의정부경찰서 쪽으로 이동 중이니까, 나중에 다시 전화할게요!"

종철이 빠르게 말하고는 먼저 전화를 끊었다.

동탁은 무거운 둔기로 뒤통수를 한 대 얻어맞은 기분이 들었다. 문 장로가 죽다니. 이게 무슨 일인가! 그날 자기들이 찾아가지만 않았어도 이런 일이 벌어지지 않았을지 모른다. 문 장로가 죽었다면 그 책임의 상당한 부분이 자기들에게 있을 것이었다. 동탁은 무거운 죄책감이 들었다.

그런데 윤 교수에 이어 문 장로까지…… 누가, 왜?

동탁은 다시 냉정한 기자 본연의 모습으로 돌아와 스스로에게 육하원칙대로 물었다. 누군가 그들을 죽였다면 범인은 분명 동일인물이거나 동일한 목적을 가진 집단일 것이 분명했고, 윤 교수와 문 장로에 대해 증오에 가까운 감정을 가졌거나, 아니면 홍 경감의 말대로 어떤 사명에 불타는 인간, 혹은 인간들일 것임에 틀림없었다.

그러자 그날 문 장로가 했던 말 중에 '동방교회를 지키는 일곱 명의 장로'라는 말이 떠올랐다. 그들 죽은 두 사람이 만일 그 일곱 명의 장로였다면, 그들을 죽인 자는 그 반대편에 서 있는 자, 곧 가룟 유다와 그 흔적을 쫓고 있는 '검은 기사단', 혹은 '최후의 사명자'라 불리는 자라는 말이 아닌가.

그렇다면……?

동탁은 자리에서 일어나 급히 옷을 입었다. 일단 신문사로 가봐야 할 것 같았다. 미나에게도 알려야 한다고 생각했지만 너무 이른 새벽이라 참았다. 홍 경감의 말대로 정체를 알 수 없는 검은 구름이 점점 그녀를 향해 덮쳐가고 있다는 느낌이 들었다.

'그렇지 않으면 윤미나까지 위험해져요.'

어저께 만난 홍 경감이 던진 말이 떠올랐다. 큰길로 내려와 택시를 잡았다. 희뿌염한 안개가 강변을 덮고 있었다. 곧 겨울이 올 것이었다.

택시를 타고 가는 동안 동탁은 어제 일어났던 일들을 다시 곰곰이 되돌려보았다. 눈을 감고 가만히 앉아 있던 문 교수의 모습도 떠올랐다.

'그레고리. 분명 그놈 짓일 거야!'

동탁은 단언이라도 하듯 속으로 외쳤다. 그놈이 아니고는 달리 생각할 수가 없었다. '저주받은 배신자 가룟 유다'의 흔적을 찾아 2천 년을 쫓아온 자들, 시대를 넘어 땅끝까지 가서도 응징을 하고 말아야 할 사명을 가진 자들. 그것을 하나님께서 자기들에게 부과한 거룩한 숙명으로 알고 있는 자들.

동탁의 머릿속으로 그날 명동에서 마주쳤던 붉은 수염의 수도사가 떠올랐다. 솟아오른 광대뼈. 턱을 덮고 있는 무성한 수염. 회색빛이 감도는 깊고 푸른 눈. 검은 망토 속에 감추어진 날카로운 단도. 그리고 바람처럼 날렵했던 몸놀림.

그레고리가 그 어디에 속한 인물이건 그는 오랫동안 훈련받은 자였고, 무언가에 사로잡혀 있는 자가 분명했다. 지고한 사명을 받은 자가 아니면 그가 이곳에 나타날 리가 없었다.

동탁은 그가 분명 윤 교수와 문 장로를 죽인 범인일 거라는 확신이 들었다. 더구나 죽은 두 사람 다 날카로운 단도에 찔려 죽었다고 했고, 또 둘 다 가룟 유다를 예수와 가장 가까웠던 특별한 사도, 은밀하고 비밀스러운 약속을 전했던 사도라고 주장하는 사람들이었다. 그들의 논문은 그것을 밝히기 위해 쓴, 신학적 역사적 보고서나 다름없었다.

신문사에 도착하니 벌써 데스크 김민석 팀장이 먼저 일찌감치 나와 있었다. 그는 동탁의 인사를 받는 둥 마는 둥,

"마 차장, 아침 먹었어?"

하고 의외로 차분한 어조로 물었다.

"아뇨."

"그럼, 설렁탕이나 한 그릇 하러 갈거나? 날씨도 설렁하구."

"그러죠."

사실 신문사로 달려 나오긴 했지만 딱히 할 일은 없었다. 강종철이 현장에 나가 있으니까 곧 연락이 올 것이었다. 김민석 팀장을 따라 동탁은 신문사 뒤에 있는 설렁탕집으로 갔다. 아침 일찍 문을 연 곳은 그곳뿐이었다. 어디서 밤샘을 했거나 자기네들처럼 일찍 출근한 넥타이족들이 띄엄띄엄 앉아 밥을 먹고 있었다.

"이상하지 않아?"

설렁탕을 시켜놓고 자리에 앉자마자 김민석이 인상을 찌푸리며 말했다. 동탁은 시침을 떼고 아무 말 없이 그의 다음 말을 기다렸다.

"어젯밤 일어난 문 장로 살인 방화 사건 말이야. 분명 누군가가 어떤 목적을 가지고 벌인 일일 텐데…… 지난번 윤 교수 사건이랑 비슷한 점도 있고, 관련이 있을 것도 같은데 ……. 마 차장 생각은 어때?"

역시 사건 사고 기자로 잔뼈가 굵은 그다웠다.

"강 기자가 갔으니 곧 무슨 연락이 오겠죠."

동탁이 뜨거운 차를 한 모금 마시며 별다른 느낌이 없는 말투로 받아넘겼다. 이야기하자면 길었다. 어차피 나중에 다 알게 되긴 할 테지만 지금 그에게 지나간 모든 것을 다 이야기하려니 머리가 너무 복잡했다.

"차 대령이란 자도 여전히 오리무중이라지? 네팔 유학생 하잔이랑?"

다행히 그가 말머리를 돌렸다.

"예."

동탁은 떨떠름한 표정으로 대답했다.

"이번 사건은 무언가 이상한 냄새가 나. 윤 교수와 이번에 죽은 문 장로라는 사람 둘이 가까운 친구랬지?"

"예."

"윤 교수를 죽인 범인이 잡히기도 전에 또 그의 친구가 죽었다? 한 사람은 종교학자고 한 사람은 신학자……. 무언가 심한 냄새가 나."

그는 고개를 갸우뚱하며 혼잣말처럼 같은 말을 반복했다.

그가 막연히 맡고 있는 냄새의 정체는 무엇일까. 생각 같아선 동탁은 지금까지 자기가 알고 있던 일을 조금이라도 귀띔 삼아 말해주고도 싶었지만, 아직은 아닌 것 같았다.

"마 차장, 대학 전공이 철학이라고 했지? 종교학과랑은 옆에 붙어 있었겠군. 근데 말이야, 난 유일신을 섬기는 기독교나 이슬람은 태생적으로 대단히 위험한 종교들이란 생각이 들어. 유일신이 뭔가? 오로지 자기들이 섬기는 신만이 유일하다는 거잖아. 그 속엔 언제나 편견과 광신이 숨어 있게 마련이지. 일찍이 그들이 바다로 뻗어나가 식민지를 개척하던 대항해 시대 때에 얼마나 많은 아프리카와 아메리카 원주민들을 학살했나, 그런 게 모두 그런 원초적이고 유아적인 신앙적 특징 때문이지. 자기들의 신앙 체계와 믿음만이 절대적으로 선하다고 하잖아. 그 바탕에는 상대에 대한 무지와 증오가 숨겨져 있어. 반대로 불교에서는 조사를 만나면 조사를 죽이고, 부처를 만나면 부처를 죽이라는 말이 있는데 그게 무슨 뜻이겠어? 옳다 그르다는 분별, 즉 나와 너라는 분별심을 갖지 말라는 뜻 아니겠나. 그만큼 불교가 열린 종교라면 기독교는 닫혀 있는 종교란 뜻이지. 나는 종종 성경이 모세의 십계를 바탕으로 한 윤리 교과서라면 불경은 철학 교과서 같다는 생각을 해. 시간과 공간에 대한 차원부터 달라. 불교의 시간과 공간 개념은 이미 수천 년 전부터 지금 천체물리학자들이 발견한 우주의 넓이를 능가하고 있잖아. 그에 비하면 기독교는 지구를 중심으로 한 좁은 틀을 바탕에 둔 신화의 차원에서 크게 벗어나지 못하고 있지. 창조주라는 신화에서 출발해서, 우리 인간처럼 말도 하고 질투도 하고 분노도 하는 마음도 가진 인격적인 신이 존재하잖아. 유일신 말이야. 그건 결국 따지고 보면 그리스나 로마 신화에 나오는 제우스나 아폴론같이 신화라는 굴레에서 크게 벗어나지 못한 신이 존재한다는 뜻이지. 그리고 그 신이 분노하고 질투도 하면서 인간의 일상적인 삶과 역사에도 관여하고⋯⋯. 마 차장은 정말 그런 신이 존재한다고 생각해?"

그동안 참아왔던지 김 팀장은 두서없이 이야기를 끝도 없이 늘어놓고 있었다. 동탁은 한 귀로 그의 이야기를 흘려들으며 속으로는 난마처럼 얽혀 있는 이야기를 어디서부터 풀어야 할지 생각하고 있었다.

모든 것이 막연했다. 아직 모든 것은 안개 속에 파묻혀 있는 상태였다. 그런데 또다시 문 장로까지 죽었다니.

"암튼 잘 찾아봐. 특종 하나 터뜨려야지. 이건 뭔가 냄새가 나. 음모 같은 거 말이야. 마치 무슨 오래 묵은 비밀을 다루는 소설 같기도 하고."

마침 김이 무럭무럭 나는 설렁탕이 나왔다. 덕분에 김 팀장의 장광설이 그쳤다. 대신 그는 입맛을 다시며 말했다.

"쐬주 한잔 할랑가?"

"아뇨. 됐어요. 팀장님 드세요."

김민석은 소주를 시켜 혼자 마시며 계속해서 말했다.

"이번 사건에선 무슨 이상한 신념에 젖은 비밀스런 종교 같은 냄새가 나. 예전에도 이와 비슷한 살인 사건이 있었지. 그때도 자칭 재림 예수라는 사이비 교주가 나타나서……. 그리고 일제강점기 말엽에 벌어졌던 백백교라는 광신 교도들의 집단 자살 사건도 그렇고……."

동탁은 그의 말을 건성으로 들으며 설렁탕 국물을 훌쩍거렸다. 시간이 갈수록 미나가 걱정되었다. 홍 경감 말대로 그녀가 표적이 된다면 보통 일이 아닐 것이었다. 문 장로를 찾아가 죽일 정도라면 미나를 찾아내는 것도 시간 문제일 것이다.

그런데 그때 문득, 동탁의 머릿속으로 문 장로의 천막집에서 만났던 꽁지머리 사내가 떠올랐다. 이상하게 강종철의 말 속에 그에 관한 이야기는 일언반구도 없었다. 그 사내에 대한 이야기가 없다는 게 어쩐지 이상했다.

만일 그때 사건이 벌어진 현장에 그가 있었다면 문 장로와 함께 당했든지 최소한 저항이라도 했을 것 아닌가. 그런데 그런 이야기는 전혀 없었다. 아예 그의 존재조차 거론되지 않았다.

그렇다면 그는 문 장로 사건이 일어났을 때 현장에 없었다는 말이 된다. 그렇다면…… 그는 그 시간에 도대체 어디로 갔단 말인가. 생각하면 할수록 이상한 느낌이 들었다.

아침을 먹고 신문사로 돌아오자, 마침 종철도 취재를 마치고 허겁지겁 편집실로 들어오고 있었다.

"어이, 강 기자. 어떻게 됐어?"

먼저 그를 본 김민석 팀장이 큰 소리로 물었다.

"예. 난리죠, 뭐. 천막집에 불을 질렀는데 산불로 번지지 않은 것만 해도 다행이죠. 지금 풀과 나무가 바싹 말라서, 붙었다 하면 하마터면 대형 화재로 갈 뻔했는데. 신고를 받고 소방서에서 젤 먼저 현장에 도착했나 봐요."

"문 장로는?"

"부검을 해봐야 알겠지만 그전에 이미 죽어 있었을 가능성이 크다는가 봐요. 여러 군데 칼에 찔린 흔적도 있고."

"범인은?"

"아직."

종철이 고개를 흔들며 인상을 한 번 푹 찡그렸다.

"산 아래 골목에서 가게를 하는 아줌마가, 그 시각에 지나가는 건장한 체구의 노인을 하나 보긴 했다고 하는데요."

"건장한 체구의 노인?"

동탁이 자기도 모르게 되물었다.

"예. 허름한 얼룩무늬 군복을 입은."

"얼룩무늬 군복?"

동탁이 더욱 놀란 표정으로 종철을 쳐다보았다.

"예. 한밤중이라 다니는 사람도 별로 없어서 누군가 하고 유심히 봤다고 해요."

낡은 얼룩무늬 군복을 입은 건장한 체구의 노인? 동탁은 순간 갑자기 머리가 멍해지는 느낌이 들었다. 차 대령이……? 설마……?

"어이, 강 기자. 새벽부터 수고했어. 기사 써서 빨리 올려. 아침 안 먹었음 챙겨 먹구."

김민석이 그들을 향해 한마디를 던지고 회의실로 사라졌다. 김민석이 사라지고 나자 비로소 동탁은 종철을 끌고 편집실 밖 계단으로 나왔다.

"어떻게 됐어?"

동탁이 속삭이듯 낮은 목소리로 물었다.

"모르겠어요. 가게 할머니 이야기고. 밤중이라 잘못 봤을 수도 있고."

종철이 아까와는 달리 자신 없다는 투로 애매모호하게 얼버무렸다.

"얼룩무늬 군복을 입었다면 그날 우리가 봤던 차 대령 같은데…… 만일 차 대령이라면 그가 왜 그런 짓을?"

동탁이 의아한 눈빛으로 종철 쪽을 쳐다보았다.

"모르겠어요. 차 대령인지 아닌지도 아직 불명확하지만 만일 차 대령이라면 그 영감이 책 냄새를 맡고 그날 우리를 뒤쫓아왔던 게 아닐까요?"

종철이 입술을 빼어 물고 어깨를 한번 으쓱하며 말했다. 사실 짐작일 뿐이었지만 그럴 가능성도 얼마든지 있었다. 세상에는 생각지도 못한 일들이 얼마나 많이 일어나는가. 그날도 그가 책 이야기가 나오자 황급히 손사래를 치며 외면하지 않았던가.

"그렇더라도 방화에 살인까지……?"

동탁은 눈살을 찌푸리며 말끝을 흐렸다.

"어쩌면 그는 '그 책'이 문 장로의 손에 있을 거라고 추측했는지도 모르죠. 그래서 문 장로를 만나 다그치다가 문 장로가 저항을 하자 욱하고 일을 저지르고는 범행을 숨기기 위해 일부러 불을 질러 흔적을 없애려 한 게 아닐까요?"

종철은 자기 식대로 상상력을 한껏 발휘해서 말했다.

"근데 꽁지머리 사내는 어떻게 됐어? 그날 우리가 갔을 때 문 장로에게 안내해주었던 염소수염 사내 말이야."

"그게 좀 이상해요."

종철은 동탁을 바라보며 떨떠름한 표정으로 말했다.

"아무도 그 사람 행적은 몰라요. 물론 시체도 찾지 못했구요. 그가 문 장로랑 거기서 함께 살았다는 것조차 아는 사람이 없었어요. 말하자면 그는 처음부터 그냥 없던 사람일 뿐이었던 거죠."

"그래?"

동탁은 뭔가 의심스럽다는 표정으로 종철을 쳐다보았다.

"사건 당시에 현장엔 없었다는 말이지?"

"그건 몰라요. 경찰도 모르고 소방관도 몰라요. 화재가 난 현장을 나도 둘러봤지만 그의 흔적이라곤 아무것도 없었어요. 그가 문 장로랑 거기서 함께 살았다는 것조차 아는 사람도 없으니 물론 찾는 사람도 없었구요."

"음."

불가사의한 일이었다. 만일 그가 그날 그곳에 있었다면, 당연히 그도 교주라는 문 장로를 보호하기 위해 저항을 했을 테고 싸움이 벌어졌을 텐데 아무런 흔적도 없었다니. 그러면 그는 그날 어디에 있었던 걸까? 그는 왜 문 장로의 죽음과 동시에 흔적도 없이 사라진 것일까?

"그나저나 미나 씨가 걱정이에요. 이런 일이 자꾸 일어나니까."

종철이 걱정스러운 표정으로 말했다.

"응. 나도 사실 그런 걱정이 들어. 경찰청 홍 경감이 한 말도 있고."

동탁은 종철의 눈길을 피하며 말했다. 새삼 홍 경감이 던져주고 간 말이 다시 떠올랐다. '그렇지 않으면 윤미나까지 위험해져요.'라고 했던 말.

"홍 경감 만났어요?"

"응. 그저께 그쪽에서 먼저 연락이 왔어. 만나자고."

"그래서요?"

종철이 부쩍 관심을 보이며 말했다.

"홍 경감은 하잔이 범인일 거라고 철석같이 믿고 있더라."

"흠. 재미있네요. 나름 이유가 있겠죠."

종철이 입가에 알듯말듯한 미소를 떠올리며 말했다.

"참. 현장에서 R일보 박설희 기자 만났어요. 차장님한테 안부 전해달라고. 정말 부지런하더라니까요. 크크."

"그래?"

그렇지. 박설희가 있었지. 그렇지 않아도 그녀에게 전화를 해볼까 하고 있던 참이었다. 그녀라면 문 장로의 현장에 달려가고도 남았을 것이라는 생각이 들었다.

"그나저나 경찰들도 똥깨나 빠지게 생겼어요. 윤 교수 사건이 아직 끝나기도 전에 대형 사건이 또 하나 터졌으니."

"그러게 말이야."

두 사람은 각기 딴 생각을 하며 건성으로 이야기를 주고받았다. 출근하는 사람들로 벌써 복도가 붐비고 있었다.

23

암호를 부탁해!

종철과 이야기를 끝내고 자리에 돌아오자 마침 핸드폰이 울렸다. 호랑이도 제 말 하면 나타난다더니 설희였다.

"마 선배? 아니, 형, 바빠?"

거두절미다. 언제나처럼 그녀의 목소리에서는 바람 소리가 났다. 오래간만에 듣는 그녀의 목소리였다.

"아, 아니 아니. 그렇지 않아도 설희 씨 전화 기다리고 있었어. 문정식 장로 죽은 현장에 갔었다며? 우리 강종철 기자한테 들었어."

동탁은 변명이라도 하듯 빠르게 말했다.

"응. 그것 때문이기도 하고, 형 만나서 상의할 이야기도 있고."

"그래? 잘됐군. 나도 설희 씨 만나서 이야기할 게 있었는데."

때맞춰 온 전화였다.

두 시간 후에 만나기로 하고 전화를 끊었다. 그녀를 만나면 먼저 무슨 말부터 해야 할까. 그동안 일어난 일이 하도 많아 정리하기도 어려웠다. 주저리주저리 다 늘어놓을 수는 없고……. 그래도 미나 만난 이야기는 해야 할 것 같았다. 지난번엔 슬쩍 넘겼었지만 아무래도 미나 만난 이야기를 설희에게 더 이상 숨기기엔 무언가 죄책감이 들었기 때문이다. 아직 그녀와 그렇고 그런 사이도 아니었지만 왠지 그런 기분이 드는 것은 어쩔 수가 없었다.

그리고 윤 교수의 라틴어 성경 속에 남겨진 암호…… 무엇보다 그녀, 박설희의 도움이 필요한 시점이었다. 어쩐지 그녀라면 무슨 실마리를 함께 찾아볼 수 있을지 모른다는 예감이 들었기 때문이다.

잠시 후.

신문사 뒤 한산한 2층 카페 구석 자리.

그녀는 무언가 두툼한 서류 같은 걸 팔에 안고 들어왔다.

"선배!"

"어서 와."

"형도 들었지. 강종철 기자 왔던데?"

자리에 앉자마자 대뜸 소리를 질렀다. 문 장로 천막집 이야기일 터였다.

"응. 설희 씨 만났다는 이야기 들었어. 끔찍했다며?"

"응. 어떤 인간인지, 왜 그런지 몰라."

그녀는 어깨를 한번 으쓱하며 치를 떠는 시늉을 하였다.

"그건 그렇고 이번에 죽은 문 장로, 전 솔로몬신학대학 문정식 교수 말이야. 그 사람이랑 지난번 죽은 서울대 윤기철 교수가 아주 가까운 친구 사이였다는 것 알아?"

아직 아무것도 모르는 그녀는 마치 자기만이 알고 있는 사실이라도 되는 양 큰소리를 치며 품에 안고 왔던 서류 같은 걸 동탁이 보란 듯이 테이블 위에 올려놓았다.

"뭔데?"

"문 장로, 문정식 교수가 아직 교수로 있을 때 쓴 논문이야."

설희는 의기양양한 표정으로 말했다. 동탁은 설희가 가져온 논문에 눈길을 주었다.

"사도 유다와 동방 기독교의 정통성에 관한 연구……?"

동탁이 혼잣말처럼 더듬거리며 읽었다. 이미 알고 있던 논문 제목이었다. 그러나 미처 아직 구해보지는 못했는데 설희가 용케 구해서 왔던 것이다.

'역시……'

동탁은 속으로 감탄을 하며 두꺼운 논문 뭉치를 들고 눈으로 건성건성 훑어보는 척했다. 자세히 보지 않아도 어떤 내용인지는 대충 알 것도 같았다. 그날, 천막집에서 문 장로의 입을 통해 직접 들었던 내용이었다.

"문 교수는 독일에서 신학을 전공하고, 신학박사를 받은 사람인데, 그 역시 윤 교수와 마찬가지로 가룟 유다를 사도라고 옹호한 것 땜에 학교에서 강퇴당하고, 교단에서도 파문을 당했다더군."

동탁이 이미 알고 있던 이야기였다. 그러나 그동안 동탁에게 일어났던 일을 알 리 없는 그녀는 새로운 중요한 사실을 알려주기라도 하는 것처럼 목소리에 힘이 들어가 있었다. 더 이상 감출 수가 없었다.

"사실은 말이야."

동탁이 무겁게 입을 뗐다.

"나, 사건 나기 며칠 전 문 장로, 문 교수를 만났어."

"뭐?"

설희는 눈을 동그랗게 뜨고 동탁을 쳐다보았다. 믿기지 않는다는 표정이었다. 하긴 그녀로서는 짐작조차 가지 않았을 일이었다.

"그게 말야……"

동탁은 그동안 일어났던 일을 생각나는 대로 더듬더듬 대충 간추려서 그녀에게 들려주었다. 윤 교수 딸 미나랑 처음 화장터에서 만난 이야기, 그녀랑 명동에서 붉은 수염의 서양 수도사에게 쫓기던 이야기, 그때 나타난 윤 교수의 대학원 제자라는 라마교 승려 하잔 이야기, 그리고 수락산 어딘가 천막집으로 강종철과 윤미나와 함께 문정식 교수를 찾아갔던 일, 그리고 가룟 유다가 남겼다고 알려진 『유다계시록』 이야기, 문 장로의 천막집에서 만난 꽁지머리 사내 이야기까지…….

이야기는 두서가 없었고, 설희가 얼마만큼 알아듣고 있는지는 몰랐지만 그래도 이야기를 하고 나니 조금 후련해진 느낌이 들었다. 이야기를 듣는 동안 설희는 시종 놀라움을 감추지 못하는 눈치였다. 아, 오, 어쩜, 하는 감탄사가 그녀의 입에서 연이어 흘러나왔다.

"너무햇, 형!"

대충 이야기가 끝나자 설희가 크게 소리를 질렀다. 그런 중요한 이야기를 이제야 털어놓는 동탁이 원망스러웠을 것이다. 아니, 어쩌면 배신감을 느꼈을지도 몰랐다.

"미안. 진작에 이야기해주고 싶었는데……."

동탁이 겸연쩍게 웃으며 변명이라도 하듯 얼버무렸다.

"그동안 나도 모르게 엄청난 스토리가 전개되었네. 흥! 선배, 나빠. 이 박설희, 형만 믿고 있었는데……. 알고 보니 완전 왕따였네. 알았어!"

설희가 입을 비죽이며 잔뜩 토라진 목소리로 말했다.

"미안, 미안. 워낙 급하게 돌아가는 통에 미처 이야기해줄 틈이 없었어. 내가 우리 박설희를 일부러 왕따시킬 리가 있나? 중요한 것은 지금부터야. 이거 한번 봐봐."

동탁이 정색을 하며 가방에서 무언가를 꺼내 달래기라도 하듯 설희에게 보여주었다.

"뭔데?"

설희는 여전히 입술을 빼어 물고 기분이 풀리지 않는다는 투로 퉁명스럽게 말했다. 동탁이 가방에서 꺼낸 것은 작은 수첩이었다. 설희는 웬 수첩, 하는 눈길로 그것을 쳐다보았다.

"잠깐. 여기에 책. 한 권의 책이 등장해."

동탁이 수첩을 펼치려다 말고 생각난 듯이 말했다.

"책? 무슨 책?"

설희가 반문을 했다.

"설희 씨, 잘 들어. 지금부터 하는 이야기는 자기랑 나만 알고 있어야 할 중요한 이야기야. 위험하기도 하고, 비밀스러운 이야기기도 하고."

동탁이 주변을 한 번 둘러본 다음 갑자기 목소리를 낮추며 속삭이듯이 말했다.

"위험하고 비밀스러운 이야기?"

"응. 아주 오래되고 위험한 책에 관한 이야기야. 어쩌면 윤 교수와 문 장로의 죽음과도 직접적인 관련이 있을지도 모르는……."

동탁의 표정이 심각한 눈빛으로 설희 쪽을 쳐다보았다.

"아주 오래되고 위험한 책?"

그제야 조금 화가 풀린 목소리로 설희가 말했다.

"응. 아직 분명하지는 않지만, 사도였던 가룟 유다가 남긴 것이라고 하는 책이야."

"가룟 유다가 남긴 책?"

설희는 눈을 동그랗게 뜨고 동탁을 쳐다보았다.

"응. 윤 교수 논문을 보면 예수께서 십자가에 못 박혀 죽은 날 밤, 사도 유다는 예루살렘성을 빠져나와 동방으로 갔다고 했지. 근데 문 장로도 마치 약속이나 한 듯이 같은 주장을 하고 있었어. 예수께서 죽고 난 다음 예루살렘을 빠져나와 동방으로 향해 갔고, 그 뒤를 쫓아 야고보와 다른 제자가 보낸 추격자들이 시대를 넘어 수천 년간 이어져 내려오고 있다는 이야기 말이야. 검은 기사단 혹은 최후의 사명자라고 불리는."

"그래?"

설희가 놀란 표정으로 동탁을 쳐다보았다.

"응. 죽은 그 사람들 둘은 마치 약속이나 한 듯이 같은 주장을 하고 있었어. 근데 말이야. 여기서 중요한 이야기가 하나 있어."

동탁은 잠시 생각하다가 무겁게 입을 열었다.

"여기에 책. 책이 하나 등장해."

설희는 긴장된 표정으로 동탁의 얼굴을 쳐다보며 다음 말을 기다렸다.

"그게…… 전해오는 바에 의하면 사도였던 가룟 유다가 남긴 계시록이라는 거야."

"계시록……?"

"응."

그녀의 입에서 자기도 모르게 탄성이 흘러나왔다. 「요한계시록」에 대해서는 알고 있었지만 『유다계시록』이란 말은 처음 들어보는 말이었다. 예수를 팔아먹은 가룟 유다가 남긴 계시록, 만일 그런 게 있다면 정말 놀라운 일이 아닐 수 없었다. 종교 담당 기자 생활을 하면서 그런 책이 존재하리란 말을 들은 적도, 상상조차도 해본 적이 없던 말이었다.

동탁은 주위를 한번 훑어보고 나서 그런 그녀를 향해 다시 한번 다짐이라도 받듯 말했다.

"이건 아까도 말했지만 다른 사람에게 절대로 이야기해서는 안 되는 이야기야."

설희는 알았다는 듯 보일락말락 고개를 끄덕였다.

"그럼, 그 책을…… 찾았어?"

그러자 동탁이 가볍게 한숨을 한 번 짓고 나서 이어서 말했다.

"아니. 지금 그 책이 어디에 있는지는 아무도 몰라."

"엥? 뭐냐?"

설희는 실망한 표정으로 동탁을 쳐다보았다. 그러나 동탁은 그런 그녀를 무시하고 계속해서 말했다.

"그 책은 천 년이 넘는 세월, 동유럽 어느 수도원에 다른 책꾸러미와 함께 보관되어오다가 몽골의 유럽 정복 때 원정대장이었던 수부타이의 손에 들어가 멀리 동쪽 몽골제국의 수도 카라코룸 근처 라마 사원으로 옮겨져왔다고 해. 그리고 믿을 수 없지만, 말할 수 없는 복잡한 과정을 겪은 후, 다시 죽은 윤 교수의 손으로 흘러들어왔다는 거야. 그리고 나서 그가 죽었어."

"엉? 윤 교수의 손에?"

설희의 눈빛이 다시 긴장되었다.

"응. 그런데 죽기 전, 윤 교수는 그것을 어딘가에 숨겨두었다고 했어. 이유는 모르겠지만, 누구도 찾을 수 없도록 한 것이겠지. 그리고는 그 숨겨둔 장소를 자기의 손때 묻은 라틴어 성경 속에 무엇인가로 표시해두었어."

"라틴어 성경 속에?"

"응. 그러곤 그 성경을 허영 교수에게 맡겼어. 자기 딸 윤미나에게 전해 달라면서……. 그리고 얼마전 허영 교수는 그 라틴어 성경을 윤미나에게 전해줬어."

"복잡하네……. 그래서 찾았어?"

설희가 성급한 말투로 물었다.

"아니. 라틴어 성경 속엔 아무것도 없었어. 그런데 우연히 말이야. 그 속에서 연필로 표시해둔 문자를 발견했어. 마치 암호처럼 보이는 문자를……. 이게 그거야."

동탁은 그제야 비로소 들고 있던 수첩을 펼쳐 설희의 눈앞에 내밀었다.

"이것 봐."

거기엔 깨알 같은 알파벳들이 개미의 행렬처럼 길게 늘어져 있었다. 설희는 가볍게 눈을 찡그리고 동탁이 내민 수첩을 들여다보았다.

caputabsumăquarŭbertemplummartyrjoannistúmŭlus-
nĭgroarcastephanus……

"엥. 이게…… 뭐냐……?"

한동안 수첩을 훑어보던 설희가 동탁을 바라보며 다소 어이없다는 투로 말했다.

"몰라."

동탁은 가볍게 고개를 흔들었다.

"나도 몰라. 윤 교수의 라틴어 성경 「요한계시록」 부분에 연필로 표시된 알파벳을 그대로 찾아 쓴 거야. 무슨 암호 같기도 한데."

"암호?"

"응. 추측이지만 아마 '그 책'을 숨겨둔 곳을 알려주는 게 아닌가 해."

"유다계시록?"

"응."

동탁의 말에 설희는 다시 한번 개미처럼 이어진 알파벳을 눈을 찡그리고 들여다보았다. 그러나 곧 머리를 가볍게 흔들었다. 알 수 없다는 표정이었다.

"처음엔 문 장로에게 그걸 보여주려고 했어. 신학을 전공한 박사니까 혹시 라틴어라면 어떤 단서를 알려주지 않을까 해서였지. 그러나 그를 만나는 순간, 왠지 그에게 보여줘서는 안 될 것 같은 느낌이 들었어."

"왜?"

"어쩐지 위험할 것 같았거든. 판도라의 상자를 여는 것 같기도 했고……. 그리고 윤 교수가 그 책에 대해 친구인 그에게도 이야기하지 않고 숨겨둔 이유가 있었을 것 같기도 해서."

동탁은 심각한 표정으로 말을 이어갔다.

"그래서 말인데…… 설희 씨가 좀 도와주면 어떨까 해. 이런 방면에선 아무래도 설희 씨가 도사잖아."

"피이."

설희가 입술을 빼어 물며 헛웃음을 날렸다. 지금까지 자기를 왕따를 시켜온 것이 다시 떠올랐기 때문이다. 그러나 동탁은 진지한 표정으로 계속해서 말했다.

"그리고 설희 씨에게 부탁하는 건 무엇보다도 믿을 수 있는 사람이어야 한다는 거야. 이건 어디까지나 나랑 미나 씨, 그리고 우리 강 기자밖에는 모르는 일이거든. 어쩌면 엄청난 비밀이 담겨 있을 수도 있고, 또 어쩌면 아주 위험할 수도 있는 일이니까. 어차피 설희 씨도 우리랑 처음부터 같은 배를 타고 있는 사람이잖아."

동탁의 말에 설희는 싫지만은 않은 표정을 지었다. 자기를 그만큼 믿고 신뢰해주고 있다니 한편으로는 고맙기도 했다. '우리'라는 말도 그렇고 '같은 배를 타고 있는 사람'이라는 말도 그리 나쁘게 들리지는 않았다.

"쉽지는 않겠는걸."

다시 한번 깨알 같은 문자를 살펴보며 설희가 자신 없다는 듯 혼잣말을 중얼거렸다.

"안 돼도 괜찮아. 그냥 한번 시도해봐줘. 불문학 전공했으니까. 혹시 언어학자 중에 아는 사람 조언도 받아볼 수도 있을 테고……. 다만 비밀은 꼭 지켜줘야 해. 한두 사람 목숨이 걸린 게 아니니까 말이야. 알았지?"

동탁은 다시 한번 다짐이라도 하듯 말했다. 그러곤 알파벳이 적힌 종이를 조심스럽게 찢어 설희에게 건네주었다.

"잘 간직해."

"응."

"잘되면 우리 박 기자님, 나중에 내가 맛있는 거 사줄게."

"피이. 됐어."

헛웃음을 날리긴 했지만 무슨 생각을 하고 있는지 그녀의 얼굴이 조금 무거워 보였다.

"암튼 우리 박설희 기자님만 믿는다."

"기대하진 마슈."

그녀는 모르겠다고 고개를 저었지만, 그녀의 열정은 아무나 흉내 낼 수 있는 게 아니었다. 그녀라면, 어쩌면…… 동탁은 믿음과 기대가 잔뜩 담긴 눈빛으로 설희를 쳐다보았다.

24

파드마삼바바, 그리고 양혜경

"마 차장님."

신문사로 돌아오니 종철이 조심스러운 목소리로 불렀다. 동탁은 뭔가, 하는 표정으로 종철을 돌아보았다.

"양혜경이한테서 전화가 왔는데 어떡할까요?"

"양혜경?"

"예. 지난번 말했던 하잔의 대학원 여자친구."

"아……!"

그제야 생각난 듯 동탁은 고개를 끄덕였다. 문 장로를 찾아가는 차 안에서 종철이 몽골 어쩌고 하며 하잔의 여자친구에게서 들었다고 한 이야기가 기억 났다. 그 여자친구 이름이 〈와호장룡〉에 나오는 중국 여배우 양자경이랑 이름 이 비슷한 양혜경이었구나. 근데 그녀가 왜 자기를……? 혹시 얼마 전 경찰청 홍 경감이랑 만났던 사실을 알고 연락한 건 아닐까.

"알았어. 만나봐야지. 근데 미나 씨랑은 통화했어?"

"아뇨. 아직."

"빨리 좀 만나봐. 혹시 무슨 일이 일어날지도 모르니까. 그리고 문 장로 건은 어떻게 돌아가나?"

동탁이 조금 채근이라도 하듯이 말했다.

"예. 경찰에서는 차 대령을 유력한 용의자로 지목하여 쫓고 있는 중이랍니다. 아무래도 그날 새벽에 목격된 얼룩무늬 예비군복 차림의 노인이 차 대령이랑 인상착의가 비슷하다는 점 때문 아닌가 해요."

그러나 종철은 자신은 별로 동의하지 않는다는 듯 말끝을 흐렸다. 그러곤 곧 이어서 덧붙였다.

"근데 내 생각으론 아무래도 마 차장님 말대로, 그날 사라졌던 꽁지머리 그 사내가 수상해요."

"그 사람 아직 오리무중이야?"

동탁이 물었다.

"예."

동탁은 자기도 모르게 헛웃음을 터뜨렸다. 이번 사건에는 오리무중 사라진 사람들이 왜 이렇게도 많단 말인가. 셜록 홈스의 추리 단막극이라도 보고 있는 느낌이 들었다. 하지만 안개 속 그 인물들은 각기 따로인 듯하지만 분명 서로 무언가 긴밀한 끈으로 연결되어 있을 것이라는 예감이 들었다. 그 끈을 발견하기만 하면 숨겨진 비밀은 모두 고구마 줄기처럼 줄줄이 정체를 드러내게 될 것이었다. 각기 다른 듯하지만 하나로 엮인 끈. 그게 무얼까?

이 시기에 하잔의 여자친구라는 양혜경에게서 연락이 왔다는 것은 흥미로운 일이었다. 그녀에게서 '그 책'이나 하잔에 대한 작은 단서라도 들을 수 있다면 괜찮을 것 같기도 했다.

"양혜경이라 했나? 하잔의 여자친구."

"예."

"연락해줘. 곧 만나쟈고. 그녀가 원하는 때, 아무 데서라도."

"오케이. 알겠습다."

종철은 손가락으로 동그라미를 그리며 장난스럽게 눈을 한 번 껌뻑거렸다.

며칠 후.

시청 부근 2층 카페.

동탁과 종철, 그리고 양혜경이 마주 앉았다. 혜경은 중국 배우 양자경과는 달리 동그란 얼굴에 크고 동그란 안경을 쓰고 있었다. 긴 검은 생머리에 약간 통통한 몸매마저 둥글어 전체적으로 바람이 탱탱하게 들어 있는 고무공 같은 느낌을 주었다.

무거운 백팩을 메고 손에는 언제든지 원고 작업을 할 수 있을 것처럼 작은 태블릿 PC를 들고 있었다. 흔히 공부밖에 모르는 공부벌레에게서 풍기는 그런 인상이었다.

"안녕하세요."

기다리고 있던 두 사람 앞에 그녀는 어색하게 인사를 하며 자리에 앉았다.

"어서 오세요."

종철이 두 사람을 대표해서 약간 높은 톤의 목소리로 맞았다.

"처음 뵙네요. 양혜경 씨라고 했죠?"

종철의 말에 그녀는 까딱하고 고개를 끄덕였다. 둥글고 큰 안경 때문인지 덩치에 비해 얼굴이 유난히 작게 느껴졌다.

"이쪽은 우리 신문사 마동탁 차장님."

종철의 말에 동탁이 고개를 숙이며 눈인사를 하자, 그녀는 이미 알고 있다는 듯 다시 한번 고개를 까딱하며 안경 너머로 동탁 쪽을 쳐다보았다. 눈길이 마주치자 동탁은 입 끝으로만 살짝 미소를 지어 보였다.

하잔의 대학원 여자친구. 그리고 죽은 윤 교수의 제자. 그러니까 그녀야말로 하잔에 대해서, 그리고 윤 교수에 대해 누구보다 잘 알고 있을지도 모르는 사람이었다. 어쩌면 베일에 싸인 하잔의 정체를 알고 있는 유일한 사람인지도 모른다.

차를 시켰다.

잠시 침묵이 흘렀다. 누가 먼저, 어떤 이야기를 꺼낼까 다들 기다리고 있는 것 같았다.

"아주 오랜 옛날 티베트에 파드마삼바바라 불리는 승려가 있었어요."

차가 나오자 먼저 입을 뗀 쪽은 양혜경이었다. 그런데 그녀는 하잔 대신 엉뚱한 이름 하나를 들고 나왔다.

"파드마삼바바?"

종철이 무심결에 되물었다.

"예. 티베트에서는 그를 구루 린포체, 즉 보석과 같은 스승이라고 부르기도 하죠. 파드마삼바바는 원래 인도 사람인데, 티베트에 불교 계통의 밀교를 전해준 사람이랍니다. 전설에 의하면 부처님의 가장 가까웠던 제자 아난다의 법맥을 이었다고도 하구요."

그녀는 마치 강의라도 하는 것처럼 또박또박 말했다. 안경 너머의 시선이 동탁에게 향해 있었다. 그녀가 갑자기 그런 오랜 옛날 승려 이야기를 꺼내는 이유가 궁금해졌다.

"파드마삼바바는 산스크리트어로 연꽃에서 태어난 존재라는 뜻인데 왼손에 카탐카라는 끝이 세 갈래로 갈라진 해골 지팡이를 쥐고 수염을 기른 형상을 하고 있죠. 그는 수행자였지만 동시에 티베트 왕 티송데첸의 스승이 되어 그곳에 이상국가를 만들려고 했죠. 이상국가란 다 아시겠지만 불교에서는 불국토, 기독교에서는 하느님의 나라라 불리는 곳이죠."

혜경은 계속해서 말했다.

종교학 전공자답게 마치 잘 정리된 글을 읽는 것처럼 그녀의 말엔 한 치의 빈틈도 없어 보였다.

"그러나 그가 티베트에 와서 왕의 스승이 된 지 얼마 지나지 않아 티송데첸 왕이 누군가의 손에 죽고, 그의 어린 아들마저 왕위에 오른 지 얼마 되지 않아 살해되어버리고 말았죠. 당시 티베트는 강한 나라이긴 했지만 권력 다툼이 심해 왕이 자주 바뀌곤 했어요. 증오와 미움, 음모가 판을 치고 있었죠. 그러자 그는 그곳에 새로운 나라를 만들겠다는 꿈을 포기하고 어느날 갑자기 사라져버렸어요."

동탁은 그녀가 느닷없이 티베트에서 전설처럼 전해내려오는 승려 파드마삼바바의 이야기를 꺼낸 이유가 궁금해졌다. 한가하게 그런 강의를 듣고 있어야 할 까닭이 없었기 때문이다. 그러자 그녀는 동탁의 마음을 이미 읽고 있다는 듯 본론으로 들어갔다.

"하잔이 윤 교수 밑에서 박사학위 논문으로 준비 중이었던 주제가 바로 그 파드마삼바바와 기독교와의 관계였어요."

"예? 파드마삼바바와 기독교……?"

이건 또 무슨 소린가. 그제야 동탁은 긴장된 눈빛으로 혜경의 얼굴을 빤히 쳐다보았다.

그녀는 가볍게 한숨을 한 번 짓고는 다시 입을 열었다.

"그 옛날 파드마삼바바가 인도에서 티베트로 넘어올 때 많은 불교 경전을 함께 가져왔는데, 그 속에는 불교 경전이 아닌, 멀리 서방 어떤 곳에서 전해왔다는 책이 몇 권 섞여 있었다고 해요. 그리고 그들 책 중엔 예수라는 사람의 가르침과 죽음에 대해 기록된 책도 있었구요."

"예? 예수의 가르침과 죽음에 관한 기록이요?"

동탁은 자기도 모르게 눈을 동그랗게 뜨고 되물었다.

불현듯 윤 교수의 논문에서 보았던 예수가 유다에게 마지막으로 했던 말이 떠올랐다. '이 일이 끝나면 너는 동방으로 가거라. 동방 끝으로 가서 내 말을 전하고, 나의 나라를 세우거라. 하느님의 나라를 만들어라.'

"그렇다면…… 그 책이……?"

그러나 혜경은 동탁의 말을 가로막듯 고개를 저으며 말을 이었다.

"저도 그 이상은 몰라요. 다만 하잔이 윤 교수님 밑에서 거기에 관한 논문을 준비 중이었다는 사실밖에는."

"음."

동탁은 자기도 모르게 낮게 신음 소리를 내었다.

"사실 서방 기독교가 전해지기 전에 인도의 남부 마드라스 지방엔 사도 도마가 전도 여행을 하고 교회를 세웠다는 기록이 있어요. 도마가 기도했던 동굴, 도마가 잡혔다는 언덕 등이 지금도 전해 내려오고 있구요. 이런 건 나중에 로마 가톨릭에서도 정식으로 밝혀지고 공인된 사실이죠."

혜경이 말했다.

지난번 문 장로에게서 들은 것과 비슷한 이야기였다. 문 장로의 말에 의하면 도마는 그곳 마드라스 부근 밀라포르라는 곳에서 순교할 때까지 말라바르 해안을 따라 일곱 교회를 세웠다고 했다. 그리고 지금도 그곳에 '산톰(San Tomas)', 곧 '성 도마'라고 불리는 마을이 있다고도 했다.

그렇다면 파드마삼바바가 티베트로 가져갔다는 예수와 관련된 책이 사도 도마와 관련이 있는 것은 아닐까. 그리고 윤 교수의 주장대로 그때 인도로 간 사도가 도마가 아니라 유다였다면? 동탁의 머릿속에 무언가 복잡한 그림이 그려졌다.

"하잔의 말에 의하면 예수께서 활동하셨던 팔레스타인 지역과 인도는 이미 오래전부터 교류가 있었다고 해요. 알렉산더 대왕의 동방 원정 때도 팔레스타인을 지나 인도 북부까지 이르렀고, 그때 동서양의 길이 열렸다고 해요. 헬레니즘이죠. 그리고 예수께서 그 루트를 타고 청년 시절 인도로 와 부처님의 가르침과 수행법을 배워 갔다는 이야기도 있어요. 그가 서른 무렵 공생애를 시작하기 전에 말이죠. 성경엔 예수께서 요한에게서 세례를 받고 황야에서 사십 일을 지내시며 악마로부터 시험을 당하시는 장면이 나오는데, 그게 불교식으로 말하면 거대한 깨달음의 과정, 즉 자신이 거룩한 하느님의 아들이라는 자각을 하는, 더 이상 로마 식민지 치하의 보잘것없는 존재로서가 아닌 거룩한 하느님의 아들인 신적 존재임을 자각하는 깨달음의 과정이라는 거예요. 뭐랄까, 석가모니께서 '천상천하 유아독존'이라고 선포하는 것과 같은 의미에서 말이죠. 그 황야의 사십 일을 거친 다음 본격적인 예수의 공생애가 시작되죠. 그리고 십자가의 죽음과 부활까지."

혜경은 하잔이 공부하고 있다는 '파드마삼바바와 기독교의 관계에 대한 연구'의 일부를 들려주었다.

예수의 황야에서의 40일…… 그것은 동탁이 궁금해하던 이야기 중의 하나였다. 모래 소금뿐인 황량한 유대 광야에서 40일을 그는 무엇을 하며 지내셨을까, 하는 의문을 늘 가지고 있던 중이었다. 성경에는 악마의 시험을 견디며 보낸 기간으로 기록하고 있었다. 그렇다면 미친 사람처럼 헤매고 다녔을까.

아니다. 하잔의 말에 의하면 그는 동굴 속에서 40일간 아무것도 먹지 않고, 마시지 않고, 고요히 앉아 부처님이 그랬듯이 깊은 명상 속에 들어갔다. 악마의 유혹이란 그의 내부에서 벌어진 자신과의 전쟁을 말하는 것이었을 것이다. 그리고 그것은 석가모니의 설산 고행과 같은, 깨달음으로 가는 문이었을 것이다. 가난하고 비루한 식민지 땅에 태어나 고난을 직접 보시고 마침내 하나님의 아들로서, 이 어두운 세상과 마주하여 십자가를 지고 가야 할 자신의 운명을 깨달아가는 거대한 자각의 시간이었을 것이다.

혜경의 말에 의하면 하잔은 그렇게 설명하고 있다는 것이다.

"초기 기독교에는 불교의 수행자들처럼 우리 개개인이 지닌 내면의 영적 훈련과 구도적 삶이 매우 중요시되었지요. 영지주의자들이 그들이었지요. 그러나 로마로 가서 권력의 도구로 전락하면서 내면의 영적 훈련 대신, 외부의 권위, 즉 교회의 권위에 무조건 따르도록 만들어졌지요. 특히 초기 교부였던 아우구스티누스 같은 이는 인간은 태어날 때부터 원죄를 지닌 죄인이라는 굴레를 씌웠죠. 태어날 때부터 벗어날 수 없는 죄인…… 그리고 그런 원죄를 지닌 인간은 오로지 교회를 통해서만 구원을 받을 수 있다고 했죠. 모든 것은 교회로 통하게 하고 그 교회의 꼭대기엔 현실의 권력자인 교황이 있고, 귀족 출신의 추기경과 주교와 신부들이 있었지요. 그건 우리 모두가 하나님의 자녀로서 영적인 거룩한 존재임을 가르친 예수의 가르침과도 정면으로 위배되는 것이라 할 수 있어요. 하잔이 윤 교수 밑에서 연구하던 박사학위 논문도 바로 그것을 밝히는 것이구요."

동탁으로서는 쉽게 이해되지 않는 내용이었지만 혜경은 인내심을 가지고 이야기했다. 학자로서의 그녀의 꼼꼼한 성격 일면을 보여주는 듯했다.

"파드마삼바바가 티베트로 가져간 책 중에는 그런 내용들이 들어 있는 책이 있었다고 해요. 지금 세상 사람들이 모르는 예수와 초기 기독교의 비밀이 담긴 책이 말이에요."

"예수와 초기 기독교의 비밀……?"

"예. 아직 누구에게도 알려지지 않았던 내용이죠. 위험하기도 하고……."

둥근 안경 뒤로 눈빛을 빛내며 그녀가 말했다.

"지금 세상의 타락한 종교들은 사람들 사이에 미움과 증오를 불러일으키고, 세계를 테러와 전쟁 속으로 몰아넣고 있죠. 선과 악을 갈라놓고, 자기들이 만들어진 우상을 다들 자기들의 절대적인 신인 양 숭배하고 있죠. 그 가운데에 로마로 흘러간 기독교도 있구요."

그때 문득 문 장로의 말이 떠올랐다. 지난번 천막집에서 문 장로도 그것과 비슷한 이야기를 했었다. 콘스탄티누스 황제 때 기독교가 로마의 국교로 공인될 무렵 벌어졌던 일련의 사건들.

'그러나 로마로 흘러간 성경에서는 그런 역사적인 사실들은 모조리 거세되고 부드럽게 손질이 되었지. 그들의 입맛에 맞게 말이야. 아니, 로마 황제 콘스탄티누스의 입맛에 맞게 말이야. 거기에 장단을 맞춘 알렉산드리아의 주교 알렉산데르 같은 놈들이 작당하여 아리우스 같은 현자들을 몰아내고 로마의 국교로 야합을 했던 거지. 그게 오늘날 우리가 보고 있는 성경이야. 가룟 유다 님에 대한 악의적인 기록이고.'

그리고 그는 또 말했었다.

'가난하고 억압받는 사람들의 편에 서 계시던 예수님의 머리 위엔 어느새 가시 면류관 대신 황금 면류관이 씌워졌고, 갖가지 보석과 비단옷으로 장식되었지. 금으로 입혀진 드높은 황금 성당들이 세워졌고, 그 성당의 높은 자리에는 그들 로마의 귀족들이 차지하고 앉았지. 황제는 교황이 되었고, 공작은 추기경이 되고, 백작은 주교를 겸하게 되었어. 그리고 그 자리는 대대로 세습이 되었지. 모든 설교는 일반 민중들이 알아들을 수 없는 라틴어로 진행되었고, 성경도 라틴어로만 되어 있어 그들 외에는 읽을 수도 없게 만든 거야. 대신 일반 민중들은 그때 만들어진 사도신경을 앵무새처럼 외우게 만들었지. 믿으며, 믿습니다, 하는 식으로 끝나는 그 사도신경 말이야. 지금도 교회나 성당에서 전해오는 지극히 단순하고, 지극히 복종적인 내용의 사도신경이 그때 만들어졌던 거야. 무지한 대중을 하나로 만들기 위해서 말이야.'

그의 목소리엔 분노가 담겨 있었다. 그리고 그는 덧붙여 말했었다.

'그때 그들이 저지른 죄악 중의 하나는, 아니 가장 무서운 죄는, 그때 그들의 손에 의해 마태, 마가, 누가, 요한, 네 복음서 외에는 철저히 진시황의 분서갱유 때처럼 없애버렸다는 사실이야. 그때 수많은 학자들이 이단으로 몰려 죽임을 당하고, 수많은 책들이 불태워졌지. 수많은 책들이 말이야.'

어떻게 보자면 하잔이나 문 장로는 초기 기독교에 대해 비슷한 생각을 가지고 있는 사람들인지도 몰랐다. 그러나 그것은 모두 파악하는 일은 동탁의 능력 바깥에 있는 일이었고, 그럴 필요도 없었다. 그것은 신학자나 종교 전공자들이 할 영역이었지 기자인 동탁이 할 일이 아니었다.

"근데 얼마 전, 경찰청 홍 경감 만난 적이 있죠?"

잠시 침묵이 흐른 다음 혜경은 동탁을 향해 조용한 목소리로, 그러나 심문이라도 하듯 단도직입적으로 물었다.

"경찰청 홍 경감? 예. 근데요?"

혼자 생각에 잠겨 있던 동탁이 그제야 잠에서 깬 사람처럼 되물었다.

"그 인간, 마 차장님에게 무슨 말을 했는지 나도 대충은 짐작하고 있어요. 나도 그에게 불려가서 심문을 당한 적이 있으니까요."

둥근 안경 너머 그녀의 얼굴이 조금 붉어졌다. 목소리에서 분노 같은 게 느껴졌다.

"하지만."

그녀는 가볍게 고개를 가로저으며 말을 이었다.

"그는 분명히 잘못 짚고 있어요. 하잔은 절대 범인이 아니에요!"

그녀는 마치 재판정에서 확신을 가진 변호사가 피고의 변호를 하듯 조금 큰 소리로 단정적으로 말했다.

"그는 윤 교수님을 존경했고, 따랐어요. 그리고 윤 교수님도 외국에서 온 그를 특별히 사랑해주셨구요. 그들 둘 사이엔 아무 문제도 없었어요. 그런 그가 교수님을 살해한 범인으로 지목되어 쫓겨다녀야 한다니! 정말 어처구니가 없는 일 아닌가요?"

그러곤 쏘아보는 듯한 눈빛으로 동탁과 종철을 차례로 쳐다보았다. 입을 꼭 다문 그녀의 눈가에 언뜻 물기 같은 게 비쳤다. 잠시 침묵이 흘렀다.

정말 그녀의 말대로라면 하잔은 억울한 처지에 놓여 있는 것임에 틀림없었다. 그러나 지금으로선 그녀의 말을 어디까지 믿어야 할지 잘 판단이 서질 않았다.

그런데 티베트의 승려 파드마삼바바가 인도에서 가져갔다는 책. 예수의 행적과 죽음에 관한 기록이 담겨 있다는 책. 그런 책이 있었다니, 과연 그게 사실일까? 그렇다면 윤 교수가 남겨놓았다는 『유다계시록』과는 어떤 관계일까? 그것은 같은 책일까, 아니면 다른 책일까?

"그렇다면……."

이윽고 종철이 입을 열었다.

"하잔은 왜 도망을 다니죠? 자기가 한 짓이 아니라면 그냥 자수하여 밝히면 되잖아요?"

지난번 탑골공원 뒤 음식점에서 차 대령에게 던졌던 것과 똑같은 질문이었다. 그녀의 말이 사실이라면 사실 굳이 도망 다닐 필요가 없을 것이라는 뜻이었다.

그러자 혜경은 작게 한숨부터 뱉어내었다. 그러고는 말을 이었다.

"하잔은 몽골 출신의 라마교 승려로서, 일찍이 티베트 라마 불교의 정신적 지주이자 지금 네팔에서 티베트 망명정부를 이끌고 있는 달라이 라마의 비밀 경호원이었어요."

"달라이 라마의 비밀 경호원?"

"예. 물론 계속 승려의 신분이기도 하구요. 어릴 때부터 익힌 태극권이 도움이 됐나 봐요. 할아버지가 중국 전통무술의 숨은 전수자였대요."

그래서 그날 그레고리와 마주쳤을 때 조금도 당황하지 않고 날렵하게 피하며 몸을 놀렸구나. 단도를 든 그레고리 역시 만만치 않은 상대였을 텐데, 그날 그는 전혀 주저하거나 망설임없이 고양이처럼 가볍게 나타나 미나와 자기를 구해주었던 것이었다.

"아직 나도 보지는 못했지만, 경신술을 익혀 풀잎 끝을 밟고 날아다닌다는 이른바 '초상비'나 잠자리가 수면을 차고 나는 것과 같은 이른바 '청정점수' 같은 고도의 무예까지 익혔다고 들었어요."

초상비(草上飛)…… 청정점수(蜻蜓点水)……. 무협지에서나 들어봄 직한 신공이었다. 그것을 라마승 하잔이 익혔다니. 어디까지 믿을 수 있는지는 모르지만 그날 경험한 바로는 그가 동양무술의 고수임에는 틀림없을 것 같았다.

"그러나 그는 공부하기를 원했고, 그래서 비교종교학계의 세계적인 권위자인 윤 교수님이 계신 한국으로 유학을 오게 된 거죠. 그런데 그가 유학을 올 즈음에 달라이 라마로부터 은밀한 사명을 부여받았는데, 그게 바로 윤 교수님이 가지고 있던 그 책을 찾아서 오라는 것이었어요. 언젠가 사라져버린, 파드마삼바바가 남기신 거룩한 가르침이 담긴 오래된 티베트 라마교의 보물……. 예수 그리스도의 행적과 가르침이 담긴 '그 책'. 윤 교수님이 십여 년 전 우연히 네팔의 고물상에서 구했다는 '그 책' 말이에요."

예수 그리스도의 행적과 가르침이 담긴 책. 윤 교수가 네팔의 고물상에서 우연히 발견했다는 책.

"혹시……."

혜경이 말을 마칠 때쯤 하여 동탁이 어렵게 입을 열었다.

"혹시 거기서 말하는 '그 책'이, 『유다계시록』이라고 하던가요?"

그러고는 조심스럽게 그녀의 얼굴을 쳐다보았다.

"유다계시록? 아뇨. 그런 말은 없었어요. 그냥 '거룩한 책'이라고만 했어요."

"거룩한 책?"

"예. 아직 아무도 보진 못했지만 아마 그 속엔 거룩한 이들의 말씀이 들어 있고, 파드마삼바바가 티베트에서 실현하려고 했던 세상에 대한 계시가 들어 있을 거란 말을 들었어요."

그렇다면 문 장로가 말했던 그 책과 파드마삼바바가 티베트로 가져갔다는 그 책 둘은 같은 것일까, 다른 것일까?

만일 같은 책이라면 인도의 고승 파드마삼바바의 손을 통해 밀교와 함께 인도에서 티베트로 건너갔다는 그 '거룩한 책'은, 그 후 어떤 경로로 동방교회의 수도원으로 흘러들어갔고, 그게 다시 몽골 원정군에 의해 몽골의 라마 사원으로 옮겨졌다가 다시 정치적 혼란을 틈타 티베트의 라마 사원으로 옮겨진 후 사라졌다는 말이 된다. 그게 가능한 이야기일까.

그러나 예수의 가르침과 행적이 들어 있다는 것을 보면 짐작건대 사도였던 유다나 도마가 인도에 전해준 이야기가 들어 있다는 뜻일 것이다. 그렇다면 어쩌면 같은 책일지도 모른다. 아직 아무도 그 책이 어떤 책인지, 심지어는 어떤 언어로 쓰여져 있는지도 모르고 있지 않은가.

동탁의 머릿속이 복잡하게 돌아갔다. 그런 동탁의 생각을 아는지 모르는지 혜경이 마치 하잔이랑 미리 약속이라도 한 듯 확신에 찬 목소리로 덧붙였다.

"하잔은 그 책을 찾고 나면 미련 없이 다시 자기 나라 네팔로 돌아갈 거예요."

그러고는 동탁 쪽을 똑바로 쳐다보며,

"그래서 마 차장님을 만나자고 한 거예요. 지금으로선 마 차장님밖에 알 수 있는 사람은 없으니까요. 혹시 그 책의 행방에 대해 들은 거나 짐작 가시는 바는 없나요?"

하고 작은 목소리로 속삭이듯이 말했다. 동탁은 이맛살을 찌푸린 채 말없이 고개를 저었다.

역시…… 그녀는 동탁에게서 '그 책'의 행방을 알아보기 위해 만나자고 했던 것이다. 갑자기 불쾌하고 불안한 기분이 들었다.

하지만 아직 그건 어디까지나 굳게 지키고 있어야 할 비밀 중의 비밀이었다. 그리고 그녀의 말을 어디까지 믿어야 할지 아직 알 수가 없었다. 더구나 비록 그 책의 행방을 안다고 해도 윤미나의 동의를 받지 않으면 안 되는 일이었다. 설희에게도 신신당부했던 말이었다.

혜경의 이야기를 듣는 동안 동탁은 그 책이야말로 이 모든 문제를 풀 열쇠가 될지도 모른다는 느낌이 점점 더 짙게 들었다.

"암튼 마 차장님이랑 강종철 기자님에게 이 말씀을 드린 것은 혹시 그 책의 행방을 알게 되면 하잔이 그 책을 찾아 무사히 돌아갈 수 있도록 도와달라는 거예요. 정말, 진정으로 부탁드리는 거예요. 누군가에게는 아무렇지도 않은 것이 또 누군가에는 생명처럼 중요한 것일 수도 있으니까요. 이건 하잔이 대신 전하는 말이기도 하구요."

그러고 나서 불안한 목소리로 덧붙였다.

"아시겠지만…… 이 모든 이야기, 홍 경감에겐 비밀이에요. 마 차장님, 강 기자님만 믿을게요."

동탁은 이마를 잔뜩 찌푸린 채, 알겠다는 듯 말없이 고개를 주억거렸다. 혜경이 부탁하지 않아도 그럴 생각은 추호도 없었다. 지금 현재로선 그가 알아서 좋을 건 하나도 없었다. 혜경은 안경 너머로 두 사람을 쳐다보며 그제야 할 말을 다 했다는 표정을 지으며 백팩을 메고 자리에서 일어났다.

동그란 그녀의 작은 어깨에 걸린 백팩이 꽤나 무거워 보였다.

동탁과 종철도 말없이 그녀를 따라 함께 일어났다.

헤어져 돌아오는 길.

"파드마삼바바라고 했죠? 마 차장님은 아세요?"

종철이 말했다.

"아니. 처음 들었어."

"그렇지 않아도 복잡한데 양혜경이 점점 우리를 더 헷갈리게 만드는군요."

종철이 혼잣말처럼 불평이라도 하듯 말했다.

"글쎄 말이야. 티베트에 처음 불교 계통의 밀교를 전한 승려라고 했지?"

동탁은 조금 전 혜경이 한 말을 음미하듯 혼잣말처럼 중얼거렸다.

"윤 교수랑 문 장로가 죽어서도 우리 공부 많이 시키네요."

종철이 농담을 던지며 가볍게 헛웃음을 날렸다.

"그러게 말이야. 동서양을 넘나들며 2천 년의 세월을 가로질러 다니는 기분이구먼."

하잔의 여자친구 양혜경을 통해 하잔이 뛰어난 무예를 지닌 달라이 라마의 경호원 출신이라는 것은 처음 알아낸 사실이었다. 그날 그의 가벼웠던 몸놀림이 결코 우연한 것이 아니었던 것이다.

그리고 티베트에 라마 불교를 전파했던 인도의 승려 파드마삼바바. 그리고 그가 가지고 갔던 불교 경전에 섞여 갔다고 하는 예수의 가르침과 행적이 담겨 있었다는 책.

그가 꿈꾸었다는 이상국가와 유다가 꿈꾸었을 하나님의 나라. 그들 사이에 무슨 관계라도 있는 것일까. 분명한 것은 하잔도 윤 교수가 남긴 '그 책'을 찾고 있다는 사실이었다. 그레고리, 차 대령, 하잔까지……. 그들은 모두 하나의 목적을 가지고 움직이고 있었던 것이다.

25

머리 없는 강

며칠 후, 박설희로부터 문자가 날아왔다.

> ▸ 선배! 멜 보냈어. 열어봐요.

메일함에서 새로 온 메일을 열었다.
박설희가 보낸 메일이 먼저 눈에 띄었다.
맨 위에 개미의 행렬 같은 긴 알파벳들이 나열되어 있었다. 지난번 동탁이 준 라틴어 성경 속 알파벳 문자였다.

> căputabsumăquarŭbertemplummartyrjoannistúmŭlusnĭgroar-
> castephanus......

그리고 이어서,

> căput [카푸트] ; 머리

absum [압숨] ; 없다

ăqua [아콰] ; 강

rŭber [루베르] ; 붉은

templum [템플룸] ; 성당

martyr [마르튀르] ; 순교자

joannis [요하네스] ; 요한

túmŭlus [투물루스] ; 무덤 (묘비)

nĭgro [니그로] ; 검다

arca [아르카] ; 상자

stephanus [스테파누스] ; 스테판

알파벳 옆에 찍힌 한글. 동탁의 눈이 얼어붙은 듯이 그곳에 고정되었다. 그리고 점점 놀라움으로 변해갔다.

'역시……!'

동탁은 속으로 감탄사를 터뜨렸다. 반신반의. 그래도 어쩐지 설희라면 할 것 같았지만 결과는 상상 이상이었다. 예상보다 훨씬 빠르게 그녀가 복잡한 알파벳을 해독해낸 것이 놀랍기도 하고 신기하기도 했다.

'머리, 없다, 강, 붉다, 성당, 순교자, 요하네스, 무덤, 검다. 상자, 스테판.'

하지만 한글로 해독된 단어 역시 암호처럼 여전히 애매모호하고 어렵긴 마찬가지였다. 그래도 그것은 나중 일이고 일단 설희에게 카톡부터 날렸다.

▸ 어떻게? 그렇게 빨리?

놀람을 표시하는 이모티콘까지 하나 달았다. 곧 답장이 날아왔다.

▸ ㅋㅋㅋ 생각보다 쉬웠어. 힌트는 라틴어 성경.

그리고 이어서,

▸ 라틴어 단어의 조합!

'아항.'
동탁의 입술에 자기도 모르게 미소가 묻어나왔다.

▸ 역시. 박설희 천재네.
▸ ㅋㅋㅋ 그 정도 갖고 뭘. 근데 선배. 문제는 지금부터임. 이게 뭘 뜻하지?
▸ 몰라. 꼭 스무 고개 넘는 기분?
▸ ㅋㅋㅋ 맞어. 천천히 생각해보슈. 나도 또 찾아볼 테니까.
▸ 암튼 감사. 글고 보안을 위해 문자는 즉시 지워버렷.
▸ 오케이!
▸ 빨리 만나서 이야기해. 연락할게.
▸ ㅇㅋ!

설희와 카톡을 끝내고 나서도 동탁은 한동안 무엇에 홀린 사람같이 설희에게 받은 메시지를 들여다보고 있었다.
'머리, 없다, 강, 붉다, 성당, 순교자, 요하네스, 무덤, 검다, 상자, 스테판.'
그게 무슨 뜻일까?
어딘가 비밀스러운 장소를 가리키는 것 같기도 했고 비밀스러운 사람을 가리키는 것 같기도 했다. 윤 교수는 미나에게 라틴어 성경 「요한계시록」에 지도가 있다고 했다. 그렇다면 그것은 어떤 장소를 가리키는 지도 같은 것일까.

'머리, 없다, 강, 붉다, 성당······.'

아무렇게나 흩어놓은 퍼즐 조각처럼 전혀 연관성이 없어 보이는 낱말들이 동탁의 눈앞에 어지럽게 놓여 있었다. 산 너머 산이란 게 이런 경우를 두고 하는 말인지도 모른다.

어쨌거나 무의미하게 늘어서 있던 알파벳들이 어떤 의미 있는 낱말들로 변한 것은 사실이었다.

그때였다. 강종철이 다가와서 가만히 동탁의 귀에 대고 말했다.

"마 차장님, 미나 씨한테서 전화가 왔었어요. 마 차장님한테 전화를 했는데 받지 않는다고."

"뭐? 윤미나한테서? 그래, 별일 없대?"

동탁은 그제야 정신이 번쩍 든 사람처럼 말했다. 그렇지 않아도 마음 속으로 미나 걱정을 하고 있던 참이었다. 그사이 양혜경을 만나고 설희랑 라틴어 성경 속 암호에 집중하느라 정신이 없었다.

"예. 근데 마 차장님."

종철이 더욱 목소리를 낮추어 비밀스러운 이야기를 전하듯 속삭였다.

"꽁지머리에게서 전화가 왔대요."

"뭐. 꽁지머리? 미나 씨한테?"

동탁은 화들짝 놀란 표정으로 종철을 쳐다보았다.

"예. 문 교수 사건이 나고 사라졌던 그 친구 말이에요. 미나 씨랑 한번 만나자고····· 할 이야기가 있다고."

"그래?"

뜻밖이었다. 문 장로의 죽음 이후 감쪽같이 사라졌던 그가 미나에게 만나자는 연락을 했다니 전혀 예상하지 못했던 일이었다. 그렇지 않아도 그의 행적이 궁금했던 차였다.

"그런데 기자나 경찰 따위는 절대 달고 나타나지 말라고. 그러면 자기는 사라지고 말 거라고 하면서."

"그래서 약속했대?"

동탁이 종철의 얼굴을 보며 걱정스러운 어투로 말했다.

"일단 마 차장님 의견을 들어보고 결정하려고 한대요."

"음."

동탁은 팔짱을 낀 채 무언가 생각에 잠겼다.

그가 왜 갑자기, 더구나 문 장로가 살해된 직후 미나에게 전화를 걸었을까? 문 장로의 말에 의하면 그 역시 성 유다 동방교회 소속으로 수련 중이라고 했다. 일곱 명의 장로에 버금가는 지위에 있던 자가 틀림없었다. 그런 그가 그날 문 장로와 함께 있었다면, 그는 왜 아무런 흔적도 없이 감쪽같이 현장을 빠져나갔을까? 그리고 느닷없이 다른 사람도 아닌 미나에게 전화를 걸어 만나자고 했을까?

생각하면 생각할수록 그의 정체가 궁금해졌다. 어쨌든 지금으로선 정체를 알 수 없는 만큼 그 역시 홍 경감이 주의 경고를 주었던 하잔만큼이나 위험한 존재였다.

"좋아. 일단 한 번 만나보라고 해. 다만 절대 혼자 가면 안 된다고. 내가 가든, 강 기자가 가든 함께 가야 한다고. 알았지?"

동탁은 주의라도 시키듯 강한 어조로 말했다.

"물론이죠."

"암튼 그 꽁지머리 사내가 문 장로의 죽음에 대해 무언가 비밀스러운 이야기를 알고 있는 것만은 틀림없어. 그렇지 않으면 천막집에서 그런 끔찍한 사건이 났을 때 그림자도 남기지 않고 사라질 이유가 없지. 안 그래?"

"그렇죠. 그나저나 미나 씨라면 차장님이 가시는 게……."

종철이 괜히 멋쩍게 웃으며 엉뚱하게 토를 달았다.

"괜히 쓸데없는 상상일랑 하지도 마셔. 우리 그렇고 그런 사이 아니니까. 강 기자나 나나 똑같잖아?"

도둑이 제 발 저리다고 동탁은 괜히 눈을 부라리며 말했다.

"후후. 알았어요. 걱정 마세요. 아무한테도 말하지 않을 테니까."

종철이 의미심장한 미소를 날리며 여전히 농담기가 다분한 말을 뱉어내었다.

"조심해. 그리고 나 말이야, 사실 R일보 박설희 기자랑 중요한 약속이 있어. 아주 중요한…… 어쩌면 그 책이 숨겨져 있는 장소를 밝혀줄 수도 있는…… 암튼 나중에 말해줄게."

동탁이 무언가를 감추듯이 말꼬리를 흐렸다.

"알았어요. 그럼 제가 미나 씨랑 통화해볼게요."

"조심해. 그날 그자 눈빛을 보니 보통이 아니겠더라."

다시 한번 동탁이 주의를 주었다.

"넵. 알겠습니다!"

커다란 덩치에 어울리지 않게 종철은 신병처럼 큰소리를 질렀다. 그 역시 윤미나를 만나는 게 그리 싫지만은 않은 눈치였다.

종철이 자기 자리로 돌아가고 나자 동탁은 설희가 보내온 메일을 다시 열어 보았다.

'머리 없는 강…… 붉은 성당…… 순교자…….'

아무리 봐도 애매모호하기 짝이 없었다. 그러나 그것이 무언가를 지칭하고 알려주려고 암시하는 낱말임에는 틀림없었다. 그 속에는 윤 교수가 자기 딸 윤미나에게 전해주려고 하는 강력한 메시지가 숨겨져 있는 것 같았다. 그리고 막연하지만 그 낱말들이 가리키는 곳에 '그 책'이 있을 거라는 확신 같은 게 들었다. 윤 교수가 허영 교수에게 분명 라틴어 성경 속 「요한계시록」에 지도가 들어 있다고 미나에게 전해주라는 말을 했다고 들었었다.

지도…… 그렇다면 난수표처럼 던져진 단어들, '머리, 없다, 강, 성당, 붉은.' 그 단어들은 과연 무엇을 뜻하는 것일까?

이 사실을 미나에게도 당연히 알려야 한다는 생각이 들었다. 아니, 그녀야말로 이 사실을 알고 있어야 할 가장 가까운 사람이었다. 그리고 그녀와 함께 '그 책'을 찾아봐야 할 것이었다. 그러나 지금은 그럴 틈이 없었다. 당장 미나는 꽁지머리와 만날 약속이 눈앞에 있었다. 그와 만나는데 이 사실을 알면 머리가 더 복잡해질 것이다. 따라서 그녀는 일단 종철에게 맡겨두는 게 좋을 것 같았다. 지금은 그녀보다 오히려 설희와 함께 그 문자들을 해독하는 것이 더 급했다.

미나에겐 그 후에 알려줘도 늦지 않을 것 같았다.

26

양화진 절두산

그리고 나서 며칠이 순식간에 흘러가버렸다.

그사이 신문사에서는 다른 일로 정신이 없었다.

핸드폰을 열어보니 마침 설희에게서 문자가 와 있었다.

> ▶ 선배, 빨리 만나! 급. 급.

문자를 본 동탁의 입가에 저절로 미소가 배어 올랐다.

'급하긴…… 크크크.'

성질대로 설희가 보낸 문자에서도 바람 냄새가 났다. '급'이란 글자가 두 번
이나 찍혀 있는 걸 보니 그래도 어지간히 급하긴 급한가 보다, 하며 문자부터
날렸다.

> ▶ 뭔 일?
> ▶ 묻지 말고 저녁에 만나. 암호, 비밀의 문이 열리는 순간. ㅋㅋㅋ

'뭐? 암호가 풀렸다는 뜻……?'

동탁은 반신반의하는 마음으로 핸드폰을 보고 있다가 다시 문자를 날렸다. 망설이거나 멈칫거릴 일이 아니었다.

> ▶ 알았어! 저녁에 우리 회사 뒤 카페로 와.
> ▶ ㅇㅋ~!

더 이상 군더더기 없이 끝났다. 설희와 문자 연락이 끝나고 나자 동탁은 수첩을 꺼내 다시 예전에 메모해두었던 윤 교수의 성경 속 알파벳을 해석해놓은 글자를 살펴보았다.

'머리, 없다, 강, 붉다, 성당, 순교자, 요하네스, 무덤, 검다, 상자, 스테판……'

동탁은 아무리 봐도 알 수가 없었다. 머리 없는 강의 성당이라니! 순교자는 무엇이고, 무덤은 또 무엇이란 말인가. 다시 봐도 아리송하기 짝이 없는 단어들을 열거해놓은 것일 뿐이었다.

그런데 박설희가 무언가를 알아냈다니, 반신반의하는 마음이 드는 것은 당연한 일이었는지 모른다. 그녀가 무슨 꼬투리라도 찾아냈다면 보통 대박이 아닐 것이었다. 그건 모래사장에서 바늘을 찾는 것만큼 거의 기적이나 다름없는 일이었기 때문이다.

그날 저녁.

신문사 앞 카페. 겨울을 재촉하는 찬비가 추적추적 내리고 있었다. 동탁은 설희와 구석진 곳에 마주 앉았다. 며칠 사이에 설희는 좀 말라 보였다. '급. 급.'이라고 보냈던, 쌩쌩 바람 소리 나던 평소의 그녀와는 달리 오늘따라 어쩐지 좀 우울해 보였다.

날씨 때문일까? 동탁은 왠지 좀 미안하고 불안한 생각이 들었다. 늘 그냥 만날 때만 잠깐 겉으로 다정한 채 떠들어대었을 뿐, 막상 눈앞에서 보이지 않으면 까맣게 잊어먹고 지내기 일쑤였다. 미나 일만 해도 그랬다.

그날 아침, 자기도 모르게 샴푸 냄새에 끌려 그녀를 품에 안았던 게 왠지 살짝 죄책감이 들려고 했다. 설희가 자기에게 보여주고 있는 열정과 마음에 비하면 어쩌면 자기는 그녀에게 겉껍데기, 위선적인 모습으로 가림하고 있는지도 몰랐다.

"저녁은 먹었어?"

그런 속을 감춘 채 동탁은 일부러 덤덤한 투로 말했다.

"응. 그냥 회사 편의점에서 오후에 샌드위치랑 커피랑 먹어서 그런지 별루 생각이 없어. 형은?"

"나두."

동탁은 그렇게 말은 했지만 사실 배가 좀 고팠다. 하지만 그녀가 암호를 풀었다는 게 더 급했다.

"뭐 좀 알아냈어?"

"응. 확실치는 않지만."

설희가 가방에서 메모지를 꺼내 펼쳐 보이며 자신없는 목소리로 입을 열었다.

"혹시 그 강…… 머리 없는 성당, 이란 게 한강의 절두산 성당을 뜻하는 게 아닐까 해서."

"절두산 성당?"

"응. 신촌에서 한강 넘어가는 양화대교 부근, 언덕 위에 서 있는 성당 말이야. 예전에 성당에 다니는 친구랑 같이 간 적이 있거든."

"아, 절두산……! 머리 없는…… 성당!"

그녀는 자신없는 투로 말했지만 순간, 동탁의 머릿속으로 번개 같은 것이 스쳐 갔다.

"옛날 조선시대 말 대원군의 천주교 박해 때 그곳에서 많은 사람들의 목이 잘렸다고 절두산이라는 이름이 붙여졌다고 하잖아. 그다음 암호에 나오는 단어, 붉다는 건 불이나 피를 의미하지 않을까? 순교자 말이야."

설희의 목소리에 차츰 힘이 실렸다. 동탁은 팔짱을 끼고 인상을 잔뜩 쓴 채 설희의 말에 귀를 세우고 듣고 있었다.

"지금은 그곳 일대가 가톨릭의 성지로 조성되어 있어. 우리나라 최초의 신부인 김대건 신부 동상도 있고, 1984년 한국을 방문했던 교황 바오로 2세의 동상도 있구."

강, 머리 없는 붉은 성당…… 절두산……. 맞어. 왜 진작에 그 생각을 못 했을까.

그러나 동탁은 여전히 신중한 표정으로 확인이라도 하듯 다시 물었다.

"그곳에 혹시 순교자 무덤이 있나?"

"응. 순교자는 모르겠고 외국인 선교사 묘지는 있는 걸로 아는데."

"외국인 선교사 묘지?"

"응. 조선 말에 배재학당을 세운 아펜젤러나 배화학당을 세운 조세핀 캠벨 같은 사람이 묻혀 있어. 모두 개화기와 일제강점기에 조선 독립과 근대화를 위해 노력했던 분들이지. 시간이 없어 다 둘러보진 못했지만."

"음."

강, 머리 없는 성당, 붉은, 순교자, 무덤……. 어쩌면 설희의 추측이 맞을지도 모른다는 생각이 들었다.

"이것 봐. 절두산에 관한 내용이야. 인터넷에서 찾아왔어."

설희는 자기 말을 확인이라도 시켜주듯 가방에서 인쇄된 종이를 한 장 꺼내어 동탁의 앞에 내밀었다.

　　서강 양화진에 있는 절두산(切頭山)은 병인양요 때 천주교 탄압의 현장이었다. 당시 쇄국정책을 쓰고 있던 대원군은, '오랑캐가 이곳 양화진까지 침입하게 된 것은 천주교도들 때문이고, 또한 우리의 강물이 서양의 선박에 의해 더럽혀진 것 역시 그들 때문이니, 그들의 피로써 이 더러워진 것을 깨끗이 씻어야 한다.'고 하면서 수많은 천주교도들을 이곳에서 참수하였다.

"맨날 한강 양화대교를 지나다니면서도 무심코 지나쳤는데. 역시 우리 박설희 기자님이군."

동탁은 짐짓 감탄을 하며 다시 한번 설희를 쳐다보았다.

"놀리지 마. 아직 확실한 것은 아니니까. 그리고 이것도 한번 봐. 당시에 일어났던 기록인데 도움이 될까 해서 인터넷에서 뽑아왔어."

"병인양요?"

"응. 천주교 박해가 가장 심했던 시대 벌어졌던 일이지."

설희는 다른 인쇄물을 꺼내어 동탁에게 내밀었다. 동탁은 설희가 준 인쇄물을 다시 눈으로 읽어나갔다.

병인양요

1868년 4월, 프랑스 해군 제독 오페르트는 조선에 수차에 걸쳐 문호개방과 통상 요구를 하였으나 끝내 거부되자 충청남도 덕산에 있는 대원군 아버지 남연군(南延君)의 분묘를 파헤치려고 했다. 이에 격분한 대원군은 내포 지방의 천주교 교인들을 대대적으로 색출하여 처형하였다. 내포 지방은 천주교회 창설기부터 천주교가 유포된 지역이었기 때문에 많은 신자들이 있었다.

미국도 조선의 개항전쟁에 끼어들었다. 1866년 미국은 전함 제너럴셔먼호를 평양 인근 대동강으로 보냈는데 평양 시민들의 격렬한 저항에 그만 대동강 중간에서 침몰하고 말았다. 몇 년 후인, 1871년 미국은 다시 제너럴셔먼호 침몰의 책임을 묻겠다며 함대를 끌고 와 강화도를 공격하였다. 그러나 이때 역시 엿새 간의 치열한 전투 끝에 미국은 손을 들고 물러갔다.

연이은 승리에 고취된 대원군은 전국 곳곳에 척화비를 세우고 천주교인을 모조리 색출하여 처형하라고 명하였다. 서양 열강의 침략전쟁 앞에는 늘 십자가를 가슴에 든 서양 선교사가 있었기 때문이다.

프랑스 출신 자크 오노레 샤스탕 신부도 그중의 한 사람이었다. 1838년 조선에 들어온 그는 은밀히 각 지방 신도들을 찾아다니면서 예배를 주재하였다. 당시 그는 교통도 불편한 데다 먹고 자는 일이 모두 맞지 않아 엄청 고생을 했다고 한다. 1839년 기해박해가 일어나자 먼저 체포된 앵베르 주교는 신자들이 고통당하는 것을 막기 위해 자기와 같이 온 외국인 선교사들의 자수를 권고하였다. 그의 권고에 따라 샤스탕 신부는 동료인 모방 신부와 같이 자수하여 9월 21일 새남터에서 먼저 잡혀온 앵베르 주교와 함께 목이 잘려 군문 앞에 효수되었다. 조선에 들어온 지 1년도 채 되지 않은 때였다.

1856년에 입국한 시메온 프랑수아 베르뇌 주교는 그나마 활동이 가장 두드러졌던 선교사였다. 그 역시 경향 각처를 숨어 다니며 선교하는 한편 배론에 신학교를 세우고, 서울에 인쇄소를 차리는 등 10년 동안 지하에서 열심히 선교 활동을 펼쳤다. 그러다 1866년, 서울 홍봉주의 집에 거처하던 중 하인 이선이의 고발로 포졸들에게 체포되어, 새남터에서 목이 잘려 군문 앞에 효수되었다. 그때 그를 따르던 국내 신자 수천 명도 서울 및 그 밖의 지역에서 잡혀와 서울 새남터와 충청남도 보령의 갈매못에서 목이 잘려 순교하였다. 그때 천주교인으로 잡혀 죽은 사람만 해도 도합 8천여 명이 넘었다고 한다.

이렇게 박해가 심해지자 피신해 있던 신부 리델은 7월 조선을 탈출, 청나라의 톈진으로 가서 프랑스 동양함대 사령관 로즈에게 구원을 요청하게 되었다. 이에 로즈는 그해 10월에 일곱 척의 군함을 이끌고 프랑스 선교사들의 학살 책임을 묻는 무력시위를 벌이게 되었는데, 그것이 바로 병인양요이다.

"우리나라에서 천주교 신자들의 순교의 역사는 오래되었지. 정조 시절에 신해박해, 순조 시절에 신유박해, 헌종 시절에 기해박해와 병오박해, 그리고 마지막이 바로 병인양요의 원인이 된 병인박해. 긴 세월 동안 수많은 순교자들이 생겼어. 일찍부터 천주교를 받아들였던 다산 정약용 선생 형제 같은 분들도 신유박해 때 모두 참혹한 변을 당하셨다고 해."

설희가 말했다.

"다산 정약용 선생?"

"응. 그 집안이 모두 일찍부터 천주교를 받아들이고 있었는데 맏형인 정약전은 흑산도로 유배를 가 그곳에서 죽었고, 그중 가장 신심이 깊었던 둘째 형 정약종은 자신은 물론 아내와 딸, 두 아들까지 모두 잡혀 목이 잘려 죽었대. 막내였던 다산은 형도 알다시피 전라도 강진에서 오랫동안 유배 생활을 하다가 만년에야 가까스로 풀려났구."

설희는 가볍게 한숨을 뱉어내었다.

"다산초당은 나도 가본 적이 있어."

동탁이 기억을 더듬으며 말했다. 전라남도 강진 만덕산에 있는 다산초당은

정약용이 유배 기간『목민심서』등 많은 저서를 집필하였다는 작은 초가집이
었다.

"근데 다산 정약용 선생이나 자산어보를 쓴 정약전 선생은 잘 알려졌지만
정약종이란 분은 잘 몰랐는데……. 그분도 대단했었나 봐. 일가족이 다 순교
했을 정도면."

"응. 삼형제가 모두 선구적인 지식인이었고 천재였대."

다산 정약용이라면 누구나 아는 조선조 최고의 학자가 아닌가. 전라남도 강
진으로 유배되었던 18년 동안 유학 서적은 물론 정치, 경제, 의학, 문학에 다
방면에 걸쳐 600여 권의 저술을 남겼던 신화적인 인물. 그의 형 정약전 역시
흑산도로 귀양 가 있는 동안 그곳에서 조선 최초의 어류도감이랄 수 있는『자
산어보』를 남긴 사람.

그런 두 사람에 비해 정약종은 비교적 덜 알려진 인물이었는데, 아마 조선
시대의 봉건제에 대항했던 종교인으로 그가 걸어간 길을 보자면 형 정약전이
나 아우 정약용보다 더 치열했을지도 모른다. 설희는 이미 그럴 줄 알고 있었
다는 듯 정약종에 대한 자료가 인쇄된 종이도 함께 보여줬다.

정약종

정약종은 1795년, 이승훈과 함께 청나라 출신의 로마 가톨릭교회 신부였
던 주문모를 맞아들인 후 권일신, 이덕조 등과 신앙 실천 운동에 가담하여
인습 타파와 계급 타파의 사회 운동을 촉진하였고, 주문모 신부가 로마 가
톨릭교회의 교리 연구, 전교 활성화를 위해 결성한 평신도 단체인 명도회의
회장을 역임하기도 했다.

특히 한문본 교리책에서 중요한 것만을 뽑아, 누구나 알기 쉽도록 한국어
로『주교요지(主教要旨)』라는 책을 짓기도 했는데 그것은 한국 최초의 천주

교 교리서였다.

1801년 2월에『성교전서(聖敎全書)』라는 책을 집필하던 도중 신유박해가 일어나 급작스럽게 체포되었다. 이 일로 아들인 정철상은 서소문 밖에서 먼저 참수당하였으며, 이어 정약종도 이승훈, 최필공, 최창현 등과 함께 서문 밖에서 참수되었다. 그리고 막내 아들 정하상과 딸 정정혜, 아내 유소사까지 잡혀 차례로 목이 잘렸다. 자신과 두 아들과 딸, 그리고 아내까지 순교했던 천주교 역사상 보기 드문 경우였다.

"절두산이 그런 곳이었구나!"

동탁은 자기도 모르게 탄성을 터뜨렸다. 그동안 한강을 지나다니며 무심코 보아왔는데 100여 년 전에 그곳에서 벌어졌던 끔찍했던 일들이 새삼 머릿속에 그려졌다.

"응. 정약종의 머리 없는 시체가 배에 실려 고향인 남양주 마재로 들어갈 때 배다른 큰형 정약현이 한사코 거부하여 반대쪽 강가에 묻혔다는 이야기가 전설처럼 전해 내려와. 아마도 역도의 집안으로 폐가의 위기에 처한 집안을 지키기 위해 고육지책이었을 거라고 해. 큰형 정약현도 큰사위가 바로 그 유명한 황사영이었으니까 말이야. 먼저 사별한 그의 첫 번째 부인은 조선 초기 천주교의 실질적인 뿌리라고 할 수 있는 이벽 선생의 누이이고……. 어떻게 보면 정약용 선생 집안 전체가 조선 초기 천주교를 대표했다고도 할 수 있지."

설희가 리포트라도 하듯 말했다. 다산 선생의 집안에 얽힌 이야기는 처음 듣는 것이었다.

다산과 대원군. 죽이는 자와 죽임을 당하는 자 모두 그들만의 고뇌가 있었을 것이다. 조선 500년을 지배하고 있던 갑갑한 봉건제의 계급 질서에서 벗어나 새로운 세상을 꿈꾸었던 다산이나 천주교를 앞세워 물밀 듯이 들어오는 서구 제국주의 열강의 힘과 그들과 궤를 같이했던 일본의 침략 앞에 어쩔 수 없이 '척양척왜(斥洋斥倭)'를 해야 했던 대원군의 선택 역시 불가피했을 것이었다. 그 와중에 피의 희생 역시 피할 수 없는 것이었을지 모른다.

강, 머리 없는 붉은 성당⋯⋯

처절했던 역사의 현장이었다. 만일 그게 설희의 추측대로 절두산 성당을 의미한다면 첫 번째 암호 속 문자는 풀린 셈이었다.

"암튼 설희, 정말 대단해!"

"흥. 그러나 형. 좋아하긴 아직 일러. 그게 절두산 성당을 가리키는 것인지도 불명하고 나머지 단어들. 순교자, 요하네스, 무덤, 상자, 검다. 스테판은 여전히 오리무중이잖아."

"그래도 그게 맞다면 반은 풀린 셈이야. 거기 나오는 순교자란 병인양요, 그 무렵 죽은 사람을 가리키는 게 아닐까? 그리고 요하네스, 즉 요한은 그런 세례명을 가진 사람일 거고."

동탁은 대충 짐작가는 대로 말했다.

"병인양요 때 죽은 순교자 중 요한이라는 세례명을 가진 사람의 무덤⋯⋯. 그런데 그게 말처럼 그리 간단하게 찾을 수 있는 일은 아닐 거야. 당시 죽은 사람 중에 요한이라는 세례명을 가진 사람이 누가 있는지, 그런 기록이 과연 남아 있을까도 의문이고. 그리고 설령 그런 이가 있었다 해도 무덤이 남아 있을지도 의문이잖아. 정약종 선생의 경우처럼 역적으로 몰려 목이 잘린 시체를 집안의 누군가 수습해서 무덤을 만들어주지 않는 이상 말이야."

설희는 눈살을 찌푸리며 가볍게 고개를 흔들었다.

"암튼 이왕 시작한 김에 그때 순교한 사람 중에 요한이라는 세례명을 가진 사람이 없나 한번 찾아줘. 아무래도 설희 씨가 나보담은 나을 것 같으니까."

"치잇"

"설희 씨. 아니, 박 기자님. 부탁해요."

동탁이 설희 가까이 얼굴을 내밀며 없던 익살까지 부렸다.

"알았어. 암튼 같이 찾아봐."

설희가 못 이기는 척하고 받았다. 어쨌든 설희의 추측대로 머리 없는 성당이 절두산 성당을 의미하는 게 맞다면 하나의 문은 열린 셈이었다.

"우리, 비도 내리고 출출한데 중국집에나 갈까? 근처에 회사 친구들이랑 가끔 가는 새로 생긴 깔끔한 중국집이 하나 있어. 이럴 땐 매콤한 짬뽕 국물에 배갈 한잔이 딱이거든. 탕수육도 좋구. 아무래도 오늘은 내가 사야겠는걸."

이야기가 대충 마무리된 느낌이 들자, 동탁은 일부러 활달한 목소리로 말했다. 분위기도 바꿀 겸 미안한 마음에 밥이라도 사야 할 것 같았다. 배도 좀 고팠다.

"맘대로 해."

오늘따라 설희답지 않게 시무룩한 표정으로 대답했다.

카페를 나온 두 사람은 신문사 근처 골목길 2층에 있는 중국집 자금성으로 향했다. 비가 제법 굵어졌지만 우산은 쓰지 않았다. 어쩐지 목덜미에 떨어지는 차가운 비의 느낌이 그리 나쁘지는 않았다. 가방을 멘 그녀의 어깨가 젖을까 걱정이 되었다.

27 겨울로 가는 비

잠시 후. 중국집 자금성.

탕수육과 군만두, 짬뽕 국물, 그리고 마오타이주를 시켰다.

"그나저나 설희 씨, 고마워."

동탁은 진심 어린 눈빛으로 설희를 바라보며 말했다.

"치잇."

설희는 입을 삐죽했다. 그녀의 끝이 조금 치켜 올라간 갈색 눈이 오늘따라 유난히 예쁘다는 생각이 들었다. 그 얼굴 위로 희미하게 미나의 얼굴이 겹쳐 떠올랐다. 곧 시킨 음식과 술이 나왔다.

"처음 윤 교수 사건 터졌을 땐 좀 놀라긴 했지만 다들 쉽게 범인이 잡힐 거라고 생각했지."

먼저 설희 앞에 놓인 잔에 술을 따라주며 동탁이 말했다.

"근데 시간이 지날수록 점점 복잡하고 깊은 늪 속으로 빠져들어가고 있는 기분이야. 어떤 비밀의 장막 속으로 끌려 들어가고 있는 듯한 느낌……?"

동탁은 가볍게 설희의 잔과 부딪힌 다음, 첫잔을 원샷으로 들이켰다. 마오타이의 독한 기운이 바늘처럼 날카롭게 목구멍을 타고 내려갔다. 배속으로 금세 후끈한 기운이 돌았다.

"죽은 윤 교수나 문 장로도 그렇고, 하잔이나 그레고리, 심지어는 차 대령이나 허영 교수까지도…… 이 사건에 등장하는 인물 하나하나가 마치 마술을 부리는 마법사들 같애. 그들은 각자 떨어져 전혀 연관이 없는 인물처럼 보이는데 그게 아니야. 그들은 모두 하나의 보이지 않는 끈으로 묶여 있어."

동탁이 말했다.

"보이지 않는 끈?"

"응. 그들 모두는 하나의 끈, 즉 고대의 어떤 인물과 그 인물이 남겨두었다는 책과 관련이 있어."

"유다와 『유다계시록』?"

설희가 말했다.

"응. 맞어."

동탁이 고개를 끄덕였다.

"윤 교수의 논문이나 문 장로의 이야기를 통해 어렴풋하게 그려지는 그림으로는, 예수를 팔아먹었다는 가룟 유다가 그때 죽지 않고 예루살렘을 탈출해 동방으로 갔고, 그 뒤를 추격하는 어떤 무리가 있어 2천 년의 시간을 지나 지금까지 이어져 내려오고 있다는 이야기야. 그리고 그가 남겼다는 한 권의 책이 있고……. 그 와중에 윤 교수와 문 장로가 누군가의 칼에 맞아 죽었고……."

"야고보 M?"

설희가 확인이라도 하듯 다시 물었다.

"응. 검은 기사단이라고 불리기도 하고 최후의 사명자라고 불리기도 한다는 암살자들이지."

"정말 그레고리란 수도사가 그일까?"

"응. 근데 홍 경감, 설희도 알지? 이 사건 맡고 있는 경찰청 지능범죄수사팀의 홍세범 경감 말야. 그 사람은 다른 이야기를 하고 있더군."

"그래?"

"응. 그 사람 말로는 하잔이라고, 윤 교수 밑에서 박사과정 밟고 있던 네팔 국적의 친구 있잖아. 그 친구가 범인이라고 확신을 하고 있었어."

"라마승이라는 사람?"

"응. 라마승은 위장한 것이고, 실제로는 가룟 유다를 쫓아 이 세상 끝까지 가기로 맹세했던 추격자들, 바로 그 검은 기자단이라고 하는 비밀결사의 후예라는 거야. 하지만 난 말이야. 어쩐지 경찰이 뭔지 헛다리 짚고 있다는 느낌이 들었어."

동탁의 말에 설희는 무슨 생각이 잠긴 것처럼 살짝 이맛살을 찌푸린 채 잠자코 눈을 깔고 있었다.

"며칠 전에 그 하잔의 여자친구, 양혜경이란 여자가 찾아왔어. 같이 윤 교수 밑에서 박사과정을 밟고 있는 중이라고 하더군."

"양혜경?"

"응. 근데 그 여자는 하잔이 절대 윤 교수를 죽인 범인이 아니라고 했어. 하잔은 몽골 출신의 라마교 승려로 달라이 라마의 비밀 경호원 출신이래. 무술의 고수이고……. 근데 그 역시 한 권의 책을 찾고 있다고 했어."

"한 권의 책?"

"응. 근데 이상한 건 그게 양혜경이 전해준 말로는 티베트에 불교를 전해준 전설적인 고승 파드마삼바바라는 인도 승려가 티베트로 가면서 가져간 책 중의 하나라고 하더만. 예수의 가르침과 죽음에 관한 내용이 담긴."

"예수의 가르침과 죽음?"

"응. 그게 파드마삼바바가 죽고 나서 어떤 경로를 통했는지는 모르지만 돌고 돌아서 아마도 동유럽 어디 수도원으로 흘러갔다가 몽골의 유럽 원정 때 다시 돌아온 것이라 추정할 수도 있겠지만……. 암튼 티베트 망명정부 달라이 라마가 하잔으로 하여금 그 책을 찾아오라는 밀명을 내렸고, 하잔은 그 책을 찾으면 다시 자기 나라로 돌아갈 거라고 하더군."

"음."

설희는 가볍게 신음 소리를 내었다.

"달라이 라마까지 등장하는 걸 보면 보통 책은 아닌 것 같네."

"응. 그런데 말이야. 맨처음 용의자로 올랐던 차 대령, 허영 교수 남편 말이야. 어쩌면 그 사람이야말로 윤 교수나 문 장로를 살해했을 가능성이 가장 높은 사람인지도 몰라. 파산한 상태에다 자기 아내 문제까지 걸려 있었으니까. 자기 말로는 사관학교 시절 만난 허 교수의 뒷바라지를 지금에 이르기까지 마다하지 않았는데 파산과 동시에 등을 돌리고 윤 교수와 친해졌다고 했어. 그는 자기를 배신한 아내에게 무서운 증오심을 가지고 있었어. 그런데 말이야. 그 사람 역시 그 책의 존재를 알고 있었고, 그 책을 찾고 있는 것 같았거든."

"그래? 후훗. 모두 그놈의 책 이야기네."

설희는 무엇이 우스운지 가볍게 헛웃음을 날렸다. 잠시 침묵이 흘렀다. 독한 마오타이 몇 잔에 몸과 마음이 몽롱하게 젖어왔다.

"나, 사실 예전에 티베트란 델 가본 적이 있어."

조금 후, 설희가 밑도 끝도 없이 말했다.

"그래?"

"응. 대학 졸업하고 한창 혼자 배낭 메고 세상을 돌아다닐 때, 티베트로 들어갔다가 눈 덮인 히말라야 산맥을 넘어 네팔로 내려왔지."

그녀는 마치 꿈이라도 꾸는듯한 표정을 지으며 말했다. 옛날에 그녀가 지구를 한 바퀴 반이나 돌아다녔다는 것은 알고 있었지만 거기까지 간 줄은 몰랐었다.

"지금도 눈을 감으면 그때 라사 부근, 그곳 티베트의 풍경이 눈에 선하게 떠올라. 풀 한 포기 없는 황량한 산, 흰 구름이 동화처럼 떠다니는 깊고 푸른 하늘. 깊은 계곡 아래로 흘러가는 얄룽창포라 불리는 회색빛 강. 끝없이 펼쳐진 고원과 점점이 널려 있던 양 떼와 천막집 게르. 그 너머로 먼 하늘에 빨래처럼 걸려 있는 만년설에 덮인 산들……. 늦여름인데도 밤엔 무척 추웠어. 마지막 날엔 뚜껑 없는 변기가 있는 호텔에서 자는데 너무 추워서 옷을 모두 껴입고 두꺼운 이불을 머리 끝까지 덮었어. 사람이 별로 없어 설렁했던 호텔은 크기만 했지 오래된 성처럼 낡았었어. 밤새 떨면서 자다 일어나보니 바람 소리뿐이었어. 사방이 온통 바람 소리뿐이었지. 윙윙거리는…… 그리고 내 가슴에서 뛰는 심장 소리뿐. 적막 그 자체였지. 다시는 그런 적막 경험해보지 못할 것 같애."

설희는 마치 꿈이라도 꾸는 것처럼 말했다. 그녀가 자신의 그런 속살 깊이 박힌 비밀스러운 이야기를 꺼낸 것은 처음이었다. 동탁은 말없이 혼자 잔을 홀짝였다.

그녀의 말을 듣고 있으니 가보지는 못했지만 황량한 고원을 지나가는 티베트의 바람 소리가 들리는 것 같았다. 하지만 들리는 건 바람 소리가 아니라 중국집 유리 창문을 타고 내리는 빗소리뿐이었다.

"그리고 나서 마침 등반하고 돌아가는 우리나라 사람들이 탄 봉고차를 얻어 타고 산을 넘어 네팔로 내려왔지. 하루 종일 계곡을 따라……. 티베트와 네팔은 히말라야를 두고 인접해 있지만 풍경은 백팔십 도 달라. 티베트는 춥고 공기도 희박하지만 네팔은 생명이 넘치는 열대 같았어. 눈부신 붉은 부겐빌레아꽃이 사방에 피어 있었고, 공기 속에서는 사원에서 태우는 향내가 짙게 배어 있었지. 그리고 거기 강가 화장터에서 죽은 사람을 태우는 광경도 보았어."

설희의 표정이 전에 없이 쓸쓸해 보였다. 조금 전 그녀가 했던 말이 이상하게 동탁의 가슴속을 아프게 맴돌고 있었다.

바람 소리와 자기 가슴에서 뛰는 심장 소리만 들릴 뿐.

그녀가 그때 경험했을 적막과 고독……. 그것은 어떤 것이었을까. 왠지 설희의 그런 모습에서 갑자기 지금까지 느껴보지 못했던 벽 하나가 허물어지는 느낌마저 들었다. 한 인간의 내면 깊이 숨겨져 있던 약한 모습을 보았을 때 갑자기 다가오는 어떤 낯선 감정. 미나에게서 느끼지 못했던 또 다른 느낌의, 물빛 슬픔 비슷한 감정이었다.

사랑일까. 후후.

동탁은 가볍게 속으로 웃었다. 술잔을 쭉 들이키고 창 쪽을 보니 여전히 찬 초겨울 비가 추적추적 을씨년스럽게 내리고 있었다. 잠시 침묵이 흘렀다.

"근데, 형. 정말 그 책이 세상에 나온다고 하여 무엇이 달라질까?"

설희가 조금 취한 목소리로 말했다.

"모르겠어."

동탁은 그녀의 시선을 피하며 자신 없는 표정으로 얼버무렸다. 사실 그 부분에 대해선 그 누구도 대답할 수 없을 것이었다. 자기 역시 마치 덫에 걸린 듯 그냥 쫓고 있을 뿐인 것 같았다.

"예전에 중국의 첸 카이거 감독이 만든 영화 중에 〈현 위의 인생〉이라는 게 있었지. 아주 오래전이어서 기억이 분명치는 않지만."

계속해서 설희의 말이 이어졌다.

"거기에 어떤 늙은 장님 악사가 나오는데, 그는 어릴 적부터 눈이 멀었어. 그런데 자기 스승으로부터 천 번째의 현이 끊어지는 날, 네가 눈을 뜨게 되리라는 예언을 들었어. 그는 그 말을 믿고 일생을 악사로 살았어. 늙을 때까지 연주를 멈추지 않으면서 말이야. 그리고 이제 노인이 되어 마악 구백아흔아홉 줄의 현이 끊어지고 드디어 마지막 한 줄의 현이 남았을 무렵, 그는 독백처럼 말하지. '천 개의 현이 끊어져 마침내 만일 내가 눈을 뜬다면, 과연 이 세상은 내가 꿈꾸었던 만큼 아름다울까.' 하고 말이야."

설희의 목소리에 전에 없던 쓸쓸함이 배었다. 동탁은 이상하게 가슴이 뭉클하게 젖어오는 느낌이 들었다.

"2천 년 전 예수나 그 제자들이 꿈꾸었던 세상은 어떤 것이었을까? 천 개의 현이 끊어진 지도 오래되었을 텐데 말이야. 후후."

설희는 가볍게 웃음을 터뜨렸다.

"그래도 말이야. 난…… 난 이번 사건 땜에 형이랑 가까워져서 좋아. 무언가를 같이 찾아가는 느낌? 혼자 배낭을 메고 여행을 하다가 우연히 만난, 따뜻하고 믿음직한 동행자?"

동탁을 쳐다보며 설희가 말했다. '따뜻하고 믿음직한 동행자'라는 말이 이상하게 아프게 파고들었다. 자기가 과연 그런 존재에 합당하기라도 한 것일까? 그녀의 검은갈색 눈에 오늘 따라 깊은 외로움의 그림자가 출렁이는 것 같았다.

"나야말로. 사실 이런 사건이 아니면 내가 어떻게 우리 박설희같이 멋진 사람이랑 이렇게 마주 앉아 있을 수가 있겠나?"

동탁은 자기도 모르게 탁자 위에 놓인 설희의 손을 잡으며 조금 장난스런 어투로 말했다. 농담 속엔 언제나 진실이 담겨 있게 마련이었다.

"치잇. 농담 아니지?"

"그럼. 정말이야. 우리 정말, 사귈까? 남들처럼 결혼도 하구."

"후후. 됐어."

설희가 가볍게 손을 빼며 말했다.

"난 역마살이 끼어서 그런지 한 군데 잡혀 사는 게 어쩐지 두려워. 이렇게 있다가도 어느 날 배낭 싸매고 훌훌 떠나버릴지도 몰라. 어느 날, 내가 보이지 않으면 그런 줄 알아."

그녀 역시 농담처럼 말했지만 그 말 역시 왠지 동탁의 가슴 깊이 아프게 파고들었다. 오래간만에 마시는 독한 술의 기운이 온몸을 나른하게 만들며 머리를 몽롱하게 휘저어놓고 있었다. 까닭 모를 슬픔이 밀물처럼 몰려왔다.

"다들 잊고 살고 있지만, 형은 이 우리 머리 위 우주에 얼마나 많은 별들이 있는지 알아? 난 봤어. 사막같이 황량한 티베트 고원을 지날 때 밤하늘에 뿌려진 수없이 많은 별들을."

설희가 조금 취한 목소리로 말했다.

"허블 망원경으로 보면 우리 은하계만 해도 삼천억 개의 별이 있다고 해. 세상에! 태양이 삼천억 개라니. 아니, 태양보다 수십 배 수백 배 되는 별들도 수두룩하고……. 그런 은하가 또 셀 수도 없이 많이 있다고 해. 수천억, 아니 수조 개나……. 갠지스강의 모래알보다 많은 별들이 살고 있는 은하들이……. 세상은 우리가 이해할 수 없는 것으로 가득 차 있는 것 같애."

설희는 술잔을 홀짝이며 계속해서 말했다.

"우리가 아직 태어나기도 한참 전에 발사된 보이저라는 우주선은 무려 사십 년이 넘는 시간을 날아가서 목성과 토성을 거치고, 명왕성과 해왕성 마저도 넘어 지금도 끝없는 우주 공간을 날아가는 중이라고 해. 우리 태양계조차도 벗어난 곳으로 말이야. 근데 보이저 우주선이 태양계를 벗어난 순간, 지구를 찍은 사진이 있어. 천문학자 칼 세이건의 아이디어로 아주아주 멀리서 찍어보낸 지구 사진. 그런데 그 사진 속의 지구는 말이야. 마치 아득하도록 넓고 어두운 바다 위에 떠 있는, 푸른 눈물 한 방울 같았어. 푸른 눈물 한 방울……."

설희는 감상에 젖은 목소리로 말했다.

"끝을 알 수 없는 검은 바다 속에 떨어져 있는 푸른 눈물 한 방울. 그 속에서 생명이라는, 그리고 인간이라는 온갖 특성을 지닌 불가사의한 존재가 생겨났다 사라졌다 하곤 해. 신기하지 않아? 그곳에 예수도 살았고, 부처도 살았고, 바닷속 물고기와 하늘의 새, 전쟁과 평화, 증오와 사랑도 살고 있지. 꽃도 피고 눈도 내리고 이렇게 우리처럼 다정하게 술잔을 기울이기도 하면서 말이야."

"우리 박설희 기자님 이런 모습 처음 보네."

동탁이 억지로 입가에 미소를 떠올리며 말했다. 그러나 설희는 오래간만에 하고 싶었던 말을 뱉어내듯 계속 말을 이어갔다.

"종교란 무엇이지? 이 작은 푸른 한 방울의 눈물 속에서 무슨 일이 일어나고 있는 것일까. 일가족이 모두 망나니의 칼날 앞에 처절하게 죽어갔던 정약종 선생. 지금도 각자의 종교적 신념에 따라 죽고 죽이는 이 지상의 많은 인간들. 자신의 몸에 폭탄을 감고 사람들 속으로 걸어가는 이슬람의 소녀를 비롯해서 그들 머리 위로 무자비한 폭탄을 퍼부으며 테러와의 전쟁이라는 자들까지…… 진리가 너희를 자유롭게 하리라, 의 그 진리는 무엇이지?"

그녀의 눈가가 어느새 젖어 있었다.

"난 언제나 설희 씨가 바람 소리 나게 횡횡 날아다니기만 하는 줄 알았지. 몽골의 전사 칭기즈 칸의 연인처럼 말이야. 후후."

동탁은 일부러 소리 내어 웃으며 앞에 놓인 술잔을 원샷으로 들이켰다. 괜히 자기조차 우울해지려고 했다. 날카로운 중국 술 특유의 맛이 식도를 찌르르 훑으며 내려갔다. 어두운 유리창 밖으로 추적추적 겨울을 재촉하는 찬비만 소리 없이 내리고 있었다.

"그만 나갈까? 비도 내리고……. 어디 가서 한잔 더 해."

"응."

동탁이 자리에서 일어나자 설희도 따라 일어섰다.

밖으로 나오자 비는 여전히 추적추적 내리고 있었다.

겨울을 재촉하는, 겨울로 가는 비였다.

동탁이 우산을 켜자 설희가 안으로 들어와 슬그머니 동탁의 팔짱을 끼었다. 울고 있는 걸까. 무언가 뜨거운 물방울 하나가 동탁의 손등에 떨어졌다. 곧 우산 위에 떨어지는 빗소리가 귓바퀴를 가득 채웠다. 따뜻한 그녀의 체온과 함께 비에 젖은 머리카락이 볼에 닿았다. 그녀의 머리카락에서도 은은한 샴푸 냄새가 났다.

'천 개의 현이 끊어져 만일 내가 눈을 뜬다면, 과연 세상은 내가 꿈꾸었던 만큼 아름다울까.'

설희와 나란히 빗속을 걸어가는 동탁의 머릿속엔 조금 전 그녀가 했던 말이 화두처럼 떠돌고 있었다. 어쩌면 지금 그들이 찾고 있는 '그 책'이 그런 것일지도 모른다는 생각이 문득 들었다.

28

납치

"뭐? 납치? 윤미나가?"

동탁은 하마터면 핸드폰을 떨어뜨릴 뻔했다.

새벽. 신촌 부근 모텔.

"예. 꽁지머리, 그놈이…… 봉고차에 밀어서……."

종철의 말이 마치 먼바다의 일기예보처럼 아득하게 들려왔다. 아직 술이 덜 깬 동탁의 머릿속은 안개 낀 바다와 같았다. 종철의 다급한 목소리가 안개 속 저편에서 종소리처럼 울렸다.

"알았어. 그쪽에 있어. 지금 곧 갈게."

전화로 이야기할 내용이 아니었다. 동탁은 전화를 끊고 침대 끝에 걸터앉아 멍하니 창문을 바라보았다. 커튼 사이 비친 창밖을 보니 어느새 비는 그쳐 있었다. 침대 위에는 설희가 이불을 둘둘 말고 새우처럼 웅크린 채 아직 자고 있었다.

어젯밤.

무슨 일이 있었던가.

흐릿한 머릿속으로, 중국집을 나와 포장마차에 들러 2차를 하고, 다시 생맥줏집으로 들어갔던 기억이 떠올랐다. 동탁도 설희도 많이 취했었다. 바람처럼 쌩쌩 날아다니던 그녀에게도 그렇게 많은 외로움이 있었는지 처음 알았다.

설희는 아버지가 일찍 돌아가시고, 엄마가 시장에서 가게를 하며 오빠와 자기 남매를 키우셨다고 했다. 세상을 돌아다니는 동안 수많은 사람들이 수많은 사연을 가지고 산다는 것을 알았다고 했다. 우주에 중심이 없듯이 세상의 어떤 생도 중심이 아니며, 모두가 떠돌이별처럼 외로울 뿐이라고 했다. 자기도 언젠가 신문사 일을 그만두고 나면 다시 어디론가 떠나고 싶다고 했다.

"신문사 그만두고 나면 네팔이나 동남아 어떤 나라 같은 데, 아직 알려지지 않은 작은 마을에 가서 허름한 게스트하우스 같은 거나 해볼까 생각 중이야. 형두 같이 갈래? 후후."

그녀는 농담처럼 말했었다.

술 때문이었을까. 아니면, 비 때문이었을까. 그녀가 그렇게 많이 자기 속에 감춰진 속살을 비친 것은 처음이었다. 동탁의 어깨에 기댄 그녀의 머리칼에서도 초원의 바람 냄새 같은, 외로움이 느껴졌다.

동탁은 정말 그렇게 그녀와 함께 이 세상에서 문득, 사라져버리는 것도 괜찮을지 모르겠다는 생각이 들었다. 그녀랑 알려지지 않은 작은 동남아 어디 마을에서 작고 허름한 게스트하우스를 지키며 함께 늙어가는 자기를 상상해보았다. 그래도 그리 나쁠 것 같지는 않았다. 그녀의 말대로 세상살이에 무슨 정답 같은 게 있을 리 없었다. 그리고 꼭 이루어져야 할, 해야 할 숙제 같은 것도 없을지 모른다. 모두가 그저 무언가에 사로잡힌 사람처럼 매일을 살아갈 뿐이었다.

대학 시절 읽었던 「전도서」의 맨 첫부분이 기억났다.

…… 헛되고 헛되며, 헛되고 헛되니, 모든 것이 헛되도다. 해 아래 수고하는 모든 수고가 사람에게 무엇이 유익한가. 한 세대는 가고 한 세대는 오되 땅은 영원히 있도다. 해는 뜨고 해는 지되 그 떴던 곳으로 빨리 돌아가고, 바람은 남으로 불다가 북으로 돌아가며, 이리 돌며 저리 돌아 바람은 그 불던 곳으로 돌아가고, 모든 강물은 다 바다로 흐르되 바다를 채우지 못하며, 강물은 어느 곳으로 흐르든지 그리로 연하여 흐르느니라.

그리고 뒤이어 나오는 또 한 구절,

모든 만물의 피곤함을 사람이 말로 다 말할 수는 없나니, 눈은 보아도 족함이 없고 귀는 들어도 차지 아니하도다. 이미 있던 것이 후에 다시 있겠고, 이미 한 일을 후에 다시 할지라, 해 아래에는 새것이 없나니, 무엇을 가리켜 이르기를 보라 이것이 새것이라 할 것이 있으랴. 우리가 있기 오래전 세대들에도 이미 있었느니라. 이전 세대들이 기억됨이 없으니 장래 세대도 그 후 세대들과 함께 기억됨이 없으리라.

철학과 다니던 대학 시절 한때는 쇼펜하우어와 니체를 읽으며 허무주의에 빠진 적도 있었다. 그때는 지금의 설희 그녀처럼 그 역시 어디론가 훌쩍 떠나버리는 꿈을 자주 꾸고는 했었다.

동탁은 비스듬히 자기 어깨에 기댄 설희의 이마에 가볍게 입을 맞추었다. 언제부턴가 그녀의 눈에 눈물 방울이 맺혀 있었다.

그나저나 미나가 납치되었다니 보통 일이 아니었다.
'바보……! 멍청한 놈. 그렇게 조심하라고 일렀건만.'

동탁은 괜히 종철에 대한 짜증과 분노가 치밀었다. 그렇게 조심하라고 신신당부를 했건만……

하지만 돌이켜보면 그 책임의 상당 부분이 자기에게도 있다는 생각이 들었다. 아니, 전적으로 자기에게 있다는 생각이 들었다. 그러자 자기 자신에게 더 화가 치밀어 올랐다. 미나를 그런 위험한 상태에 내버려두었다는 자체가 처음부터 말도 되지 않은 일이었다. 미나가 그런 일을 당할 동안 자기는 설희와 달콤한 꿈에 빠져 있었다니…….

죄책감이 무겁게 가슴을 파고 들었다.

그런데 꽁지머리가 왜 윤미나를 납치했을까?

동탁은 그의 인상을 다시 곰곰이 떠올려보았다. 진한 회색 개량한복 차림에 꽁지머리. 가는 쥐눈, 뾰족한 턱주가리에 염소수염을 기른 마흔가량 되어 보이던 사내. 몸매는 날씬한 편이었고, 키는 적당한 크기였다. 그리고 문 장로 밑에서 무슨 수련인지는 모르지만 수련을 하고 있다고 했었지.

문 장로의 천막집에서 그렇게 잠깐 마주쳤던 것 외에는 그가 남겨놓은 인상이라곤 별로 없었다. 결론적으로 그와 엮일 만한 건덕지라고는 아무리 생각해도 무엇 하나 떠오르질 않았다. 그런데 문 장로 사건이 나고 나자 흔적도 없이 사라졌다고 했다. 아무도 모르게 그림자처럼……. 그리고 갑자기 윤미나에게 전화를 걸어 만나자고 했고.

설마하니 꽁지머리 그자가 그런 일을 저지르리라고는 상상하지도 못했던 일이었다. 문 장로 밑에서 함께 일하고 있었다면 그 역시 성 유다 동방교회 소속의 꽤 높은 직책에 있는 자라는 말이었고, 그렇다면 죽은 윤 교수와도 같은 쪽에 서 있던 자라는 말인데, 그런 그가 윤 교수의 딸 윤미나를 납치할 까닭이 없지 않은가.

그는 누구인가? 그의 정체는 과연 무엇일까? 그는 무엇을 노려 윤미나를 납치했을까? 그때 불현듯 동탁의 머릿속을 스치는 것이 있었다. 그자도 '그 책' 때문이 아닐까? 이번 사건은 모든 것이 '그 책'과 연관되어 있었다. 그렇다면 그자도 그 책을 찾고 있는 것인지도 모른다. 그렇다면 그건 보통 일이 아니었다. 동탁의 마음에 갑자기 조바심이 일었다.

지금까지 벌어지고 있는 모든 일들은 따로따로였지만 모두 하나로 묶여 있다. 이제부터는 그 따로따로 존재하던 일들이 하나로 묶여서 등장할 것이었다. 윤 교수의 죽음에서부터 미나의 납치까지…… 그럴 시점이 다가오고 있었다! 그리고 그 중심에는 아직 드러나지 않은 바로 '그 책'이 있었다.

그러자 동탁은 그자로부터 곧 자기에게 전화가 올 거라는 막연한 예감이 들었다. 만일 그가 이 사건에 연관되어 있다면 반드시 윤미나에게서 전화번호를 알아내어 자기에게 전화를 걸어올 것이라는 예감이었다. 그리고 그것은 시간이 지날수록 점점 확신으로 바뀌었다. 그런 확신이 든 동탁은 더 이상 지체하고 못하고 주섬주섬 옷을 주워 입었다. 갑자기 마음이 바빠졌던 것이다.

"형, 가?"

그때 등 뒤에서 졸린 목소리가 들렸다. 설희였다.

"응. 일어났구나. 일이 생겼어."

"무슨 일?"

엎드려 베개에 머리를 묻은 채 고개만 돌려 설희가 말했다. 여전히 졸린 목소리였다. 동탁은 그런 그녀에게 다가가 귀 가까이 입을 갖다 대고 속삭이듯이 말했다.

"윤미나, 윤 교수 딸 말이야. 윤미나가 납치됐대."

"엉? 납치? 언제? 누구한테?"

그제야 정신이 좀 드는지 설희가 턱을 세우고 동탁 쪽으로 얼굴을 향하며 말했다.

"어제. 꽁지머리라고 문 장로를 추종하며 같이 살던 자인데, 자세한 것은 우리 강종철 기자 만나봐야 알 수 있을 것 같애."

동탁은 설희의 등에 머리를 대고 자기 역시 마치 먼바다의 일기예보라도 전하듯 뇌까렸다. 회색빛 안개 속으로 아직도 술기운이 남아 떠도는 것 같았다.

모든 게 꿈만 같았다. 설희가 이렇게 자기 곁에 있다는 것도……. 그녀의 가슴속에서 아직 히말라야를 스쳐온 바람 소리가 들려오는 것 같았다. 그리고 네팔 카트만두 곳곳에 피어 있다는 붉은 부겐빌레아 꽃. 공기 중에 밴 짙은 향 피우는 냄새와 강가의 시체 태우는 냄새도…….

그녀는 아직 동탁이 가보지 않았던 너무나 다른 많은 세상을 알고 있었다. 동탁은 그런 그녀에게서 부러움과 함께 그리움 비슷한 것을 느꼈다. 미나와 또 다른…….

"아직 비 와?"

"아니."

"난 조금 더 잘래. 머리 아파."

설희가 다시 돌아누우며 말했다. 머리카락이 아무렇게나 흐트러졌다.

"알았어. 이따 전화할게."

"응. 형, 조심해."

모텔 밖으로 나오자 제법 차가운 바람이 얼굴에 감겼다. 동탁은 깃을 세워 목을 감싼 다음 지나가는 택시를 잡아탔다. 일단 종철이네로 가보기로 했다. 문자를 보내니 금세 답장이 왔다. 그렇지 않아도 자기 집 앞 카페에서 기다리고 있는 중이라고 했다. 청동빛 어둠을 헤치고 날이 조금씩 밝아오고 있었다.

"어떻게 된 거야?"

조금 후. 카페 한구석.

자리에 앉자마자 동탁이 종철을 향해 퉁명스럽게 물었다.

"아, 마 차장님……!"

종철은 오래간만에 보는 사람처럼 자리에서 벌떡 일어나며 조금은 당황스러운 표정으로 동탁을 맞았다. 하긴 그럴 만도 했다. 단단히 주의를 시켜서 보냈는데, 그녀가 납치되는 걸 뻔히 보고도 지키지 못했다니, 입이 열 개라도 변명의 여지가 없을 터였다.

"어떻게 됐어?"

동탁이 다시 인상을 사납게 찡그리며 다그치듯 물었다.

"아, 그게…… 그러니까."

종철은 커다란 눈을 껌뻑거리며 말했다.

"그놈, 꽁지머리랑 미나 씨는 광화문 부근 사직공원에서 만나기로 약속했어요. 탁 트인 공간이고, 사람들도 별로 눈에 띄지 않는 장소라 안심이 되었죠. 나는 미나 씨랑 멀찍이 보이는 벤치에 앉아 있었구요. 뛰어가면 삼사 분 이내 거리라 그쯤이면 무슨 일이 일어나도 충분히 대처할 수 있다고 생각했죠."

종철은 변명이라도 하듯 말했다.

"미나 씨랑 내가 먼저 도착했고, 약 십 분쯤 뒤, 낡은 흰색 봉고차가 한 대 길가에 선 다음 그가 내리더군요."

"꽁지머리?"

"예."

"틀림없어?"

동탁은 재차 확인이라도 하듯 물었다.

"당근이죠. 이름도 알아놓았어요. 고수연."

"고수연?"

"예. 미나 씨가 말해줬어요. 그때 문 장로 천막집에 갔을 때와 똑같은 개량한복 차림에 염소수염을 기르고 있어 금세 알아보았죠. 차에서 내린 그는 미나 씨 쪽을 향해 걸어갔고, 두 사람은 가볍게 인사를 나눈 다음 벤치에 나란히 앉더라구요. 내 쪽으로 등을 돌린 채 말이에요. 그쪽을 지켜보고 있다가 그들이 이야기를 나누는 동안, 나는 잠시 친구랑 핸드폰으로 통화를 하고 있었는데…… 그때."

종철이 눈을 빛내면서 약간 흥분한 목소리로 말했다.

"그때 갑자기 미나 씨가 뭐라 소리치는 소리가 들렸어요. 처음엔 나도 상황을 미처 파악하지 못하고 약간 얼떨떨한 상태로 주저하고 있는데, 순식간에, 아주 순식간에, 꽁지머리가 미나 씨의 팔을 꽉 붙들고 바로 길가에 서 있던 봉고차 안으로 끌고가서 차 안으로 밀어 넣어버리는 것이었어요. 그때야 비로소 나는 핸드폰을 집어 던지고 달려갔죠. 하지만 대기하고 있던 봉고차는 미리 엔진을 걸어두고 있었던지 그들이 타자마자 쏜살같이 사라지고 말았어요. 너무나 순식간에 일어난 일이라……."

종철은 고개를 숙이며 울상을 지었다.

"죄송해요."

동탁은 카페의 천장을 올려다보며 착잡한 표정을 지었다. 죄송하다고 될 일이 아니었다. 어떡하나. 큰일이 터진 것이다. 큰일이라도 보통 큰일이 아니었다. 미나가 납치되었다니!

일단 경찰청 홍 경감에게 알리는 것이 좋을 것 같았다. 무슨 일이 생기면 먼저 자기에게 연락해달라고 지난번 만났을 때 이야기했었지.

'하지만……'

하지만, 하고 동탁은 곧 망설여졌다. 그에게 연락을 하는 순간, 그다음은 지금까지 일어났던 모든 것이 그의 손으로 넘어가고 만다. 지금까지 은밀히 진행되어왔던 모든 일들을 모두 그에게 털어놓지 않을 수가 없을 것이고, 그때부터 진행의 주도권은 그의 수중으로 넘어갈 수밖에 없을 것이었다. '그 책'에 관한 비밀까지도……

"근데 마 차장님, 제가 얼핏 봉고차 안쪽을 봤는데…… 그 사람, 마 차장님이 봤다는 그 서양 수도사라는 사람, 그레고리라는 수사 있잖아요. 그 친구가 얼핏 보이더라구요."

"뭐?"

이건 무슨 소린가? 그레고리 수사라니? 동탁은 잘못 들었나, 하는 표정으로 종철을 쳐다보았다.

"멀리서 얼핏 봐서 긴가민가 하긴 한데……. 암튼 그 친구 같았어요. 검은 망토 같은 걸 머리에 뒤집어쓰고 있었고, 수염을 기른 서양인이었는데."

수염을 기른 서양인? 검은 망토 같은 걸로 머리를 싸고 있었다?

"확실해?"

"예. 짧은 순간이긴 했지만."

갑자기 동탁의 머릿속으로 번개가 번쩍 하고 스쳐 지나갔다.

드디어 그레고리가 다시 나타났군!

명동에서 쫓기다 헤어진 이후 그의 행적이 궁금했는데, 꽁지머리의 봉고차에서 모습을 보이다니. 종철의 묘사대로라면 미나가 납치될 때 봉고에 타고 있던 수염을 기른 그 서양인이란, 분명히 그레고리 수사 그놈이었다. 전에도 처음 윤미나를 만났을 때, 명동 모텔에서 그놈에게 납치당할 뻔한 적이 있었다고 하지 않았던가. 그런 그가 윤미나가 납치될 때 꽁지머리의 봉고차에 함께 타고 있었다?

그건 정말 상상 밖의 일이었다. 어느 날 화성인이 길거리에 나타난다 해도 그렇게 놀랍지는 않을 것이었다.

"음."

동탁은 커피를 한모금 홀짝거리며 잠시 생각에 잠겼다.

그가 미나가 납치되는 현장의 봉고차에 타고 있었다면 그와 꽁지머리 사내는 이미 잘 알고 있는 사이라는 것을 의미했다. 그렇지 않다면 전혀 이질적인 두 인간이 같은 시간, 같은 공간에서, 같은 행위에 동참하고 있을 리가 없었다.

그렇다면 그들 이질적인 두 사람을 엮어놓은 끈은 무엇일까?

그들 두 사람의 공통된 점은 무엇일까? 돈……? 아니면, 어떤 종교적이나 정치적 믿음이나 신념……? 아니면, 그 둘 다……?

그들 두 사람은 하나의 공통된 목적을 지니고 있다는 것은 분명했다. 그렇지 않다면 그들이 위험을 무릅쓰고 같이 봉고차를 타고 나타나 윤미나를 납치했을 리가 없었다.

그때, 막연하지만 동탁의 머릿속으로 그들이 어쩌면 '성 유다 동방교회'라는 조직과 관련이 있을지도 모른다는 생각이 떠올랐다. 꽁지머리를 처음 만난 것도 바로 문 장로의 천막집이었고, 그 천막집이 바로 '성 유다 동방교회'라는 이름이 붙어 있는 곳이었다. 그리고 붉은 수염의 수사 그레고리란 친구 역시 배신자 가롯 유다의 흔적을 찾아 수천 년을 쫓아온 암살자, 검은 기사단의 일원일 거라는 강력한 추측이 있었다.

그들 사이의 복잡한 내용은 알 수 없었지만, 한 가지의 공통점은 '유다'라는 이름이었다. 이제 그것을 찾아내어야 한다. 그는 왜, 그리고 꽁지머리 사내는 왜, 윤 교수의 딸 미나를 납치해 갔을까? 그들은 어떤 관계일까?

"경찰청 홍 경감에게 연락할까요?"

그때 종철이 물었다.

"음. 가만 있어봐. 생각 좀 해보고."

동탁이 잠시 뜸을 들였다. 신고하는 건 문제가 아니었지만 그다음이 문제였다. 신고하게 되면 지금까지 비밀히 진행해오던 것들이 모두 드러나는 될 뿐만 아니라 무엇보다 미나의 안전도 문제였다. '그들' 말대로 경찰에 신고한 것이 알려지면 미나에게 무슨 짓을 할지 알 수 없었기 때문이다. 그렇다면 꽁지머리로부터 무언가 먼저 메시지가 올 때까지 기다려보는 게 좋을 것 같았다.

"어떻게 할까요?"

종철이 초조한 표정으로 동탁을 쳐다보았다.

"음. 내 생각으론 말이야, 꽁지머리 놈과 그 그레고리란 놈이, 만일 네가 본 게 틀림없다면 말이야, 분명 미나 씨를 납치한 이유가 있겠지. 그리고 그 둘 사이에 아직 우리가 모르는 모종의 관계가 있을 거야. 안 그래?"

"당연…… 그렇겠죠."

"그렇다면 그들은 무엇을 노리고 있는 걸까?"

"……."

"돈?"

그러고 나서 동탁은 머리를 흔들며 스스로 대답했다.

"아니. 분명 돈은 아닐 거야. 미나 씨를 협박해봤자 그들에게 돈을 줄 처지도 아니고, 누가 대신 내어줄 사람도 없으니까 말이야. 그리고 무엇보다 그들의 인상으로 봐서 돈을 노린 자들은 아닌 것 같아."

"그렇다면……?"

종철이 심각한 얼굴로 동탁을 쳐다보았다.

"모르겠어. 무언가 다른 게 있을 것 같은데 말이야."

동탁은 가볍게 머리를 흔들며 얼굴을 찡그렸다.

"내 예감이지만 어쩐지 그들 중 하나가 조만간 나한테 전화를 할 것 같아."

"마 차장님에게?"

"응. 그들이 노리는 게 돈이 아니라면…… 그들은 우리가, 아니 특히 내가 알고 있는 것에 대해 궁금해할 거야. 그들 역시 분명 내가 알고 있는 그 무언가를 찾고 있는 게 틀림없어."

"그 책?"

종철이 얼른 감을 잡고 말했다.

"응. 아마도."

"그렇다면 그들도 그 책의 존재를 알고 있다는 말이군요."

"그 책의 존재뿐이 아니라 그 책 내용이 어떤 것인지도 알고 있을지도 몰라. 특히 그 그레고리란 서양 수도사 말이야. 그 친구는 우리가 모르는 다른 많은 것들을 알고 있을지도 몰라."

동탁은 마치 무슨 확신이라도 가진 사람처럼 말했다.

"그럼 미나 씨는?"

"그들이 윤미나를 해칠 거라는 생각은 들지 않아. 위험한 상태이긴 하겠지만. 그 책을 찾을 때까지는. 그러니까 내 생각대로라면 그들에게서 곧 내게 전화가 올 거야. 무언가 큰 그림을 가지고 말이야. 그러면 그들의 의도가 분명해지겠지."

동탁은 내심 불안한 구석이 없지 않았지만 자신의 희망을 담아서 말하고는 종철을 바라보며 소리를 잔뜩 낮추어서 속삭이듯이 말했다.

"그리고 말야. 윤 교수가 남겼던 라틴어 성경 속 암호, 그게 조금 풀렸어."

"예?"

아니나 다를까 종철은 휘둥그레해진 눈으로 동탁을 쳐다보았다. 무슨 말인가 하는 표정이었다.

"아직 충분치는 않지만…… 자세한 건 이따 이야기해줄게."

그러나 동탁은 더 이상 이야기하지 않고 그쯤에서 마무리를 지었다. 지금은 먼저 미나의 행방을 찾는 게 급선무였다.

아닌 게 아니라 처음부터 종철이 아니라 자기가 갔어야 할 일이었는지 모른다. 자기가 갔더라도 같은 일이 벌어지지 말라는 법은 없었지만 그녀에게 위험이 다가온다는 걸 알면서도 내버려두었다는 게 계속 마음에 걸렸다. 그날 아침, 신수동 자기 원룸에서 머리를 감고 나오던 그녀의 모습이 아프게 떠올랐다.

식은 커피 맛이 입안에 쓰게 감겼다.

29

과거와 현재의 미로 속에서

짐작대로였다.

얼마 지나지 않아 꽁지머리에게서 전화가 왔다.

"여보세요. 누구시죠?"

동탁은 속으로 잔뜩 긴장되었지만 아무것도 모르는 사람처럼 침착한 목소리로 전화를 받았다.

"마 기자님? 흠, 나랑은 안면이 있을 텐데요. 얼마 전엔가 문 장로님 산막에서 만났는데……."

귀에 익은 목소리. 낮지만 카랑카랑한 쇳소리. 짐작했던 대로 꽁지머리였다.

"고 선생? 맞죠? 고수연 선생."

"내 이름을……? 가르쳐주지 않았는데 어떻게 알았소?"

그는 약간 의외라는 듯 말했다.

"그건 그렇고 미나 씨는 어떻게 됐나요? 거기가 어딘가요? 왜 그녀를 데려갔죠?"

동탁은 핸드폰에 얼굴을 바싹 붙이고 여러 가지를 한꺼번에 캐물었다. 자기도 모르게 목소리가 조금 다급해져 있었다.

"마 기자님, 윤미나는 우리가 잘 보호하고 있으니 걱정하지 마시오."

그는 여전히 감정이 없는 카랑카랑한 어조로 받았다.

"보호? 그녀가 무슨 상관이 있다고! 그녀는 아무것도 몰라요. 먼저 그녀부터 풀어주세요!"

동탁은 큰 소리로 말했다.

"후후. 걱정하지 마시오. 다만 마 기자님은 빨리 그 책을 찾아 우리에게 가져다주기만 하면 돼요. 아시겠어요? 그 책, 『유다계시록』이라고 하는 책 말이오. 그 책만 갖다주면 끝이오. 그러면 정말 아무 일도 없을 테니까. 아시겠어요?"

"유다계시록?"

동탁은 자기 짐작이 맞았다는 것을 직감하고 되물었다.

"지금 그 책을 찾을 수 있는 사람은 오직 마 기자님밖에 없소. 다른 사람은 다 죽었으니까. 그러니까 빨리 그 책을 찾은 다음 우리한테 연락하시오. 아니, 아니. 연락할 필요 없어요. 그때가 되면 우리가 찾으러 갈 테니까. 아시겠어요? 그러면 윤미나도 아무 일 없이 돌아갈 수 있을 거요."

"당신이 문 장로를 죽였나요? 산막에 불을 지르고?"

동탁은 그가 전화를 끊을까 봐 급하게 캐물었다.

그러나 전화는 갑자기 끊어졌다. 핸드폰이 아니라 공중전화 같았다. 동탁은 멀거니 넋이 나간 표정으로 자기 핸드폰을 한동안 내려다보았다.

그때 불현듯 그가 한 말 중에 '우리'라는 단어가 떠올랐다. 분명 그는 '우리가 그녀를 잘 보호하고 있다'고 했다. 그렇다면 그는 혼자가 아니라는 뜻이 아닌가. 그렇다면 그는 강종철 말대로 그 서양 수도사 그레고리와 함께 있다는 뜻이 되기도 했고, 다른 한편 어떤 종교적 조직 같은 게 뒤에 있다는 뜻이 되기도 하지 않은가.

그를 포함한 '우리'가, 바로 그 책『유다계시록』을 찾고 있는 것이 이젠 명확해졌다. 그러니까 그들이 윤미나를 납치한 것도, 윤 교수와 문 장로의 죽음도 모두 바로 그 책『유다계시록』때문이라는 말이 된다. 그렇다면 정말 그 책, 『유다계시록』은 실재로 존재한다는 뜻이 아닌가?

이제 풀다 만 암호를 따라 '그 책'을 찾아가볼 수밖에 없게 되었다. 미나의 목숨이 걸린 문제였다.

운명이라고나 할까. 그런 임무가 얄궂고도 이해할 수 없는 상황에 의해 마동탁 자기 어깨 위에 떨어진 것이었다. 선택의 여지가 없는 막다른 길이었다. 상황은 생각보다 급박하게 돌아가고 있었다.

꽁지머리와의 전화가 끊어진 다음, 동탁은 인상을 잔뜩 찌푸린 채 혼자 생각에 빠져 있었다. 그래도 가장 가까운 의논 상대라고는 강종철밖에 없었다.

그에게 도움을 청하는 수밖에 없었다. 비록 암호의 나머지 부분이 풀리지 않았지만 그렇다고 마냥 앉아 설희의 소식을 기다리고 있을 수만은 없었다. 그리고 그녀라고 하여 꼭 해독을 하리라는 보장도 없었다.

"이봐, 강 기자. 바빠?"

"왜요?"

"응. 나 좀 봐."

종철은 동탁의 표정에서 심상치 않은 기색을 발견하고는 더 이상 묻지 않고 가만히 뒤를 따라 나왔다. 마침 복도 끝 회의실이 비어 있었다. 두 사람은 회의실 안으로 들어갔다. 동탁은 소리 없이 문을 닫았다.

"예상했던 대로 꽁지머리, 고수연이한테서 전화가 왔어."

자리에 앉자마자 동탁이 무겁게 입을 열었다.

"예? 꽁지머리에게서?"

"응. 윤미나는 잘 데리고 있으니까 걱정 말래."

"그러면……?"

"짐작했던 대로 그가 찾고 있는 것은 책이었어. 그 한 권의 책 말이야."

동탁의 말에 종철은 난감한 표정부터 지었다. 아직 행방도 알 수 없는 그 한 권의 책 때문이라니. 그런 종철을 향해 동탁은 주머니에서 무언가를 꺼내 천천히 내밀며 말했다.

"내가 말했지? 윤 교수의 라틴어 성경 속에 표시된 알파벳 문자 일부를 해독했다고. 오해하진 마. 내가 푼 것은 아니고, R일보 박설희 기자의 도움을 좀 받았어. 자세한 건 나중에 이야기해줄 테니까 먼저 이걸 한번 봐봐."

동탁은 꺼낸 종이를 종철 앞 가까이 보여주었다.

"이게…… 뭔가요?"

종철은 미간을 잔뜩 찌푸리고 종이를 들여다보았다. 거기엔 설희가 보내주었던 깨알 같은 글자들이 늘어서 있었다.

cǎputabsumǎquarŭbertemplummartyrjoannistúmŭlus-nǐgroarcastephanus……

그리고 이어서,

cǎput [카푸트] ; 머리
absum [압숨] ; 없다
ǎqua [아콰] ; 강
rŭber [루베르] ; 붉은
templum [템플룸] ; 성당
martyr [마르튀르] ; 순교자

joannis [요하네스] ; 요한

túmŭlus [투물루스] ; 무덤 (묘비)

nĭgro [니그로] ; 검다

arca [아르카] ; 상자

stephanus [스테파누스] ; 스테판

"이게……?"

종철은 더욱 난감해진 표정으로 동탁을 쳐다보았다. 무슨 수수께끼 장난이라도 하나, 하는 표정이었다.

"윤 교수 라틴어 성경 속에 표시된 라틴어 단어들을 풀이해놓은 거야. 그리고 이제부터는 그 단어들이 의미하는 장소를 찾아가야 해."

"단어들이 의미하는 장소?"

"응. 윤 교수가 자기 딸 미나에게 그 성경책을 주면서 「요한계시록」편에 지도가 있다고 했거든. 그 단어들이 바로 「요한계시록」에서 나온 거야. 그러니까 그게 어쩌면 그 책이 감추어진 장소를 가리키는 걸지도 모른다는 거야."

"음."

동탁의 말에 비로소 종철은 무언가 이해가 간다는 듯이 팔짱을 낀 채 깊게 신음 소리를 내었다.

"문제는 그다음이야. 이 단어들이 무엇을 의미하고, 무엇을 가리키는 것인지를 알아야 해."

거기까지 빠르게 설명한 다음 동탁은 종철의 얼굴을 살폈다. 종철은 다시 한번 유심히 종이 위에 쓰인 글자를 들여다보고 있었다. 그러나 알 수 없긴 마찬가지라는 표정으로 고개를 가우뚱거리며 혼자 중얼거렸다.

"머리, 없다, 강, 붉은, 성당……. 혹시 절두산……?"

"맞아! 양화진, 절두산 성당!"

동탁은 깜짝 놀라서 작게 소리를 질렀다.

우연이었을까. 설희의 해석과 기가 막히게 맞아떨어졌다. 동탁은 감탄과 반가움이 섞인 눈으로 종철을 쳐다보았다. 두 사람이 일치했다면 그럴 가능성이 훨씬 높아졌다.

"역시."

그런 동탁의 반응에 종철은 쑥스럽게 미소를 지으며 말했다.

"차장님, 그러나 아직 확실한 건 아니잖아요?"

"응. 맞어. 아직 확실하진 않아. 그러나 그럴 가능성이 높아. 그러면 그 뒤의 단어들, 순교자, 요한, 무덤, 사제, 스테판은 무얼까?"

"순교자 요한의 무덤……."

종철이 다시 입속으로 반복해서 중얼거렸다.

"응. 그래. 맞어. 이제부터는 절두산 성당에서 순교자 요한의 무덤을 찾아야 해. 그가 누구인지. 그곳 어디에 순교자의 묘지가 있는지 말이야. 아마도 짐작건대 대원군 시대 천주교 박해가 심했을 때 그곳에서 목이 잘려 죽은 분이 아닌가 하는데."

"대원군 때 죽은 사람들 중에 요한이라는 세례명을 가진 사람을 있나 한번 찾아보면 되겠네요. 알았어요! 내가 한번 찾아볼게요."

종철이 시원하게 대답했다.

"오케이. 가능하면 서둘러줘. 내일이라도 한번 가보게."

"알았어요."

동탁은 어쩐지 속이 조금 시원하게 뚫리는 느낌이 들었다. 혼자 끙끙 앓고 있기보담은 역시 종철에게 털어놓고 의논하길 잘했다는 생각이 들었다. 그런 일은 아무래도 한 살이라도 젊은 종철이 자기보다는 더 빠를 것이었다.

> ▸ 형. 어떻게 됐어? 미나 씨는?

종철과 이야기를 끝내고 돌아오자 설희에게 문자가 날아와 있었다. 그러고 보니 그날 아침에 헤어지고 나서 처음이었다.

> ▸ 응. 문 장로 천막집에서 만난 꽁지머리 사내한테 납치되었대. 우리 강종철 기자가 따라갔는데 놓쳤어.
> ▸ 그래? 큰일이네. 어쩌나?
> ▸ 꽁지머리한테서 내게 전화가 왔어. 책을 찾아 가져오라고. 그럼 미나 씨를 풀어주겠다고.
> ▸ 전형적인 납치범들 수법이네.
> ▸ 응.
> ▸ 어쩌지?
> ▸ 일단 우리 강종철 기자랑 거기 가보기로 했어.
> ▸ 머리 없는 성당?
> ▸ 응.
> ▸ 암호가…… 아직인데?
> ▸ 강종철이보고도 찾아보라고 했어. 암튼 급하게 됐어.
> ▸ 알써. 나도 찾아볼게. 조심해!
> ▸ 응. 고마워.

카톡이란 놈은 언제나 무미건조하기 짝이 없었다. 후딱 날아갔다가 후딱 날아오는 사이 서로 간의 최소한의 정보만 앞뒤 뚝 잘라서 전하고 나면 그뿐이었다. 표정도 없었고, 감정도 없었다. 갑자기 공허함이 몰려왔다.

내가 지금 뭘 하고 있지, 하는 근본적인 공허함이었다. 동탁은 이 모든 일들의 처음으로 다시 돌아가보았다. 이 모든 것의 시발점은 윤 교수의 죽음이었다. 그리고 그의 죽음과 함께 찾아온 너무나 익숙하고도 낯선 이름 하나, 가롯 유다.

성경 속에 등장하는 인물 중에서 가장 중요한 역할을 하고 있음에도 불구하고 누구도 꺼내고 싶어 하지 않는 이름. 그리고 그가 남겼다는, 혹은 남겼을지도 모른다는 책 한 권. 모든 것은 그것으로부터 시작되었다. 2천 년 전에 살다가 죽은 어떤 사내의 모습이 떠올랐다. 동탁은 책상 서랍에서 윤 교수가 쓴 논문을 새삼스럽게 다시 꺼내어보았다.

「가롯 유다에 관한 또 하나의 다른 이야기」

제목 속에 그가 하고 싶었던 말들이 꼭꼭 숨겨져 있음을 이제야 조금은 알 것 같았다. '또 하나의 다른 이야기'라고 했지만 그것은 가히 혁명적인 이야기였다.

예수의 가장 가까운 제자였던 12사도 중의 한 사람. 그러나 저주받고 역사 속으로 사라져버린, 아니 영원히 지옥의 가장 깊은 곳으로 내동댕이쳐져버린, 한 인간의 비극적인 초상이 무서울 정도로 현실감 있게 그려져 있었다. 그가 과연 어떤 인간이었는지 동탁이 감히 판단할 문제는 아니었다. 그러나 그가 신과 인간 사이에 벌어진 이 장대한 드라마 속 주인공의 한 사람이었음은 누구도 부인하지 못할 것이었다.

그는 정말 스승인 예수를 팔아먹었을까? 팔아먹었다면 왜 그랬을까?

윤 교수는 이미 기정사실화된 채 2천 년을 내려오던 그 주장에 심각한 의문을 던지고 있었다. 그런 의문을 던지고 있다는 자체가 불경스럽고 위험하기 짝이 없었는지도 모른다. 그의 논문은 그런 위험한 시한폭탄을 품고 있었고, 어쩌면 윤 교수 그 자신도 알고 있었을지 모른다.

그래도 그는 어떤 확신을 가진 사람처럼 말했다. 동탁은 기계적으로 「가롯 유다에 관한 또 하나의 다른 이야기」를 넘기며 생각했다. 비록 가롯 유다의 어린 시절에 대한 이야기가 윤 교수가 지어낸 허구라고 하더라도 여러 기록상 열심당에 들어갈 정도로 열정적이었던 그가 돈에 팔려 자기가 모시며 따랐던 위대한 스승을 팔아먹었을 거라는 주장 역시 누군가가 만들어낸 이야기가 틀림없을 것 같았다. 그것도 겨우 황소 한 마리 값에 지나지 않은 돈으로……

그렇지 않다면 성경에 나오는 대로 그 순간 무언가에 홀려—가령 사탄이나 악령 같은 것에—그랬다고 할 수는 없을까? 그러나 그건 더더구나 더 설득력이 없다. 왜냐하면 그의 옆에는 그런 사탄이나 악령을 쫓아내는 데 최고의 권능을 가진 전문가, 바로 예수가 있었지 않았는가. 사랑하는 제자 중의 하나가 그런 것 따위에 홀리도록 내버려두실 까닭이 없었을 것이다.

그렇다면 유일한 가능성은 윤 교수의 주장대로, 그리고 근래에 발견된『유다복음』의 기록대로, 예수와 유다 사이에 남모를 약속, 엄청난 교감이 있었다는 말이 된다. 최근 번역되어 세상에 널리 알려진『유다복음』에는 분명, '유월절 축제가 시작되기 3일 전부터 1주일 동안 유다와 예수가 함께 나눈 비밀스럽고 새로운 이야기'라고 되어 있었다.

그 복음서의 진위를 떠나서 그럴 가능성이 가장 높았다. 그리고 그것이 오히려 '전지전능하신 하나님의 아들 독생자 예수'와도 맞아떨어진다. 그렇지 않다면 어떻게 그를 전지전능하다고 할 수 있겠는가.

그리고 윤 교수의 논문대로라면 예수가 십자가에 못 박혀 죽은 후, 유다는 동방을 향해 정처 없이 발걸음을 옮긴다. 그리고 그 어딘가의 사원에서 살다가 죽었을 것이다. 그리고 그에 대한 이야기는 기독교가 로마로 들어가 로마의 국교, 가톨릭이 되는 동안 모두 사라졌을 것이다. 특히 서양판 분서갱유가 벌어졌던 니케아 종교회의를 거치면서 이단으로 몰린 그에 관한 이야기는 그후 유대 사막으로 쫓겨간 금욕적인 에세네파와 같은 일부 영지주의자들 사이에 바람처럼 떠돌다 사라졌을 것이다. 분명한 것은 그때 수많은 사람들이 죽고, 수많은 책들이 금서로 찍혀 불태워지거나 사라졌다는 사실일 것이다. 그리고 그중의 극히 일부의 책들이 항아리 속에 담겨 동굴 깊숙한 곳에 숨겨져 있다가 최근에야 발견되었던 것이다.

윤 교수의 논문은 바로 그 바람처럼 떠돌던 이야기를 기록한 것일 것이었다. 그의 말대로 믿거나 말거나는 각자의 판단에 맡겨야 할 것이었다.

문제는 그때 그가 그곳에서 남겼다는 한 권의 책이었다. 그리고 이번 사건에 관련된 자들은 모두 그 한 권의 책에 관련되어 있었다. 심지어는 허영 교수의 남편 차 대령이라는 자까지……. 그 책은 문 장로에 의하면『유다계시록』이라고 했다.

『유다계시록』.

이름만으로도 무언가 불길한 암시를 주는 책이었다. 동탁은 그런 이름이 싫었다. 계시록이라는 이름의 책들이란 대부분 사람들을 현혹시킬 뿐이라는 생각이 들었기 때문이다. 미래는 그냥 미래일 뿐이다. 미래를 안다고 하여 달라질 것은 없었다. 철학자 베르그송에 의하면 타임머신을 타고 갈 수 있는 과거나 미래는 없다. 그것은 어디까지나 시간을 공간화하여 사고하는 인간의 오류일 뿐이다. 있는 것은 '지속'하는 현 순간뿐이다. 과거나 미래는 지속하는 현재의 한순간에 집중되어 있다. 따라서 미래에 대한 계시 따위는 처음부터 허구인 셈이다.(베르그송의 철학적 시간론과 물리학적 시간론의 차이에 대해서는 필자의 또 다른 저서인『그래, 흘러가는 시간을 어쩌자고』(사회평론사, 2011)를 참조하시기 바란다.)

그럼에도 불구하고 미래에 대한 인간의 두려움과 호기심은 끝이 없을 것이다. 특히 그런 두려움과 호기심에 기초한 종말론이야말로 현재에 절망하거나 미래가 불안한 인간들을 끝없이 유혹하고, 무지와 광기에 찬 각종 사이비종교를 창궐케 하는 근거가 될 것이었다. 지금도 이 땅에는 그런 것으로 혹세무민하는 자들이 얼마나 많은가.

『유다계시록』도 만일 그런 책이라면?

아무튼 지금은 그 책을 찾아야 했다. 그것은 미나의 생명과 관련된 문제였다. 그날, 하얀 비닐 우산을 들고 나타났던 그녀의 젖은 머리카락과 희고 둥근 얼굴과 조금 슬픈 듯한 짙은 갈색 눈을 떠올리자 갑자기 가슴 한쪽이 무너지듯 아파왔다. 모든 것은 그녀를 끝까지 지켜주지 못했던 마동탁, 자기 탓이었다.

역시 종철과 의논했던 게 맞았다. 종철이 다음 날 아침, 프린트된 종이를 한 장 들고 동탁에게 보여주었다.

"차장님, 이거."

"응? 뭐냐?"

동탁은 눈의 초점을 맞추느라 약간 인상을 쓰며 종이에 프린트된 글자에 시선을 모았다.

"요한이란 세례명을 가졌던 사람이요."

종철이 조심스럽게 말했다.

"병인년 대원군의 천주교 박해 때 죽은 사람들은 전국적으로 수천 명이 넘었지만 기록으로 남아 있는 사람은 얼마 되지 않았어요. 그중에서 양화진과 관련된 사람은 수백 명인데, 그 사람들에 대한 기록도 모두 분명하다고 할 순 없지요. 그런데 다행히 천주교에서 나온 순교자 관련 기록이 있어 뒤져보니까, 그곳에서 순교한 사람 중에 요한이라는 세례명을 쓰는 사람이 세 사람 있더군요. 바로 이분들이에요."

종철이 마치 브리핑이라도 하듯 동탁이 들고 있던 종이 속 내용을 설명해주었다.

"그래?"

동탁은 그제야 조금 놀란 표정을 지으며 종철이 가져다준 종이를 유심히 살펴보았다. 거기엔 세 사람의 이름이 간단한 약력과 함께 적혀 있었다.

강요한

강요한은 충청도 신창 어촌 사람으로 부친에게 천주교를 배워 입교하였다. 그는 심지가 굳고 기운이 장사였으며, 조심성 있고 현명했다고 한다. 자녀들을 잘 가르쳤고, 또 신자로서의 본분을 준수하며 동네 교우들도 잘 인도했는데, 그 때문에 프랑스인 다블뤼 주교는 그를 특별히 총애하여 천주교 교인 회장으로 임명하였다고 한다.

이후 강요한은 서양 신부들을 도와 교회 일을 잘 보살폈고, 병인박해 때에는 부인을 친척 집으로 보내고, 16세 된 아들은 머슴으로 보내면서까지 사제들을 구하기 위해 헌신하였다. 자신의 목숨을 걸고 선교사 중 체포되지 않은 리델, 페롱, 칼레 신부 등의 국내 피신과 중국 탈출을 도왔다.

하지만 1867년 그의 이름이 알려지면서 강요한은 신창에서 체포되었고, 또 지니고 있던 신부의 편지마저 발각되어 서울로 압송되었다. 압송 전 강요한은 가족에게 "나는 살라 하여도 만만코 아니 살 것이요, 주를 위해 치명할 터이니, 너희도 주의 명대로 살다가 만일 잡히거든 위주치명(爲主致命)하라."고 당부한 뒤 서울로 갔다. 1867년 8월 2일 서울 양화진에서 참수형을 받고 순교하였으니 그의 나이 68세였다.

박래호

박래호는 황해도 신천의 향족(鄕族)이며, 문장과 글솜씨가 뛰어났다. 가산이 넉넉하지 못했던 그는, 다른 사람의 과거를 대신 보아주며 생계를 꾸려가기도 하였다. 그러나 1860년에 천주교를 배워 입교하면서부터는 과문(科文)을 그만두고 신앙 생활에 전념하여, 아내와 딸, 누이와 친구들을 가르쳐 입교시켰다.

1862년에 상경하여 베르뇌 주교에게 세례를 받았으며, 이듬해 첫 고해성사를 받은 뒤로는 선교 활동을 활발히 전개하였다. 그러던 중 신천에서 박해가 발생하자, 잠시 송화로 이주하여 살다가 다시 신천으로 돌아왔다. 그 사이 두 차례 베르뇌 주교를 모셨는데, 주교가 신천을 방문한 1865년에 신천 회장으로 임명되었다.

1866년 1월 서울에서 성사를 받고 돌아온 박래호는, 박해가 일어났다는 소식을 듣고 가족들과 함께 서흥으로 피신하였다. 6월에는 처자를 데리고 상경하여 교우 집에 기숙하며 짚신을 팔아 생활하였다. 9월 초 짚신을 팔러 나갔다가 길에서 체포되었고, 포도청으로 끌려간 후 1866년 10월경, 마흔 살의 나이로 양화진에서 순교하였다.

원윤철

원윤철은 원동지라고도 불리며, 고종의 유모였던 박마르타의 시아버지이다. 그는 1862년에 자암에 사는 정의배에게 천주교를 배웠으며, 베르뇌 주교에게 세례성사를 받았다. 이후 원윤철은 많은 신자들과 교류 활동을 하였고, 또 주교의 권고대로 자신의 첩을 내보내는 등 신앙 생활을 충실히 하였다.

그런 가운데 병인박해가 발생하여 아홉 명의 성직자와 많은 신자들이 순교하였다. 이에 교우들은 중국에 있는 선교사들에게 도움을 청하기 위해 배를 보냈는데, 원윤철도 이 일에 관여하였다. 그리고 먼저 순교한 베르뇌 주교를 장사지내는 일에도 적극적으로 참여하였다.

그러던 중 체포되어 1866년 10월 15일에 포도청에서 신문을 받았다. 그로부터 3일 후인 1866년 10월 18일 '천주교를 믿고, 서양인들과 통섭했다'는 죄목으로 양화진에서 군문효수되었다. 그때 그의 나이 81세였다.

"음."

동탁은 가볍게 신음소리를 내었다. 간략하기 짝이 없는 약력이었지만 그 속에 담긴 그들 각자가 감당해야 했던 삶의 무게가 결코 만만치 않았을 거란 생각이 들었다.

군문효수라면 목이 잘려 군영 밖 장대에 머리가 내걸리는, 어떻게 보자면 십자가형보다 더 끔찍한 형이 아닌가. 그들은 그것을 마다하지 않았던 것이다. 예수와 유다가 살았던 지역에서 멀리 떨어진 동방의 이 유교 나라에서 그런 일이 일어나리라고 누가 상상이나 했겠는가.

"그런데 당시 순교했던 사람 중에 요한이라는 세례명을 썼던 분이 한 사람 더 있는데…… 부산이라."

"부산?"

"예. 당시 수영장대라고 불리던 부산 좌수영 군영 지휘소에서도 천주교인들의 처형이 이루어졌는데 그때 죽은 이정식이란 분이 요한이라는 세례명을 쓰고 있었더라구요."

그러면서 종철은 종이 한 장을 더 내밀었다.

이정식

이정식 요한은 경상도 동래 북문 밖에 살던 사람이었다. 그는 젊었을 때 무과에 급제한 뒤 동래의 장교가 되었으며, 사람들에게 활 쏘는 법을 가르쳤다. 나이 60세 때 교리를 배워 천주교에 입교하였고, 입교한 뒤로는 첩을 내보내고 열심히 신앙 생활을 하였다.

화려한 의복을 피하고, 항상 검소한 음식을 먹었으며, 복음을 전하는 데 노력하였다. 또 작은 방을 만들어 십자가상과 상본을 걸어두고 묵상과 교리 공부에 열중하였다.

이러한 열심 때문에 입교한 지 얼마 안 되어 회장으로 임명된 그는 언제나 자신의 본분을 다하였다. 그러던 중 1866년에 병인박해가 일어나자 가족들과 함께 기장과 경주로 피신하였다가, 다시 울산 수박골로 피신하여 그곳에서 교우들과 함께 생활하였다. 그러나 먼저 잡힌 동래 교우들의 문초 과정에서 그 이름이 알려지게 되었다. 그러자 동래 포졸들은 그가 사는 곳을 수소문하기 시작하였고, 마침내 그의 울산 거주지를 찾아내 그곳에 있던 교우들과 함께 체포하였다. 그때 그의 아들 이월주와 조카 이관복도 그가 체포되었다는 소식을 듣고는 스스로 포졸들 앞으로 나와 자수하였다.

동래로 압송된 이요한은 그곳에서 대자 양재현을 만나 서로 위로하며 신앙을 굳게 지키자고 다짐하였다. 그리고 천주교의 우두머리로 지목되어 문초를 받게 되자, 그는 자기가 천주교 신자임을 분명히 하고 많은 교우들을 가르쳤다는 것도 시인하였다. 그러나 교우들이 사는 곳만은 절대로 입밖에 내지 않았다. 또 형벌을 받으며 배교를 강요당했지만 끝까지 굴복하지 않았다.

47일 동안 옥에 갇혀 문초와 형벌을 받은 뒤 마침내 사형이 집행되는 군대 지휘소가 있는 장대로 압송되었다. 그곳에서 그는 아들, 조카, 그리고 대자와 함께 여덟 명이 한날한시에 순교하였다. 그때가 1868년 여름으로, 당시 그의 나이는 75세였다.

"흠."

동탁은 자기도 모르게 깊은 숨을 한번 들이쉬었다.

동탁의 눈에 먼저 들어온 것은 그들이 죽었을 당시의 나이였다. 중년의 박래호를 제외하고는 모두 만만치 않은 나이의 노인들이었다. 한 명은 60대 후반, 한 명은 70대 중반, 그리고 또 한 명은 80대의 노인이었다. 지금으로 봐도 상당히 연로한 나이인데 조선시대 당시로 보자면 상노인 중의 상노인이었을 것이었다. 그리고 그들은 당시 사회에서 상당한 학식을 갖추었고 존경을 받고 있었을 인물들임에 틀림없었다. 유교적 전통에 익숙했을 그런 노인들이 기독교라는 낯선 종교적 신념 때문에 자신의 목이 잘리는 것은 물론 패가망

신의 길을 피하지 않았다는 게 오히려 놀라웠다.

무엇이 그들을 그렇게 만들었을까. 무엇이 그들을 죽음 앞에 기꺼이 칼날을 받도록 만들었을까. 진리였을까? 아니면 또 다른 형태의 광신이었을까? 어쩌면 이전에 살다 간 허균이나 정다산같이 오랜 봉건 질서 속에서 숨막혀 하던 이들에겐 그것이 일종의 탈출구와 같은 역할이 아니었을까? 양반과 상놈, 남자와 여자가 한방에 모여 앉아 같은 하느님의 자녀로 예배를 본다는 사실 자체가 당시엔 거의 혁명과 같은 일이었을 것이다. 거기에다 유교의 관념적인 철학 대신 기독교의 가르침은 얼마나 명료한가!

(같은 시기에 등장했던 동학 역시 수운 선생은 인내천(人乃天)을, 해월 선생은 시천주(侍天主)를 가르쳐 모두가 평등함을 명료하게 주창하였다. 수운 선생은 자기 집 여종을 며느리로 삼음으로써 그것을 실천하였다.)

분명한 것은 박해받은 자들이 동시에 똑같은 신념 때문에 때로는 박해하는 자가 되기도 한다는 것이다. 아프리카나 남미에서 행해졌던 그 많았던 살육 역시 그들 종교적 신념을 가진 자들에 의해 저질러졌다. 그것이 종교의 이름으로 지금까지 끝없이 반복되어온 인간 역사의 비극이었다.

"이 중에 부산에서 죽은 이정식을 제외하면 세 사람인데, 세 사람 중에서 누구일까요?"

프린트된 종이를 바라보며 상념에 젖어 있는 동탁을 바라보며 종철이 말했다. 종철의 말에 동탁은 비로소 상념에서 깨어났다.

"강요한과 박래호, 그리고 원윤철 세 사람 중에서 말이지?"

"예."

"흠. 내 생각으론 말이야. 그때 상황으로 보자면 참수되었던 사람들의 시신을 제대로 거두어서 장사 지내기란 쉽지가 않았을 거야. 다산의 형 정약종처럼 집안에서도 꺼려 했을 거고. 아마 목이 잘린 시신들은 그냥 어딘가에 버려두거나 아무렇게나 묻어버렸거나 했겠지. 당연히 무덤도 제대로 있을 리가 없었을 테고 말이야. 만일 무덤이라도 쓸 수 있었다면 상당한 후손이나 배경이 있었어야 할 텐데, 그렇다면…….”

동탁이 고개를 한번 갸우뚱하며, '원윤철'이란 이름을 다시 쳐다보았다. 원윤철…… 원동지…… 고종의 유모였던 박마르타의 시아버지. 그런 정도면 어떨까 하는 막연한 예감이 들었다.

“그렇다면 마 차장님은, 혹시 원윤철이란 분을……?”

종철이 말했다. 용케도 동탁이 예감했던 것과 똑같았다.

“응.”

동탁은 가볍게 고개를 끄덕였다.

“어쩐지…… 나도 그랬어요. 임금의 유모의 시아버지인 데다 워낙 연로하여 그래도 시신 정도는 수습하게 해주기는 했을 것 같았거든요. 여든한 살이면 지금으로 쳐도 많은 편인데 조선시대에는 드문 경우였잖아요?”

종철의 말에 동탁은 고개를 끄덕였다.

“맞어. 일단 오늘 저녁, 퇴근하고 그곳으로 가서 직접 확인해보자구. 아직은 모든 게 불확실하니까 말이야. 어쩌면 순교자 묘지에 함께 모여 있을지도 모르고.”

“오케이. 그럼 이따 봐요.”

종철이 시원하게 대답하고 돌아섰다.

그날 미나를 보호하지 못했던 죄책감이 그나마 그것으로 조금 덜어지면 좋겠다는 모습이었다. 돌아서 가는 종철의 넓은 등짝을 동탁은 한동안 지켜보았다.

30

절두산에서 일어난 일

그날 저녁 무렵.

강가에는 겨울 안개가 옅게 끼어 있었다.

차에서 내린 동탁은 종철을 따라 긴 나무 계단을 따라 묘지가 있는 언덕 위로 올라갔다. 사방은 어둑어둑하고 어느새 여기저기에 은은한 가로등이 켜져 있었다. 강변길을 따라 빠르게 차들이 달리는 소리가 시끄러웠지만 옅은 안개 속의 묘지는 이상할 정도로 깊은 정적에 싸여 있었다.

묘지 입구 안내 표지판에는 '이곳은 성지이오니 경건하게 돌아봐주시기 바랍니다'는 문구와 함께 '양화진 외국인 선교사 묘원'이라는 안내문이 붙어 있었다.

자세히 보니 그 아래에 구한말부터 일제강점기와 해방 정국에 이곳에 들어와 활동했던 외국인 선교사 417명과 그의 가족들이 묻혀 있다는 글씨가 보였다. 전에 설희가 말해준 대로 연희학당을 세운 언더우드 박사와 가족들, 그리고 구한말에 『대한매일신보』를 만들었던 베델, 고아들의 어머니로 불렸다던 남아프리카 출신의 마리 위드슨 부인 같은 이들이 묻혀 있다는 표시였다. 그 뒤 잘 정비된 묘원에는 크고 작은 돌십자가들이 좁은 길을 두고 여기저기 줄

지어 서 있었다.

그러나 그곳에는 외국인 선교사들의 묘비만 있었지 병인박해 때 죽은 사람들의 무덤은 없었다. 동탁은 난감한 생각에 빠졌다. 그 속에 원윤철의 무덤이 있을까도 의문이었지만 설사 있다 하더라도 이 많은 돌비석 중에서 요한이라는 세례명을 가진 원윤철의 무덤이나 비석을 찾아내기란 만만치 않을 것 같은 느낌이 들었기 때문이다.

"이 근처에 병인박해 때 죽은 조선인 순교자 무덤은 없나?"

"글쎄요."

동탁의 말에 종철이 머리를 갸우뚱했다.

"차장님, 저기 보세요."

외국인 선교사 묘지를 지나 조금 걸어 나왔을 무렵, 종철이 한쪽 편에 서 있는 입간판을 가리키며 말했다. 사람 초상이 천연색으로 그려진 입간판이었다. 초상화 머리 쪽에 '절두산 순교자 하느님의 종 13인'이라고 씌여 있었다.

"여기구나!"

동탁은 반가운 마음에 내심 소리를 질렀다. 입간판에 그려진 그림 속 인물들은 모두 조선시대의 복색으로 한복에 머리띠를 동여맨 서민 출신과 갓을 쓰고 수염을 기른 양반 출신들이 반반쯤 섞여 있었다. 원윤철은 세 번째 줄 맨 앞에 있었다. 그 역시 갓을 쓰고 수염을 기르고 손에는 작은 나무 십자가를 든 모습이었다.

근처에 있는 '가톨릭 순교 성지'라고 새겨진 낡은 돌비석에는 '이곳은 1866~67년에 걸쳐 많은 천주교 신자들이 교회와 천주께 충성을 다하기 위하여 박해를 당하고 치명한 거룩한 땅입니다'라는 글이 붙어 있었다. 부근에는 커다란 돌로 깎아 만든 부조와 비문, 조각들이 서 있었지만 묘지라고 따로 표시된 곳은 없었다. 그런 것들은 모두 근래에 조성된 것처럼 보였다.

"무덤 같은 건 없는데요?"

안개 속에서 종철이 주변을 돌아보며 말했다. 강 건너에서 넘어온 불빛이 하늘을 희뿌옇게 비추고 있었지만 어스름이 몰려오고 있는 주변은 더욱 어두컴컴했고, 으스스한 느낌마저 들게 만들었다.

"구석이나 외진 데를 한번 잘 찾아봐. 그때 돌아가신 분들 대부분은 묘가 없을 거야. 있었다 해도 다른 데로 이장을 했을 가능성도 있고……. 하지만 윤교수가 남긴 암호에 따르면 분명 이곳 어딘가에 요한이란 이름을 가진 사람의 묘가 있을 거야."

종철에게 확신이라도 시켜주듯이 말했지만 사실 동탁 역시 자신이 없었다. 만일 '머리 없는 강의 성당'이 절두산 성당을 의미하는 게 아니라면 정말 낭패였다.

그때 언제부턴가 그들 뒤를 따라오는 그림자 같은 게 느껴졌다. 누군가가 그들 뒤를 따라 근처를 어슬렁거리고 있는 것 같았다. 돌아보면 아무도 없었다.

'잘못 봤나?'

하긴 이 시간에 이곳을 어슬렁거릴 만한 사람이 있을 리가 없었다. 나무 그림자가 흔들리는 걸 잘못 본 게 틀림없을 것이었다. 동탁은 괜히 마음이 불안해지고 바빠졌다. 날이 더 어두워지기 전에 요한이라는 세례명을 가진 원윤철의 무덤을 찾는 게 급선무였다.

종철이 몇 걸음 앞서 여기저기를 살피며 걸어가고 있었다. 조선인 최초의 신부였던 김대건 신부의 동상과 한국을 방문했던 요한 바오로 2세 교황의 동상이 서 있는 곳을 지나, 예수의 고난과 부활을 조각으로 표현해놓은 십자가의 길을 따라 한 바퀴 돌았다. 그러나 무덤은 없었다.

그때였다.

길을 벗어나 길 아래로 걸어가던 종철이 낮은 목소리로 동탁을 불렀다.

"마 차장님, 여기."

"응."

동탁이 정신이 번쩍 든 표정으로 급히 소리 나는 쪽으로 달려갔다. 종철이 무언가를 발견한 듯 서서 동탁을 기다리고 있었다. 키 작은 나무 울타리에 둘러싸인 손바닥만 한 공터였다. 그냥 지나치면 아무도 볼 수 없을 약간 비탈진 언덕 아래 숨은 곳이었다. 그곳에 무덤, 이라기보담은 그냥 비석 하나만 덩그러니 서 있었다. 한눈에 봐도 오래된 화강암으로 깎아놓은 것이었다. 그래도 크기는 제법 커서 종철의 키높이만 했고, 오래되고 낡아 이끼 같은 게 끼긴 했지만 위엄이 있어 보였다. 비석 아래의 좌대도 반듯하게 놓여 있었다.

"누가 최근에 왔다 간 것 같은데요."

종철이 비석 뒤쪽을 돌아보며 말했다. 그의 말대로 무덤이 있을 만한 위치의 흙이 파헤쳐졌다가 다시 덮은 것처럼 붉은 황토가 조금 드러나 있었다. 그러나 무성한 풀이 덮여 있는 무덤 자리는 그냥 평편하여 무덤이 있었다고는 꼭 짚어 말할 수는 없었다.

종철이 핸드폰의 라이트를 켜고 비석 앞면을 비추었다. 비석을 살피던 종철이 순간 좀 당황스러운 표정으로 고개를 갸우뚱했다. 뜻밖에도 비석 앞면에는 아무것도 새겨져 있지 않고 그냥 밋밋할 뿐이었기 때문이다.

"아무것도 없네요."

"그럴 리가……."

동탁도 살펴보았지만 정말 아무것도 없는 밋밋한 형태였다.

"뒤쪽을 한번 보자."

두 사람은 뒤로 돌아갔다. 불빛을 비추었다. 하지만 그곳에도 아무 글자가 새겨져 있지 않았다. 그저 밋밋한 화강암의 질감 그대로일 뿐이었다.

그때 옆면을 살피던 종철이 말했다.

"차장님, 여기 뭐라 글씨가 새겨져 있는데요."

"응?"

과연 오른쪽 옆면 아래쪽에 희미하게 한자로 새겨진 글씨가 보였다.

丙午 生, 丙寅 卒. 本貫 原州

"병오년에 태어나 병인년에 죽었다? 본관은 원주고……."

동탁이 혼잣말처럼 중얼거렸다. 비석 다른 곳을 살펴보았지만 다른 데에는 아무런 표시도 없었다.

"병오년이라면 언젠지 잘 모르겠지만 병인년이라면 1866년 병인박해 그때가 아닐까요?"

종철이 아는 체를 했다. 동탁도 같은 생각을 하고 있었다. 병인년에 죽었다면 아마도 1866년 병인박해 때를 가리키는 것일 것이다. 그리고 본관이 원주라면 원주 원씨를 뜻하는 것일 것이다. 이름이나 관직, 이력 등을 새겨놓지 않았다는 것은 그런 걸 밝히지 못할 사정이 있었다는 뜻이 아니겠는가.

그렇다면…….

"맞는 것 같네. 산소는 어디론가 이장했는지 모르지만 비석은 분명 그분 것이 맞는 것 같애. 더구나 원주 원씨는 드문 성씨잖아."

"그럼 여기 한 번 파볼까요?"

종철이 메고 왔던 백팩에서 등산용 야전삽을 꺼내었다. 미리 준비하고 왔던 모양이었다.

"아냐. 잠깐."

동탁이 주머니에서 무언가를 꺼내었다. 소주병과 마른 오징어였다.

"햐아, 역시 우리 차장님 준비성이 좋으시네요. 크크."

"이런 델 찾아오는 사람이라면 기본 아닌가? 후후."

두 사람은 일회용 컵에 소주를 따라놓고 비석 앞에서 잠시 묵념을 올렸다. 만일 이 비석의 주인공이 정말 원윤철이란 이가 맞다면 지금 이 순간 그들은 150년을 사이에 두고 마주한 것이나 다름없었다.

고종의 유모의 시아버지 되는 분이라면 세력가는 아니더라도 상당한 대우를 받던 양반 집안이었을 텐데 그가 새로운 사상이자 문물이었을 천주교를 받아들인 이후, 박해를 피해 다니다 결국 체포되어 목이 잘려 죽었다. 당시 나이 여든하나. 원동지라고 불렸다는 사람. 아까 본 그림에서도 어쩐지 강인하고 깊은 인상을 풍기던 사람이었다. 그에게 저 서방 멀리에서 건너온 예수라는 분은 어떤 존재였을까? 시간과 공간을 넘어 저 멀고 먼 골고다에서 벌어졌던 십자가의 죽음과 이 멀고 먼 동방의 한반도에서 벌어졌던 효수형의 죽음은 어떤 공통점이 가졌던 것일까? 그 역시 예수가 가장 사랑했던 사도 중의 하나였던, 그러나 저주받은 사도, 가룟 유다에 대해 얼마만큼 알고 있었을까? 그들은 무엇을 위해 기꺼이 자신의 목숨을 바쳤던 것일까?

묵념을 마치고 나자 종철이 야전삽을 들고 본격적으로 작업을 시작했다. 비석 좌대 뒤편 아래 쪽에 누군가가 최근에 손댄 흔적이 있었다. 풀이 자라 거의 구분이 되지 않았지만 자세히 보면 흙이 약간 움푹 들어간 느낌이 들었는데 그 자리를 집중적으로 파헤치기 시작했다.

그때였다.

숲 저쪽에서 누군가가 그들을 향해 걸어오고 있었다.

지나가는 사람인지, 아니면 참배객인지 알 수가 없었다. 동탁과 종철은 잠시 동작을 멈추고 그 사람이 지나가길 기다렸다. 그런데 그 사람은 오솔길을 따라 그들이 서 있는 곳을 향해 곧장 걸어오고 있었다. 하얀 머리를 스포츠형으로 짧게 깎은 노인이었다. 키가 작고 장작처럼 빼빼 마른 데다 주머니가 많이 달린 허름한 작업복 차림에 손에는 자루가 긴 삽을 하나 들고 있었다. 걸음걸이를 보니 한쪽 다리를 심하게 절고 있었다.

"거, 누구요? 이 시간엔 아무도 여기 들어오지 못하는데."

가까이 다가오자 노인이 작게 소리를 질렀다. 약간 쉰 듯한 목소리였다.

"아, 예. 여기 순교자의 묘지가 있다는 말을 듣고……."

종철이 야전삽을 숨기며 얼른 받아서 얼버무렸다.

"순교자의 묘지? 그런 건 없소. 외국인 선교사 묘지는 있지만."

가까이에서 보니까 노인은 70 정도는 먹었을 정도로 늙었는데, 주름투성이 얼굴이 유난히 길죽하였다.

"그럼 이 묘비는 누구 건가요?"

그의 차림새나 말투로 보아 그리 경계할 상대가 아니라는 생각이 든 동탁은 그냥 대수롭지 않은 투로 물었다.

"오래전에 죽었던 사람인데, 아마도 대원군 시대 사람일 거요. 근데 그건 왜 묻소?"

"아, 예. 제가 역사를 공부하는 사람이라……. 그냥 궁금해서요. 혹시나 병인박해 때 돌아가신 원윤철이란 분의 묘소가 아닐까 해서 그러는데요."

"원윤철?"

노인은 순간 약간 놀란 듯한 표정을 지었지만 곧 태연한 얼굴로 돌아와 고개를 저었다.

"난 모르오. 나는 그저 이 묘역 관리를 맡고 있을 뿐이라오."

"근데 최근에 이곳에 누가 다녀간 적이 있나요? 흙이 여기저기 파헤쳐져 있던데요."

종철이 기회를 놓치지 않고 캐물었다.

"난 모르오. 빨리 여기서 나가기나 하시오!"

노인의 목소리가 갑자기 명령조로 바뀌었다. 약간 당황하기도 하고 화가 나기도 한 눈빛이었다. 그리고는 몸을 휙 돌려 저쪽으로 가버렸다.

노인이 사라지고 나자 잠시 후 동탁이 종철에게 눈짓을 보냈다. 종철이 야전삽으로 아까 하던 작업을 계속하기 시작했다. 노인이 다시 나타나기 전에 서두르지 않으면 안 되었다.

오래 파지 않아 좌대 아래에 빈 공간 같은 게 나타났다. 약간 엉성하긴 했지만 붉은 벽돌 몇 장으로 막아놓은 좁은 빈틈 공간이었다. 종철의 손이 바쁘게 움직였다. 벽돌을 치우고 무너져 내린 흙을 긁어내고 나자 무언가 딱딱한 상자 같은 게 나타났다.

"마 차장님, 여기."

종철이 약간 흥분한 목소리로 낮게 소리를 질렀다. 동탁은 그의 곁에 바싹 붙어 앉아서 지켜보았다.

검은 상자……! 비닐로 단단히 묶어 싼 노트북 크기의 나무 상자였다. 뜻밖에도 너무나 쉽게 찾아져서 오히려 어리둥절한 정도였다. 그렇게 중요한 책을 이런 곳에, 이렇게 쉽게 찾을 정도의 자리에 묻어두었다는 게 믿기지 않았다. 물론 여기까지 오는 과정은 그리 쉽지가 않았다. 암호를 찾아야 했고, 암호 속의 요한이라는 순교자가 누구인지도 밝혀야 했었다.

그러나 비석 아래 벽돌로 공간을 만들어 책이 담긴 상자를 묻어둔 것은 아무래도 허술하게 느껴졌다. 아마도 윤 교수가 이런 일엔 그리 능숙치 못했던 사람이라는 방증일는지도 몰랐다.

종철이 조심스럽게 상자를 꺼냈다. 어쨌든 마침내 그들의 손에 '그 책'이 든 상자가 들어온 순간이었다. 사도 중의 하나가 썼다는 책, 윤 교수의 주장에 의하면 2천 년 전 예수를 배반하고 동방으로 간 가롯 유다가 썼다는 책이었다.

그런데 상자를 들고 그들이 우물쭈물하고 있던 순간이었다.

어둠 속에서 무언가가 그들을 향해 쏜살처럼 달려왔다. 단단한 맷집으로 보아 요즘 도시에 자주 출몰한다는 멧돼지 같았다. 피할 틈도 없었다. 멧돼지는 곧장 그들을 향해 돌진하여 종철의 허리를 파고들었다.

"엇!"

종철이 가벼운 비명을 지르며 울타리 너머 언덕배기로 굴러떨어졌다. 어느 틈엔가 그의 손에서 나무 상자를 낚아챈 멧돼지는 반대 방향 오솔길을 향해 쏜살같이 내달리고 있었다.

"엇, 뭐냐!"

그제야 상황을 알아차린 동탁이 멧돼지의 뒤를 쫓아 급히 달려갔다. 우람한 체격의 늙은이였다.

'차 대령……!'

동탁의 머릿속으로 순간 번개가 지나가는 것 같았다. 우람한 체격의 늙은이는 금세 오솔길 어둠 속으로 사라져버렸다. 울타리 밖 언덕 아래로 굴러떨어졌던 종철이 그제야 뒤에서 소리를 지르며 나타났다.

"마 차장님, 그놈 어디로 갔어요?"

"저쪽으로."

종철은 더 이상 묻지도 않고, 앞뒤 가리지도 않고 동탁이 가리키는 방향을 향해 달려갔다. 그 뒤를 동탁도 주변을 살피며 따라갔다. 어느새 어두운 숲 위로 푸른 달이 걸려 있었다.

오솔길이 끝나고 김대건 신부 동상과 십자가의 길이 보였다. 나무 그림자와 조형물들이 푸른 달빛 아래 장막처럼 드리워져 있었다. 여기저기 들어오기 시작한 가로등 조명이 오히려 시야를 가리고 있었다.

얼마 후.

저쪽에서 종철이 터벅터벅 되돌아오는 게 보였다. 이마는 땀에 젖어 번쩍거리고 있었다.

"아, 미친놈. 또라이……!"

풀 죽은 목소리였다.

"멀리는 못 갔을 거고 어딘가에 숨어 있을 텐데…… 개새끼!"

화도 나고 속도 상한 듯 함부로 내뱉고 있었지만 종철의 얼굴엔 낭패한 기색이 역력하였다. 그런 종철을 쳐다보고 있던 동탁 역시 낭패한 마음이 들기는 마찬가지였다.

생각하면 생각할수록 큰일이었다. 책이 든 상자를 잃어버린 것도 그렇지만 꽁지머리 일당에게 납치된 미나가 더 큰일이었다. 책이 없으면 그들이 미나에게 어떤 해코지를 할지 알 수가 없었다. 만일 그들이 윤 교수나 문 장로를 죽인 범인들이라면 미나의 목숨이 위태로울 수도 있었다.

"차 대령…… 맞죠?"

종철이 확인이라도 하듯 물었다.

"그런 것 같애."

동탁이 인상을 잔뜩 찌푸린 채 가볍게 한숨을 지었다.

"그자가 어떻게 알고……?"

"글쎄 말이야."

순식간에 일어난 일에다 흘낏 뒷모습으로만 보았지만 분명 차 대령이었다. 그런데 종철의 말대로 그가 어떻게 알고 이곳까지 따라왔는지 의아스러웠다. 그러고 보니 아까 외국인 선교사 묘지에서부터 누군가가 그들의 뒤를 따라오고 있던 그림자 같은 게 생각났다. 그걸 그냥 대수롭지 않게 넘겼던 게 이렇게 큰 낭패를 불러올 줄은 꿈에도 생각하지 못했다. 조심하지 않았던 자신에게 괜히 화가 났다.

"그나저나 어쩌죠?"

"음. 할 수 없지. 차 대령 그자를 찾아봐야지 뭐. 허영 교수도 만나보고."

막연한 질문에 막연한 대답이었다. 만일 그가 책이 든 상자를 가져갔다면 당분간 나타날 리가 없었다. 그렇다고 실체도 없는 책을 가지고 공개 수배를 할 수도 없는 노릇이었다.

다행히 이전에 윤 교수 살해범으로 용의선상에 올라 있으니까 하루빨리 경찰의 손에 잡히기만 바랄 수 있을 뿐이었다. 홍 경감의 얼굴이 떠올랐다. 어쩌면 이제 그의 도움이 필요할지도 모르겠다는 생각이 들었다.

그때 그들 곁으로 소리 없이 다가오는 그림자가 있었다. 뜻밖에도 아까 그들을 향해 나가라고 소리를 질렀던 묘지 관리인 노인이었다. 아직도 그의 한 손엔 긴 자루가 달린 삽이 들려 있었다.

"도둑들은 어디에나 있는 법이지."

왜 아직 안 나갔느냐고 소리를 지를 줄 알았는데 그의 목소리는 뜻밖에 차분하였다. 마치 모든 것을 다 지켜봐서 알고 있다는 투였다. 우물쭈물하고 있는 두 사람을 향해 그는 다시 이어서 말했다.

"구하라, 그리하면 너희에게 주실 것이라, 예수님 말씀이 하나 틀린 것 없다오. 수고하지 않은 자가 보물을 가지는 것은 태초 이래 허락지 않은 법이지. 오래전부터 여기서 일하던 신부님이 계셨는데, 도움이 필요하면 그분을 찾아가보시구려."

밑도 끝도 없고, 종잡을 수도 없는 말이었다. '구하라, 그리하면 너희에게 줄 것이라……?' 그렇다면 이 관리인 노인은 처음부터 동탁과 종철이 무엇을 찾아 이곳으로 왔는지 알고 있었다는 말인가.

"신부님이요?"

동탁이 지푸라기라도 잡는 심정으로 물었다.

"음."

관리인 노인은 가볍게 고개를 끄덕였다.

"노한우 신부님이라고, 지금은 은퇴하시고 양평 용문산 밑 오래된 수도원에서 조용히 노년을 보내고 계시지요. 오랫동안 이곳 책임자로 일하신 분이라 여기 사정은 훤히 알고 계시죠. 구하는 게 있으면 그분에게 가서 물어보세요."

동탁이 다시 무언가를 물어보려고 했지만 삽을 든 노인은 더 이상 아무 말도 하고 싶지 않다는 듯 몸을 돌려 저쪽으로 가버렸다. 곧 그의 작은 뒷모습이 금세 잡목 속으로 사라졌다. 조금 황당한 기분이 들었다. 전혀 예상치 못했던 차 대령의 출현에서부터 노인의 말까지 마치 무언가에 홀리기라도 한 느낌이었다.

그들도 더 이상 이곳에 있어야 할 이유는 없었다. 그들이 기다리고 있다고 해도 차 대령이 나타나줄 리가 만무하였다. 강변도로로 달리는 차 소리가 어두운 관목 울타리 너머 눅눅한 안개 속에서 들려오고 있었다.

잠시 우두커니 서 있던 동탁은 종철의 뒤를 따라 무거운 발걸음을 옮겨 그곳을 빠져나왔다. 안개 너머 먼 하늘에 푸른 초승달이 사금파리처럼 희미하게 박혀 있었다.

31

망원동의 밤

> ▸ 선배, 어떻게 됐어?

때마침 박설희로부터 카톡이 날아왔다.

절두산에서 내려온 두 사람은 망원동 부근 치킨집에 들어가 맥주잔을 놓고 마주 앉아 있던 중이었다. 막막한 마음에 그냥 헤어져 집으로 갈 수가 없었다.

> ▸ 응. 큰일 났어.
> ▸ 뭔 일? 윤미나 납치? 아직 못 찾았어?

그러고 보니 그날 그녀와 모텔에서 헤어지고 나서 처음이었다.

> ▸ 응. 그보다 더 큰일. 자세한 건 만나서 이야기해줄게. 바쁘지 않음 지금 좀 나와
>   줄래?
> ▸ 어디……?
> ▸ 망원역 부근.

▸ 절두산 갔었구나!

박설희, 역시 눈치가 빨랐다.

▸ 응.
▸ 알써. 지하철 타고 갈게. 거기 주소 찍어줘.
▸ ㅇㅋ~

"아, 그 새끼! 차 대령 그놈이……."

종철은 여전히 분이 풀리지 않은 투로 혼자 중얼거리고 있었다. 말은 그렇게 했지만 한번 엎어진 물을 다시 주워 담을 수는 없는 노릇이었다.

윤미나의 납치에서부터 되돌이킬 수 없는 실수를 연속으로 저지르고 있다는 자책감이 그의 어깨를 무겁게 누르고 있을 것이었다. 그렇다고 동탁이 위로할 처지도 아니었다. 황당하고 절망적인 기분은 종철이 못지않았기 때문이다. 앞으로 벌어질 일이 막막하기만 했다. 오백짜리 맥주가 순식간에 비워졌다.

"그런데 그 인간이 어떻게 알고 거기를 왔을까요?"

종철이 말했다.

"글쎄 말이야. 지난번 인사동에서 만났을 때 책 이야기가 나오니까 갑자기 안색이 확 바뀌었던 건 기억나지? 그때 알아봤어야 했는데."

동탁이 떨떠름한 표정으로 대답했다.

"그 인간이 겉은 허름해 보여도 속으로 보통 여우 같은 놈이 아닌 것 같아요. 자기 마누라 허영 교수 욕하는 모양도 그렇고. 아까 갑자기 나타나 달려들 땐 힘이 보통이 아니더라구요. 영감이 아니라 젊은이처럼……. 군바리 출신 아니랄까 봐. 순식간에 당하긴 했지만."

종철이 억울한지 아무렇게나 내뱉으며 쓰디쓴 표정으로 맥주잔을 들고 벌컥 들이켰다. 다시 생각해도 황당한 모양이었다.

"그 인간이 그 책을 처분하기 전에 우리가 찾아야 해."

"만일 상자 속에 그 책이 있다면 그가 그걸 어디에다 처분할까요?"

"쉽지는 않겠지. 우리나라 고서점 중에 모르긴 모르지만 그런 책을 처분할 만한 규모가 되는 데는 없을 테고……."

동탁이 고개를 흔들며 말했다. 만일 그게 정말 예수의 제자 가룟 유다가 쓴 계시록이 맞다면, 엄청난 가치가 나갈 것이었다. 그런 데다 바깥에 그런 책의 존재가 조금이라도 새어나간다면 돈은 차치하고라도 그 파장은 상상하기가 어려울 것이었다. 더구나 그 내용에 대해서는 아직 아무도 모르고 있지 않은가.

"아무래도 해외로 빼돌리거나 암시장으로 흘러갈 가능성이 높겠네요."

"아마도…… 지금 차 대령이 필요한 건 돈이니까, 어느 정도 계산이 맞아떨어지면 팔아넘기겠지."

"홍 경감에게 연락해서 해외로 빠져나갈 구멍을 미리 차단해놓는 것은 어떨까요? 아무래도 그쪽은 경찰 내부에 전문가들이 더 많이 있을 테니까요."

종철이 동탁의 눈치를 살폈다.

"흠."

동탁은 잠시 생각에 잠겼다. 지금으로선 어쩌면 그 방법뿐인지도 모른다. 차 대령이 그런 엄청난 가치의 물건을 처분할 수 있는 길은 국내의 거물급 장물아비를 통해 해외로 빼돌리는 방법뿐일 것이고, 그런 일엔 역시 베테랑 수사관인 홍 경감이 자기네들보다 백 배 천 배는 더 나을 것이기 때문이다.

그러나 문제는 미나였다. 미나가 꽁지머리 일당에게 인질로 잡혀 있다는 사실을 잊어서는 안 된다. 책을 찾는 일도 그렇지만 더 중요한 것은 그녀가 무사히 그들의 손에서 빠져나오는 일이었다. 그러자 문득 동탁의 머릿속에 아까 묘지에서 만났던 노인이 던지고 갔던 말이 떠올랐다.

'오래전부터 여기서 일하던 신부님이 계셨는데, 도움이 필요하면 그분을 찾아가보시구려.'

"강 기자, 근데 아까 그 노인 말이야, 묘지 앞에서 만난. 그 노인이 했던 말 기억나?"

"무슨……?"

"도움이 필요하면 무슨 신부님을 찾아가보라고 한 말이야."

"아, 기억하지요. 그리고 사실 마 차장님도 느꼈을지 모르지만 그 노인네도 처음부터 좀 이상하지 않았어요? 마치 우리가 찾아올 걸 알고 있기나 했던 것처럼 그 시간에 나타난 것도 그렇고."

"강 기자도 그걸 느꼈구먼. 생각하면 이상한 게 한두 가지가 아니야. 먼저 윤 교수가 그렇게 중요한 책을 그렇게 허술하게 숨겨놓았다는 것부터가 이상해. 물론 나름 치밀하게 한다고 하긴 했겠지. 밀봉된 상자에 넣고 비닐로 단단히 싸서 묘비 아래 작은 벽돌방을 만들어 숨겨놓은 걸 보면 말이야. 그렇지만 그 정도로는 누구라도 안심할 수가 없었을 거야. 그런 데다 아까 그 노인네 말인데, 우리가 책이 든 그 상자를 도둑맞았다는 사실을 알고도 전혀 당황하지 않았고, 심지어는 무엇을 도둑맞았는지 묻지도 않았어."

"그랬지요."

"난 그게 이상했어. 그러면서 우리더러 뭐라 했는지 기억나? 여기서 오랫동안 일하던 신부님이 있었는데 지금은 은퇴를 했지만 그분을 찾아가면 도움을 받을 수 있을 거라고 했지?"

"예. 기억나요. 노한우 신부라고 했어요."

"맞어. 노한우 신부!"

동탁이 하마터면 잊어버릴 뻔했던 이름을 종철이 기억나게 해주자 자기도 모르게 작게 소리를 질렀다. 차 대령 때문에 미처 생각하지 못했던 길을 희미하게나마 찾은 느낌이었다.

홍 경감에게 도움을 청하기 전에 먼저 그 노한우라는 신부를 찾아보는 게 급선무일 것 같았다. 지금은 은퇴를 하고 양평에 있는 용문산 아래 무슨 수도원에 있다고 했지.

노인의 말대로 그에게서 무슨 도움이 될 만한 작은 꼬투리라도 들을 수 있다면 얼마나 좋을까. 지금은 없는 지푸라기라도 잡아야 할 절박한 처지였기 때문이다.

동탁은 날이 밝는 대로 절두산 성당 사무실로 전화해 그이의 자세한 거처를 확인해봐야겠다고 생각했다. 막막했던 마음을 그렇게 위로하며 두 사람은 다시 말없이 맥주잔을 기울이고 있었다.

오래지 않아 설희가 나타났다.

택시에서 내려 황급히 달려왔는지 숨이 찼다. 그저께 비 오는 날 만났을 때의 우울함은 감쪽같이 사라지고 그녀의 몸에서 다시 초원의 바람 소리 같은 게 풍겨 나왔다.

"마 선배! 아, 강 기자님도 계셨네!"

그녀는 맥주잔을 앞에 두고 시무룩히 앉아 있던 두 사람을 향해 동시에 큰 소리로 인사를 던졌다.

"어, 안녕하세요. 박 기자님."

강종철이 엉거주춤 자리에서 일어나며 설희를 맞았다. 동탁이 그녀를 부른 것을 모르고 있던 종철은 그녀의 갑작스런 출현에 반갑기도 하고 당황스럽기도 한 표정이었다.

"박 기자님이 웬일로?"

"응. 내가 불렀어. 앉어."

동탁이 아무렇지도 않은 듯이 말했다.

"내가 말하지 않았나? 여기 박설희 기자도 우리랑 같은 배에 타고 있다고 말이야. 사실 윤 교수가 라틴어 성경 속에 남겨둔 암호를 처음 해독해준 사람도 박 기자였어. 가룟 유다에 대한 윤 교수의 논문을 찾아서 복사해준 사람도 박 기자였고."

"아, 그랬군요."

그제야 종철은 이해가 간다는 듯이 고개를 끄덕였다.

"맥주 하실래요?"

종철은 그렇게 묻고 나서 설희의 대답도 기다리기 전에 큰 소리로 맥주와 안주를 더 시켰다. 조금 전의 시무룩했던 분위기가 설희의 출현과 함께 일순간에 바뀌었다.

"어떻게 됐어? 미나 씨는?"

자리에 앉자마자 설희가 동탁의 얼굴을 보며 군더더기 없이 물었다. 단도직입. 그녀의 스타일 그대로였다.

"응. 그게 말이야……."

동탁은 그런 그녀의 눈길을 피하며 입맛을 다셨다. 어디서부터 어떻게 설명을 해야 할지 난감한 표정이었다.

"강 기자님도 윤미나 씨가 납치되어 인질로 잡혀간 건 알고 있었나요?"

그러자 종철이 비로소 더듬거리며 입을 열었다.

"사실은 그 장소에 저도 같이 갔었거든요. 그런데 그만 손 쓸 틈도 없이 고수연이란 사내가 타고 온 봉고차에 강제로 태워져 어디론가 사라졌어요. 순식간에 납치당한 거죠."

"고수연······?"

"응. 윤 교수의 친구 문 장로랑 같이 천막집에 있던 꽁지머리를 한 사십대 중반쯤 되는 친군데, 그 역시 성 유다 동방교회에서 일하고 있다고 들었어. 꽤 중요한 직책을 맡고 있다고 했어."

그제야 비로소 동탁이 무겁게 입을 열었다.

"지난번 화재가 났던 그 천막집에서?"

"응. 화재가 나고 문 장로가 죽은 후 감쪽같이 사라졌던 그 사람이야."

동탁은 그동안 있었던 일들을 설명해주었다.

"차 대령이?"

설희는 그제야 조금 놀란 눈으로 종철 쪽을 쳐다보았다. 잠깐이지만 깊은 침묵이 세 사람 사이에 흘렀다.

"문제가······ 복잡해졌네."

이윽고 그녀가 말했다. 그제야 아까 메시지로 동탁이 '큰일이 났다'고 했던 그 큰일이 무엇인지 이해할 것 같았다. 차 대령이 가지고 달아났다면 당분간 찾기가 어려울 것 같은 기분이 들었기 때문이다. 그렇다면 윤미나의 안전에도 문제가 생길 수도 있을 것이었다.

"근데 설희 씨, 혹시 노한우 신부라고 들어봤어?"

"노한우 신부?"

"응."

"노한우 신부라면 천주교 정의구현사제단에서 잠시 일하셨던 분인데, 왜?"

설희는 눈을 동그랗게 뜨고 동탁을 바라보았다.

"천주교 정의구현사제단?"

"응. 회사 내 책상 컴퓨터에 그분에 대한 자료가 있을 거야. 얼핏 기억나는 걸로는 신학교 시절 박정희 유신정권에 저항하는 시위를 벌였다가 학교에서 잘리고 감옥에도 간 적이 있었다고 들었어. 그 뒤 다시 복학해 신부 서품을 받고 유럽 어디 수도원에선가 오랫동안 은거하다 왔다고. 자세한 건 자료를 뒤져봐야 알겠지만…….."

"그래?"

동탁은 약간 놀란 표정으로 설희를 바라보았다. 종교 담당 기자답게 설희는 중요 종교인들에 대한 자료를 파일화해두고 있는 모양이었다. 그녀의 기민함에 저절로 감탄이 흘러나왔다.

설희의 입을 통해 노한우 신부가 어떤 사람인가는 대충이라도 짐작해볼 수가 있었다. 1970년대 박정희 유신정권에 반대해 시위를 벌이다 제적을 당했고, 청년 시절 감옥까지 갔다 왔을 정도라면 누구보다 치열하고 열정적인 성격의 사람일 것이었다. 문득 돌아가신 백기완 선생의 모습이 떠올랐다. 그러나 그보다 더 동탁의 관심을 끄는 부분은 졸업을 하고 신부 서품을 받은 후, 유럽 어딘가에 있는 수도원에 들어가 오랫동안 은거하다가 돌아왔다는 이야기였다.

수도원이라니까 그레고리가 왔다는 동유럽 어딘가의 오래된 수도원이 생각났다.

"그런데 그 신부님은 왜?"

설희가 다시 물었다.

"응. 사실 아까 차 대령 이야기할 때 빼먹었는데, 그곳에서 묘지 관리하는 노인을 만났어. 처음엔 우리를 향해 나가라고 소리를 질렀는데 막상 차 대령에게 상자를 빼앗기고 나자 어딘가에서 다시 나타나 우리더러 그 노한우 신부님을 한번 만나보라는 거야. 그러면 도움을 받을 수 있을지도 모른다면서."

"묘지 관리 노인이……?"

"응. 허름한 작업복 차림에 손에는 자루가 긴 삽을 들고 있었어. 한쪽 다리를 절고……."

"음."

"설희 씨, 아니 박 기자. 그 노한우 신부 파일 좀 찾아서 어디 가면 만날 수 있는지 한번 알아봐줘. 관리 노인 말로는 양평 용문산 아래 있는 수도원 어디라고는 했는데. 혹시 연락처 있음 그것도 좀 알아봐주고."

"응, 알았어."

거기까지 일사천리로 말하고 나니 그래도 답답했던 속이 좀 뚫리는 느낌이 들었다. 동탁은 잔을 들어 맥주를 소리 내어 벌컥 들이켰다.

때마침 나타나준 그녀가 꼭 안아주고 싶을 정도로 고마웠다. 종철의 눈만 아니었으면 그날 아침, 설희 혼자 남겨두고 그렇게 갑자기 모텔을 빠져나온 이야기를 하고 싶었지만 그럴 수가 없었다. 미안한 마음과 그리운 마음이 동시에 교차하였다. 불과 하루이틀밖에 지나지 않았는데 아득한 옛날 일처럼 느껴졌다.

"그나저나 미나 씨는 어쩌죠? 엄청 불안한 상태일 텐데……."

지켜주지 못했던 죄책감 때문일까. 동탁과 설희 사이에 이야기가 끝나고 나자 종철이 걱정스러운 표정으로 말했다.

그렇지. 미나……. 동탁은 중요한 것을 잊고 있었던 사람처럼 새삼 그녀를 떠올렸다. 사실 지금 책보다도 더 중요한 것은 윤미나였다. 그까짓 책이야, 없으면 어떻고, 누가 가져가면 또 어떻겠는가. 수천 년 된 것이라 하지만 지금 살아 있는 사람보다 더 중요한 것은 없을 것이었다.

그날 보았던 그녀의 쌍꺼풀 진 짙은 갈색 눈과 비에 젖은 긴 굽슬머리가 떠올랐다. 그녀의 목소리가 새삼 아프게 들려오는 것 같았다.

'탁이 오빠. 크크. 괜찮네요. 나도 한국에 오빠가 하나쯤 있었음 좋겠다고

생각했는데. 기댈 언덕도 되고. 그럼 둘이 있을 땐 그렇게 부를게요. 탁이 오
빠.'

괜히 갑자기 가슴 한쪽이 무너져오는 것 같았다.

"글쎄. 걱정이다."

동탁은 그런 감정을 감추기라도 하듯 짐짓 두 사람의 눈길을 외면한 채 맥
주잔을 벌컥벌컥 기울였다. 그리고 나서 작게 한숨을 내뱉으며 혼잣말처럼
말했다.

"별일 없어야 할 텐데 말이야."

32

다음 날, 오후 신문사.

"마 차장님, 소식 들었어요?"

종철이 허겁지겁 편집부로 들어오며 아침부터 호들갑스럽게 소리를 질렀다.

"뭔 소식?"

"차 대령이 교통사고로 입원했대요!"

"뭐? 교통사고? 차 대령이?"

동탁은 자기도 모르게 고개를 번쩍 들었다.

아닌 밤중에 홍두깨라더니 이게 무슨 말인가. 어젯밤에 벌어졌던 일이 아직도 생생한데…….

"예. 지금 서대문 로터리, 적십자병원 응급실에 있대요."

"언제?"

동탁은 육하원칙대로 짧게 물었다.

"어제 한밤중. 건널목을 건너다가 배달 오토바이에 치였대요. 여기저기 부러지고 한동안 의식을 잃긴 했지만 다행히 목숨엔 지장이 없나 봐요."

"어젯밤……?"

어젯밤이라면 그 인간에게 그들이 절두산 비석 밑에서 찾은 상자를 가로채였던 시간이 아닌가. 지금 생각해도 너무나 황당한 일이었다. 순식간에, 늙은이라고는 도저히 믿어지지 않을 정도의 힘과 빠른 동작이었다. 그런 그가 건널목에서 오토바이에 치여 입원을 했다니.

"상자는?"

동탁의 입에서 다음 질문이 용수철처럼 튀어나왔다. 그 인간이 다치거나 죽거나는 다음 문제이고 일단은 '그 책'의 행방이 더 급선무였다.

"글쎄요. 응급실로 실려갔다는데 지금까지 거기에 대해선 아무 말도 없어요. 그사이 누가 가져갔는지 모르지만."

동탁은 눈살을 찌푸리며 난감한 표정을 지었다. 이렇게 한가하게 이야기하고 있을 계제가 아니었다.

"가보자!"

곧 동탁은 의자 뒤에 걸어두었던 코트를 집어들고 벌떡 일어났다. 마음이 급해졌다. 그렇지 않아도 그 인간을 찾을 수만 있다면 어디라도 달려가야 할 판이었다. 그런데 교통사고로 누워 있다니, 제 발로 나타나준 것이나 다름이 없지 않은가.

"경찰은?"

"이미 병원에 가 있나 봐요. 나도 그쪽으로부터 들은 이야기니까."

"하긴."

노숙자라 하지만 응급실에 실려온 순간 신분이 노출되었을 것이고, 차 대령은 이미 문 장로를 살해하고 불을 지른 유력한 용의자로 수배 중인 인물이었으니 신원조회를 해봤으면 금방 경찰의 정보망에 걸려들었을 것이다.

아마도 지금 현장에 홍 경감이 먼저 달려가 있을지도 모른다. 종철을 데리고 신문사를 나온 동탁은 곧장 택시를 잡아탔다.

"기사 아저씨, 서대문 적십자병원요."

그들이 타자마자 택시는 곧장 복잡한 대로를 뚫고 달리기 시작했다. 서대문 적십자병원은 신문사에서 그리 멀지 않았다.

그 인간이 언젠가는 경찰의 수사망에 걸려들 거라고는 생각하고 있었지만 이렇게 빨리, 이렇게 어처구니없이 잡힐 거라고는 상상하지도 못한 일이었다. 세상 일이란 게 때로는 요지경이라는 생각이 들었다.

어제 한밤중이라면 그들이 망원역 부근 치킨집에 앉아 있을 시간이거나 그 이후가 될 것이었다. 그동안 차 대령은 절두산 성지 어딘가에 숨어 있다가 내려왔다는 말이었다.

그런데 그 책이 들어 있는 검은 상자는? 오토바이에 치였을 무렵까지 들고 있었을까? 아니면 어딘가에 숨겨두고 내려와서 길을 건너다가 사고를 당한 것일까? 아니면 길거리에 떨어진 것을 누군가가 발견하고는 가져가버린 것일까? 만일 그렇다면 정말 골치 아픈 일이 아닌가?

그러나 그럴 리는 없을 것 같았다. 만일 그때까지도 그가 상자를 들고 있었다면 그렇게 중요한 물건을, 더더구나 차 대령의 눈으로 보자면 자신의 처지를 단번에 바꿔줄 어마어마한 값이 나갈 물건을 놓쳤을 리가 없었다. 아마 목숨이 붙어 있는 한 꼭 끌어안고 있었을 것이다.

어쨌든 차 대령을 만나 단도직입적으로 물어보는 수밖에 없었다. 그가 문장로를 어떻게 했는지는 경찰의 몫이었다. 만일 홍 경감이 나타났다면 그가 해야 할 일이었다. 그에게는 오직 빨리 책을 찾아 미나를 구하는 일이 급선무였다.

오래지 않아 택시는 적십자병원 응급실 앞에 멈추었다.

"어, 저기 홍 경감 아니에요?"

그때 종철이 현관에서 좀 떨어진 나무 아래를 가리키며 말했다. 그가 가리키는 쪽을 보니 과연 잎이 다 떨어진 단풍나무 아래 벤치에 트렌치코트를 입은 사내가 혼자 앉아서 담배를 피우고 있었다. 판다처럼 눈 주위가 약간 꺼무스레하고 입꼬리가 약간 올라간 사내. 경찰청 홍세범 경감이었다.

"안녕하세요, 경감님!"

눈길이 마주치자 종철이 먼저 큰 소리로 인사를 던졌다.

홍 경감은 피우던 담배를 끄고 벤치에서 엉거주춤 일어나며 그들을 향해 손짓을 했다. 오라는 뜻이었다.

"안녕하시우."

가까이 가자 홍 경감은 먼저 동탁에게 손을 내밀어 악수를 청했다. 그의 입가에 어색한 미소가 떠올랐다. 그러나 눈빛만은 여전히 차갑기 짝이 없었다. 그들이 오기 전 담배를 피우며 혼자 무언가 골똘히 생각하고 있었던 것 같았다.

"마 차장, 오래간만이오."

"예. 경감님도."

동탁은 그의 얼굴에서 무언가 다른 기미가 없나 찾아보았다. 그런 동탁의 의도를 이미 알고 있다는 듯 홍 경감이 먼저 입을 열었다.

"차 대령 만나러 왔쥬?"

"예."

"지금 마악 응급실에서 일반병실로 올라갔어요. 워낙 체격이 좋아서 그런지 오토바이 정도에 죽을 사람은 아닌가 봐요. 몇 군데 부러지긴 했지만…… 허영 교수가 와서 같이 있어요."

그는 묻지도 않은 말을 먼저 보고하듯이 하고는 입가에 냉소인지 모를 묘한 미소를 지었다. 상대방 패를 보기 전에 미리 자기 패를 보여주는 자기만의 방식 같았다.

"허영 교수가?"

동탁이 의외라는 듯 되물었다.

"당연한 것 아닌가요? 명색이 자기 남편이고 보호자인데……. 암튼 두 사람이 나란히 있는 걸 보니 그리 나쁜 그림은 아닌 것 같더군요. 연적이 죽었으니 더 이상 미워할 거리도 없을 거구."

그는 약간 희죽거리듯이 말했다. 농담인지 진담인지 모를 말이었지만 틀린 말은 아닌 것 같았다. 하지만 인사동에서 만났을 때 얼굴을 붉히며 증오로 가득 찬 욕설을 터뜨리던 차 대령의 모습과 윤 교수의 화장터에서 본 허영 교수의 모습은 어쩐지 어울리지 않은 것 같았다.

홍 경감의 말대로 '명색이 남편이고 보호자'라 억지춘향으로 두 사람이 잠깐 같이 있을지도 모른다. 아무튼 지금은 그에게서 상자의 행방, 아니 책의 행방을 알아내는 것이 급선무였다.

"올라가보시구려."

엉거주춤 서 있는 동탁을 향해 홍 경감은 얼굴을 돌리며 아무렇지도 않은 듯이 내뱉었다. 그러곤,

"아, 참. 내가 말하지 않았던가요? 차 대령, 차동석 씨는 이번 사건이랑은 아무 관련이 없어요. 혐의도 다 벗겨졌구요."

하고 서비스라도 하듯 토를 달았다.

"예?"

동탁은 의외라는 표정으로 홍 경감을 쳐다보았다.

"아시다시피 윤 교수랑은 허영 교수를 사이에 두고 약간의 트러블이 있긴 했지만 그건 오히려 차 대령 쪽이 피해자라고 할 수 있죠. 마누라를 빼앗기고

도 가만히 있을 사람은 없을 테니까. 위자료를 달라고 협박을 했다고 하지만 이미 한쪽은 고인이 되어버렸으니 더 이상 따질 계제가 아니죠. 남은 건 문 장로 건인데, 그날을 전후해서 차 대령은 쭈욱 노숙자 보호 시설에 있었어요. 기록에도 있고, 증인들도 있고……. 알리바이가 충분하다는 뜻이죠."

홍 경감은 마치 간단하게 정리라도 해주듯 말하고는 이어서,

"그래서 우리 수사과에선 참고인 진술을 다 받아 철수 중이고, 나머진 교통과에서 할 일만 남았어요. 한밤중에 배달 오토바이를 몰던 놈이 건널목에서 낸 사고니까 차 대령 쪽에서 얼마든지 입원비랑 보상금은 받을 수 있을 거요." 하고 말했다.

그래도 그의 입에서 끝까지 비닐에 싸인 작은 상자나 책 같은 이야기는 나오지 않았다. 현장에서 사라졌거나 그전에 없어졌거나 했는지도 몰랐다. 동탁의 마음이 초조해졌다.

"그랬군요. 알겠습니다. 이왕 왔으니 우리도 그를 한번 만나보고 갈게요."

"잠깐."

동탁이 대충 얼버무리고 돌아서려는데 갑자기 홍 경감이 그의 팔을 살짝 잡아끌어, 종철에게서 조금 떨어진 곳으로 걸어가며 속삭이듯이 그의 귀에다대고 말했다.

"근데 마 기자, 최근에 하잔 만난 적 없나요?"

"예에? 없는데요."

동탁은 당황한 목소리로 대답했다. 너무나 갑작스럽고 예상치 못했던 질문이었기 때문이다.

"혹시나 해서……. 근데 하잔의 대학원 여자친구, 양혜경이랑은 만난 적이 있죠?"

그러자 그런 동탁의 반응을 아는지 모르는지 홍 경감은 계속해서 떠보듯이

물었다. 무언가 알고 있다는 눈치였다.

"예. 그런데요?"

숨길 이유가 없다는 생각이 들자 동탁은 짐짓 불쾌한 표정을 지으며 말했다. 마치 심문이라도 당하고 있는 느낌이었기 때문이다.

"아, 오해는 하지 마시오. 그냥 궁금해서 물어본 것뿐이니까."

홍 경감은 변명하듯이 말하고는 동탁에게 근처 벤치를 가리키며 잠시 앉으라는 눈치를 보냈다.

"잠깐 한 가지만 더 물어볼게요. 하잔이라는 놈이 윤 교수에게서 무언가를 찾고 있었던 같은데…… 그게 무언지 마 차장은 알고 있나요?"

"예?"

동탁은 그를 따라 벤치에 엉덩이를 걸치며 속으로 조금 뜨끔한 생각이 들었다. 이 인간이 갑자기 무슨 이야기를 하려나 싶었다. 설마…….

"한 권의 책이라는데……. 양혜경의 말에 의하면 티베트의 전설적인 고승이었던 파드마삼바바라는 승려가 남겨놓은 아주 오래된 책이라더군요. 그녀에게 들었지요?"

그는 계속해서 심문조로 물었다. 그가 거기까지 알고 있는 한 동탁도 더 이상 감출 이유가 없었다.

"예. 들었어요."

동탁은 고개를 숙인 채 약간 곤혹스런 표정으로 대답했다. 괜히 그에게 무언가 들킨 기분이었다. 하지만 그가 '그 책'이 '그 책'이라는 것은 알고 있다는 느낌은 들지 않았다. 파드마삼바바가 남겨놓았다는 책과 가롯 유다가 남겨놓았다는 책. 그 사이엔 엄청난 차이가 있을 것이었다.

"그 책은…… 찾았나요?"

동탁은 아무것도 모르는 사람처럼 홍 경감에게 조심스러운 말투로 물었다.

"아뇨. 아직. 그러나 그 책이 지금 누군가의 손에 있는 것은 분명해요. 처음엔 윤 교수의 손에 있었지만……. 아마도 윤 교수가 가지고 있던 것이 문 장로의 손으로 넘어갔다가 다시 누군가의 손으로 넘어간 것 같다는 말이오. 내 추측이지만 다른 일곱 장로 중의 누군가 한 명에게 말이오."

"일곱 장로 중의 한 명에게?"

"그렇소. 내가 지난번 이야기했지만 성 유다 동방교회라는 조직은 일곱 명의 장로들에 의해 움직이고 있어요. 자세한 건 모르지만…… 그중에 두 명, 윤 교수와 문 장로가 죽고 이제 그 책이 다른 다섯 명 장로 중의 누군가에게 가 있을 거라는 말이오. 말하자면 하잔이란 놈이 또 다른 살인을 저지를 수도 있는 불씨가 여전히 남아 있다는 뜻이죠."

그러고는 흰 창이 많은 눈을 들어 동탁을 쳐다보았다. 동탁은 저절로 가슴이 서늘해졌다. 예상했던 것보다 그는 너무나 많은 내용을 구체적으로 알고 있었기 때문이다. 그리고 그의 추론 역시 빈틈이 없었다.

"파드마삼바바가 남겨놓은 책이 어떤 책이길래……?"

그러나 동탁은 여전히 시침을 떼고 아무것도 모르는 사람처럼 말했다. 홍경감은 입을 삐쭉하고는 서양사람처럼 어깨를 한번 으쓱하였다.

"그건 나도 모르겠소. 어쨌거나 엄청나게 값이 나가는 물건임에는 틀림없는 것 같소. 종교적인 신념을 부채질하는 위험한 내용이 담긴 것이거나……. 하여간 누가 가지고 있건 빨리 찾아야 해요. 하잔이라는 놈을 잡아들이는 것도 그렇고."

그는 여전히 윤 교수를 죽인 범인이 하잔일 거라는 확신을 버리지 않고 있었다. 그의 입에서 이상할 정도로 여전히 그레고리나 꽁지머리에 대한 이야기는 나오지 않고 있었다. 그들은 아예 그의 머릿속 수사선상에 올라와 있는 것 같지도 않았다.

그리고 또 하나. 이번 사건의 처음부터 내내 동탁을 따라다니고 있던 인물, 가룻 유다와 얽힌 이야기는 아예 처음부터 없었다. 그렇다면 그는 이 사건에서 가려져 있는 깊은 부분 대신 표면만 보고 있다는 뜻이었다.

동탁은 그에게 윤미나가 납치된 이야기를 꺼낼까 말까, 순간적으로 망설여졌다. 이쯤에서 모두 이야기하고 그의 협조를 구하는 게 좋을 것 같기도 했다. 그리고 실제로 위험한 인물은 하잔이 아니라 그들 꽁지머리와 서양인 수도사 그레고리일 거라고 말해야 할 것도 같았다.

그러나 다음 순간 동탁은 일단 차 대령부터 만난 이후 결정하기로 마음을 먹었다. 어쨌든 당장 어젯밤, 그들에게서 책이 든 상자를 탈취해 간 사내가 다름 아닌 차 대령이었기 때문이다. 그가 그것을 어떻게 했는지 알아보는 게 급선무였다.

"암튼 우리도 여기까지 왔으니까 차 대령 한번 만나보고 갈게요."

동탁이 벤치에서 일어나며 말했다.

"그러슈. 좋은 소식 있으면 꼭 알려주고."

돌아서 가는 동탁의 등을 향해 홍 경감이 아까처럼 입을 비죽하며 당부인지 뭔지 모를 말을 던졌다. 정말 속을 알 수 없는 사람 같았다.

일인용 병실에는 마침 차 대령 혼자 있었다.

"어?"

다리에 깁스를 한 채 링거를 꽂고 침대에 누워 있던 차 대령은 동탁과 종철이 나타나자 놀란 듯이 벌떡 상체를 일으켜 앉았다. 마누라인 허영 교수가 왔다고 하지만 그리 오래 붙어 있었던 것 같지는 않았다. 이미 둘 사이의 관계는 파탄 난 것이나 다름없을 터라 교통사고 처리 겸 그냥 보호자 치레로 다녀갔을 뿐이었는지 모른다.

그를 본 종철의 눈에 불꽃이 튀었다.

어젯밤 일을 생각하면 분하고 화가 치밀어 견딜 수가 없었을 것이다. 마음 같아서는 확 달려들어 멱살이라도 잡고 싶었지만 참는 눈치였다.

"이봐! 그거 어떻게 했어? 상자 어떻게 했냐구!"

대신 종철이 그의 옆으로 다가가 눈을 부라리며 병실 바깥에 새어나가지 않게 나지막하게 소리를 질렀다.

"응. 그거…… 그거……."

차 대령은 더듬거리며 동탁과 종철을 번갈아보았다. 그답지 않은 당혹과 불안이 주름진 커다란 얼굴에 떠올랐다. 오토바이에 치였을 때 다쳤는지 이마에도 커다란 반창고가 붙어 있었다.

"어쨌냐니까?"

종철이 그런 그에게 더욱 바싹 다가가며 여유를 주지 않고 재우쳤다. 자칫하면 한 방 후려갈기기라도 할 기세였다.

"그거…… 빈 거였어. 없어. 아무것도……."

"뭐? 이 새끼가 지금……!"

종철이가 기어이 참지 못하고 그의 환자복 멱살을 잡았다.

"정말이야. 윤기철, 윤 교수 그놈이 우릴 속였어! 아무것도 없는 빈 상자였다구."

"뭐라구요?"

그제야 뒤에 서 있던 동탁이 나섰다. 돌아가는 상황으로 봐서 차 대령이 거짓말을 하고 있는 것 같지는 않았기 때문이다. 비로소 종철의 손에서 풀려난 차 대령은 고개부터 흔들었다.

"암튼 지난밤엔 미안하게 됐수만 그 상자 속엔 진짜 아무것도 없었어요. 빈 상자였단 말이오."

풀이 죽은 목소리였다.

빈 상자……!

동탁은 잠시 얼이 빠진 사람처럼 서 있었다. 종철은 여전히 그가 자기를 속이고 있다고 생각하고 있는지 화가 덜 풀린 표정이었지만 동탁은 군인 출신에 직선적인 성격의 그가 거짓말을 하고 있다는 생각은 들지 않았다.

그렇다면, '그 책'은 어떻게 된 것일까? 처음부터 없었던 것일까, 아니면 그 사이 누군가가 빼돌린 것일까?

그러자 갑자기 어젯밤 절두산 순교자의 성지에서 만났던 관리인 노인이 떠올랐다. 그들이 차 대령에게 상자를 빼앗기고 황당해하던 그 시점에 그림자처럼 나타났던 노인. 의외로 차분하게 마치 이미 알고 있었다는 듯이 노한우 신부를 찾아 만나보라고 했던 그의 말이 떠올랐다. 어쩌면 빈 상자의 비밀을 그 누군가는 이미 알고 있었다는 느낌이 들었다.

"암튼 어젯밤 일은 미안하게 됐수다. 윤 교수 그놈이 진작에 내게 그것을 넘겨주었더라면 그런 일은 없었을 거요. 위자료 한 푼 남기지 않고 죽어버렸으니……. 죽은 놈은 말이 없다 하지만 그놈이 남의 마누라를 가로채간 것은 결코 용서할 수 없는 일 아닌가요. 안 그렇수? 따지고 보면 나야말로 그놈에게 농락을 당한 것이나 다름없쥬. 나도 속고 댁들도 속았으니 말이우. 빈 상자였다니……!"

잠시 틈이 생기자 그는 변명 삼아 큰 소리로 횡설수설 늘어놓고 있었다. 틀린 말은 아니었다. 억울하고 분하기로 치자면 그 역시 누구 못지않을 것이었다.

그때 병실 문이 열리며 간호사가 들어왔다. 그녀는 누워 있는 차 대령의 체온을 재고 링거병의 수액이 얼마나 남았나 체크한 다음 동탁 쪽을 바라보며 말했다.

"두 분 보호자세요?"

"아, 아닙니다."

동탁이 황급히 말했다.

"그럼 면회 오신 거군요. 보호자 분 아니시면 병실에 오래 있으면 안 돼요. 환자분이 안정을 취해야 하고 병원 수칙이기도 하니까요."

그녀는 쌀쌀맞은 목소리로 사무적으로 말했다.

"아, 알겠습니다."

더 이상 그곳에 있을 이유도 없었다. 지금 그의 멱살을 잡고 늘어져봤자 나올 것은 하나도 없었다. 그의 말이 사실이든 아니든 믿을 수밖에 없었다. 동탁은 종철에게 나가자고 눈짓을 했다. 종철은 여전히 못마땅한 표정이었지만 그렇다고 뾰족한 수가 있는 것도 아니고 하여 마지못해 동탁을 따라 병실을 빠져나왔다.

빈 상자였다니…… 갑자기 허탈감이 몰려왔다.

어쩐다? 이제 남은 일은 오직 하나 그 노인의 말대로 노한우 신부인가를 찾아보는 수밖에 없을 것 같았다. 너무나 막연하고 막막한 느낌이 들었다. 터벅터벅 계단을 내려오는 두 사람의 발걸음이 전에 없이 무거웠다.

33

스테판 신부

잠시 후. 병원 현관.

"어, 저기 R일보 박설희 기자 아닌가요?"

시선을 떨군 채 아래를 보고 걸어가고 있는데 종철이 말했다. 고개를 드니 과연 설희가 말총머리를 찰랑거리며 마악 현관문을 들어서고 있는 게 보였다.

어젯밤에 보고 다시 보는 것이었지만 오래간만에 보는 것처럼 반가웠다. 마침 설희도 이쪽을 발견했는지 미소를 지으며 살짝 손을 흔들었다.

"마 선배! 차 대령 만났어요?"

성격대로 거두절미 단도직입적이다.

"역시, 박 기자님. 번개처럼 빠르시네요."

종철이 그런 중에 반은 농담투로 놀리듯이 말했다.

"누가 할 소리. 찾았어요?"

대답은 종철에게 하고 질문은 동탁을 향해 던졌다.

"뭘?"

"책."

"아니."

완전히 카톡 수준의 대화다.

"왜요?"

"없었대. 상자 속에 아무것도 없었대."

"예?"

설희가 눈이 동그랗게 되어 동탁을 쳐다보았다.

"그나저나 차 대령 만나러 가기 전에 차나 한잔 하고 가. 어차피 안에 아무도 없어. 경찰들도 다 철수하고……. 아까 경찰청 홍 경감도 보였는데 갔는가 봐."

그제야 동탁은 설희를 끌고 병원 입구에 있는 카페 쪽으로 향해 갔다. 종철이 두어 걸음 뒤에서 그들을 따라왔다.

"어떻게 된 거예요?"

자리에 앉자마자 설희가 궁금해 죽겠다는 표정으로 물었다.

"몰라. 백 프로 믿을 건 아니지만 차 대령 말로는 어젯밤 탈취해 달아났던 상자를 열어보니 속에 아무것도 없었다고 하더라. 윤 교수가 속인 것이라고 불같이 화를 내면서 말이야."

"빈 상자? 그 인간, 믿을 수 있어요?"

"몰라. 하지만 우리 강 기자도 있었지만 거짓말하는 것 같진 않았어."

"하아."

설희의 얼굴에 실망한 표정이 떠올랐다. 잠시 침묵이 흘렀다.

"허영 교수는 만났어요?"

다시 설희가 물었다.

"아니. 홍 경감 말로는 보호자로 왔다고 하는데 우린 못 봤어. 그냥 잠시 다녀갔나 봐."

"하긴 둘이 같이 있긴 뭘 했겠지."

설희는 무슨 생각을 하는지 혼잣말처럼 중얼거렸다.

"글고 말이야, 이것도 홍 경감 말인데, 차 대령은 윤 교수 사건이나 문 장로 사건에서 모두 혐의를 벗어났대. 알리바이도 충분하고……."

"그래요?"

"응. 그동안 차 대령이 도망 다닌 것은 빚쟁이 때문이라고 전에 자기 입으로 이야기한 적이 있어. 어쨌든 그 인간이 그 책의 존재를 알고, 그 책에 대해 집착을 가지고 있었던 것만은 분명해. 윤 교수가 남겨두었다는 책 말이야. 그렇지 않다면 우리 뒤를 몰래 따라와 상자를 훔쳐 달아날 리가 없었잖아."

동탁의 말에 그녀는 가볍게 얼굴을 찌푸리며 고개를 끄덕였다.

"암튼 이제는 그날 무덤가에서 만난 노인이 말해줬던 그 노한우 신부라는 분을 만나보는 수밖에 없어. 좀 막연하긴 하지만 말이야. 어쨌든 윤미나를 구하는 게 급선무니까."

동탁이 눈길을 돌리며 걱정스러운 표정으로 말했다. 막상 미나를 떠올리자 마음이 초조해졌다. 긴 굽슬머리에 쌍꺼풀 진 큰 눈이 떠올랐다. 지금 어디에 있을까. 얼마나 불안할까.

생각하면 가슴 한쪽이 타들어가는 기분이었다.

"참, 이것 한번 봐봐요."

그러면서 그제야 설희가 백팩을 열어 무언가를 꺼내 동탁과 종철에게 보여주었다.

"뭔데?"

"노한우 신부에 관한 자료. 파일에서 찾아 왔어요."

"그래?"

동탁은 설희가 내민 종이를 강종철도 볼 수 있도록 비스듬히 들고 앉아서 같이 훑어보았다.

노한우 신부

1958년 생. 서울대 철학과 졸업. 졸업 후 가톨릭대학 신학부에 재입학. 신학과 3학년 재학 중 박정희 유신정권에 항의하는 반정부 학내 시위로 체포 구금. 대통령 긴급조치 9호 위반으로 3년 형을 받음. 만기 출소 후 복학. 신학부 졸업 후, 영국 헐대학(The university of HULL)에 유학. 「초기 기독교 네스토리우스파의 동방 전도와 열세 번째 사도에 관한 연구」로 박사 학위 취득. 신부 서품을 받은 후 동유럽 성 안토니우스 수도원에서 오랜 은둔 생활. 귀국 후 잠시 정의구현사제단 소속으로 일함. 절두산 성당 성지 관리 책임자로 일하다가 2011년 11월 은퇴……

동탁의 눈가에 깊은 주름살이 잡혔다.

짧은 이력서 뒤에 숨겨진 어떤 존재의 그림자가 결코 만만치 않게 다가왔기 때문이다. 노한우 신부. 그냥 평범한 신부가 아닐 것 같았다. 서울대 철학과를 졸업하고 다시 가톨릭 신학대학으로 들어가 신부의 길로 간 것부터가 예사롭지 않았을뿐더러 박정희 유신정권에 저항하여 반정부 학내 시위로 감옥으로 간 것도 예사롭지가 않았다.

그리고 무엇보다도 눈에 띄는 건 영국 유학 중 박사학위 논문으로 썼다는 「초기 기독교 네스토리우스파의 동방 전도와 열세 번째 사도에 관한 연구」. 제목부터가 무언가 강렬한 메시지를 풍기고 있었다. 네스토리우스파라면 예수가 곧 신이라는 삼위일체설을 부정하는 교리 때문에 콘스탄티누스 황제의 니케아 종교회의 이후 이단으로 몰려 동방으로 쫓겨난 초기 기독교의 일파를 이야기하는 것이 아닌가.

본토에서 쫓겨난 그들은 실크로드를 따라 멀리 당나라의 수도 장안까지 이르렀고, 그 뒤 황소의 난 등 당나라가 혼란에 빠지자 어디론가 사라져버렸다는 것을 동탁은 이번 사건을 취재하면서 알게 되었다.

그런데 노한우 신부의 박사학위 논문 제목에서 새삼 그 이름을 들으니 문득 문 장로가 이야기했던 것과 무언가 상호 통하는 듯한 느낌이 들었다.

게다가 열세 번째 사도라니!

열세 번째 사도라면 문 장로가 보여준 『유다복음』에 의하면 바로 가룟 유다를 지칭하는 것이 아닌가. '너는 열세 번째가 될 것이며 다른 모든 세대들에 의해 저주를 받을 것이다.' 더구나 연배로 보자면 윤 교수와는 어쩌면 서울대 철학과 학부를 같이 다녔을지도 모른다는 생각이 들었다.

그렇다면…… 그는 누구인가? 그는 어떤 사람일까? 혹시 그도 문 장로가 이야기했던 성 유다 동방교회를 지키는 일곱 장로 중의 하나일까? 갑자기 궁금증이 파도처럼 몰려왔다.

"이게 다야?"

노한우 신부의 이력이 적힌 종이를 내려놓으며 동탁이 말했다.

"응."

설희가 눈을 깜박거리며 말했다.

"근데 말이야, 선배. 노한우 신부님의 세례명이 뭔지 알아요?"

"뭔데?"

"스테판. 스테판 신부님."

"뭐, 스테판?"

동탁이 동그랗게 눈을 치뜨고 설희를 바라보았다.

"응. 윤 교수가 남긴 암호 속의 마지막 글자가 스테판, 스테파누스였잖아?"

"아."

동탁은 뭔가 한 대 맞은 것처럼 머릿속이 번쩍하는 기분이 들었다. 맞어. 우연의 일치일 수도 있겠지만 윤 교수의 암호 마지막 단어가 스테판이라는 것이 기억났다. 지금까지 그 단어에 대해서는 마지막에 그냥 군더더기처럼 붙어 있는 것 정도로 무심하게 넘기고 있었다. 그런데 노한우 신부의 세례명이 스테판이었다니?

머리 없는 강 성당…… 그리고 스테판.

거기에 무언가의 강력한 암시가 들어 있는 것 같기도 했다. 어쩌면 암호 속의 앞부분 단어들은 그냥 전치사에 불과했고 그 모든 것이 스테판이라는 이름 하나에 집중되어 있는 것인지도 모른다는 생각이 문득 들었다.

그러니까 순교자 성지에서 만난 노인이 말해줬던 노한우 신부는 그냥 참고적으로 만나보라는 인물 정도가 아니라, 어쩌면 이 모든 암호를 풀 수 있는 마지막 열쇠일지도 모른다는 생각이 들었다.

노한우, 스테판 신부…….

그에 대한 궁금증이 더욱 커져갔다.

"그런데 마 선배, 이걸 한번 봐요. 예전에 어느 종교 잡지에서 인터뷰한 내용인데 그분의 신학이나 철학을 엿볼 수 있을 것 같아서 가져왔어."

그러면서 A4 용지 파일을 내밀었다. 역시 설희다웠다.

"우상을 파괴하라……?"

"응. 좀 과격한 내용 같던데…… 암튼 노한우 신부에 의하면 구약의 하느님이나 이스라엘이나 모세 같은 구약에 나오는 상징들은 모두 우상일 뿐이고 진리는 오직 신약 속 예수의 가르침밖에 없다는 거야. 어떻게 보면 요즘 도올 선생의 주장과도 좀 통하는 것 같기도 하고."

"그래?"

"응. 암튼 그에 의하면 오늘날 벌어지고 있는 이 혼란은 모두 로마 시대에 만들어진 가톨릭의 우상 숭배에서 비롯되었다는 거야. 그리고 그 우상들은 모두 신화에 불과했던 구약 시대의 이야기를 니케아 종교회의를 전후해 로마제국에서 그들의 입맛에 맞게 그대로 받아들였기 때문이라는 거야. 그래서 처음 성경을 편찬할 때 구약을 포함시킬 것인가 말 것인가에 대해서도 많은 논쟁이 있었나 봐. 너무 피비린내가 난다 하여 반대한 사람들도 있었고⋯⋯. 암튼 중세에 벌어졌던 십자군 전쟁도 예루살렘이라는 이미 죽어버린 도시에 대한 우상 숭배 때문에 벌어졌고, 지금도 어리석은 교회에 의해 그런 이스라엘 숭배는 계속되고 있다고 해요. 어려워서 이해할 순 없지만. 암튼 그 때문에 로마 교황청으로부터 서울 대교구를 통해 경고의 메시지도 전달되었나 봐. 그가 거기에 대해 더 이상 말하지 않고 침묵하는 것으로 일단락 지어졌다고 해요."

"음."

"그리고 눈에 띄는 대목 중 하나는 거룩하신 하느님의 한 줄기 빛이 예수의 죽음과 함께 동방으로 흘러갔고, 수천 년간 그 씨앗을 틔우고 있었다는 부분이야."

동방으로 흘러간 한 줄기 빛⋯⋯ 수천 년간⋯⋯. 혹시 그게 열세 번째 사도인 가룟 유다를 지칭하고 있는 건 아닐까. 그러자 불현듯 윤 교수의 논문에서 보았던 예수가 유다에게 마지막으로 했던 말이 떠올랐다.

'이 모든 일이 끝나면 너는 동방으로 가거라. 동방 끝으로 가서 내 말을 전하고, 나의 나라를 세우거라. 하나님의 나라를 만들어라.'

하나님의 나라. 이상국가. 유토피아. 불국토. 동방의 끝, 조선⋯⋯. 뭐라 불러도 상관없을 것이었다. 어쩌면 노한우 신부야말로 윤 교수나 문 장로보다 더 강력하게 유다의 존재를 알리고 싶은 인물인지도 모른다. 아무것도 모르면서 들으면 무심히 지나칠 수 있는 말들이었지만 그 속엔 윤 교수나 문 장로가 말했던 위험한 주장들이 숨은 그림처럼 박혀 있었다. 말하자면 그들 셋은 같은 주장을 하고 있었던 것이다!

그러자 문득 동탁의 머릿속으로 어쩌면 노한우, 스테판 신부, 그 역시 성 유다 동방교회를 지키는 일곱 장로 중의 하나일지도 모른다는 생각이 들었다.

"이제 우리가 할 수 있는 일은 그 신부님을 찾아가서 어떻게 된 일인지 알아보는 것밖에 없겠네요."

여전히 차 대령에 대한 미련을 버리지 못하고 있던 종철이 시무룩한 표정으로 말했다. 동탁과는 달리 별로 기대하지 않는다는 투였다.

"혹시 노 신부님 연락처는 알아봤나?"

"응. 다행히 파일에 있어 전화를 걸어봤더니 받으시더군요."

"그래?"

동탁은 뜻밖이라는 표정으로 설희를 쳐다보았다.

"이왕 통화가 된 김에 한번 찾아뵤도 좋겠냐고 했더니 무슨 일이냐기에 사실대로 이야기를 해줬어."

"사실대로……?"

"응. 어떤 책을 하나 찾고 있는데, 누군가가 위험에 빠져 있어 그 책이 꼭 필요하니까 신부님이 좀 도와주실 수 있냐고 했죠."

"그래서?"

"위험에 빠진 사람이 누구냐길래 죽은 서울대 윤기철 교수의 딸이라고 하니까 깜짝 놀라는 눈치더군요. 그러고는 황급한 목소리로 빨리 오라는 거야. 그래서 마 선배랑 강 기자 이야기를 하고 같이 가도 되겠냐고 했더니 잠시 생각하다가 그래, 라고 하시더군."

"아, 잘됐군. 잘됐어!"

동탁은 자기도 모르게 소리를 질렀다. 역시 박설희였다. 생각 같아선 한번 안아주고 싶었다. 어둠 속에서 무언가 희미한 빛이라도 한 줄기 발견한 듯한 느낌이었다.

노한우 신부…… 스테판……. 윤 교수가 남겨놓은 암호 속의 마지막 단어.

어쩌면 그 신부야말로 사라진 그 책의 행방과 밀접한 관련이 있을지도 모른다는 생각이 들었다.

"그럼 내일 같이 가는 거죠?"

종철이 두 사람을 번갈아보며 물었다. 그러곤 대답도 기다리지 않고 자리에서 일어나며,

"난 먼저 들어가볼게요. 사무실에 아직 남은 일이 좀 있어서."

하고 말했다. 동탁이 그래라, 하고 고개를 끄덕였다.

종철이 가고 나자 두 사람만 남았다. 약간 어색한 기운이 돌았다. 그날 이후로 둘이만 마주한 것은 처음이었기 때문이다.

"배고프지? 분식집에나 갈까?"

"응."

차 대령을 만나러 가야 한다고 생각했지만 동탁의 말대로 지금 가봐야 할 이야기도 없었다. 그가 일단 윤 교수나 문 장로의 살해범은 아닌 것으로 경찰의 수사선상에서 벗어난 이상 남은 것은 허영 교수와의 가십거리 기사밖에는 없었기 때문이다. 두 사람은 서대문 로터리 부근 분식집을 찾아 천천히 걸어갔다. 날이 어두워지고 있었다.

잠시 후, 분식집.

김밥과 라면을 시켜놓고 동탁은 설희와 마주 앉았다.

"근데 형, 그레고리란 사람. 서양 수도사 말이야."

둘만 있자 설희는 선배 대신 다시 형이라고 불렀다. 그러나 표정은 여전히 심각했다.

"응. 왜?"

"그 사람 로마 교황청 직속 기관 소속인 거 알아?"

"로마 교황청 직속 기관?"

금시초문이었다. 동탁이 알기로는 동방정교회 관할의 발칸반도 루마니아 어디 수도원 소속으로 알고 있었던 터였다. 그런 그가 로마 교황청 직속 기관 소속의 수도사라니.

"응. 어떤 기관인지는 모르지만, 암튼 그가 교황청의 보호를 받고 있다는 건 확실해. 로마 교황청은 천 년을 넘게 유럽 역사의 중심에 있었잖아. 온갖 정치적인 소용돌이와 음모를 거치면서 말이야. 그래서 교황조차도 모르는 비밀결사나 조직이 많았대. 그 범위도 서유럽, 동유럽, 아프리카, 남북 아메리카까지 세계 도처 어느 곳에나 걸쳐져 있고……. 그가 루마니아의 어떤 수도원에 속해 있는지는 모르지만 그 수도원이 교황청의 아주 오래된 직속 기관이라는 거야. 그래서 경찰에서도 함부로 그를 건드리지 않는 것 같았어."

"그래?"

그렇다면 꽁지머리 고수연과는 어떤 관계일까. 아무리 비밀결사라 해도 로마 교황청의 보호를 받는 자들이 납치 같은 일을 저지를 수 있을까.

"몰라, 나도 더 이상은……. 암튼 윤 교수 사건 취재를 하던 중 그런 느낌이 들었어."

"음."

동탁은 자기도 모르게 가볍게 신음 소리를 내었다. 로마 교황청 직속 기관 소속으로 교황청의 보호를 받고 있는 수도원? 그래서 홍 경감도 그에 대해서는 아무 말도 하지 않았던 것일까?

"그가 온 동유럽에 있는 성 안드레아 수도원은 이슬람인 오스만튀르크가 지배하던 시절에도 무슨 이유에서인지 모르지만 거기만 줄곧 로마 교황청의 직속 수도원이었대. 동방정교회 영역인데도 말이야. 깊은 산중에 자리 잡고 있어 속세와는 아예 인연을 끊고 살아 어떤 수도승들이 어떻게 살아가고 있는

지 수세기 동안 신비에 싸인 채 있었는데, 형이 만났던 그레고리가 바로 그 수도원 출신이라고 해."

설희가 계속해서 말했다.

그렇다면 가룟 유다의 뒤를 좇아 수세기 동안 이어온 '검은 기사단' 곧 '최후의 사명자'와 로마 교황청이 모종의 관계가 있다는 말이 아닌가. 동탁의 머릿속이 갑자기 복잡해졌다.

"오래된 종교집단에는 오래된 만큼이나 세상에 알려지지 않은 비밀이 많은가 봐. 심지어는 교황조차도 모르는……. 특히 수도원 중엔 그런 곳이 많대. 중세 대성당 중심의 교회가 부패하자 프란치스코나 도미니크 같은 사람들이 청빈한 생활을 주도하는 수도원을 많이 지었는데 그중에는 아직도 세상에 드러나지 않은 비밀조직들이 많다고 해. 성 안드레아 수도원도 그런 것들 중의 하나인지 몰라."

설희의 말이 이어졌다.

"이번 사건은 들어가면 갈수록 어려워. 두렵기도 하고……. 마치 인간들이 스스로 만들어놓은 복잡한 덫 같은 데 빠져들어가는 기분이 들어. 종교라는 이름의 덫 말이야."

설희가 우울한 표정으로 독백이라도 하듯 말했다.

"아무래도 우리 인간의 몸 속엔 사랑의 피보다 증오의 피가 더욱 짙게 흐르고 있는 것 같애. 포유류의 따뜻한 피가 아닌 파충류의 차가운 피 같은 거 말이야."

초원의 바람처럼 씽씽하던 설희의 입에서 그런 우울한 말들이 흘러나오자 동탁은 괜히 마음이 무거워졌다. 하긴 종교 담당 기자란 게 겉보기엔 가장 한가한 것처럼 보이지만 안으론 매일 세상의 가장 어두운 부분, 인간의 가장 추악한 면들을 보고 사는 존재인지도 모른다.

"하여간, 인류 역사에 종교의 이름으로 행해진 학살이 얼마나 많았는지 몰

라. 그리고 종교의 이름으로 행해지는 증오란 게 얼마나 깊고 무서운 건지 이번 사건을 보면서 새삼 느껴지더라. 신의 이름으로 행해지는 테러나 그 테러를 잡겠다고 무자비한 폭격을 가하는 자들이나 누가 선한 자의 편에 서 있고 누가 악한 자의 편에 서 있는지 알 수가 없어. 인류를 구원하겠다고 오신 예수나 마호메트가 살다 간 세상엔 지금 두 마리의 악마만이 남겨진 것 같애. 돌아올 수 없는 강을 건너버린, 끝없는 증오로 무장한 악마 말이야. 만일 윤 교수나 문 장로의 말이 맞다면 가룟 유다의 흔적을 좇아 천 년을 이어온 그들은 뭐지? 그들을 생각하면 9 · 11 이후 빈 라덴을 잡겠다고 전 세계를 뒤져 마침내 사냥하듯이 사살한 다음 바다 깊숙이 수장해버린 영상이 떠올라. 둘 다 끔찍해. 악마들이야."

바람처럼 씽씽했던 그녀의 얼굴에서 피곤함이 느껴졌다. 동탁은 괜히 자기가 그녀를 그런 뎇으로 끌어들인 것 같아 미안한 마음이 들었다. 사실 설희가 아니었으면 여기까지 오기도 힘들었을 것이었다.

"미안해."

"아냐. 어차피 이젠 피할 수도 없게 되었는걸. 나도 이제 알고 싶어. 윤 교수나 문 장로를 죽인 범인이 누구인지. 그리고 가룟 유다에 얽힌 진실이 무엇인지. 『유다계시록』이란 책이 과연 존재하는지 아닌지도 말이야. 이건 형이랑도 상관없어."

그녀다운 직업정신 때문일까. 설희는 마치 스스로에게 다짐이라도 하듯 말했다. 동탁은 오히려 그게 좀 안심이 되었다.

"알았어. 암튼 내일 노 신부를 만나보면 무언가 실마리가 좀 풀리겠지."

"그나저나 윤미나가 걱정이네."

"글쎄 말이야."

어두워가는 분식집 유리문 밖으로 어느새 도시의 불빛이 하나둘 들어오고 있었다.

34

오래된 수도원

아침부터 어두웠던 하늘에서 기어코 희끗희끗 눈발이 비치기 시작했다. 첫눈이었다.

"어머, 눈이 오네."

설희가 손바닥으로 눈을 받으며 소녀처럼 활짝 웃었다. 자주색 뜨개 모자에 초록색 머플러를 한 그녀에게서 어제 저녁 차 대령이 입원해 있던 병원에서 보았던 우울했던 표정은 찾아볼 수 없었다. 그 모습을 보니 동탁과 종철 역시 덩달아 마음이 좀 가벼워지는 것 같았다.

"좋군, 좋아. 아직도 눈을 보며 좋아하는 걸 보니 청춘이네요."

종철이 킬킬거리며 놀리듯이 말했다.

"강 기자님은 아직 청춘 아닌가요?"

"저도 이미 다 늙었죠. 이놈의 기자 생활 도낏자루 썩는 줄 모른다니까요."

"피이, 그럼 난 할머니겠네요."

동탁은 그런 두 사람의 기분 좋은 농담을 미소를 띤 채 지켜보고 있었다.

동탁과 종철, 설희는 약속대로 신문사 앞에서 만났다. 함께 차를 타고 노 신부가 머물고 있다는 양평 용문산 쪽 수도원으로 가기 위해서였다.

"그나저나 신부님께 연락은 드렸나요?"

"넵. 아침에 다시 전화 드렸더니 아무 때건 오라고 하시데요."

"오케이!"

종철이 코란도 운전석에 앉고, 동탁과 설희가 뒷좌석에 올랐다. 지난번에는 같은 차에 미나가 타고 있었지만 지금은 미나 대신 설희가 타고 있었다. 동탁의 마음이 다시 조금 무거워졌다.

오후 2시. 서울을 빠져나온 차는 곧 강변길로 접어들었다. 차가 달리는 동안, 눈발은 차츰 굵어지고 있었다.

노한우 신부. 스테판 신부……

눈 내리는 차창 밖을 쳐다보며 동탁은 차 대령이 말했던 빈 상자에 대해 생각하고 있었다. 그의 말이 맞다면 윤 교수는 처음부터 '그 책'을 그곳에다 숨겨둘 마음이 없었다는 말이 된다. 그렇다면, 그 모든 것은 라틴어 성경 속 암호의 모든 문자가 마지막 단어인 스테판, 즉 노한우 신부에게 인도하기 위한 하나의 미로였다는 말이었다. 또 그렇다면, '그 책'은 어쩌면 지금 노한우 신부에게 있다는 말이었고, 노한우 신부는 죽은 그 두 사람과 어떤 식으로든 밀접한 관련이 있었다는 말이 된다.

그렇다면, 과연 그 역시 설희의 짐작대로 가룟 유다의 동방교회를 지키기 위한 일곱 장로 중의 하나였다는 말인가. 가톨릭 교회의 신부가……!

또 그렇다면, 교황의 직속으로 로마 가톨릭의 보호를 받고 있다는 또 한 명의 사제인 그레고리와는 어떤 관계일까? 사명자와 수호자? 그들이?

정말 그렇다면, 그것은 또 하나의 살인 사건을 예고하는 것이 아닌가. 거기까지 생각하자 동탁은 과연 지금 그들이 그를 찾아가는 것이 옳은 일인지 잘 판단이 서지 않았다.

하지만 지금은 그런 걸 따져볼 여유가 없었다. 어쨌든 꽁지머리에게 납치되어 간 미나를 구하는 것이 최우선이었고, 그러기 위해서는 '그 책'을 찾아야만 했다. 나머지는 그들의 문제였다. 그것은 더 이상 동탁이 끼어들 영역이 아니었다.

어쩔 수 없이 말려들긴 했지만, 그것은 2천 년 전 예수의 신성과 인성을 두고 벌어졌던 아리우스파나 네스토리우스파의 논쟁처럼 자기와는 무관한 이야기일 뿐이었다. 종교의 역사에는 그런 어리석은 논쟁들이 얼마나 많이 일어났던가.

어릴 때부터 영민하였던 철학자 스피노자는 신이 하늘 위에 있는 것이 아니라 만물의 속성 속에 깃들어 있다는 주장을 한다 하여 유대교의 종교재판에 회부되었다. 그의 재능을 아까워한 늙은 랍비들은 스피노자에게 최후 변론의 기회를 주었다.

'스피노자야, 하느님이 저 우리 머리 위, 하늘에 계신다고 한마디만 해다오. 그러면 모든 것이 잘될 거야.'

하지만 스물다섯 살의 젊은 스피노자는 잠시 생각한 다음, 고개를 저었다. 그러자 마침내 파문 결정이 내려졌다.

'천사와 성령의 판단에 따라 우리는 스피노자를 파문하고, 증오하며, 저주한다. 그에게 밤낮으로 저주가 있을지어다. 잘 때나 깨어 있을 때나, 외출할 때나 귀가할 때나, 항상 저주가 있을 지어다. 이후부터 아무도 그와 이야기할 수 없고, 서신을 주고받을 수도 없음을 모두에게 경고한다. 아무도 그를 도와주어서도 안 되고, 그와 같은 지붕 아래에서 기거해서도 안 되며, 그가 쓴 글을 읽어서도 안 된다.'

저주의 글을 읽어나가는 동안 큰 뿔피리가 울부짖는 듯한 느린 곡조가 들렸다. 재판이 시작될 때에는 환하게 켜져 있던 등불이 하나씩 꺼지더니, 마침내 파문당한 영혼이 소멸되듯 장내는 칠흑 같은 어둠에 파묻혔다.

그 후 스피노자는 평생 길거리에서 렌즈를 깎으며 길지 않은 생을 살다 갔다. 사후 발간된 그의 방대하고 난해한 저서 『에티카(Etica)』의 마지막 문장은 '모든 고귀한 것은 어렵고도 드물다.'로 맺어져 있다.

인간의 역사는 늘 그렇게 어리석은 믿음과 그 믿음을 지키려는 어리석은 신념에 의해 채워져왔다. 때로는 신과 진리의 이름으로. 때로는 역사와 정의의 이름으로…….

너무나 잘 알려진 철학자 소크라테스의 죽음 역시 인간의 어리석음이 언제든지 집단적 광기로 변할 수 있음을 보여주는 것일 것이다. 그는 그 어리석음을 비웃으며 기꺼이 독배를 들었다.(이 부분에 대해서는 필자의 또 다른 저서 『죽음에 관한 유쾌한 명상』(시간여행사, 2015)을 참조하기 바람.)

뭐니뭐니해도 예수의 십자가 죽음은 그 극단적인 예일 것이다. 그런데 아이러니하게도 그의 사후에는 그의 이름으로 서로가 이단이라고 단정하고 죽이고 죽는 일들이 또 얼마나 자주 벌어졌던가.

이슬람이라고 다를 바가 없어 마호메트 사후 후계자 문제를 두고 벌어졌던 논쟁이 결국 이맘 알리의 죽음을 낳고 그후 지금까지 시아파와 수니파 사이의 건널 수 없는 강을 만들어놓고 말지 않았는가. 거기에 기독교 근본주의로 무장한 미국까지 끼어들어 지금의 한없이 복잡한, 문명 파괴적인 상황에 이르게 하고 말지 않았는가.

무지와 편견은 또 다른 무지와 편견을 낳고, 증오는 또 다른 증오를 낳고, 복수는 또 다른 복수를 낳고……. 설희의 말대로 과연 누가 선의 편에 서 있으며 누가 악의 편에 서 있는 것일까? 인류는 과연 종교의 덫이 만들어놓은 이 어리석음의 강을 다시 되돌아 넘어갈 수 있을까?

그때 차창 밖을 바라보고 있던 설희가 동탁의 복잡한 심경을 이해하기라도 하듯 몰래 살며시 손을 잡았다. 차가우면서도 따뜻한 손길이었다. 그녀의 손길은 무언가의 위로를 주는 것 같았다. 동탁은 그녀의 손을 꼭 잡았다.

차는 어느새 눈 내리는 강변길을 따라 점점 속도를 높여가고 있었다.

양평으로 접어들자 차는 강변을 따라가던 국도를 버리고 지방도로로 접어들었다. 곧이어 멀리 용문산 자락의 높은 산들이 나타났다.

종철은 설희가 일러준 대로 내비게이션을 보며 익숙한 솜씨로 눈 내리는 포장도로를 따라 낡은 코란도를 몰고 있었다. 노 신부가 머물고 있다는 수도원이 가까워오자 다들 약속이나 한 듯이 아무 말도 없었다. 잎이 다진 앙상한 벚나무 가로수들이 알몸으로 서서 눈을 맞고 있었다.

얼마나 달렸을까.

꼬불꼬불한 1차선 지방도로를 따라 산중으로 접어든 차가 한참 올라가다가 산모퉁이를 하나 돌자마자 시야가 탁 트이면서 왼쪽으로 강가 바로 옆 약간 높은 언덕에 긴 철책 담장이 나타났다.

철책 담장을 따라 삼나무 계통의 키 큰 나무들이 둘러싼 사이로 얼핏 오래된 초등학교 교사같이 생긴 빨간색 벽돌 건물들이 보였다. 그 빨간 벽돌 건물과 좀 떨어진 아래 강쪽 비탈면에 여기저기 흩어져 있는 집들이 작은 마을을 이루고 있었다.

차는 곧이어 빨간색 벽돌 건물 아래쪽 철문 앞에 멈추었다.

칠이 다 벗겨진 파란색 철문은 늘 열려 있는지 잡초가 우거진 채 차 한 대가 드나들 수 있도록 비스듬히 열려 있었고, 그 위로 아치형 장식 위로 여름 내내 눈부신 꽃을 피웠을 넝쿨장미가 아무렇게나 말라비틀어진 채 소복소복 눈을 맞고 있었다.

"여기 같은데요."

뒤를 돌아보며 종철이 말했다.

종철이 그렇게 말하지 않아도 창문 너머로 유심히 밖을 내다보고 있던 동탁 역시 단번에 그곳이 수도원 시설이라는 것을 알아볼 수 있었다. 그곳으로 올라가는 계단의 끝 무렵에 높다랗게 서 있는 약간 조잡하게 보이는 흰색 성모 마리아 상이 그곳이 어떤 곳인지를 말해주고 있었기 때문이다.

잎이 다 진 담쟁이넝쿨이 덮고 있는 빨간 벽돌 건물 사이로 흰색 본당 건물이 보였고, 그 꼭대기에 조촐하지만 경건하게 보이는 십자가가 눈이 내리는 하늘을 배경으로 높게 서 있었다. 지금은 더 이상 수도원으로 사용되지는 않는지 철문 옆 시멘트 기둥에는 '가멜 가톨릭 청소년 수련관'이라는 칠이 벗겨진 나무 간판이 붙어 있었다. 한눈에도 오랫동안 비워져 있던 시설이라는 것을 금세 알 수 있었다.

계단으로 올라가는 아래쪽 작은 마당에 낡은 까만 소나타 승용차 한 대가 하얗게 눈을 뒤집어쓰고 있었다. 종철은 소나타 옆에 코란도를 얌전하게 붙여서 주차하였다.

잠시 후 차에서 내린 설희가 먼저 돌계단을 향해 걸어갔다.

하얀 눈에 덮인 풍경은 마치 동화 속의 낯선 나라에라도 온 것 같았다. 사방은 쥐 죽은 듯이 조용하였다. 동탁과 종철이 설희 뒤를 따라 돌계단 위로 올라갔다. 계단 사이사이에 깎지 않은 풀들이 그대로 말라 죽은 채 비쭉비쭉 튀어나와 있었다. 돌계단을 다 올라가자 제법 넓은 화단이 나왔고, 정면으로 흰색 본당 건물이 보였다. 화단 양쪽으로 단층의 붉은 벽돌 건물들 몇 채가 나란히 서 있었다.

그런데 정물화 같은 풍경 속에서 왼쪽 붉은 벽돌 건물 뒤 한곳에서 난로를 피우고 있는지 푸르스름한 연기가 피어 올라오는 게 보였다. 사제관으로 보이는 푸른색 지붕의 작은 단층 별채 건물이었다.

설희의 얼굴이 반짝 밝아졌다. 그리고 그쪽을 향해 망설임 없이 앞서 걸어 갔다. 동탁과 종철은 아무 말도 없이 마치 약속이나 한 듯이 그녀 뒤를 바쁘게 따라갔다.

곧 별채 단층 건물 앞에 선 세 사람.

"신부님, 계세요?"

닫혀 있는 연한 하늘색 현관문을 향해 설희가 조금 높은 목소리로 조심스럽 게 불렀다. 대답이 없자 다시 한번 소리를 하려는 순간, 현관문이 열렸다. 그 리고 두꺼운 감색 스웨터를 걸치고 흰머리를 짧게 깎은 노인이 한 사람 얼굴 을 보이며 나타났다.

노인을 본 동탁과 종철은 순간, 자기도 모르게 소리를 질렀다.

"앗, 당신은……!"

현관문을 열고 나타난 노인은 며칠 전 그들이 절두산 성지에서 보았던 바로 그 노인이었기 때문이다. 그는 허름한 작업복 대신 감색 스웨터 안에 흰색 로 만 칼라가 달린 까만색 신부복을 입고 있었고, 손에는 자루가 긴 삽 대신에 단 단한 T자형의 세련된 검정색 고급 스틱이 들려 있었다.

"노한우 신부님……?"

설희가 확인라도 하듯 조심스럽게 물었다. 노인은 말없이 입가에 옅은 미 소를 떠올리며 고개를 끄덕였다. 그리고 들어오라는 표시로 현관문에서 약간 비켜서서 길을 내어주었다. 동탁과 종철은 여전히 어리둥절한 표정으로 설희 를 따라 사제관 안으로 들어갔다.

사제관은 그리 넓지는 않았는데 거실 한쪽에는 하늘색 테두리를 한 여러 개 의 창문이 있었고, 창문 중간 흰 벽에 나무로 만든 십자가가 걸려 있었다. 다 른 한쪽 벽에는 두껍고 오래되어 보이는 책으로 가득 차 있는 책장이 있었다. 그리고 정면에는 커다란 나무 책상이 하나 있었고, 그 책상 앞 거실 중앙에는 마주 보게 낡은 회색빛 6인용 가죽 소파와 무겁게 보이는 나무 탁자가 놓여 있었다. 나무 탁자에서 두어 발자국 떨어진 곳에 펠릿 난로가 타고 있었다. 난로 위엔 주전자가 놓여 있었고, 주전자의 입구에서는 지금 하얀 김이 평화롭게 흘러나오고 있었다. 모든 게 너무나 경건하여 마치 깊은 정적 속에 조용하게 가라앉아 있는 것 같았다.

딸그락거리는 스틱 소리만 유난히 크게 귀에 울렸다. 노한우 신부는 스틱을 짚고 약간 절룩거리면서 그들 뒤를 따라와 소파를 가리키며 앉으라고 눈짓을 했다. 그러고는 컵을 꺼내어 주전자에 담겨 있던 뜨거운 차를 부어주며 말했다.

"둥굴레찬데…… 추운데 오시느라 고생이 많았겠지만 드릴 게 없네요."

"아뇨. 제가 할게요."

설희가 얼른 일어나 대신 주전자를 잡는 시늉을 했다.

"됐어요. 댁이 전화하신 R일보 박설희 기자?"

"예. 신부님."

설희가 조금 수줍은 듯한 미소를 지으며 머리를 까딱했다.

"이쪽은 말씀드린 K 신문사 사회부 마동탁 차장님이고, 저쪽은 강종철 기자……."

"우리 구면이구먼. 그렇죠?"

설희의 말이 채 끝나기 전에 노 신부는 그들 둘을 번갈아 보며 떠보기라도 하듯 의미심장한 미소를 지었다.

"옛? 예에……."

동탁과 종철은 나쁜 짓을 하다 들키기라도 한 것처럼 얼른 대답했다. 그때 그 노인이 설마하니 이 노한우 신부, 스테판 신부일 줄이야 꿈에도 상상하지 못한 일이었다.

"미나라고 했나…… 윤기철 교수 딸이 납치됐다구요?"

"예."

동탁이 기어들어가는 소리로 조그맣게 대답했다.

"음. 큰일 났군. 큰일 났어."

노 신부는 신음하듯이 혼잣말로 중얼거렸다.

"그 꽁지머리 고수연이란 자는 원래 문 장로가 신학교에 있을 때 제자였던 자요. 문 장로가 특별히 아끼던 제자였지. 그래서 졸업을 하고도 계속 데리고 있었는데 잠시 개척교회인가를 하다가 ……."

묻지도 않았는데 노 신부는 혼잣말처럼 줄줄 뱉어내었다.

"나는 그가 언젠가 무슨 일을 저지를 위험한 인물이라는 생각은 하고 있었어요. 그 역시 무언가에 사로잡혀 있던 자였기 때문이오. 무언가에 사로잡힌 자는 결국엔 어떤 일이고 하게 마련이니까."

노 신부는 고개를 흔들며 혼잣말처럼 중얼거렸다. 가슴에 걸려 있는 은제 십자가가 유난히 반짝였다. 그는 꽁지머리 고수연이 아예 문 장로를 죽인 범인이라고 단정하는 눈치였다.

어쩌면 잘된 일인지도 모른다. 그가 꽁지머리에 대해서뿐만 아니라 그때 묘지에서 벌어졌던 그 상황까지 이미 다 알고 있는 이상 구차하게 설명할 필요가 없어졌기 때문이다. 그제야 동탁은 그때 그가 그곳에서 수수께끼처럼 던졌던 말이 기억났다.

'구하라, 그리하면 너희에게 주실 것이라. 수고하지 않은 자가 보물을 가지는 것은 태초 이래 허락지 않은 법이라오.'

그렇다면 그는 이미 차 대령이 빼앗아 달아났던 그 상자가 빈 상자인 것을 알고 있었다는 말이 아닌가. 또 그렇다면…… 윤 교수는 처음부터 노한우 신부에게 그 일을 맡겼다는 말이 아닌가. 그렇다면 둘 사이의 관계는 무엇일까?

그런 의문에 답이라도 하듯 노 신부는 곧 입을 열어 말했다.

"죽은 윤 교수와 나는 같은 대학 동문이었다오. 같은 하숙집 룸메이트였기도 했고. 철학과와 종교학과가 나란히 붙어 있던 시절이었지. 졸업을 하고 나는 사제가 되기 위해 신학대학으로 들어갔고, 그 친구는 미국으로 유학을 갔어. 그러곤 한동안 만나지 못했지만 우리는 학문에서는 동지나 다름없었다오. 사실 나는 그 양반의 도움을 많이 받았어. 내가 신학대학 시절 반정부시위로 감옥에 있을 동안에도 뒤를 챙겨주고, 책을 보내준 것도 그 친구였어. 뒤늦게 신학대학을 졸업하고 신부 서품을 받은 후, 영국에 있는 신학대학으로 유학을 갔을 무렵 내가 동방 기독교에 관심이 있는 것을 알고 초기 기독교 당시 이단으로 쫓겨난 네스토리우스파에 대한 연구를 해보길 권한 사람도 그였어."

노 신부는 마치 오래된 사진첩을 꺼내 보여주듯이 작은 목소리로 말을 이어 갔다. 난로 주전자에서 김이 모락모락 피어오르고 창밖엔 여전히 눈이 내리고 있었다.

"네스토리우스는 지적이고 열정적인 사제였지만 적이 많았어. 지나치게 엄격하고 금욕적인 태도가 기존의 기득권 계층의 반발을 산 것이었지. 삼위일체설로 벌어진 갈등이란 겉은 신학적인 논쟁 같지만 실제로는 교회 권력을 둘러싼 정치적인 싸움이었어요. 결국 영악한 음모론자인 알렉산드리아의 주교 키릴로스에게 몰려 파문을 당하고 사막으로 쫓겨나 죽고 말았지만……. 그리고 그의 저술은 전부 불태워졌다오. 유일하게 시리아어 필사본이 하나 남아 있었는데 이 책은 451년 그가 세상을 떠나기 전 몇 주 전에 집필을 마친 책이었어요. 그 책의 말미에 그는 자신의 임종이 다가왔음을 알아차리고 이렇게 써놓았다오."

그러고 나서 그는 눈을 감고 시를 읊듯이 말했다.

"……내 죽음의 순간이 다가오고 있다. 나는 날마다 하나님의 은총을 깨닫고 있는 나를 이제 하나님께서 자유롭게 풀어주기를 간구한다. 내게는 친구이며, 부양자이며, 집인 너 사막아! 기뻐하라. 당신, 유랑자와 함께 계신 나의 어머니께서, 내가 죽은 뒤에도 내 몸을, 하나님의 뜻이라면 부활의 그날까지 지키시리로다. 아멘."

그러고 나서 그는 성호를 그었다.

"그런데 말이오."

노 신부는 잠시 사이를 두었다가 눈을 뜨고 조심스럽게 다시 입을 열었다.

"그 네스토리우스의 뒤에 어쩐지 사도 가룟 유다의 그림자가 어른거리는 느낌이었다우. 사실 네스토리우스가 파문되고 추방될 때도 가룟 유다나 다름없는 자라는 딱지가 붙어 있었지. 가룟 유다라면 그때나 지금이나 다들 '차라리 태어나지 말았으면 좋았을 자', 곧 사탄이나 다름없는 자로 치부하고 있었으니까요."

그러고 나서 그는 주름진 얼굴을 찌푸리며 고통스러운 표정으로 독백이라도 하듯 덧붙였다.

"사도 중의 사도요, 예수님을 가장 가까이서 모셨던 그분을 말이오."

사도 중의 사도……? 윤 교수나 문 장로에게서 들은 듯한 말이었다. 그러나 윤 교수나 문 장로가 아닌 신부의 입에서 막상 그 말이 흘러나오자 동탁은 적지 않게 당황스러운 기분이 들었다. 수천 년 기독교 역사상 금기시되어온 이름 가룟 유다. 아직 공식적으로 가룟 유다를 그렇게 부르는 사람은 세상에 아무도 없었기 때문이다.

"그럼…… 신부님도 성 유다 동방교회의……?"

종철이 참지 못하고 물었다. 말끝을 흐렸지만 말없음표 속에는 당신 역시 성 유다 동방교회의 수호자, 일곱 장로 중의 한 분인가요, 하는 물음이 담겨 있을 것이었다. 그것은 동탁뿐만 아니라 설희도 알고 싶은 부분이었다. 그들은 귀를 세운 채 노 신부의 대답을 기다리고 있었다.

"성 유다 동방교회란 건 실재하는 교회가 아니오. 동방교회의 수호자 일곱 명의 장로 역시 사도 유다 님의 억울함에 대해 물론 같은 생각을 가지고는 있긴 했지만 1년에 한 번 모임을 가지는 것 외엔 각기 독립적인 생활을 하고 연구를 할 뿐이었지. 각기 자기 식대로 이 타락한 세상과, 이미 거룩함을 잃어버린 오늘날의 교회에서 예수께서 남기신 말씀과, 그분의 뜻을 온전히 전하기 위해 동방으로 온 사도 유다 님을 모시는 일을 할 뿐이었어. 나도 그중의 하나였지만……."

잠시 바닷속 같은 깊은 침묵이 흘렀다.

"사실 돌아가신 두 분에게 처음 동방으로 간 사도 유다의 이야기를 전한 것은 나였어요."

이윽고 노 신부는 마치 봉인을 떼듯 무겁게 입을 열었다.

"영국에서 유학을 마치고 나서, 나는 다시 세상으로 돌아가 정해진 사제의 길을 걷기보다는 남들이 모르는 어딘가에 숨어 한평생 수도사가 되어 구도의 길로 갈 결심을 했지요. 어차피 이 세상이란 영원한 하느님의 나라에 비하면 모두 지나가는 그림자 같은 것일 뿐. 더구나 타락할 대로 타락한 오늘날의 종교적 질서에 순응하며 살아갈 자신도 없었구요. 궁극적인 존재에 대한 구도의 마음을 잃어버린 종교는 더 이상 종교가 아니오. 나는 아무도 모르는 곳에 들어가 주님께서 가르쳐주신 대로 거룩한 영적인 삶을 살아가기로 결심했어요. 불멸의 진리를 찾아서 말이오. 그때 마침 루마니아의 동방정교회에서 유학 온 수도사 친구가 자기 나라 어느 곳에 숨어 지낼 만한 오래된 수도원이 있다고 거길 찾아가보라고 했어요. 그때만 해도 냉전 중이라 동구 유럽은 미지의 땅이나 다름없었지요. 나는 어렵게 주교님의 허락을 얻어 그곳으로 갔어요. 다시 세상에 나오지 않을 결심이었지요. 그 친구가 소개해준 수도원이 바로 성 안드레아 수도원이었어요."

"성 안드레아 수도원?"

동탁은 자기도 모르게 가볍게 소리를 질렀다. 성 안드레아 수도원이라면 그레고리라는 붉은 수염의 바로 그 서양인 수사가 왔다는 바로 그 수도원이 아닌가!

"그렇소."

노 신부는 시선을 아래로 떨군 채 고개를 끄덕였다. 그러고는 가볍게 한숨을 한 번 내쉬고는 이어서 말했다.

"그 친구의 말대로 성 안드레아 수도원은 깊은 산속에 마치 중세의 성처럼 높은 담으로 싸여 있고 곳곳에 높은 탑들이 서 있는 곳이었어요. 여기저기 작은 밭도 있고……. 그 수도원이 얼마나 오래되었는지는 아무도 몰라요. 때맞춰 들려오는 무겁고 둔탁한 종소리 외엔 온통 정적만이 감싸고 있었으니까. 규율도 엄격하여 청빈과 침묵, 순종이 누구에게나 몸에 배어 있었죠. 영적인 거룩함이 저절로 흘러나오게 하는 곳이었어요."

그는 마치 추억을 더듬듯 조용하게 말을 이었다.

"그런데 특이하게도 그 수도원에서는 한밤중에 남몰래 무술을 익히는 수도사들이 있었어요. 처음엔 나도 몰랐는데 어느 날 밤 우연히 방을 나왔다가 뒷마당을 지나가는데 어딘가에서 사람들의 얕은 기합 소리가 들려오는 것이었어요. 나도 모르게 살며시 소리 나는 곳으로 가보니 십여 명의 사람들이 누군가의 지도를 받으며 달빛 아래서 몸동작과 단도 쓰는 법을 익히고 있더군요."

"단도 쓰는 법이라구요?"

종철이 놀라서 물었다.

"사실 유럽 산중의 수도원들은 대부분 중세시대 수많은 전쟁을 치르면서 스스로 자신을 방어하기 위해 오랫동안 자기들만의 무술이 전해져 내려오고 있는 곳이 적지 않았어요. 중국의 소림사처럼 말이오. 중국의 소림 무공도 원래는 강도나 산적들로부터 자신을 보호하기 위해 만들어졌다고 하지 않습니까. 그런데 그 성 안드레아 수도원의 무술 수련은 그와는 좀 다른 특별한 이유가 있었어요."

"특별한 이유라니요?"

이번에는 설희가 물었다. 그녀의 표정엔 뭔가를 찾아가는 호기심으로 가득했다. 노 신부는 그런 그녀를 물끄러미 한번 쳐다보고는 다시 입을 열었다.

"그곳 수도원에서 생활한 지 오래지 않아 나는 그 수도원이 로마 교황청이나 동방정교회 어디에도 소속되지 않고, 따라서 동시에 그 둘 다로부터 전혀 간섭을 받지도 않았으며 오히려 이상한 암묵적인 보호를 받고 있다는 것을 알았어요. 공통된 무언가 때문에 말이오. 즉 그곳은 아무도 건드릴 수 없는 아주 오래된, 무언가 비밀스러운 신성한 사명을 지닌 수도원이었다는 뜻이오. 그리고 오래지 않아 나는 그 비밀스러운 신성한 사명이란 게 무엇인지 알았어요."

노 신부는 고개를 숙이고 잠시 기도하듯이 침묵 속에 빠졌다. 하얗게 센 짧은 뒷머리가 유난히 눈부시게 보였다.

"바로 사도 가룟 유다와 관련된 일이었어요. 나는 동양인이라 그곳 수도원의 도서관을 비교적 자유롭게 드나들며 책을 볼 수가 있었는데, 거기서 나는 바람결에만 전해 내려오던 사도 가룟 유다에 관한 책들을 볼 수가 있었어요. 그곳 도서관에는 가장 은밀한 곳에 히브리어와 고대 헬라어, 시리아어로 쓰여진 그에 대한 각종 기록들이 보관되어 있었죠. 나는 그중의 일부를 필사해 몰래 윤 교수에게 보내주었고, 윤 교수는 친구인 문 장로에게 보여주었죠. 윤 교수의 논문 「가룟 유다에 관한 또 하나의 다른 이야기」 속에 등장하는 대부분의 이야기들이 담긴 문서를……. 그러니까 그곳 성 안드레아 수도원은 예수님이 돌아가신 후 가룟 유다를 쫓는 자들, 최후의 사명자들, 바로 그 특별한 사명을 지닌 자들이 2천 년 가까운 세월 동안 지켜오던 바로 그들만의 은밀한 장소였던 것이오. 일명 검은 수도원이라 불리기도 했던……."

"검은 수도원?"

동탁이 자기도 모르게 작게 뇌까렸다.

노 신부는 대답 대신 한숨을 길게 한 번 내어쉬었다.

그사이 설희가 일어나 난로에서 주전자를 들고 와 빈 컵에 차례로 부어주었다. 하얀 김이 평화롭게 피어올랐다.

"나는 7년 동안 그 수도원에 머물렀어요. 그런데 나는 거꾸로 그곳에 있는 7년 동안 사도 유다에 대한 많은 새로운 이야기를 알게 되었고, 그분이 절대로 스승인 예수를 배반하지 않았을 거라는 확신을 더욱 분명하게 갖게 되었어요. 최후의 사명자라는 사명을 가진 그 수도원에서 말이죠. 적과의 동침이랄까……."

노 신부의 주름진 얼굴에 자조인지 모를 엷은 미소가 떠올랐다.

"그렇게 7년이 지나갈 무렵, 한국에 있는 신학교 동창생인 문아무개 신부로부터 귀국을 권유받았고, 나 역시 더 이상 수도사로 평생을 지낼 자신이 없어 그곳 생활을 정리하고 돌아왔어요. 하지만 현실의 삶 역시 내게는 맞지가 않았어요. 잠시 문 신부를 따라 정의구현사제단에도 들어가 있었지만 오히려 윤 교수와 문 장로와 더 가깝게 지냈어요. 우리는 뭐랄까, 신학적인 동지 같은 느낌을 가지고 있었어요. 아주 오래된 비밀을 함께 나누고 있는……."

'그랬군.'

동탁은 그제야 비로소 그들 세 사람이 어떤 관계였는지 분명하게 알 수 있었다. 그들은 모두 가룟 유다에 대해 같은 생각을 공유하고 있었던 것이다. 그리고 어쩌면 이 작은 체구의 스테판, 노한우 신부야말로 그들의 원조 격일는 지도 모른다는 생각이 들었다.

그렇다면 붉은 수염의 수도사 그레고리는?

그리고 '무언가에 사로잡혀 있던 자'라던 꽁지머리는?

"그러면 혹시 신부님은 그레고리라는 수도사에 대해서는 알고 계신가요? 성 안드레아 수도원 출신이라고 하던데……."

궁금함을 참지 못한 종철이 성급한 목소리로 물었다.

"그레고리……?"

노 신부가 고개를 들고 종철을 쳐다보며 반문했다.

"예."

"음. 그레고리란 이름은 흔해빠진 세례명이라오. 그리고 성 안드레아 수도원의 수사들은 각기 떨어진 생활을 하고 있었기 때문에 극히 친한 소수를 제외하고는 서로 알지 못해요. 그런데 그 그레고리란 수사가 성 안드레아 수도원에서 왔다면 보통 일이 아닐 거요. 성 안드레아 수도원의 수사가 이곳에 나타날 일은 절대 없을 테니까요. 아주 특별한 일이 아니라면 말이오."

노 신부는 고개를 숙인 채 말끝을 흐렸다.

'아주 특별한 일……?'

동탁의 귀에 그 말이 이상하게 걸렸다.

"윤 교수도 언젠가 이런 일이 벌어질 거라고 알고 있었을 거요. 윤 교수 뿐만 아니라 문 장로도……. 그들은 저들 눈에는 이 세상에 절대 존재해서는 안되는 가룟 유다의 후예였기 때문이오. 그럴 뿐만 아니라 그들 중의 하나는 저주받은, 아주 위험한 물건을 가지고 있었던 거요."

평화롭던 노 신부의 얼굴이 갑자기 어둡게 일그러졌다.

"그게 어떤 물건인지는 당신들도 알고 있을 거요. 여기까지 찾아왔으니까.

안 그렇수?"

그러고는 모두를 찬찬히 둘러보았다.

동탁은 그의 말뜻을 헤아리고는 긴장된 표정으로 그의 다음 말을 기다렸다. 마침내 그의 입에서 사라진 '그 책' 이야기가 나올 순간이었다.

그러나 그는 아무 말도 없이 일어나더니, 지팡이를 짚고 절룩거리며 거실 뒤 작은 방으로 들어가버렸다. 천장이 높은 거실은 더욱 썰렁하게 느껴졌다.

얼마나 지났을까.

다시 규칙적으로 딱딱거리는 스틱 소리가 정적을 깨뜨렸다. 그가 다시 걸어 오고 있다는 표시였다. 뒷방에서 나온 그의 왼손엔 붉은 보자기로 싼 사각 진 단단한 상자 같은 게 들려 있었다. 세 사람이 앉아 있는 소파로 돌아온 그는 가져온 붉은 보자기를 조심스럽게 탁자 위에 올려놓았다.

노 신부는 성호를 긋고 두 손을 마주 잡고 잠시 기도라도 하는 것처럼 눈을 감고 고개를 숙이고 있었다. 그 모습이 너무나 경건하여 동탁 일행은 감히 말을 건넬 수가 없을 정도였다. 난로 속에서 타는 불꽃 소리만 조용하게 들려올 뿐이었다.

"처음 윤 교수는 이 물건을 절두산 성지 원요한, 원윤철의 묘비 아래에 묻어 두었다오. 바로 당신들이 며칠 전 파헤쳤던 바로 그곳에 말이오."

이윽고 노 신부는 눈을 뜨고 입을 열었다.

"하지만 얼마 지나지 않아 그곳에 오래 두기에는 여러 가지로 어려운 일이 많을 거라는 판단을 했을 거요. 그러고는 나를 찾아왔어. 누군가, 언젠가, 진짜 주인이 나타날 동안만 보관해달라는 부탁과 함께 말이오. 그리고 그 '누군가'와 '언젠가'는 지금은 아무도 모르며 자기도 모르는 일이라고 말했어요."

그러고 나서 계속해서 말했다.

"대신 처음 비석 아래엔 빈 상자를 묻어두었지요. 그날 내가 그곳에 간 것은 문 장로의 죽음 이야기를 듣고, 누군가가 찾아올 거라는 예감이 들었기 때문이오. 마침내…… 기다리고 있던 그 누군가가 나타날 것 같은 예감 말이오. 그리고 며칠 동안 그곳에서 기다리고 있던 참이었지. 그곳에 올 사람은 그의 딸 윤미나가 아니라면 저들 중 하나였겠지요. 사실 나는 마음속으로는 아직 한 번도 보지 못했던 그 붉은 수염의 수사를 기다리고 있었는지도 모른다오. 멀리 성 안드레아 수도원에서 왔다는 그 수사 말이오. 아주 먼 옛날 내가 그곳에 있을 때, 어쩌면 나랑 한 번쯤은 마주 친 적이 있을지도 모르는……. 그리고 만일 그가 전설적으로 전해 내려오는 '최후의 사명자'라면, 시대와 생사를 초월해 어쩐지 사도 유다 님을 다시 뵙는 것 같은 설렘 같은 것도 있었구요."

그는 감회에 젖은 표정으로 말했다.

"그런데 뜻밖에도 당신들이 나타났고, 차 대령이란 자가 그것을 도둑질하여 달아나는 장면을 보게 되었지요. 빈 상자를 말이오."

말을 마친 노 신부는 그제야 천천히 붉은 보자기를 풀었다. 붉은 보자기를 풀자 검은 상자가 나타났다. 한눈에 보아 옻칠을 입힌 오동나무로 만든 상자 같았다. 옻칠의 상태로 보아 상자는 그리 오래되지는 않은 것 같았다. 뚜껑이 있는 검은 상자는 테이프로 단단히 밀봉이 되어 있었고, 흰색 비닐끈으로 묶여 있었다.

거기서 잠시 동작을 멈춘 노 신부는 성호를 긋고 다시 기도라도 하듯 고개를 숙였다.

깊은 침묵이 흘렀다. 난로 속에서 타는 불꽃 소리와 창문 너머로 들리는 눈 내리는 소리, 그리고 각자의 가슴속에서 뛰는 심장 소리밖에 들리지 않았다.

"이 속에 그 책이 들어 있어요. 우리는 이 책의 내용은 물론이고 운명에 대해서는 그 누구도 알지 못한다오. 이 책을 펼쳐본 사람은 지금까지 오직 한 사람, 윤 교수밖에 없을 테니까."

이윽고 노 신부가 눈을 뜨고 조금 떨리는 목소리로 말했다.

그러고는 비닐 끈을 풀고 테이프를 손으로 뜯어내었다. 종철이 도와주려는 듯 엉거주춤 일어났지만 노 신부는 손을 저어 가만히 있으라는 신호를 보냈다. 그가 테이프를 뜯어내는 동안 다들 긴장된 눈빛으로 지켜보고 있었다. 침 삼키는 소리까지 선명하게 들릴 정도였다.

이윽고 테이프를 다 제거한 노 신부가 검은 상자의 뚜껑을 열었다. 상자 속에는 노끈으로 묶인 책 같은 게 보였다. 책은 낙타 가죽 같은 것에 싸여 있었다. 낙타 가죽엔 유목민들이 자기 소유의 표시로 말 엉덩이에 찍어둔다는 불로 지진 인두 흔적처럼 푸르스름한 글씨가 박혀 있었다.

Еврей ЗӨГНӨГЧ……

찬찬히 글자를 살펴보던 노 신부가 이윽고 말했다.

"이것은 몽골어요."

"몽골어……?"

동탁이 자기도 모르게 낮게 소리를 질렀다.

"유대…… 유대인…… 저…… 그…… 넉…… 치…… 저그넉치. 예언자. 유대 예언자. 즉 유대인 예언자라는 뜻이오."

노 신부가 손가락 끝으로 희미하게 새겨진 푸르스름한 글자를 쓰다듬으며 더듬거리듯이 말했다.

"유대인 예언자……?"

"그래요. 나도 전공이 아니라 분명치는 않지만 아마도 그와 비슷한 뜻일 거요. 이 낙타 가죽 포장은 그리 오래되지는 않았어요. 안에 든 양피지 문서와는 시대가 다르다는 말이오. 짐작건대 오래된 양피지 문서를 보관하기 위해 아주 오랜 후 누군가가 다시 낙타 가죽으로 싸두었다는 말이오. 아마 그는 이 책이 어떤 책인가는 자세하게 알지 못했을 것이고, 그래서 자기 짐작대로 낙타 가죽 위에 표시해둔 것이 틀림없어요."

"그렇다면……?"

그때 동탁의 머릿속으로 불현듯 몽골제국 시대 수부타이의 유럽 원정이 떠올랐다. 유럽 원정에서 돌아오는 길에 어느 수도원에서 아주 오래된 책꾸러미들을 약탈해왔고, 그것을 카라코룸에 있는 라마 사원에 보관해왔다는 이야기를 종철에게서 들었던 기억이 났다. 하잔의 여자친구 양혜경도 비슷한 이야기를 했던 것 같았다. 아마도 낙타 가죽에 쓰인 글자가 몽골어가 틀림없다면 아마 그 후에 싸두었다는 표시가 될 것이다.

그렇다면…… 그렇다면 지금 그들 눈앞 탁자 위에 놓인 상자 속의 책이 바로 그 책이라는 뜻이 아닌가!

유대 예언자, 유대인 예언자……. 아니면, 예언자 유다…… 유다 예언서…… 유다계시록……?

동탁의 머릿속이 복잡하게 돌아가고 있었다.

그러는 사이 노 신부는 다시 조심스럽게 낙타 가죽을 열고 안에 들어 있던 책을 꺼내었다. 금세라도 바스라질 듯 먼지가 풀풀 나는 책이었다. 예전 윤 교수의 수업 시간에 보여주었던 양피지로 된 낡은 코덱스 문서 같은 것이었다. 노 신부는 얼굴을 찡그린 채 조심스럽게 앞의 몇 장을 열어 잠시 살펴보고는 곧 조용히 다시 덮으며 말했다.

"이것은 고대 시리아어요. 고대 시리아어는 기원전 1세기부터 중세까지 메소포타미아 지역에서 널리 쓰였던 언어였지요. 예수님이 쓰셨던 아람어와도 가깝구요. 그러나 이 책은 히브리어와 고대 헬라어까지 섞여 있어 윤 교수같이 고대의 여러 언어가 가능한 전문가가 아니라면 해독해내기란 거의 불가능에 가까울 거요. 이게 사도께서 직접 쓰신 책인지 아니면 필사본인지는 알 수가 없지만, 그분의 숨결이 담긴 책임은 분명한 것 같군요."

그러고는 색이 다 바랜 표지를 장님처럼 손가락으로 더듬으며 말했다.

"보세요. 여기……."

거기엔 칠이 벗겨졌지만 은박의 장미꽃 문양이 새겨진 불그스름한 글자가 박혀 있었다. 장미꽃 문양은 글자를 장식하듯 둘러싸고 있었다.

ἀποστολή χρηματίζω

"여기 앞의 글자 아포스톨레는 고대 그리스어로 사도를 뜻하고, 뒤의 글자 크레마티조는…… 계시를 전한다는 뜻이오. 그러니까 사도가 전하는 계시록이란 뜻이 되지요. 당시 유행하던 헬라어가 그리스어니까."

노 신부는 글자를 한 자 한 자 짚으며 말했다.

"사도가 전하는 계시록……?"

동탁이 놀란 눈으로 확인이라도 하듯이 반복해서 되뇌었다.

노 신부는 한숨을 한 번 들이켜고는 말없이 고개를 끄덕이며 성호를 그었다.

사도가 전하는 계시록……. 그 사도는 바로 가룟 유다를 지칭하는 말이 아닌가. 만약 이것이 가룟 유다가 남긴 계시록이 맞다면 그 충격과 파장은 상상을 넘어설 것이었다. 예수를 팔아넘긴 자, 차라리 태어나지 말았으면 좋았을 거라고 기록된 자, 2천 년이 넘게 서구 기독교와 문학, 예술 속에 사탄이라고 치부되었던 자. 『유다복음』에, 너는 열세 번째 사도라 불릴 것이라 기록된 바로 그 사도, 가룟 유다.

그런데 만일 자기들 눈앞에 있는 이 책이 그 가룟 유다가 남긴 계시록이라면……!

숨이 멎을 듯한 깊은 침묵의 순간이 흘러갔다.

잠시 후, 노 신부는 아까 한 것과 반대로 조심스럽게 책을 낙타 가죽으로 싸고 노끈으로 묶은 다음, 검은 상자 속에 곱게 넣었다. 그러고 나서 처음대로 붉은 보자기로 얌전하게 쌌다. 탁자 위에는 이제 다시 붉은 보자기에 싸인 상자가 놓여 있었다.

책을 다시 싼 노 신부는 손이 시린 듯 양손을 한 번 부비고는 남아 있던 찻잔 속 식은 차를 마시고 나서 조용히 입을 열었다.

"이제 이 상자는 여러분들의 것이오. 이 상자를 어떻게 할지, 그리고 그 속에 든 책을 어떻게 할지는 전적으로 여러분들이 알아서 결정하도록 하세요. 나는 이제 늙었고, 이 세상의 갈등과 분노에서도 떠날 때가 되었소. 이 책을 이렇게나마 볼 수 있는 영광을 주신 주님께 감사할 뿐이오. 어떻게 보자면 모두가 부질없는 짓인지도 모르오. 지금 내 가슴속엔 오직 정체를 알 수 없는 슬픔만이 가득할 뿐이오."

그의 얼굴에 섭섭함과 안도감이 교차하고 있었다. 이제야 큰 짐 하나를 덜었다는 표정이었다. 동탁은 주름투성이에 작은 그의 얼굴을 곁눈으로 지켜보았다. 그렇다고 선뜻 알겠노라고 받기도 저어했다.

생각하면 그것은 이 세상 누구의 것도 아니었다. 윤 교수가 생전에 네팔의 어느 골동품상에서 구해 온 것이라 했지만 그렇다고 꼭 윤 교수 소유의 물건이라고 할 수도 없었다. 그것은 단지 그것일 뿐이었고, 수많은 세월과 손을 거쳐 이 자리, 지금 이 탁자 위에 놓여 있을 뿐이었다. 더구나 만일 그게 가룟 유다가 기록한 계시록이 분명하다면, 어쩌면 그 속에는 인류에게 전하는 마지막 경고가 들어 있을지도 모른다.

그러나 지금 당장 그런 것까지 생각하기엔 납치되어 간 미나 문제가 급했다. 책을 찾았으니 이제 이것으로 미나를 구하는 것이 급선무였다. 다른 것은 지금 생각할 문제가 아니었다.

"그럼, 저희들이 가져가도 될까요?"

동탁이 조심스럽게 물었다. 노 신부는 당연하다는 듯 고개를 끄덕였다.

"그런데 신부님, 혹시 파드마삼바바라는 라마승을 아시나요?"

그때 종철이 기다리고 있었다는 듯 물었다.

"파드마삼바바……?"

"예. 파드마삼바바."

"파드마삼바바라면 내가 알기론 티베트에 불교를 전해준 라마교의 전설적인 승려지요. 그는 왜……?"

"그분이 인도에서 티베트로 갈 때 많은 경전을 가져갔다고 들었어요. 혹시 이 상자 속의 책이 그중의 하나가 아닌가 해서요……."

종철이 기자다운 기질을 발휘하여 마지막으로 하잔의 여자친구로부터 들었던 궁금했던 이야기를 꺼내었다. 노 신부는 말없이 고개를 가로저었다.

"그것까지는 나도 모르오. 그것을 알고 있는 사람은 윤 교수 같은 이뿐일 텐데 그는 이제 더 이상 이 세상에 없지요. 그러니까 가롯 유다 님의 숨결이 담긴 이 책이 어떤 여정을 거쳐 이곳까지 왔는지는 하느님만이 아실 뿐일 테지요."

그 말은 곧 하잔의 여자친구 양혜경이 전해주었던 말이 맞다는 뜻도 되고 아니라는 뜻도 되었다. 즉 파드마삼바바가 티베트로 가져간 경전 중 라마 사원에 오랫동안 보관되어 전해 내려오고 있었던 그 책과 이 책이 같은 책일 가능성도 있고, 아니면 전혀 다른 책일 수도 있다는 말이었다.

더 이상 알 수도 없었고, 알 필요도 없었다. 하잔의 문제는 하잔이 풀어나가야 할 문제였다. 다만 그가 여전히 윤 교수나 문 장로를 살해한 용의자로 남아 있었지만, 책을 찾은 이상 그것은 동탁이 나설 일이 아니었다. 그것은 냉정하게 말하자면 경찰청 홍 경감과 하잔 사이의 일이었다.

그가 여전히 하잔을 범인으로 지목하고 쫓고 있다면 하잔은 곧, 아니면 언젠가는 잡힐 것이고 그러면 모든 것은 분명하게 드러날 것이었다.

"그럼 신부님, 이건 저희들이 가져가겠습니다."

동탁이 자리에서 일어나며 말했다. 그리고 탁자 위에 놓인 붉은 보자기에 싸인 상자를 조심스럽게 들었다. 생각보다 가벼웠다.

"하루 빨리 윤미나부터 찾길 바라오. 윤 교수를 생각하면 마음이 아프다오."

노 신부 역시 스틱을 짚고 그들을 따라 일어나며 말했다.

아까 들어왔던 대로 설희가 앞서고 뒤따라 종철과 동탁이, 그리고 맨 뒤에 노 신부가 스틱을 딱딱거리며 현관 쪽으로 걸어나갔다.

현관문을 열자 천지간에 아직 눈이 소복소복 내리고 있었다. 정적에 싸인 오래된 수도원이 마치 한 폭의 풍경화처럼 하얀 눈에 덮여 있었다. 누군가의 입에서 경탄이 섞인 가벼운 한숨 소리 같은 게 흘러나왔다.

35

한번 흘러간 강은 돌아오지 않는다

돌아오는 차 안.

동탁은 무릎 위에 노 신부에게서 받은 붉은 보자기로 싸인 상자를 곱게 올려놓았다. 별로 무겁지 않았다. 아니, 그 속에 들어 있는 물건의 무게를 생각하면 너무나 가볍기까지 하였다. 생각하면 믿어지지 않는 일이었다. 그 속에 들어 있는 책이 걸어온 너무나 긴 여로와 너무나 긴 시간을 생각하면 지금 그 책이 동탁 자기 무릎 위에 있다는 것이 아무리 생각해도 도무지 믿어지지 않는 일이었다. 마치 꿈이라도 꾸는 것 같았다.

어떻게 생각하면 자기들이 그 책을 찾아간 것이 아니라 그 책이 자기들을 찾아온 것 같았다.

만일 문 장로나 하잔의 여자친구 양혜경의 말이 사실이라면, 가룟 유다의 숨결이 담긴 이 안의 책이 걸어왔을 여정은 누구도 상상하기 어려운 길이었을 것이다. 수천 년 동안 동유럽의 어느 수도원에서, 다시 수부타이의 몽골 원정군의 손에 의해 실크로드를 따라 멀고 먼 몽골제국의 카라코룸 라마 사원으로, 그리고 티베트에서 티베트 망명정부를 따라 네팔로, 그리고 어떤 골동품점에 묻혀 있다가 윤 교수의 손에 의해 발견되어 이곳으로, 그리고 마침내 동탁 자기의 무릎 위에까지 이르렀을 것이다.

처음 미나로부터 책 이야기를 들을 때만 해도 반신반의, 아니 그냥 농담 정도로만 생각했었다. 2천 년 전 예수의 열두 제자, 곧 열두 사도 중의 한 명이 기록한 책이라니 누가 믿을 수 있었겠는가!

그러나 문 장로를 만나면서 그게 결코 농담도, 허황한 동화 속의 이야기도 아닌 현실 속에 실재하는 이야기라는 것을 알게 되었고, 결국 여기까지 오게 된 것이었다.

그러나 이상하게 기쁜 마음보다는 무언지 모를 불안한 마음이 더 들었다. 자기 어깨 위에 무언가 감당할 수 없는 커다란 짐이라도 하나 덧씌워진 느낌이 들었던 것이다.

돌아오는 내내 동탁의 머릿속에는 지팡이를 짚고 현관문 앞에 서서 그들을 배웅하던 노 신부의 작은 모습이 지워지지 않고 맴돌고 있었다. 어깨 위로 눈이 내리고 있었지만 그는 아랑곳하지 않고 꼼짝 않은 채 서서 그들이 떠나가는 모습을 뒤에서 오랫동안 지켜보고 있었다.

그는 말했었다.

'이제 이 상자는 여러분들의 것이오. 이 상자를 어떻게 할지, 그리고 그 속에 든 책을 어떻게 할지는 전적으로 여러분들이 알아서 결정하세요.'

그리고 그는 덧붙여서 말했었다.

'나는 이제 늙었고, 이 세상의 갈등과 분노에서도 떠날 때가 되었소. 이 책을 이렇게나마 볼 수 있는 영광을 주신 주님께 감사할 뿐이오. 어떻게 보자면 모두가 부질없는 짓인지도 모르오. 지금 내 가슴속엔 오직 정체를 알 수 없는 슬픔만이 가득할 뿐이라오.'

정체를 알 수 없는 슬픔…… 그게 무언지는 알 수 없었지만 지금 동탁의 가슴 깊은 곳에서도 그와 비슷한 감정이 흘러나오고 있음을 느낄 수가 있었다.

슬픔은 언제나 우리의 가슴 가장 깊은 곳에서 흘러나와 세상의 가장 먼 곳까지 안내하게 마련이다. 그리고 어쩌면 이 순간, 그 세상의 가장 먼 곳으로 안내하는 그 슬픔의 정체가 이 세상, 아니 하늘로부터도 저주받은 자, 일찍이 거룩한 사도 중의 사도였던 가룟 유다와 연결되어 있을지도 모른다는 생각이 들었다.

윤 교수의 논문에서 읽었던 그의 생애가 새삼 떠올랐다.

어린 시절 겪어야 했던 피의 대학살. 아버지 시몬, 어머니 레기아, 큰형 요나단, 동생 사무엘이 죽고, 누나 미리암은 헛간에 끌려가 로마 군인들에게 집단으로 강간을 당한 다음 불에 타 죽었다고 했다. 온 마을은 삽시간에 잿더미로 변해버렸고, 양과 염소까지도 남김없이 죽임을 당했다고 했다. 그때 환란에서 간신히 살아남은 유다는 자기를 구해준 이웃집 아저씨를 따라 예루살렘 부근의 어느 성전에서 잡일을 하는 하인으로 고용되어 수년을 일했고, 그곳에서 늙은 랍비를 만나 글을 배웠다고 했다.

그리고 만난 예수.

복수의 일념으로 열심당에 들어가 있던 그에게 예수는 아마 새로운 세상으로 들어가는 빛과 같은 존재였을 것이다. 모세나 다윗처럼 자신들을 로마의 압제에서 해방시켜줄 진정한 구원자 같았을 것이다.

그러나 예수는 그의 희망과는 다른 길을 걸어갔고, 더구나 배신이라는 엄청난 마지막 소명을 맡겼다. 그것은 제자들 중 그 누구도 감당할 수 없는 소명이었을 것이다. 마침내 그 소명이 이루어져 예수가 십자가에 못 박혀 죽는 날밤. 유다는 스승과의 약속에 따라 동방으로 향했다. 그 후 그의 행적은 안개 속에 가려져 있다고 했다.

그때 동방으로 향해 갔던 그의 가슴에 소용돌이쳤을 슬픔과 절망. 자기 존재 위에 던져질 수천 년의 저주보다도 더 깊었을 슬픔과 절망. 노 신부가 말했던

'정체를 알 수 없는 슬픔'이나 지금 자기 가슴 그은 속에서 안개처럼 스물거리며 돌아다니는 슬픔이 어쩌면 그때 그의 그런 슬픔과 닿아 있는 것은 아닐까.

문득 예전에 보았던 뮤지컬 〈지저스 크라이스트 슈퍼스타〉에서 나오던 '유다의 노래'가 떠올랐다.

I don't know how to love him
What to do how to move him
I've been changed,
Yes really changed
In these past few days when I've seen myself
I seem like someone else

I don't know how to take this
I don't see why he moves me
He is a man he's just a man
And I've had so many men before
in very many ways
He is just one more

Should I bring him down?
Should I scream and shout?
Should I speak of love?
Let my feelings out?
I never thought I'd come to this
What's it all about?

Don't you think it's rather funny
I should be in this position?
I'm the one who's always been
So calm, so cool, no lover's fool
Running every show
He scares me so

I never thought I'd come to this
What's it all about?
What's it all about?
If he said he loved me
I'd be lost, I'd be frightened
I couldn't cope, just couldn't cope
I'd turn my head, I'd back away
I wouldn't want to know
He scares me so
Oh, I want him so
I love him so

노래 가사처럼 이 며칠 사이에 자기 역시 엄청 변해버린 느낌이 들었다. 'so calm, so cool' 했던 자기가…… 설희, 미나의 존재까지……. 정말 'no lover's fool'일까. 뮤지컬 배우가 피를 토하듯 절규하며 부르던, 'Should I bring him down? Should I scream and shout? Should I speak of love? Let my feelings out?'이라는 노래 가사가 지금 다시 귓가에 쟁쟁하게 들려오는 것 같았다.

차는 곧 산길을 벗어나 강가 국도로 접어들었다.

"마 차장님, 배도 고픈데 국밥이나 한 그릇 하고 갈까요?"

마침 무거운 차 안의 분위기를 깨기라도 하듯 종철이 뒤를 돌아보며 말했다. 그렇지 않아도 저녁이 가까워 허기가 몰려오고 있던 참이었다.

"박 기자님은…… 어때?"

동탁은 설희를 쳐다보며 그녀에게 대답을 미루었다.

"좋으실 대로."

그녀 역시 깊은 상념에 잠겨 있다 깨어난 사람처럼 짤막하게 대답했다.

"양평 왔으니까, 양평 해장국 어때요?"

"좋아. 박 기자님은?"

"저도 좋아요."

"그럼, 제가 예전에 한 번 가본 데가 있으니까 그리로 모시겠습니다."

종철이 짐짓 유쾌한 목소리로 말했다.

"이제 어쩌죠?"

식사를 마치고 식당 앞 나무 벤치에 앉아서 자판기 커피를 홀짝거리며 종철이 말했다. 사실 오는 길 내내, 식사 도중에도 내내, 머릿속에서 떠나지 않고 맴돌고 있던 문제였다.

"글쎄다."

동탁은 침울한 표정으로 고개를 들어 하늘을 바라보았다. 눈이 그친 하늘은 잿빛 구름으로 덮여 있었다.

처음 노 신부를 찾아올 때만 해도 그 책이 손에 들어오면 아무런 미련없이 꽁지머리든 그레고리든 그들에게 넘기고 미나를 구출하리라 생각하고 있었다. 지금도 그 마음은 변함이 없지만 수많은 사람, 수많은 시대와 사연을 거쳐 자기들 손에 들어와 있을 책을 함부로 선뜻 '그들'의 손에 넘기기에는 무언가 마음이 개운치가 않았다.

더더구나 만일 '그들'이 문 장로나 노 신부의 말대로 가룟 유다의 흔적을 좇아 2천 년을 내려온 '최후의 사명자'라면 더욱 그랬다. 마치 무거운 숙제라도 떠안은 기분이었다.

"마 차장님, 그냥 공개해버리는 건 어떨까요?"

종철이 그런 동탁의 복잡한 속마음을 들여다보기라도 한 것처럼 가볍게 농담이라도 하듯이 말했다.

"공개?"

"예. 내외신 기자회견을 열어 이런 책이 나왔노라고, 『유다계시록』이라는 책이 발견되었노라고, 그 책의 존재를 세상이 모두 알 수 있게 속 시원하게 밝히는 것 말이에요."

"음."

거기까진 아직 전혀 생각해보지 않았다. 내외신 기자회견을 열어 공개한다? 어쩌면 사실 그게 가장 쉽고도 바람직한 방법인지도 모른다. 종철의 말대로 사해문서나 나그함마디 문서처럼 기자회견을 열어 전 세계에 이런 책이 있음을 알리고 성서학자와 신학자, 고고학자나 역사가들의 검토와 검증을 받는 것, 그게 어쩌면 최선인지도 모른다.

그것이 가져올 파장과 충격은 지금 그들이 걱정할 문제는 아니었다. 이후, 그 책을 어떻게 처리할지는 그들의 판단에 맡겨버리면 된다. 하지만 여전히 문제는 미나였다.

"미나 씨는 어쩌구요?"

동탁 대신 설희가 불안스러운 목소리로 물었다.

"미나 씨? 사실 나도 미나 씨가 걱정되지 않는 건 아니지만, 한편 생각하면 그들이 만일 그 책에 목적이 있다면 미나 씨를 어쩌지는 않을 거라고 생각해요. 더구나 그들이 만일 유다의 흔적을 쫓아온 최후의 사명자들이라면 그들 역시 종교적인 경건함과 계명을 지닌 자들이 아닐까요."

"그럼, 윤 교수나 문 장로는요?"

설희가 따지듯이 물었다.

"윤 교수나 문 장로는 성 유다 동방교회의 수호자들이었잖아요? 일곱 장로 중의 하나였구요. 저들 눈에는 반드시 제거해야 할 대상이었다는 뜻이죠. 더구나 그들 중에 누군가가 그 책을 가지고 있을 거라는 추측을 했을 가능성도 있구요. 하지만 책의 존재가 기자회견으로 백일하에 공개되어버리면 더 이상 미나 씨를 인질로 붙잡고 있을 이유가 없어지죠. 살인을 일삼는 무리가 아니라면……."

처음엔 농담 삼아 꺼낸 말이었을 테지만 종철은 점점 자기 확신에 찬 목소리가 되어 진지한 표정으로 말했다.

"말도 안 돼!"

설희가 어처구니없다는 표정을 지으며 작게 소리를 질렀다.

"잘 알지도 못하는 인간들이랑 어떻게 그렇게 위험한 모험을……!"

"그럼 박 기자님은 그 책이 어떻게 되든 상관이 없다는 말인가요? 그들 손에 넘어가는 순간, 그 책은 영영 이 지상에서 사라지고 말지도 모르는데…… 그렇지 않은가요? 수천 년간, 수많은 고비를 넘기고 간신히 지금 여기 우리에게까지 와 있는 책이잖아요? 그런데 그걸 이제 와서 우리 마음대로 처리해버릴 권리가 과연 우리에게 있을까요? 그럴 뿐만 아니라 윤 교수나 문 장로의 죽음 역시 너무나 값없는 것이 되어버릴지도 모르는데요?"

종철이 약간 흥분한 목소리가 되어 말했다. 어쩌면 종철은 지금 동탁 자기 마음을 대변해주고 있는지도 모른다는 생각이 들었다.

책을 넘겨주고 미나를 구출한다는 처음의 생각은 변함없었지만 그러고 나면 어쩐지 너무나 허무할 것 같은 느낌이 가슴 깊은 곳에서 맴돌고 있었기 때문이다. 마치 길고 긴 세월은 견디어 품에 들어온 연인을 선뜻 적의 손에 넘겨주는 죄책감 같은 것……. 그리고 종철의 말대로 윤 교수의 죽음과 문 장로의 죽음을 값없게 만들어버릴 것 같은, 일종의 허무감 같은 것이었다.

그러나 설희 역시 지지 않고 말했다.

"그렇다고 돌아가신 분들이 다시 살아오는 것은 아니잖아요? 지금 당장 중요한 것은 위험에 빠져 있는 미나 씨를 구하는 거 아닌가요? 그게 당초에 계획했던 일이기도 하구요. 그리고 대단히 미안한 말씀이지만, 이건 두 분이 어떻게 생각할지 모르지만, 한번 흘러간 강물은 다시 돌아오지 않아요. 설사 그 책이 진짜 가룟 유다가 남긴 계시록이라 하더라도, 그리고 그분이 정말 예수를 배신한 것이 아니라고 하더라도, 이미 한 편의 드라마는 이루어졌고, 그들 모두 무대 위에서 내려온 지 오래되었어요. 각자의 역할을 다 한 것이죠. 사탄으로 낙인 찍힌 게 억울하다 하더라도 그건 그 무대 위 드라마에서 그가 할 수 있는 역할이었고, 그것으로 예수가 주인공인 예수 드라마 속 그의 임무는 끝났어요. 이제 와서 다시 돌이킨다고 하여 달라질 게 뭐가 있겠어요?"

어쩌면 그녀 역시 평소에 생각하고 있던 자기의 속을 드러내고 있는지도 몰랐다.

"그럼, 박 기자님은 저 책의 내용이 궁금하지도 않으세요?"

종철이 말했다.

"당연히 궁금하긴 하죠. 내게 해독할 능력이 있다면 지금 당장이라도 책을 꺼내보고 싶죠. 수천 년간 신비에 싸인 채 내려온 책 속에 기록된 것을 알고 싶지 않은 사람이 누가 있겠어요?"

그녀는 작게 한숨을 지으며 계속해서 말했다.

"하지만 솔직하게 말하면 한편 두렵기도 해요."

두려운 것은 동탁도 마찬가지였다. 만일 그 책이 불길한 예언으로 가득 차 있다면…… 이 혼돈스러운 세상에 또 하나의 혼돈을 더할 뿐이라면…….

"암튼 마 차장님이 시작한 일이니까 마 차장님이 결정하세요. 나도 처음부터 굳이 우기고 싶은 마음은 없었으니까."

종철이 마무리 삼아 동탁에게 양보하듯이 말했다.

어떻게 해야 할까. 두 사람의 말이 모두 일리가 없지 않았다. 종철이 말한 대로 기자회견을 통해 공개해버리는 것도, 설희가 말한 대로 모든 걸 잊고 그들 손에 넘겨버리고 미나를 구출하는 것도 모두 나름 일리가 있는 말 같았다.

'이제 이 상자는 여러분들의 것이오. 이 상자를 어떻게 할지, 그리고 그 속에 든 책을 어떻게 할지는 전적으로 여러분들이 알아서 결정하세요.'

노 신부의 말이 다시 떠올랐다. 그렇게 말했지만 그 결정이란 게 결코 쉬운 게 아니라는 걸 그 역시 알고 있었을까. 그래서 서둘러 동탁 일행에게 책이 든 상자를 넘겨주었던 것일까. 그의 행동으로 보아선 단지 윤미나 때문만은 아니었던 것 같았다.

"난…… 난 말이야."

이윽고 동탁은 조금 주저하듯이 천천히 입을 열었다.

"아무래도 설희 씨, 박 기자의 말이 맞는 것 같애. 강 기자 말대로 그들이 미나 씨를 어쩌지 않을 거라고 하지만 만의 하나라도 무슨 일이 생기면 정말 큰일이 아닌가. 그리고 노 신부님이 비록 이 책은 이제 여러분들 거라고 하셨지만 우리라고 하여 처음부터 이 책에 대한 권리가 있었던 것도 아니잖아. 굳이 따지자면 오히려 윤 교수의 딸 미나 씨에게 그런 권리가 있다고 할 수 있겠지. 하지만 지금 미나 씨가 그런 결정을 할 수 있는 상황도 아니고……."

동탁은 곤혹스러운 표정을 지으며 말끝을 흐렸다.

"그럼, 어떻게 하죠?"

종철이 다시 확인이라도 하듯 물었다.

"이 세상의 아무리 큰 보물이라고 해도 살아 있는 현재의 생명 하나보다 더 커지는 않을 거예요. 지금 우리가 살아가고 있는 이 발아래 수천 년, 수만 년 된 과거의 비밀이 숨겨져 있다 해도 현재를 살아가고 있는 한 마리 살아 있는 모기보다 더 중요할까요? 하물며 미나 씨라면……? 안 그런가요?"

설희는 동탁의 결심이 혹시나 흔들릴까 봐 걱정이 되었는지 더욱 분명하고 적극적인 표정으로 덧붙였다. 동탁은 알겠다는 듯 팔짱을 끼고 입을 꼭 다문 채 고개를 끄덕였다.

"그래. 그냥 우리가 처음 생각했던 대로 해. 강 기자 말도 일리가 있긴 하지만 그런 모험을 할 필요는 없을 것 같애. 그리고 그 책이 그들 손에 들어간다고 하여 이 세상에서 영영 사라지고 말 거라고 판단할 수는 없잖아. 그들 역시 그 책의 중요성을 알고 여기까지 쫓아온 것일 테니까."

그러고 나서 자기 자신에게 독백이라도 하듯 덧붙였다.

"수천 년간, 수많은 고비를 넘기며 여기까지 온 책이라면…… 그 책 자신이 지닌 운명이 있겠지. 우리가 알 수 없는 그 책 자신의 운명 말이야."

어느새 사방은 어둑한 기운이 돌고 있었다. 강을 건너온 싸늘한 공기가 옷깃 속으로 스며들었다.

세 사람은 다시 차에 올랐다. 이제 남은 것은 꽁지머리에게서 연락이 오길 기다리는 일밖에 없었다. 귀신 같은 놈들이니까 그들이 그 책을 찾았다는 걸 이미 알고 있을지도 모른다.

차창 밖으로 슬금슬금 다시 눈발이 비치고 있었다.

예상했던 대로 노 신부를 만나고 온 다음 날, 꽁지머리 고수연으로부터 문자가 날아왔다.

> ▸ 마 기자님? 물건은 잘 찾았겠지요? 확인하셨나요?

> ▸ 미나 씨는?

동탁은 급히 답장을 날렸다.

> ▸ 윤미나는 안전하게 잘 지내고 있으니까 걱정하지 마시오. 이제부터 핸드폰 꼭
>   잡고 문자 날아오는 대로만 따라하시오. 그럼 아무 문제 없이 모든 게 잘 해결
>   될 거요. 허튼짓 따윈 아예 할 생각 하지도 마시고. 알겠지요?

문자로 날아온 메시지였지만 쇳소리 섞인 그의 차가운 말투가 느껴졌다.
'허튼짓 따윈'이라는 표현에서는 살기까지 느껴졌다. 윤 교수와 문 장로의 경
우를 보면 주어진 사명을 위해서라면 무슨 일이라도 저지를 수 있을 것 같은
말투였다.

> ▸ 걱정하지 마시고 윤미나만 안전하게 돌아오게 해주면 물건은 그때 그 자리서
>   넘겨드리겠소. 장소와 시간을 정해주시오.

동탁 역시 차가운 어투로 문자를 날렸다. 조금 있다 문자가 날아왔다.

> ▸ 내일 오후 3시. 횡성 풍수원성당. 구체적인 장소는 그때 그곳에서 문자로 알려
>   주겠음.

그리고 곧 이어,

> ▸ 다시 한번 경고. 절대 허튼짓하지 말 것.

그러고 나서 더 이상 문자는 날아오지 않았다.

꽁지머리의 문자를 받은 동탁은 잠시 굳은 표정으로 앉아 있다가 가만히 종철의 어깨를 두드려 회의실 쪽으로 향했다. 그러곤 아무 말 없이 핸드폰을 꺼내 방금 받았던 꽁지머리의 문자를 보여주었다. 종철 역시 약속한 듯이 아무 말도 않고 눈살을 잔뜩 찌푸린 채 핸드폰 속의 문자를 들여다보았다.

"횡성 풍수원성당?"

종철이 신음하듯이 낮게 소리를 질렀다. 동탁은 그런 그를 쳐다보며 말없이 고개를 주억거렸다.

"왜 하필이면……?"

"그건 몰라. 하지만 인적이 드문 곳이긴 할 거야. 아직 가보진 못했지만 풍수원성당이라면 우리나라 성당 중에서도 가장 오래된 성당이라는 말은 들었어."

"보통 놈들이 아니네요. 이미 사전 답사까지 했다는 이야긴데……."

종철이 머리를 갸우뚱하며 혼잣말처럼 내뱉었다.

"어떻게 할까요? 경찰청 홍 경감에게라도 귀띔을 해둘까요?"

"아니."

동탁은 이미 결심이 서 있었던 표정으로 곧장 대답했다.

"조용히…… 그냥 강 기자랑 나 둘이서 조용히 처리하고 싶어. 아무 일도 없었던 것처럼 말이야."

동탁이 엄숙한 표정으로 말했다.

"사실 처음부터 그 책은 없었던 것이나 다름없어. 박설희 기자 말처럼 한번 흘러간 강물은 결코 돌아오지 않아. 거기에 미나 씨의 생명까지 걸 필요는 없잖아."

그런 다음 동탁은 가볍게 한숨을 지었다. 노 신부를 만나고 오는 길에 박설희가 했던 말이 새삼 떠올랐다.

'한번 흘러간 강물은 다시 돌아오지 않아. 설사 그 책이 진짜 가룟 유다가 남긴 계시록이라 하더라도, 그리고 그가 정말 예수를 배신한 것이 아니라고 하더라도, 이미 한 편의 드라마는 이루어졌고, 그들 모두 무대 위에서 내려온 지 오래되었어. 각자의 역할을 다 한 것이지. 사탄으로 낙인 찍힌 게 억울하다 하더라도 그건 그 무대 위 드라마에서 그가 할 수 있는 역할이었고, 그것으로 예수가 주인공인 예수 드라마 속 그의 임무는 끝났어. 이제 와서 다시 되돌이 킨다고 하여 달라질 게 뭐가 있겠어?

예수 드라마……. 성령으로 잉태하사 동정녀 마리아에게서 태어나시고, 본 디오 빌라도에게 핍박을 받아 십자가에 못 박혀 죽으시고, 장사한 지 사흘 만에 부활하사…….

「사도신경」의 내용대로 수천 년간 이어온 그 거대한 드라마의 주인공은 오직 한 분, 예수뿐인지도 모른다. 가룟 유다를 포함한 열두 사도나 그 주변의 인물들은 설희 말대로 그 드라마를 완성하기 위한 조연의 역할뿐일지도 모른다.

"그럼 낼 점심 무렵에 출발해야겠군요."

"응."

동탁은 가볍게 고개를 끄덕였다.

"어쩌면 이게 마지막 일인지도 몰라. 윤 교수와 문 장로를 죽인 범인 윤곽도 대략 드러났을 테니 미나 씨를 구한 다음, 나머지는 경찰청 홍 경감에게 맡기 자구."

"넵. 알겠습니다."

종철은 다시 신병으로 돌아간 것처럼 약간은 장난스럽게 시원하게 대답 했다.

종철을 보내놓고 동탁은 회의실 구석에 놓인 컴퓨터를 켜서 '풍수원성당'을 검색해보았다. 사진과 함께 성당의 역사가 적힌 글들이 여러 개 올라와 있었다.

풍수원성당

1866년 병인박해와 1871년 신미양요 때 천주교 신자들이 피난처를 찾아 헤매던 중, 강원도 횡성 깊은 산골짜기에 자리 잡은 이곳 풍수원까지 오게 되었다. 산간벽지인 데다 산림이 울창하여 관헌들의 눈을 피하기 좋은 곳이었다. 게다가 이곳에는 1801년 신유박해 때 경기도 용인에서 피난 온 신자 40여 명이 이미 정착해 살고 있었다.

사방에서 몰려온 신자들은 촌락을 이루고 일부는 화전으로, 일부는 토기를 구워 팔며 생계를 유지하며 20여 년간 성직자 없이 신앙 생활을 영위하였다.

1888년 프랑스인 신부 르메르가 부임하여 비로소 교회가 설립되었지만 성당 건물도 없이 초가집을 성당 대신으로 사용하였다. 그러다 1896년 2대 주임으로 조선인 신부 정규하가 부임하여 본격적인 성당 건립에 나섰다. 정규하 신부는 중국인 기술자의 지도하에 신자들과 함께 벽돌을 굽고 아름드리나무를 해 와 직접 공사를 진두지휘하였다. 1905년에 착공한 성당은 2년 뒤인 1907년에 준공되었다. 한국에서 네 번째로 지어진 성당이자 한국인 신부가 지은 한국 최초의 성당이 완성된 것이었다. 본 성당은 1982년 강원도 지방문화재 제69호로 지정되었다.

또한 이 교회 본당 옆에 위치한 구사제관은 정규하 신부가 1942년 81세로 선종할 때까지 머물던 곳으로 2005년 대한민국 등록문화재 163호로 지정되었다. 현재는 풍수원성당 역사관으로 사용되고 있다.

아래 사진으로 보니 명동성당을 축소해놓은 것같이 뾰족한 첨탑이 달린 고딕식 붉은 벽돌 건물이 보였다. 한눈에 봐도 오래된 건물이라는 것을 알 수 있었다. 바로 옆에는 같은 적벽돌로 지은 작은 2층 건물이 붙어 있었다. 그곳이 현재 성당 역사관으로 쓰이고 있다는 구사제관 건물인 것 같았다.

"흠."

동탁은 사진을 보며 왜 하필이면 그들이 서울에서 멀리 떨어진 그곳을 약속 장소로 정했는지 궁금해졌다. 병인박해? 피난처? 그리고 보니 그곳 역시 절두산 천주교 성지처럼 무언지 모를 고난의 냄새가 어른거리는 것 같았다. 흰 미사포를 쓴 한복 차림의 여자와 남자들이 나무 십자가를 앞세우고 산길을 걸어가는 오래된 흑백사진도 보였다.

최근에 다녀온 사진 속의 풍경은 성당 위로 커다란 느티나무의 푸른 잎새가 덮고 있었지만, 지금은 겨울인 데다 순례객도 드물어 분명 한적한 곳일 터였다. 아마도 그래서 그곳을 택한 것인지도 몰랐다. 지방도와 연해 있지만 아무래도 사람들이나 자동차가 뜸한 곳 같았다.

아무렴 어떤가. 동탁은 컴퓨터를 끄고 일어나며 혼잣말처럼 뇌까렸다. 아까처럼 그렇게 결정을 하고 나니 차라리 편한 느낌이 들었다. 책을 넘겨주고 미나만 무사히 돌아온다면 모든 것은 다시 처음으로 돌아가는 것이나 다름없지 않은가.

마치 아무 일도 없었던 것처럼…….

부디 그렇게 되길 속으로 빌었다.

36

불타는 성당

다음 날. 오후 2시 반.

강원도 횡성 풍수원성당 주차장.

일찌감치 도착한 동탁과 종철은 차 안에서 꽁지머리 고수연에게서 문자가 날아오길 기다렸다. 붉은 보자기에 싸인 책이 든 상자는 지난번 노 신부를 만나고 올 때처럼 동탁의 무릎 위에 얌전히 놓여 있었다. 넓은 주차장엔 동탁과 종철이 타고 온 까만 코란도 한 대밖에 없었다. 그저께 내린 눈이 녹지 않고 그대로 있는 주차장에 차가 다닌 바퀴 자국이 거의 없는 걸 보니 아직 아무도 오지 않은 모양이었다.

사방은 쥐 죽은 듯이 고요하였다.

성당은 주차장 위쪽 언덕 위에 있었다. 잎이 다 진 앙상한 느티나무 사이로 붉은 벽돌 건물과 그 위로 솟은 첨탑과 십자가가 보였다. 꽁지머리와 약속한 시간이 점점 가까워오고 있었다. 동탁은 자기도 모르게 핸드폰을 쥔 손에 힘이 들어갔다. 종철 역시 긴장한 표정으로 앞 차창 밖을 바라보며 입을 꼭 다물고 있었다.

이윽고 티리릭, 문자가 날아왔다.

> ▶ 마 기자님. 강 기자랑 같이 오셨군요. 좋아요. 지금부터 메시지를 잘 보고 따라
> 하세요.
> ▶ 어디에 있나요?

동탁 역시 얼른 문자를 날렸다.

> ▶ 책이 든 상자를 들고 천천히 차에서 내리세요. 마 기자님 혼자만. 그리고 성당
> 쪽으로 올라오세요.
> ▶ 미나 씨는?
> ▶ 물건을 확인한 다음, 즉시 보내드릴 테니 염려하지 마시오.
> ▶ 안 돼요!

동탁은 즉시 단호한 어투의 메시지를 날렸다.

> ▶ 윤미나의 안전을 확인하기 전에는 절대로 움직이지 않을 거요.

문자가 끊어졌다. 잠시 시간이 흘렀다.

> ▶ 좋아요. 그러면 강종철 기자를 내가 있는 봉고차로 보내세요. 그리고 동시에 마
> 기자는 물건을 들고 성당 쪽으로 가시오. 거기 가면 기다리는 사람이 있을 거요.

기다리는 사람? 직감적으로 떠오르는 인물이 있었다. 그레고리 그자란 말
인가?

> ▶ 윤미나는 나랑 봉고차에 있으니까, 책을 확인한 다음 즉시 강 기자에게 인계하

도록 하겠음.

이번에는 동탁이 생각해봐야 할 시간이었다. 함께 핸드폰 화면을 보고 있던 종철을 어쩌지, 하는 표정으로 돌아보았다. 종철 역시 잠자코 할 수 없죠, 하는 표정으로 가볍게 고개를 끄덕였다.

▸ 봉고차는 어디에?
▸ 주차장 왼쪽 언덕, 십자고상 가는 길. 따라 올라오다 보면 숲속에 흰색 봉고차가 보일 거요. 강종철에게 봉고차가 보이면 거기에 멈춰 서서 기다리라고 하시오. 그때 윤미나를 확인할 수 있을 거요. 대화는 오직 핸드폰 메시지로만.

동탁은 잠시 있다가,

▸ 오케이.

하고 문자를 날렸다.

그것으로 협상은 끝났다. 이제 행동만이 남아 있었다. 동탁은 종철을 향해 조심하라는 뜻으로 눈짓을 했다. 종철은 걱정 말라는 듯이 입을 꼭 다물고 가볍게 고개를 한 번 까닥했다. 하긴 지금까지 두 번이나 결정적인 실수를 했으니 말하지 않아도 이번에는 그런 일이 일어나지 않도록 단단히 마음을 먹고 있을 것이었다.

그런 다음, 동탁은 오른손엔 핸드폰을, 왼손엔 상자가 든 붉은 보자기를 들고 차 문을 열고 밖으로 나왔다. 얼음처럼 차가운 공기가 먼저 뺨에 닿았다. 어둑어둑한 하늘에서 무언가 푸슬푸슬 비듬처럼 떨어지고 있었다. 곧 한바탕

눈이라도 퍼부을 듯한 기세였다.

종철도 반대편 운전석 차 문을 열고 내리고 있었다.

차에서 내린 두 사람은 주차장을 벗어나 성당이 있는 언덕길을 향해 올라가기 시작했다. 발밑에서 뽀드득거리며 눈이 밟히는 소리가 들렸다.

얼마쯤 가다 왼쪽으로 십자고상이라는 팻말이 쓰인 흙길이 보였다. 갈라지는 길이었다. 자동차 바퀴 자국이 눈 위에 선명하게 나 있었다. 종철은 잔뜩 긴장된 눈빛으로 동탁을 돌아보며 핸드폰 든 손을 위로 한 번 살짝 들었다 놓고는 그쪽을 향해 발걸음을 옮겼다.

그 모습을 잠시 지켜보던 동탁은 다시 성당 쪽을 향해 계속 걸어갔다. 키 큰 느티나무 가지 사이로 성당의 붉은 건물이 점점 다가왔다. 성당 앞은 그리 넓지 않은 광장이 있었고, 오른쪽에 작은 안내소 같은 가건물이 있었지만 지금은 아무도 없는지 굳게 닫혀 있었다.

그때였다. 성당 오른쪽 모퉁이로 누군가가 소리 없이 나타났다. 동탁은 그 자리에 얼어붙은 듯이 멈추어 서서 그자에게 시선을 던졌다. 짐작했던 대로 붉은 수염의 수사, 그레고리였다. 지난번 명동에서 보았던 대로 검은색 긴 망토를 걸치고 챙이 있는 검은 모자를 쓰고 있었다. 그때와 다른 점은 손에 짧고 단단하게 보이는 스틱 같은 것을 들고 있었다.

회색빛이 감도는 푸른 눈의 시선이 동탁의 이마에 화살처럼 날아와 박혔다. 아무 감정도 없는 차가운 시선이었다. 동탁은 입을 꼭 다물고 심호흡을 한 번 하였다.

그때 핸드폰이 울리며 두 개의 메시지가 동시에 날아왔다. 하나는 꽁지머리 고수연이 날린 것이었고, 다른 하나는 종철이 보낸 것이었다.

먼저 고수연.

▶ 만났죠? 그럼 그 사람과 마 기자 사이에 물건을 놓고 뒤로 떨어지세요. 물건을 확인한 다음 그 사람이 내게 신호를 보낼 거요. 그러면 윤미나를 강종철에게 보내고 우리는 떠날 거요. 그럼 끝이오.

그리고 강종철.

▶ 봉고차 발견. 미나 씨 확인. 꽁지머리와 함께 안에 있음. 나빠 보이진 않음.

미나의 안전이 확인되었다니 더 이상 망설일 이유가 없었다. 동탁은 책이 든 보자기 상자를 들고 그레고리를 향해 똑바로 걸어갔다. 그레고리는 그 자리에 못이 박힌 듯 서 있었다. 눈발이 가늘게 비치기 시작했다.

꽁지머리가 시킨 대로 사내와 조금 떨어진 자리에 조심스럽게 붉은 보자기에 싸인 상자를 내려놓았다. 그때까지 시선은 그에게서 떼지 않고 있었다. 상자를 내려놓은 동탁은 다시 뒷걸음질로 아까 서 있던 자리로 천천히 돌아왔다. 그러자 붉은 수염의 수사 그레고리가 상자 쪽으로 천천히 발걸음을 옮겨놓기 시작했다. 그 역시 잔뜩 경계라도 하듯이 동탁에게서 시선을 떼지 않고 있었다.

상자 가까이 온 그레고리는 그 자리에 앉아 땅에 놓인 붉은 보자기를 풀었다. 그리고 까만 오동나무 상자를 열었다. 오동나무 속에는 그들이 노 신부의 사제관에서 보았던 그 책이 얌전하게 들어 있을 것이었다. 그레고리는 약간 주저하더니 곧 안에 들어 있던 낙타 가죽으로 싸인 꾸러미를 꺼내었다. 그러곤 노끈으로 묶인 낙타 가죽을 풀고 '그 책'을 꺼내었다. 잠시 그의 표정에 무언지 모를 파동이 지나갔다. 수천 년간 찾아 헤매던 악마가 쓴 책, 불길한 예언으로 가득 차 있을 바로 그 책이 마침내 자기 손에 들어온 것이었다.

그는 앉은 채로 책을 몇 장 넘겨본 다음, 다시 반대의 순서대로 책을 싸서 상자에 넣었다. 그리고 마지막으로 붉은 보자기를 싸고 일어나 다시 천천히 아까 자기가 서 있던 곳으로 돌아갔다. 아니, 돌아가려고 하는 순간이었다. 어디선가 가볍게 날아든 그림자 하나가 돌아서 가는 그의 길을 막고 섰다.

'하잔……?'

동탁은 놀란 눈으로 그쪽을 쳐다보았다. 지난번에는 뒤에서 봤지만 이번에는 정면으로 볼 수 있었다. 짙은 눈썹 아래 흰 창이 많은 날카로운 매 눈. 한일자로 굳게 닫힌 두툼한 입술. 경찰청 홍 경감이 보여준 사진 속의 인물이 틀림없었다.

그는 그때처럼 회색 털모자를 쓰고 있었고, 회색 목도리에 감색 점퍼를 입고 있었다. 다만 그때는 빈손이었지만 이번에는 그의 손에도 어깨 높이의 단단한 봉 같은 것이 들려 있었다.

되돌아서 가던 그레고리는 순간 흠칫 놀라는 표정을 지었지만 곧 예상이라도 하고 있었다는 듯 싸늘한 미소를 떠올렸다.

"라가."

그의 입에서 지난번 명동에서 들었던 것과 똑같은 소리가 흘러나왔다. 마치 지옥에서 들려오는 듯한 저주에 찬 낮고 음울한 소리였다. 그러곤 그는 그 자리에 상자가 든 보자기를 내려놓고 들고 있던 스틱을 다른 손으로 옮겨 꼭 잡았다.

그런 상태로 잠시 그들은 서로의 눈을 노려보며 정지된 화면처럼 서 있었다. 살아 있는 먹이를 앞에 둔 맹수처럼 철사줄을 당기는 듯한 팽팽한 긴장감이 둘 사이에 흘렀다. 무엇 하나 끼어들 여지가 없어 보였다. 하늘에서 본격적으로 슬금슬금 눈이 내리기 시작했다.

"아잇!"

순간 하잔의 입에서 가벼운 기합 소리가 들렸다.

그와 동시에 그의 몸이 공중을 향해 솟구쳤다. 지난번에는 그레고리가 먼저 공격을 했지만 이번에는 하잔 쪽에서 먼저 공격을 하고 나왔던 것이다. 무엇보다 지난번에는 그저 방어적인 자세만 취했는데 이번에는 달랐다. 그의 온몸에서 단 한 방에 상대를 죽일 것 같은 무서운 살기가 뿜어져 나왔다.

공중으로 솟구친 그는 내려오면서 들고 있던 봉을 그레고리의 머리를 향해 힘껏 내려쳤다. 머리에 맞으면 골이 빠개져버릴 정도의 기세였다. 그러나 그레고리는 전혀 피할 생각이 없는 사람처럼 한 발을 약간 뒤로 빼고 땅을 지지한 채 들고 있던 스틱을 두 손으로 잡고 날아오는 봉을 막았다.

"딱!"

봉과 스틱이 부딪히는 둔탁한 소리가 울려 퍼졌다. 힘껏 봉을 막은 그레고리는 하잔의 다리를 향해 스틱을 휘둘렀다. 눈 깜박하는 것만큼 빠른 동작이었다. 그 통에 그레고리의 모자가 벗겨져 눈 위에 굴렀다. 하잔은 간신히 그의 스틱을 피해 뒤로 비틀비틀 몇 걸음 물러섰다.

하잔의 공격을 막아낸 그레고리는 흘러내린 금발을 손으로 한 번 훑어 뒤로 넘기더니 천천히 걸치고 있던 검은 망토를 벗어 발 아래에 던졌다. 침착한 모습이었다. 지난번 명동에서 본 것과는 또 다른 모습이었다.

그때 노 신부가 했던 말이 떠올랐다.

'그 수도원에서는 한밤중에 남몰래 무술을 익히는 수도사들이 있었어요. 처음엔 나도 몰랐는데 어느 날 밤 우연히 방을 나왔다가 뒷마당을 지나가는데 어딘가에서 사람들의 얕은 기합 소리가 들려오는 걸 듣고 가보니 십여 명의 사람들이 누군가의 지도를 받으며 달빛 아래서 몸동작과 단도 쓰는 법을 익히고 있더군요.'

'유럽 산속의 오래된 수도원들은 대부분 중세시대 수많은 전쟁을 치르면서 스스로 자신을 방어하기 위해 오랫동안 자기들만의 무술이 전해져 내려오고 있는 수도원이 적지 않았어요. 중국의 소림사처럼 말이오.'

저게 바로 그가 보았다는 수도원에서 오랫동안 전해 내려오고 있었다는 무공이란 말인가!

동탁은 마치 그 자리에 얼어붙은 것처럼 두 사람의 생사를 건 건곤일척, 일대 결투를 꼼짝없이 지켜보고 있었다. 숨소리조차 제대로 낼 수가 없었다.

하잔 역시 그가 만만치 않은 상대임을 알아챘는지 명동 때와는 달리 긴장한 표정으로 허공을 향해 봉을 몇 번 휘두르고 나서 낮게 자세를 잡았다. 오른손에 봉을 잡고 왼손을 앞으로 쭉 편 채 비스듬하게 쭈그리고 단단하게 섰다. 여차하면 다시 땅을 박차고 뛰어오를 것 같은 자세였다.

그런 자세로 다시 두 사람은 잠시 정지상태가 되었다. 움직이는 것은 소리 없이 내리는 눈뿐이었다.

그때 그레고리의 어깨 너머 사제관 쪽에서 연기가 피어오르는 게 보였다. 검은 연기는 눈이 내리는 하늘을 향해 뭉실뭉실 피어오르고 있었다. 그러나 두 사람은 미동도 하지 않고 있었다. 도대체 아무도 없는 이곳에서 누가 쓰레기라도 태우고 있단 말인가. 그러나 쓰레기를 태우는 연기라고 하기엔 무언가 심상치가 않았다. 하지만 그것에 신경을 쓸 틈이 없었다.

이번에는 그레고리가 스틱 대신 허리에 차고 있던 단도를 빼어들고 쏜살같이 하잔을 향해 달려들었기 때문이다. 아까는 보지 못했는데 아마 망토 속에 감추고 있었던 것 같았다.

"라가!"

그의 낮은 기합 소리가 고요한 공기를 흔들었다.

번쩍이는 칼날이 공기를 가르며 곧장 하잔의 가슴팍을 향해 날아들었다. 하잔은 재빨리 비스듬히 몸을 옆으로 눕혀 피하면서 봉으로 칼날을 후려쳤다.

둘 다 전광석화처럼 빠른 동작이었다. 발밑의 눈이 어지럽게 흩날렸다.

한 번씩의 공수를 나누어본 두 사람은 상대방을 빈틈을 찾기라도 하듯 몸을 낮춘 채 서로를 노려보며 원을 그렸다. 누구라도 한 방에 치명상을 입을 팽팽한 긴장감이 흘렀다.

그사이 그들의 머리 위로 피어오르던 연기는 점점 넓게 눈이 내리는 하늘을 향해 솟아오르고 있었다. 짙은 회색 연기 밑으로 가끔 빨간 불의 혀가 날름거리는 것이 보였다.

'불이다!'

동탁은 속으로 외쳤다. 불은 분명 성당 뒤쪽 사제관 쪽에서 올라오고 있었다. 사제관이 타고 있었던 것이다! 동탁은 놀란 눈으로 연기와 불길을 보았지만 그 자리에서 마치 돌이라도 된 것처럼 꼼짝할 수가 없었다. 그보다 더 절체절명의 상황이 눈앞에서 펼쳐지고 있었기 때문이다.

원을 그리듯 돌던 두 사람이 딱 멈추어 서는 순간, 그레고리의 커다란 덩치가 다시 먼저 하잔을 향해 덮쳤다. 사나운 곰이 작은 표범 새끼를 덮치는 듯한 무서운 기세였다. 하잔은 황급히 몸을 피하며 그 역시 그레고리의 가슴팍을 향해 봉을 힘차게 휘둘렀다. 그러나 이번에는 단발로 끝나는 공격이 아니었다. 그레고리의 단도가 허공을 가르며 연이어서 하잔의 목과 가슴, 팔과 다리를 향해 사정없이 날아들었다. 번쩍이는 단도의 검광이 눈 속에 어지럽게 날아다녔다.

그레고리의 공격을 가까스로 받아낸 하잔이 머리 위로 힘차게 봉을 휘둘러대었다. 봉은 커다란 원을 그리며 윙윙 음산한 소리를 내었다. 눈보라가 어지럽게 휘날렸다. 그의 눈에도 살기가 번쩍이고 있었다.

사제관 쪽 연기와 불길은 점점 강해지고 있었다. 누구라도 달려 나올 것 같은데 아무도 없는지 불은 혼자 타고 있었다. 119에라도 빨리 알려야 한다고 생각했지만 마음만 그럴 뿐, 그럴수록 이상하게 동탁은 손가락 하나 까딱할 수 없었다.

그때 아잇, 기합 소리와 함께 하잔이 몸을 날려 봉으로 그레고리의 오른쪽 어깨를 후려쳤다. 따악, 하는 기분 나쁜 소리와 함께 그레고리의 우람한 몸이 옆으로 기우뚱 넘어지는 기분이 들었다. 그러나 그레고리 역시 왼손에 들고 있던 단도를 휘둘러 하잔의 옷을 찢고 오른쪽 가슴께를 찍었다. 붉은 피가 솟아 올랐다. 하얀 눈 위에 붉은 피는 꽃잎처럼 점점이 흩어졌다. 하잔의 봉이 다시 사정없이 그레고리의 허리께를 향해 날아들었다.

"억!"

그레고리는 신음 소리를 내며 그 자리에 주저앉았다. 그 틈에 하잔의 봉이 그의 턱을 쳤다. 다행히 빗맞긴 했지만 그의 입에서 피가 흘러나왔다. 그러나 손에 들고 있던 단도는 놓치지 않았다. 그런 그를 향해 하잔이 조그만 틈도 주지 않을 기세로 다시 봉을 휘둘렀다. 그레고리는 가까스로 단도로 봉을 막아냈지만 균형을 잃고 뒤로 벌렁 눈 위로 자빠지고 말았다.

하잔은 그런 그를 향해 천천히 다가가고 있었다. 공수가 완전 바뀐 상황이 되었다. 땀에 젖은 그레고리 수사의 이마 위로 황금빛 머리카락이 마구 헝클어져 내려와 있었다. 회색빛 섞인 그의 푸른 눈이 절망적인 덫에 빠진 맹수처럼 빛나고 있었다. 그레고리의 앞으로 다가선 하잔은 마지막 한 방, 회심의 공격이라도 할 것처럼 봉을 단단히 쥐었다. 그의 머리를 박살내어버릴 기세였다. 그러고는 마악 몸을 날리려는 찰나.

따앙~!

눈 내리는 고요한 산하를 흔들며 총소리가 울려 퍼졌다. 전혀 예상하지 못했던 소리였다. 그리고 전혀 예상할 수도 없었던 소리였다. 아무도 없는 적막한 곳에서 들려오는 낯선 총소리. 한동안 메아리가 눈 덮인 산과 하늘에 공명

통처럼 울렸다.

그와 동시에 하잔의 몸이 앞으로 기우뚱 넘어졌다. 손에 들고 있던 봉이 힘 없이 땅으로 떨어져 굴렀다. 등 쪽에서 피가 솟구쳐 올랐다.

그리고 잠시 필름이 끊어진 것처럼 모든 것이 멈추었다. 땅바닥에 드러누워 있던 그레고리도, 넘어지고 있던 하잔도, 그대로 멈추었다. 움직이는 것은 마침 기세 좋게 내리기 시작한 눈과 성당 뒤로 타올라오는 시커먼 연기와 불길 뿐이었다. 소리 하나 들리지 않는 적막 그대로였다.

멈춰진 필름을 먼저 깨뜨린 것은 그레고리였다. 뒤로 넘어져 있던 그레고리 는 재빨리 상체를 일으켜 아까 그의 곁에 가만히 내려놓았던 붉은 보자기를 잡았다. 그러곤 비틀거리며 일어나 보자기를 품에 꼭 안고 불타는 사제관 쪽 을 향해 달려가기 시작했다.

"어!"

그제야 정신이 번쩍 든 동탁은 그의 뒤를 향해 몇 걸음을 옮겼다. 아니, 그 럴 찰나였다. 그보다도 더 빨리 그의 뒤를 쫓아 황급히 달려가는 사내가 있었 다. 회색 트렌치코트. 홍 경감이었다. 홍 경감은 동탁과 하잔을 지나쳐 곧바로 그레고리의 뒤를 쫓았다.

따앙~!

다시 한번 긴 총소리가 울려 퍼졌다. 사제관에서 올라온 불길이 하늘을 향 해 태워먹을 듯이 성난 혀를 너울대고 있었다. 흰 눈이 천지간에 장막을 쳐놓 은 것처럼 펄럭이고 있었다. 홍 경감 뒤로 어느새 일어난 하잔이 비틀거리며 따라가고 있었다.

그러나 다음 순간, 모두 그 자리에 얼어붙은 듯이 서버렸다.

"앗……!"

동탁의 입에서 자기도 모르게 탄성이 흘러나왔다. 책이 든 붉은 보자기를 품에 꼭 안은 그레고리가 불길이 치솟고 있는 사제관 문 안으로 훌쩍 몸을 던지며 사라졌던 것이다.

"으응. 커으으윽."

그의 등 뒤로 기괴한 신음 소리만 울려나왔다.

그의 뒤를 쫓던 홍 경감도, 멀찌감치 뒤따르던 하잔도, 그 뒤를 따라가던 동탁도 그 자리에 우뚝 서서 그가 사라진 사제관의 좁은 문을 바라보고 있었다. 이미 불길은 멈출 수 없을 정도로 기세 좋게 타오르고 있었다. 그대로 두면 아래쪽에 서 있는 본당까지 옮겨 붙을 기세였다. 한 손에 권총을 든 홍 경감이 어딘가로 급히 전화를 걸고 있었다.

다시 땅바닥에 쓰러진 하잔은 절망적인 눈으로 불타오르는 사제관을 지켜보며 손을 휘저었다. 아, 안 돼, 하는 그의 절규가 환청처럼 들려오는 것 같았다. 그레고리를 삼켜버린 불길은 검은 연기와 함께 하늘 높이 치솟았다.

"마 차장님……!"

그때 종철이 부르는 소리가 등 뒤에서 아득하게 들렸다. 돌아보니 저 멀리 성당 아래 쪽에서 미나와 종철이 달려오는 게 보였다. 그들 뒤 저 멀리 산 너머로 사이렌 소리 같은 게 희미하게 들려오고 있었다.

눈은 더욱 기세 좋게 퍼부어대고 있었다.

동탁은 자기도 모르게 다리가 풀려 풀썩, 그 자리에 주저앉아버리고 싶었다. 모든 풍경이 마치 꿈만 같았다.

불자동차 사이렌 소리가 점점 가까이 들려오고 있었다.

epilogue

영결미사

풍수원 사건이 일어나고 한 달쯤 후.

노한우 신부가 죽었다.

노 신부의 죽음을 처음 알려준 사람은 박설희였다.

"형, 노 신부님이 죽었어."

핸드폰 너머로 들려온 그녀의 목소리는 마치 먼 나라의 일기예보라도 전하는 사람처럼 낯설었다.

"노 신부? 노한우 신부님?"

동탁은 얼떨떨한 표정으로 되물었다.

"응."

이게 무슨 소린가? 한 달 전 그들이 찾아갔을 때만 해도 멀쩡했던 사람이…… 처음엔 혹시나 그녀가 농담이라도 하나 싶었다. 그러나 그런 엄청난 일을 농담처럼 내뱉을 바보는 없을 것이었다.

"타살이야?"

이윽고 미간을 찌푸리며 불안한 표정으로 동탁이 물었다.

"아직 몰라. 근데 몸엔 상처 하나 없이, 우리가 갔던 사제관 자기 침상에 누운 채 발견되셨대. 밥해주는 신자 할머니가 아침에 들어가보니 두손을 가슴에 얹으시고 자는 듯이 죽어 있었대."

설희는 마치 모르는 사람 이야기 전해주듯 천연덕스럽게 말했다. 타살이 아니라면 돌연사라는 말인가? 신부인 그가 자살을 했을 리는 만무하지 않은가? 동탁은 이마를 찌푸린 채 잠시 얼이 빠진 사람처럼 앉아 있었다.

얼마 전에 갔던 눈 내리던 수도원의 풍경과 난로가 있던 사제관이 떠올랐다. 그리고 근육이라곤 하나 없는 빼빼 마른 그의 작은 몸매와 딱딱거리며 울리던 스틱 소리가 떠올랐다.

노 신부. 스테파노. 그가 죽다니!

"내일 절두산 성당에서 영결미사를 한대. 선배, 올 거야?"

조금 있다가 설희가 말했다.

"응. 응."

동탁은 정신이 팔린 사람처럼 기계적으로 대답했다.

"그럼, 낼 봐."

핸드폰이 끊어졌다. 군더더기 없는 짧은 말투에서 그녀의 착잡한 마음이 느껴졌다. 그녀 역시 그의 죽음에서 적지 않는 충격을 받고 있음이 틀림없었다. 동탁은 한동안 멍한 표정으로 앉아 있었다.

그날 풍수원성당.

무섭게 타오르는 사제관 불길 속으로 책이 든 붉은 상자를 안은 채 붉은 수염의 수도사 그레고리가 비틀거리며 사라지고 난 후, 모든 것은 정지된 표상으로 동탁의 머릿속에 남아 있었다. 그레고리도, 그 책도 순식간에 불길 속으로 빨려 들어가고 말았다. 지상에서 영영 지워지고 말았던 것이다. 지붕 위까지 날름거리며 올라가는 불길을 덮으며 폭설만이 천연덕스럽게 내릴 뿐이었다.

미나가 달려왔고, 이어서 종철도 달려왔다.

어깨에 총을 맞고 쓰러졌던 하잔은 막 도착한 소방차 앰뷸런스에 실려 병원으로 이송되었다. 소방차와 앰뷸런스에서 터져나오는 사이렌 소리가 정적에 싸여 있던 산천을 한동안 어지럽게 휘저어놓았다.

불길이 잦아들고 새까맣게 그을은 그레고리의 시신까지 싣고 떠나고 나자 그제야 홍 경감이 동탁의 곁으로 슬그머니 다가오더니 담뱃불을 붙였다. 하얀 연기가 대기 중으로 천천히 번져 나갔다.

"윤미나의 핸드폰으로 위치 추적을 했더니……."

묻지도 않는데 그가 먼저 말했다. 어떻게 찾아왔느냐에 대한 대답일 것이었다.

"그대로 두었다면 수도사 그레고리는 하잔의 봉에 머리가 터져 죽었을 거요. 불길 속으로 뛰어들 거라고는 미처 예상하지 못했지만."

담배연기를 내뿜으며 그는 계속해서 혼잣말처럼 중얼거렸다. 하잔을 향해 총을 쏘았던 변명일 것이었다. 동탁은 그가 아직도 여전히 하잔이 윤 교수와 문 장로를 죽인 범인일 거라고 생각하는지 궁금했지만 묻지는 않았다. 이제 어차피 누가 범인인가는 중요하지 않았다. 한 사람은 불 속으로 들어가 재로 변해버렸고, 또 한 사람은 총상을 입고 실려갔다.

그리고 무엇보다도 그들을 이곳으로 끌어들인 '그 책'이 더 이상 이 세상에 존재하지 않았다. '오래되고, 위험한 그 책', 『유다계시록』이……! 멀고 길었던 '그 책'의 여정을 생각하면 너무나 허무한 끝이었다. 어쩌면 그게 비밀에 싸여 있던 '그 책'의 운명인지도 몰랐다. 이제 그 누구도 '그 책'에 무엇이 기록되어 있는지 알 수 없을 것이었다. 천 개의 현의 마지막 줄은 끝내 끊어지지 못한 채 끝나고 말았다. 설희 말대로 그게 오히려 다행인지도 몰랐다.

그런데 그날 사라진 것은 '그 책'과 수도사 그레고리만이 아니었다. 꽁지머리 고수연도 그 와중에 감쪽같이 사라지고 말았다. 나중에 종철이 전해준 말에 의하면 동탁이 그레고리에게 책이 든 상자를 넘겨주고 나자 곧바로 그 역시 미나를 풀어주었다고 했다. 그리고 두 사람은 정신없이 동탁이 있는 성당 쪽으로 달려왔다고 했다. 따라서 그가 그 후 어떻게 되었는지 미처 신경 쓸 틈이 없었다고 했다.

사실 그날 벌어진 사건 속에서 그는 작은 조연에 불과했는지도 모른다. 성당 쪽 일이 끝나고 비로소 그의 존재가 궁금해진 동탁은 홍 경감과 함께 아까 봉고차가 서 있던 곳으로 가보았다. 그러나 그곳에는 봉고차도, 꽁지머리도 없었다. 사라졌던 것이다.

……그리고, 노한우 스테판 신부가 죽었다!

동탁은 왠지 무언가 아직 끝나지 않은 스토리가 장막 뒤에서 전개되고 있는 듯한 느낌이 들었다. 사라진 꽁지머리와 성 유다 동방교회의 수호자, 일곱 장로 중 세 번째 장로인 노 신부의 죽음. 그사이에 드러나지 않은 인과가 숨겨져 있는 건 아닐까.

머리가 복잡해졌다. 하지만 동탁은 곧 머릿속을 지워버렸다. 더 이상 자신이 관여할 일은 아니라는 생각이 들었다. 다행히 설희의 말에 의하면 노 신부는 상처 하나 없이 자는 듯이 죽어 있었다고 하지 않았는가. 그러니까 편안하게, 자연적으로 돌아가신 것으로 믿어도 된다. 그렇게 믿고 싶었다.

열세 번째 거룩한 사도, 가롯 유다의 이야기는 그들의 죽음과 함께 그냥 다시 성경에 기록된 대로 전해질 것이다. 스승 예수를 팔아먹은 악당이자 영원한 지옥불에 던져질 사탄으로……. 윤 교수 논문 속 유다 이야기는 그저 몇몇 사람 사이에 전설처럼 떠돌다 사라질 것이다.

그게 또 어떻다는 말인가. 설희 말대로 죽음과 부활이라는 거대한 예수 드라마는 여전히 변함없이 이 지상에서 수많은 사람들의 믿음 속에서 살아 있을 것이다. 사도 유다 또한 그 속에서 어쩌면 즐거이 자신의 역을 감당해 나갈 것이다.

다음 날 아침. 절두산 성당.

미사를 알리는 종소리가 길게 울려 퍼졌다. 사람들이 종종걸음으로 성당 안으로 들어가고 있었다. 동탁은 설희와 함께 맨 뒤쪽 의자에 가서 앉았다.

제단 앞에 하얀 국화꽃으로 장식된 노 신부의 영정 사진이 보였다. 그 옆으로 여러 개의 커다란 촛불이 불꽃을 일렁이며 타고 있었다. 장중한 파이프 오르간 소리에 맞춰 성가가 울려퍼지는 가운데 하얀 옷을 입은 사제들이 차례로 입장하였다.

사람들은 그리 많지 않았다. 높은 천장의 커다란 공간이 오히려 설렁하게 느껴질 정도였다.

"사제 노한우 스테판 신부님을 주님 곁으로 떠나보내면서…… 선한 하느님을 뵈옵고, 영원한 안식과 평화를 누릴 수 있게…… 주님의 자비를 청하면서 이 미사를 올립니다."

이윽고 주관하는 신부의 낮고 느릿한 음성이 흘러나왔다.

"죽음아, 너의 승리가 어디 있느냐. 죽음아, 너의 독침이 어디 있느냐. 우리 주 예수 그리스도를 통하여 우리에게 승리를 주신 하느님께 감사드립니다."

강론이 끝나고 나자 파이프오르간 소리에 맞춰 미리 녹음된 성가가 흘러나왔다. 맑고 높은 소프라노 소리였다.

이 세상에 빛으로 우리에게 오시어
우리 맘의 어두움 밝혀주소서.

약한 자의 벗이여, 우리 의지 되시어
흔들리는 마음에 굳셈 주소서.
모든 이의 위로여, 생명의 샘 되시어
우리 마음 가득히 사랑 주소서.
믿는 이의 빛이여, 어두움을 밝히어
바른 길로 나아갈 지혜 주소서.

곧이어 성가 소리에 맞춰 참례자들이 차례로 앞으로 나와 헌화를 하였다. 얼마 되지 않은 사람들 대부분은 평소에 노 신부를 알고 있었거나 이런 일에 언제나 참여하는 성당의 직책을 맡은 사람들일 것이었다. 대부분이 나이 지긋한 여자 노인이거나 남자 노인들로 비교적 젊은 사람이라고는 동탁과 설희뿐이었다.

헌화를 할 때 동탁은 비로소 영정 속 노 신부의 얼굴을 가까이에서 볼 수 있었다. 하얀 국화꽃에 싸인 노 신부는 그때 수도원에서 보았던 그대로의 모습으로 그들을 맞았다.

짧게 깎은 흰머리, 홀쭉하게 들어간 뺨과 주름살. 무언가를 바라보는 듯한 작고 그윽한 눈빛. 그러나 그 눈빛 속에는 이 자리에 함께한 그 누구도 이해할 수 없는, 이 세상에 다 밝힐 수 없는 비밀이 간직되어 있는 것 같았다.

'영국에서 유학을 마치고 나서, 나는 정해진 사제의 길을 걷기보다는 남들이 모르는 어딘가에 숨어 한평생 수도사가 되어 구도의 길로 갈 결심을 했지요. 어차피 이 세상이란 영원한 하느님의 나라에 비하면 모두 지나가는 그림자 같은 것 뿐. 더구나 타락할 대로 타락한 오늘날의 종교적 질서에 순응하며 살아갈 자신도 없었구요. 궁극적인 존재에 대한 구도의 마음을 잃어버린 종교는 더 이상 종교가 아니라오. 나는 아무도 모르는 곳에 들어가 주님께서 가르쳐주신 대로 거룩한 영적인 삶을 살아가기로 결심했어요. 불멸의 진리를 찾아가는 일 말이오. 그때 마침 루마니아의 동방정교회에서 유학 온 수도사 친구가 자기 나라 어느 곳에 숨어 지낼 만한 오래된 수도원이 있다고 거길 찾아가보라고 했어요. 그때만 해도 냉전 중이라 동구 유럽은 미지의 땅이나 다름없었지요. 그 친구가 소개해준 수도원이 바로 성 안드레아 수도원이었어요.'

'나는 7년 동안 그 수도원에 머물렀어요. 그런데 나는 거꾸로 그곳에 있는 동안 사도 유다에 대한 많은 새로운 이야기를 알게 되었고, 그분이 절대로 스승인 예수를 배반하지 않았을 거라는 확신을 더욱 분명하게 갖게 되었어요. 최후의 사명자라는 사명을 가진 그 수도원에서 말이죠. 적과의 동침이랄까……'

그리고 그가 마지막으로 했던 말.

'나는 이제 늙었고, 이 세상의 갈등과 분노에서도 떠날 때가 되었소. 이 책을 이렇게나마 볼 수 있는 영광을 주신 주님께 감사할 뿐이오. 어떻게 보자면 모두가 부질없는 짓인지도 모르오. 지금 내 가슴속엔 오직 정체를 알 수 없는 슬픔만이 가득할 뿐이오.'

지금 이 순간에도 그의 그 정체를 알 수 없는 슬픔이 국화꽃 향기와 함께 전해져오는 것 같은 느낌이었다. 그리고 그 슬픔은 2천 년 전에 돌아가신 어떤 거룩한 사도의 죽음과도 연결되어 있을지도 모른다는 생각이 들었다.

한동안 영정 앞에 서서 묵념을 올린 동탁과 설희는 말없이 성당을 빠져나왔다. 아는 사람도 없었고, 잡는 사람도 없었다. 그들의 등 뒤로 파이프 오르간 소리만 다시 깊고 높게 울려 퍼지고 있었다.

너무나 쓸쓸한 영결미사였다.

성당을 나온 두 사람은 좀 떨어진 강이 내려다보이는 벤치에 나란히 앉았다. 겨울이었지만 봄날처럼 햇살이 따듯했다.

"미나 씨는?"

설희가 말했다.

"응. 돌아갔어."

동탁은 짐짓 아무렇지도 않게 대답했다. 문득 한 줄기 바람처럼 그녀가 남기고 간 머리카락 냄새가 떠올랐다. 동탁은 괜히 마음 한구석이 먹먹해져왔다.

"다행이네."

"응."

"상처가 컸겠네."

"아마도."

잠시 침묵이 흘렀다. 동탁은 멀리 발 아래로 흐르는 강물 쪽으로 시선을 던졌다. 물비늘이 눈부시게 반짝였다.

"근데 노 신부님…… 그렇게 갑자기 돌아가신 게 좀 이상하지 않아?"

동탁의 옆 얼굴을 흘낏 올려다보며 설희가 말했다.

"으응."

동탁은 여전히 발끝에다 시선을 던진 채 살짝 미간만 찌푸렸다. 긍정도 부정도 아니었다.

"우리가 갔을 때만 해도 멀쩡하셨는데……."

설희는 무언가 의심과 함께 아쉬움이 남는다는 투로 말끝을 흐렸다.

"그 나이 땐 누구도 알 수가 없지. 그래도 아무런 외상도 없이 편히 돌아가셨다니 그나마 다행이지."

동탁은 작게 한숨을 지으며 말했다.

"하잔은?"

"어깨에 가벼운 총상을 입긴 했지만 목숨에는 지장이 없다나 봐."

"다행이네."

"응. 만일 그날 홍 경감이 총을 쏘지 않았더라면 그의 봉이 그레고리의 머리를 박살냈을 거고 어쩌면 살인죄로 감옥에 가야 했을지도 모르지."

동탁이 약간 설명조로 토를 달았다.

"아마 하잔은…… 붉은 보자기에 싸인 그 책이 파드마삼바바가 티베트로 가져갔던 그 책이라고 생각했었나 봐. 예수의 생애와 가르침이 담겼다는 그 책 말이야."

설희의 말에 동탁은 말없이 고개를 끄덕였다. 그랬을 것이다. 사실 그레고리가 안고 불 속으로 뛰어들어갔던 상자 속의 그 책이 하잔이 찾고 있었던 그 책인지도 모른다. 그러나 이제 그것을 확인할 길은 영영 사라지고 없었다.

어떻게 보자면 처음부터 그레고리는 그 책과 함께 사라져버릴 계획을 가지고 있었는지도 모른다. 그래서 미리 사제관에 불을 질러놓고 동탁을 기다렸을 것이다. 어쩌면 그게 가룟 유다의 흔적을 찾아 세상 끝까지 온 '최후의 사명자'로서의 그의 거룩한 사명이라 생각했을지도 모른다.

"이 세상에…… 불멸의 진리란 게 과연 있을까?"

그때 설희가 밑도 끝도 없이 말했다.

"다들 그렇게 목숨을 걸고 찾고, 지키고 해야 할, 그 무엇 말이야?"

마치 꿈이라도 꾸듯 설희가 말했다.

"……."

"차라리 그런 거라도 있음 좋겠다. 안 그래, 형?"

"……."

"근데 나 말이야, 신문사 그만두고 나면 가보고 싶은 곳이 하나 생겼다?"

"······어디?"

동탁이 설희를 돌아보았다. 설희는 동탁의 어깨에 살며시 머리를 기대며 고백이라도 하듯 말했다.

"응. 루마니아 깊은 골짜기 어딘가에 숨어 있다는 성 안드레아 수도원."

"성 안드레아 수도원?"

"응. 그 붉은 수염의 수사 그레고리가 왔다는 곳. 노한우 신부님이 7년 동안 수도사 생활을 했다는 곳 말이야. 어쩐지 그곳에 가면 무언가 새로운 영감을 얻을 수 있을 것 같기도 하구······ 불멸의 어떤 것이 숨겨져 있을 것도 같아."

그러고 나서 설희는 동탁의 얼굴을 장난기 어린 표정으로 올려다보았다.

"형두 같이 갈래?"

농담 같기도 하고 진심 같기도 한 말이었다. 그 말을 하는 그녀의 눈에 얼핏 물빛 같은 게 비쳤다. 그녀의 그런 눈빛이 이상하게 동탁의 가슴 한쪽에 찡하게 화살처럼 박혀왔다.

"신혼여행?"

그러나 동탁은 짐짓 장난기 어린 목소리로 되물었다.

"후후후. 그럼 더 좋구."

그러자 설희는 입가에 보조개를 지으며 환하게 웃었다.

문득 비 내리던 그날 그녀가 했던 말이 떠올랐다.

'그래도 난 말이야. 난 이번 사건 땜에 형이랑 가까워져서 좋아. 무언가를 같이 찾아가고 있는 느낌? 혼자 배낭을 메고 여행을 하다가 우연히 만난, 따뜻하고 믿음직한 동행자 같은······.'

그녀의 말 속에서 티베트의 황량한 바람 소리와 밑 모를 외로움이 담겨 있었다. 정말 자기가 그녀의 따뜻하고 믿음직한 동행자가 되어줄 수 있을까. 동탁은 그녀의 손을 끌어 가슴에 꼭 안았다. 그녀와 자기 사이에 섬이 있다면 이제 그 섬에 가보고 싶었다. 그녀와 같이 멀리 성 안드레아 수도원을 찾아가는 자기 모습을 그려보았다.

그때 성당에서 미사가 끝났음을 알리는 종소리가 길게 울려 퍼졌다. 사람들이 하나둘 걸어 나오는 모습이 보였다. 동탁과 설희는 영구차가 떠나는 것을 보기 위해 자리에서 일어났다. 눈부신 겨울 햇살이 환하게 길가 앙상한 개나리 관목 울타리 위에 내려앉아 있었다. 한 무리의 참새 떼들이 재잘거리며 햇살 속으로 날아올랐다.

(끝)

역사와 신학, 그 틈새에서 피어난 불온한 이야기

이지은

인류 역사상 신의 이름은 전쟁이나 테러 등 대규모 폭력 사태를 일으키는 명분으로 곧잘 도용되어왔다. 신의 뜻은 인간의 논리를 넘어서는 것이라 하지만, 신의 이름을 내세워 행해진 제국주의적 침략과 정복에는 세속적인 인간의 야욕이 적나라하게 드러난다. 그럼에도 각 개인이 추구하는 욕망이 만들어낸 거대한 역사를 돌이켜보면, 다시금 신의 뜻으로밖에 설명되지 않는 역설과 모순이 발견되기도 한다. 예컨대 억압적인 봉건 사회에 전해진 만인평등의 기독교 사상이 결과적으로 제국주의 침략의 첨병 역할을 수행할 때, 식민지 순교자들의 삶은 어떻게 이해되어야 할 것인가. 사후적으로 구성되는 역사의 시각에서 개인의 신념은 거친 바다의 한낱 조각배처럼 무력할 뿐이고, 지상의 법을 초과하는 신의 율법에 의하면 순교자는 기필코 약속된 구원을 얻을 것이다. 이처럼 역사와 신학은 상반된 자리에 놓여 있는 듯하지만, 기실 양쪽 모두 '다른 서사'를 용인하지 않는다는 점에서 공통적이다. 역사에는 가정이 있을 수 없고, 신앙에는 의심이 허락되지 않는다. 그렇다면 가장 불온하고 위험한 것은 문학일지 모른다. 문학은 언제나 '또 다른 이야기'를 상상하기 때문이다.

『열세 번째 사도—배신자 가룟 유다에 관한 또 하나의 다른 이야기』(이하『열세 번째 사도』)는 신학과 역사를 가로지르며 금기된 질문을 제기한다. 그것은 바로 예수를 배신한 유다가 실은 예수의 뜻을 가장 충실히 받든 제자가 아니었을까 하는 불온한 상상이다. 일견 당황스러운 질문인 듯하지만, 이는 실제로 1970년대 이집트에서 발견된『유다복음』을 비롯하여 기독교 역사의 맥락 속에 기입됨으로써 개연성을 획득한다. 2006년 전 세계에 공개된『유다복음』은 유다에 대한 기존의 평가를 완전히 뒤집기에 충분했다. 곧, 유다가 탐욕에 눈이 멀어 예수를 배신한 것이 아니라, 그 배신마저 예수의 지시였다는 것이다. 이렇게 본다면 죽음에서 부활로 이어지는 예수의 운명을 완수하는 데 가장 결정적이고도 고통스러운 역할을 맡은 이가 바로 유다가 된다. 그러나 가톨릭교회에서는『유다복음』이 이단 집단에 의해 꾸며진 것이라 보고 이를 정경으로 인정하지 않고 있다.『유다복음』의 진위를 고증하는 일이 고고학과 신학의 몫이라면, 문학의 심문은 보다 도전적이고 위협적이다.『유다복음』을 마주한 소설가 김영현은 이렇게 질문한다.『유다복음』이 '이단'이라면, '정경(cannon, 正經)'을 정경이게끔 하는 권위의 원천은 무엇인가. 분명한 것은 기독교사를 되짚어볼 때 정경이 신의 뜻만으로 형성되지 않았다는 점이다. 신학과 역사학 사이의 메꾸어지지 않는 틈에서 '또 다른 이야기'가 불온하게 피어난다.

> 미리 말해두거니와 여기에 나와 있는 기록을 믿거나 믿지 않거나는 순전히 당신 자신의 선택 사항이다. (51쪽)

『열세 번째 사도』는 '인간 역사에 있어 종교란 무엇인가', 그리고 '신학도 역사도 아닌 문학의 의미는 무엇인가'라는 무겁고도 어려운 주제를 추리소설의 형식을 통해 흡인력 있게 풀어낸다. 어느 종교학과 교수의 피살 사건을 계기로 2천여 년 전 예수와 유다의 밀약이 지금 여기로 호출되는 것이다. 어느 날 종교학과 교수 윤기철이 피살된 채 발견되고, 경찰은 유력한 용의자로 두 명을 주시한다. 한 명은 윤기철의 연인 허영의 별거 중인 남편 차동석이고, 다른 한 명은 네팔에서 온 라마승 유학생 하잔이다. 전자가 범인이라면 치정 문제로, 후자가 범인이라면 종교 갈등으로 이 살인 사건의 성격이 규정될 것이다. 그런데 뒤늦게 루마니아의 '성 안드레아 수도원', 일명 '검은 수도원'에서 온 수도사 그레고리가 유력한 용의자로 떠오르면서 사건은 새로운 국면으로 접어든다. 세 용의자는 국적이나 직업뿐 아니라 피해자 윤 교수와의 관계도 상이하다. 단 하나의 공통점이 있다면, 이들은 모두 오래되고 위험한 책, 그러니까 윤 교수가 비밀스럽게 숨겨두었으리라 추측되는 '그 책'을 쫓고 있다는 것이다.

사건의 핵심에 있는 미스테리한 책은 『유다계시록』으로, 작가의 상상력에 의해 탄생한 가상의 문서이다. 앞서 언급한 바 있는 『유다복음』은 유월절이 얼마 남지 않았을 때, 그러니까 예수가 죽기 얼마 전에 유다와 나눈 대화의 기록이다. '허구의 세계'라는 소설의 영토 안에서 『유다복음』을 있는 그대로 받아들일 수 있다면, 유다가 자신만이 알게 된 예수의 비밀스러운 가르침을 후세에 남겼으리라 상상해보는 일은 어렵지 않다. 예수 부활의 드라마를 완성하기 위해 자기 손으로 스승을 팔아넘겨야 한다는, 기독교 역사상 가장 고통스럽고도 가장 중요한 역할을 부여받은 유다. 유다가 이 욕된 사명을 수행하기에 앞서 밀약을 위한 신뢰의 증표로 예수로부터 은밀한 계시를 받았다면, 배신자라는 오명을 뒤집어쓴 이후 그는 예수의 가르침을 기록하는 일로써 스승을 그리워하고 자신의 삶을 위로하고 싶었을 것이다. 바로 이와 같은 문학적 상상력으로 탄생한 허구적 장치가 바로 『유다계시록』이며, 『열세 번째 사도』는 이 책을 둘러싼 욕망과 갈등에 의해서 전개되고 있다.

이제 『유다계시록』을 둘러싼 인물들의 욕망을 통해 2천여 년의 시간과 동서양을 횡단하는 장대한 서사를 간추려보자. 먼저, 첫 번째 용의자 차동석. 그는 과거 육군 대령까지 하였으나 뇌물 사건으로 강제 전역한 자로, 단지 일확천금을 얻기 위해 책을 쫓고 있다. 그러나 수도사 그레고리나 라마승 하잔에게는 보다 심오한 이유가 있다. 수도사 그레고리는 유다 암살의 사명을 띤 검은 기사단의 후예다. 우리가 익히 알고 있는 바에 의하면, 유다는 스승인 예수를 은화 삼십 냥에 팔아넘겼으나 한 푼도 쓰지 못하고 목을 매어 자살했다. 그러나 『유다복음』은 유다의 행적을 달리 기록하고 있다. 유다는 예수의 뜻을 받들어 그를 빌라도 총독에게 넘겼을 뿐 아니라, 예수가 처형된 직후 예루살렘을 빠져나가 동방으로 향했다. 그곳에서 예수의 말씀을 전하는 것이 그가 부여받은 또 하나의 사명이었던 것이다. 유다가 예루살렘을 빠져나간 것을 안 야곱은 검은 기사단을 파견해 유다를 암살할 것을 명한다. 오랜 시간이 지난 뒤 유다를 추적하는 자가 또다시 나타나는데, 그는 십자군 원정대의 용맹한 장수였던 사자왕 리처드다. 실존 인물이었던 리처드는 소설 속에서 동방에 유다를 따르는 무리가 존재함을 알고 유다의 흔적을 없애기 위해 기사단을 파견한 것으로 나타난다. 요컨대, 수도사 그레고리는 야곱과 리처드가 유다(의 흔적)를 없애기 위해 보낸 기사단의 후예인 것이다.

수도사 그레고리가 유다(의 흔적)를 없애려는 이들의 후예, 즉 『유다계시록』을 없애라는 사명을 부여받은 자라면, 그에 반해 또 다른 용의자 하잔은 『유다계시록』을 되찾고자 하는 인물이다. 네팔 국적의 라마승이 예수 제자의 기록을 '되찾으려' 한다는 것은 얼핏 이상하게 들린다. 그러나 『유다계시록』이 발칸반도의 어느 수도원에서 네팔을 거쳐 서울의 윤 교수에게 전해지기까지의 긴 여정이야말로 『열세 번째 사도』의 서사적 스케일을 가장 잘 보여주는 대목이다. 몽골제국의 전설적인 원정 대장 수부타이는 로마제국의 심장에 이르기 직전 칸의 부고를 듣고 회군한 바 있는데, 그는 돌아오는 길에 발칸반도를 지나며 어느 수도원에서 낡은 책 꾸러미를 약탈해 몽골로 가져왔다고 한다. 예수 제자의 책이 포함되어 있다고 소문이 돌던 이 꾸러미는 오랫동안 라마 사원에 보관되어오다 1960년대 모택동의 문화혁명을 피해 티베트로 옮겨졌다. 그러나 티베트마저 중국군의 침공을 받게 되면서 책의 행방은 묘연해졌고, 훗날 네팔의 한 고물상에서 종교학자의 눈에 띄게 되었다. 그 종교학자가 바로 죽은 윤기철 교수이다. 하잔에 따르면 그 책은 달라이 라마 일행이 티베트에서 네팔로 내려올 때 가져온 것이므로, 이제 그는 라마교에 전해 내려오는 보물을 되찾아 돌아가고자 한다. 다시 말해, 하잔은『유다계시록』을 되찾으라는 밀명을 부여받은 자이다.

『열세 번째 사도』읽기는 살인 사건의 범인을 추리하고『유다계시록』을 둘러싼 대결을 지켜보는 데서 그치지 않는다. 보다 심층적 독해는 '파괴하려는 자' 그레고리와 '되찾으려는 자' 하잔 간 대결의 의미를 분석하는 데에서 이루어질 수 있다. 수도사 그레고리가『유다계시록』을 파괴하려는 것은 이것이 정경의 권위를 위협하기 때문이다. 그런데 여기서 주의해야 할 점은 그레고리가 수호하려는 것이 '신의 말씀'이 아니라, 그 말씀을 선별하고 배제하여 권위를 부여하는 '교회의 권력' 혹은 '권력의 역사'라는 점이다. 사실 주의 깊게 읽어보면, 소설은 여러 인물의 입을 통해서 오늘날 정통 교리가 권력 작용의 결과로 만들어진 것임을 강조한다. "로마로 흘러간 성경에서는 그런 역사적인 사실들은 모조리 거세되고 부드럽게 손질이 되었지. 그들의 입맛에 맞게 말이야. 아니, 로마 황제 콘스탄티누스의 입맛에 맞게 말이야."(213~214쪽) 즉, 정경을 정경이게끔 하는 것은 신의 보증이 아니라 인간의 권력인 것이다. 소설의 예를 빌려 말하면, 오늘날 공인된 성경이 교회 권력에 의해 '선별'되어 정통성을 획득한 것이라면,『유다계시록』은 '배제'되어 이단이라 낙인이 찍힌 것이다. 그레고리가 세속적 권력의 수호자라는 것은 그가 예수의 명이 아니라 일찍이 예루살렘 교회 권력을 장악했던 야곱, 호전적이고 잔인한 권력자 리처드의 뜻을 따르고 있다는 데서도 뒷받침된다. 정경을 정경으로 보증하는 권위는 신이 아니라 교회에서 나오며, 그레고리는 바로 이 교회의 수호를 위해 행동하고 있다. 요컨대, 그레고리는 정경을 정경이게끔 하기 위해 그 이외의 것들을 제거하고, 나아가 그 선별과 배제를 신의 이름으로 은폐하는 권력의 자기 보존을 위한 폭력의 은유로 볼 수 있다.

그런데 이는 반대로 유다를 지키고자 하는 소설의 주요 인물들이 교회의 권력이 아닌 신의 말씀을 따르고자 하는 이들임을 암시하는 것이기도 하다. 죽은 윤 교수의 유다에 대한 관심은 정통 가톨릭에 의해 왜곡된 한 인간의 삶을 재조명하기 위한 것이었다. "오늘날 정통이라고 불리는 서방 기독교, 특히 로마 가톨릭에 의해 철저히 왜곡되고, 철저히 파묻혀버린, 어떤 거룩한 인간의 진실을 이야기하고 싶을 따름이다."(52쪽) 나아가 '성 유다 동방교회'의 문 장로는 황제가 교황이 되고 교회가 권력의 장소가 되면서 '정통 교회'를 자처하는 이들이 오히려 예수의 가르침을 저버렸다고 주장한다. 교회는 민중이 알아들을 수 없는 라틴어로 교리를 전파하였고, 무지한 민중들에겐 그저 맹목적인 믿음만을 강요했다. 교회는 가난하고 억압받는 사람들의 편이었던 예수의 가르침을 배반한 것이다. 그가 보기에 예수의 뜻은 오직 '박해받는 자' 유다에게 전해졌다.

그런데 신과 교회가 쉽게 동일시되고, 교회가 신의 이름을 도용하여 신의 뜻을 배반하는 일을 오늘날 우리는 어렵지 않게 목격하고 있다. 그레고리의 자기 기만과 신에 대한 배반이 그리 낯설지 않다는 것은 『열세 번째 사도』가 가상 역사, 가상 신화를 다루면서도 그 문제의식이 현실과 매우 긴밀하게 연동되고 있음을 의미한다. 이 소설의 현실성이 단지 허구와 역사를 직조함으로써가 아니라 오늘날 우리 사회가 당면한 문제를 고찰함으로써 획득되고 있는 것이다. 따라서 『열세 번째 사도』는 역사와 신화를 비틀고 있음에도 저 멀리 어딘가 존재하는 평행 지구의 이야기가 아니라, 지금 여기 우리 사회를 향한 이야기로 읽히게 된다.

마지막으로 라마승 하잔이 『유다계시록』을 되찾고자 하는 배경에는 지리적으로는 예루살렘과 티베트, 종교적으로는 티베트 불교를 밀교화한 파드마삼바바와 예수의 제자 유다가 연결되어 있다. 그렇다면 서양 문명의 근간과 아시아

밀교 사이의 숨겨진 링크가 배신자로 낙인찍힌 유다의 기록이라는 것은 무엇을 의미하는가. 비밀리에 전해져 내려온 불온한 이단서『유다계시록』이 동서양 사상의 매개가 된다는 소설의 설정은, 신화나 역사와 같은 권위를 부여받은 이야기, 그리고 그로 인해 확립된 인식의 틀이 세계의 모든 진실을 드러내지 못함을 역설한다. 공인된 이야기 너머에 우리가 알지 못하는 '또 다른 이야기'가 존재하고 있음을, 그리고 때로는 그것이 더 많은 진실을 담지하고 있음을 시사하는 것이다. 물론 이때 '또 다른 이야기'는 신학도 역사도 아닌 오직 문학으로서만 상상될 수 있고 도달할 수 있는 진실일 것이다. 이렇게 본다면 그레고리와 하잔은 서로 대립하고 있지만, 이들 모두 공인된 진리와 우리의 세계 인식의 틀에 의문을 가지게 한다는 점에서 유사한 기능을 한다고 할 수 있다. 곧, 유다에 관한 '또 다른 이야기'인『열세 번째 사도』는 절대자로부터 진리를 보증받는 신학, 그리고 객관성과 공정성을 자임하는 역사와 대결하면서 문학 고유의 자리와 그 역할을 고민하고 있다.

『열세 번째 사도』의 도전이 이러하다면, 소설의 결말은 필연적으로 그레고리와 하잔 누구도 자신의 사명을 수행하지 못하는 것으로 끝나야 할 것이다. 그런데 서사의 표면적 층위에서 독해하자면, 소설의 결말은 언뜻 그레고리의 승리로 읽히기도 한다. 그레고리는 윤 교수를 살해하고, 그의 딸을 납치하는 비윤리적인 방법으로『유다계시록』을 손에 넣었고, 책과 함께 불구덩이 속으로 뛰어듦으로써 2천여 년 만에 검은 기사단의 주어진 임무를 달성했다. 이로 인해『유다계시록』을 되찾아 네팔로 돌아가려 했던 하잔도 실패하고, 살인 사건의 범인을 잡아 공적 처벌을 집행하려 했던 경찰들도 실패하게 된다. 그레고리는 '정경'의 진실성에 의문을 제기할 강력한 증거를 파괴하였으며, 자신의 죽음마저 형벌이 아니라 사명의 완수를 위한 희생으로 만들었기 때문이다. 이는 그레고리의 완승, 즉 '정경'으로 상징되는 교회 권력의 건재를 재확인하는 결말로 읽힌다.

그러나 결말에서 우리는 그레고리가 파괴하려 했던 것이 단지 한 권의 책이 아니라 정경에 대한 도전과 회의였다는 점을 기억할 필요가 있다. 그가 그토록 잔인한 방법으로『요한계시록』을 파괴하려 했던 것은 단지 그 책 자체가 위험해서가 아니라, 그 책이 불러일으킬 정경에 대한 의심이 두려웠기 때문이다. 그렇다면 과연 그레고리가 자신에게 주어진 밀명을 완수하였는지는 다시 물어져야 할 것이다. 『요한계시록』을 파괴하였느냐가 아니라, 정경에 대한 의심을 말소하였느냐 하는 질문으로 말이다. 흥미로운 점은 소설의 결말에서『유다계시록』이 사라짐으로써 독자는 오히려 없는 존재들에 대해 '또 다른 이야기'를 상상할 수 있게 된다는 것이다.『유다계시록』이 끝내 일반에 공개되지 않고 사라진다는 결말은 우리에게 주어진 객관적 사실과 보편적 믿음 또한 어떤 것이 배제되고 파괴된 결과일 수 있음을 시사한다. 달리 말해,『유다계시록』은 존재하지 않게 되었기 때문에 역설적으로 존재하지 않는 것들의 부재의 자리를 드러내게 된 셈이다.

이렇게 본다면 그레고리의 소임은 완수되지 못했다고 해야 할 것이다. 그가 파괴한 것은『유다계시록』이지, '또 다른 이야기'에 대한 의혹과 상상이 아니기 때문이다. 그렇다면 신학 및 역사와 대결한 소설가 김영현의 소임은 완수된 것일까. 이 질문은 유다에 관한 '또 다른 이야기', 즉 소설『열세 번째 사도』의 운명에 대한 질문이자, 문학의 존재론적 질문과 맞닿아 있다. 소설이 축조한 세계는 종이 위에 쓰인 허구이자, 독자의 머릿속에 잠시 떠오르는 관념적인 것이다. 이에 소설은 현실에 직접적으로 작용하지 못하는 실체 없는 세계로 곧잘 이해된다. 그러나 이와 같은 회의는 역설적으로 그레고리의 실패를 통해서 반박된다. 그레고리는『유다계시록』이라는 물질적인 책을 파괴하였을지언정 정경에 대한 의심과 의혹 그 자체를 없애지는 못했다. 이때 없애지 못한 '또 다른 이야기'에 대한 의혹이 바로 문학의 자리이다. 따라서 소설가의 도전은 그레고리의 실패의 정반대편에 있다고 해야 할 것이다. 소설가는 본래 존재하지 않던『유다계시록』을 다시금 사라지게 하였으나, 그렇다고 해서 그 결과가 '또 다른 이야기'를 상상하기 이전으로 되돌아간 것은 아니다. '또 다른 이야기'의 가능성으로 인해 우리는 지금-여기에 존재하지 않는 것을 단순히 '없는 것'이 아니라 언젠가/어딘가 '있었을 것'으로 상상하는/의심하는 눈을 가지게 되었기 때문이다. '무'에서 '무'로 귀착되었음에도 양자를 같지 않게 하는 힘, 그것이 바로 문학의 역능일 것이다.

소설의 마지막에서 살인범을 뒤쫓던 인물들은 다소 허무한 어조로 "죽음과 부활이라는 거대한 예수 드라마는 여전히 변함없이 이 지상에서 수많은 사람들의 믿음 속에서 살아 있을 것"(444~455쪽)이라고 한다. 그러면서 '불멸의 어떤 것'을 찾아 떠나는 꿈을 꾼다. 그러나 인간에게 '또 다른 이야기'에 대한 문학적 상상력이 존재하는 한, 지상의 어떠한 자명한 진리도 의심과 의혹, 그리고 전복의 대상이 될 것임이 분명하다. 따라서 우리에게 허용된 것은 '불멸의 어떤 것'을 향한 고독한 여정일 뿐, 불멸하는 진리의 땅일 수는 없다. 어느 철학자는 속지 않는 자가 방황한다고 했다. 『열세 번째 사도』는 이 문장을 이렇게 갱신한다. 문학은 인간을 속지 않게 한다.

李知垠 | 문학평론가, 서울대학교 인문학연구원 선임연구원

푸른사상 소설선

열세
번째
사도